그렇게

글, 절대로 쓰지 마라

북코리아

여기 침묵의 그늘에서 그대를 맑히라.

이 부드러운 바람결에 그대 향기를 실으라.

그대 아름다운 강물로 흐르라.

오, 그대 안 저 불멸의 달을 보라.

길상사 설법전 앞뜰에 걸려 있는 말.

서 문

문장은 아름답다

이 책은 문장기술 측면에서 개선할 점이 있거나 본받을 점이 있는 문장을 제시하고 필자 나름의 의견과 해설을 붙인 것입니다. 다룬 예문은 대부분 신문·잡지에서 가져왔습니다만, 제가 읽은 단행본이나 저에게 검토를 의뢰한 지인의 글, 또는 대입수험생의 논술답안에서 가져온 것도 있습니다. 집필한 항목은 모두 140가지입니다. 그러나 그중에는 비슷한 주제를 별도의 항목으로 취급한 것도 있어 실제로는 80여 가지 문장기술에 대해 다루었습니다.

부담없이 읽히는 글이란?

좋은 글이란 '부담 없이 읽히는 글' 입니다. 글이 부담 없이 읽히기 위해서는 첫째, 문장이 쉬워야 하고, 둘째, 내용이 재미있어야 하며, 셋째, 어법이 정확해야 합니다. 이 세 가지는 독자의 시선을 끄는 데 아주 중요한 역할을 합니다. 세상은 활자로 넘쳐나고 읽을 것은 도처에 널려 있습니다. 따라서 글을 쓰는 사람은 늘 어떻게 하면 독자가 자신의 글에 '부담 없이' 접근할 것인지를 고민해야 합니다. 아무리 열심히 썼어도 읽어주는 사람이 없으면 가치가 없기 때문입니다.

이것은 신문·방송의 기사는 말할 것도 없고, 직장에서 필요한 비즈니스문서를 만들 때도 마찬가지입니다. 비즈니스문서는 독자가 제한되어 있기는 하지만 자신의 뜻이 오해 없이 전달되어야 역할을 다하는 것입니다. 논술문도 마찬가지입니다. 일반적으로 논술문이라고 하면 좀 딱딱하더라도 논리적으로만 쓰면 된다고 생각하는 사람이 많습니다. 그러나 논술문도 '부담 없이 읽히고', '개성이 담겨 있어야' 좋은 점수를 받습니다.

그렇다면 어떻게 해야 그런 글을 쓸 수 있을까요? 아마 이 책을 들고 계시는 독자님도 그 해답을 찾기 위해 책방에 들렀는지도 모릅니다. 하지만 그 물음에 한마디로 "이렇게 하면 간단히 해결할 수 있다"라고 단언할 수 있는 사람은 아무도 없습니다. 문장력을 높이는 것은 짜장면 한 그릇 먹듯이 뚝딱 해치울 수 있는 일이 아니기 때문입니다.

이렇게 하면 누구나 멋진 글을 쓸 수 있다

문장력을 높이는 방법에는 여러 가지가 있습니다. 시공時空을 초월해 누가 언제 읽어도 감동을 받는 글, 즉 '명문名文'이라 일컬어지는 글들을 암송해볼 수도 있고, 신문의 유명 칼럼을 매일같이 베껴 볼 수도 있습니다. 만일 전문가의 첨삭지도를 받을 수 있다면 그보다 빠른 길은 없겠지요. 하지만 그것을 실천하기란 쉽지 않습니다.

그밖에 하나 덧붙일 수 있는 것이, 다른 사람의 성공사례나 실패사례를 분석해보는 방법입니다. 남의 글을 갖다 놓고 그 글의 구성이 올바른지, 문장이 쉽게 이해되는지, 문법적으로 맞는지, 정확한 단어를 골라 썼는지를 분석하다 보면 문장력이 자연스럽게 터득됩니다. 그렇습니다. 이 책은 바로 그런 방법으로 문장력을 높이겠다는 분을 위해 만들었습니다.

글쓰기에 능해지는 것은 쉬운 일은 아니지만, 불가능한 일도 아닙니다. 관심만 갖는다면 글은 누구나 잘 쓸 수 있습니다. 특히 일상생활에 필요한 글, 예를 들어 직장인이라면 보고서·기획서·품의서 같은 것, 대학생이라면 리포트나 논문 같은 것, 대입 수험생이라면 논술문이나 자기소개서 같은 것은 노력만 하면 금방 잘 쓸 수 있습니다. 간혹 글을 쓰는 데 천부적인 능력을 타고난 사람이 있기는 하지만, 그 수는 그리 많지 않습니다. 글쓰기를 직업으로 하는 사람의 대부분은 스스로의 노력에 의해서 글쓰기를 완성했습니다. 독자님도 이 책에서 말하는 것들을 참고하여 지속적으로 자신의 글을 고쳐나가면 반드시 남에게 감동을 주는 글을 쓸 수 있을 것입니다.

더 쉽게, 더 아름답게, 더 정확하게

이 책의 밑감이 된 것은 저의 오래된 스크랩파일입니다. 저는 26년 동안 신문사 어문기자로 일했습니다. 남의 글을 고치고 다듬는 것이 매일같이 제가 해야 하는 일이었습니다만, 저는 단순히 고치고 다듬는 데만 그치지 않고, 제가 고치고 다듬는 것 중 유의미有意味한 것들을 오려 파일에 붙여두고 수시로 생각을 적어두었습니다. 이 책은 그 두꺼워진 파일을 정리하고 제가 신문을 만들면서 터득한 갖가지 글쓰기 지식을 모은 것입니다.

정석대로라면 제가 취급한 예문(원문)은 모두 출처를 밝혀야 합니다. 그러나 제가 〈해설〉을 붙이고 〈개선례〉를 만든 예문은 그렇게 하지 못했습니다. 혹시 자신의 소중한 글에 왈가왈부하는 것을 싫어하실 분이 계실지도 모른다는 생각 때문입니다. 그러나 저는 그 문장이 크게 문제가 있어서라기보다, 한두 가지만 고치면 더 좋은 글이 될 수 있겠다는 생각에서 감히 의견을 제시한 것이므로 널리 이해해주셨으면 합니다.

세종대왕의 한글 창제 이후 글쓰기가 지금처럼 보편화된 때는 일찍이 없었습니다. 문자메시지·카카오톡·트위터·페이스북·이메일·블로그 등 우리는 매일같이 수많은 글을 쓰면서 살아갑니다. 이제는 누구나 기사를 쓸 수 있고, 누구나 책도 낼 수 있습니다. 바야흐로 전 국민 기자시대, 전 국민 저자시대입니다. 글쓰기를 치유治癒의 수단으로 생각하는 사람도 많습니다.

시나 수필을 쓰면서 자신을 돌아보고 억눌린 감정을 승화하는 것이지요. 은퇴한 장·노년층 중에 새로이 글쓰기에 도전하는 이가 늘고 있는 것도 이와 관련이 있습니다.

목적이 무엇이든 쓴 글은 많은 사람이 읽어야 가치가 있습니다. 그러기 위해서 글은 쉽고 재미있고 정확하게 써야 합니다. 부질없는 욕심이겠지만 이 책이 그런 목표에 다가갈 수 있는 좋은 '방편方便'이 되었으면 더없는 즐거움이겠습니다. 적지 않은 원고를 일일이 검토해주신 국립국어원 김형배 박사님, 어려운 개념을 재미있는 삽화로 표현해주신 김도원 화백님, 복잡한 내용을 예쁘게 꾸며주신 추미선 북디자이너님에게 감사의 말씀을 드립니다.

2013년 5월 1일 장 진 한

일러두기

–각 항목의 편집패턴은 〈원문〉〈해설〉〈도해〉〈개선례〉를 기본으로 하고 〈심화해설〉〈확대경〉은 필요한 경우에만 넣었습니다.

–〈원문〉의 대부분은 신문·잡지·단행본 등에 실제로 실린 문장입니다. 그러나 고친 곳이 많은 경우는 출처를 명확히 밝히지 않고 〈일간신문〉〈주간잡지〉〈단행본〉 등으로 적었습니다.

–〈해설〉 중에는 앞에서 언급한 내용을 다시 언급한 것도 있습니다. 이것은 그만큼 중요하다는 것이므로 충분히 숙지해둘 필요가 있습니다.

–〈도해〉는 해설을 한눈에 볼 수 있도록 그림으로 나타낸 것으로, 해설을 읽을 때 참고하면 내용을 이해하는 데 도움이 됩니다. 〈개선례〉는 이것을 반영해 원문을 다시 쓴 것입니다.

–〈심화해설〉은 그 항목에서 말하고자 하는 것을 더욱 깊게 설명한 것이고, 〈확대경〉은 그 앞뒤의 항목과 관련이 있는 글쓰기 지식입니다.

–제목에는 그 항목에서 말하고자 하는 핵심이 응축되어 있습니다. 이것을 힌트로 〈원문〉의 문제점을 스스로 찾아본 뒤 〈해설〉을 보면 더욱 도움이 될 것입니다.

–띄어쓰기·문장부호·숫자표기 등은 기본적으로 한글맞춤법 규정을 따랐습니다. 그러나 편집상 문제가 있을 경우에는 출판사 자체 규정을 따랐습니다.

–일부 항목은 『논리적인 문장이 자동적으로 써지는 책』(구라시마 야스미 저, 장진한 역)을 인용하거나 참고했고, 〈확대경〉 중 일부는 『글쓰기 잘라서 읽으면 단숨에 통달한다』(장진한·후타쓰기 고조 공저)에서 가져왔습니다. 이에 대한 정보는 322페이지 〈참고문헌〉에 실었습니다. 그밖에 〈해설〉을 쓰면서 전체적으로 참고한 자료도 〈참고문헌〉에 실었습니다.

목 차 · CONTENTS

나의 문장력은 어느 정도일까?

이 시트는 이 책을 읽기 전에 자신의 문장력이 어느 정도인지, 글쓰기에 대한 적성은 어느 정도인지 스스로 가늠해보도록 하기 위해 만든 것이다. 그러나 이 시트는 과학적 검증을 거친 것이 아니므로 참고자료로만 이용해주기 바란다. 100점 만점에 배점은 문항당 2.5점이다.

1	글쓰기가 재미있고 실제로 자주 쓰고 있다.	□
2	원고지 사용법을 알고 있다.	□
3	작가나 기자·수필가 등 문필가가 되겠다고 생각한 적이 있다.	□
4	신문·잡지에 글을 기고한 적이 있다.	□
5	잘하는 외국어가 한 개 이상 있다.	□
6	같은 문미文尾가 계속된 글을 보면 신경이 쓰인다.	□
7	TV에서 어법이 틀린 자막이 흘러나오면 신경이 쓰인다.	□
8	글을 쓰면서 쉼표를 찍을 것인가 말 것인가로 고민한 적이 있다.	□
9	이메일을 쓸 때 맞춤법에 신경을 쓰는 편이다.	□
10	업무 등으로 글을 쓸 기회가 많다.	□
11	현재 일기를 쓰고 있거나, 한때 1년 이상 쓴 적이 있다.	□
12	정기구독하는 신문이나 잡지가 있다.	□
13	몇 번이고 반복해서 읽는 책이나 작품이 있다.	□
14	암송하는 시가 2개 이상 있다.	□
15	도서관이나 자료실을 자주 이용한다.	□
16	한 달에 한 번 이상 오프라인 책방에 들른다.	□
17	베스트셀러 등 화제가 되는 책을 사보는 편이다.	□
18	남을 감동시키는 이야기를 하는 경우가 있다.	□
19	영화를 본 뒤 남에게 내용을 실감나게 전달할 수 있다.	□
20	강연회·전람회·연극 등을 자주 보러 간다.	□

판정

0~20	많은 노력이 필요하다.
21~40	연습하면 잘 쓸 수 있다.
41~60	일상생활에는 지장이 없다.
61~80	문장력을 업무에 활용할 수 있다.
81~100	문필을 직업으로 할 수 있다.

21	관심 분야에 대한 자료를 수집하고 있다.	□
22	자기 전공이 아닌 분야의 책도 자주 읽는다.	□
23	신문·잡지를 보다가 잘된 글을 보면 오려두거나 적어둔다.	□
24	모르는 말은 사전을 찾아 확인한다.	□
25	컴퓨터 채팅을 하면서 바로바로 댓글을 붙일 수 있다.	□
26	1분에 200타 정도의 타이프를 칠 수 있다.	□
27	좋아하는 문필가가 2명 이상 있다.	□
28	구독하는 신문·잡지의 고정 집필자 이름을 2명 이상 댈 수 있다.	□
29	좋아하는 문필가의 글을 소리내어 읽어보거나 옮겨써보곤 한다.	□
30	다른 사람의 부탁으로 글을 쓴 적이 있다.	□
31	며칠 동안에 원고지 30장 이상의 원고를 쓴 적이 있다.	□
32	주윗사람과 갈등이 생겼을 때 자기 생각을 글로 써 전달한 적이 있다.	□
33	번역일과 통역일 중 하나를 택해야 한다면 번역일을 택하겠다.	□
34	작문이나 논문 또는 리포트로 칭찬받은 적이 있다.	□
35	다른 사람이 단어나 어구語句에 대해서 자주 묻는다.	□
36	다른 사람으로부터 글의 비평이나 첨삭을 요구받는 경우가 있다.	□
37	격언·명언·일화 등을 많이 알고 있는 편이다.	□
38	글을 쓰기 위해 사자성어나 속담·관용어 등을 따로 공부한 적이 있다.	□
39	글쓰기에 관련된 책을 사본 적이 있다.	□
40	국어사전 이외에 사전류를 4종 이상 가지고 있다.	□

주어야 주어야, 너 지금 어디 있냐?

원 문

[1]60킬로미터가 넘는 행군을 계속하다 나는 길을 잃었다. [2]다행히 언덕 밑으로 조그마한 동굴을 발견하고 지친 몸을 쉴 수 있었다. [3]다리는 시간이 지날수록 아픔을 더해갔고, 손바닥으로 계속 장딴지를 두드리거나 파스를 바르며 고통을 이겨내려 했다. [4]아픔은 가시지 않고 설상가상으로 어둠까지 밀려왔다. 〈단행본〉

해 설

– 문장1의 주어는 '나'다. 문장2에는 주어가 나와 있지 않으나 잘못된 문장이 아니다. 문장1의 주어가 '나'이고, 문장2가 문장1을 이어받고 있으므로 생략했다. 이처럼 앞문장에 주어와 서술어가 제대로 나와 있고, 이어지는 문장이 앞문장의 문맥과 다르지 않게 전개된다면 뒷문장의 주어는 생략할 수 있다. 바꾸어 말해 이어지는 문장에서 주어가 없다면 그 문장의 주어는 대개 앞문장의 주어와 같다는 이야기다.

– 그런데 문장3이 문제다. 이 문장은 두 개의 절로 이루어진 이어진문장(중문·重文)이다. 선행절의 주어는 '다리'다. 그렇다면 후행절의 주어도 '다리'가 되어야 한다. 그러나 그렇게 되면 말이 되지 않는다. 다리가 장딴지를 두드릴 수는 없기 때문이다. 그렇다면 후행절의 주어는 사라졌다는 이야기다. 문맥으로 볼 때 후행절의 주어는 '나'다. 그러므로 이것을 드러내 '나는 손바닥으로 계속 장딴지를 두드리거나 …'처럼 써야 올바른 문장이 된다. **우리말에서 주어는 생략할 수 있지만, 생략해도 문제가 없을 때, 또는 생략하는 편이 더 좋을 경우에만 생략할 수 있다.**

– 문장4는 문장3과 역접의 관계에 있으므로 '그러나'를 앞세워야 한다. 또 문장3이 '했고 ~했다'의 패턴으로 끝났으므로, 문장4는 이와 다르게 해야 한다.

001

도 해

더해갔다. 나는

km

60킬로미터가 넘는 행군을 계속하다 나는 길을 잃었다. 다행히 언덕 밑으로 조그마한 동굴을 발견하고 지친 몸을 쉴 수 있었다. 다리는 시간이 지날수록 아픔을 더해갔고, 손바닥으로 계속 장딴지를 두드리거나 파스를 바르며 고통을 이겨내려 했다. 아픔은 가시지 않고 설상가상으로 어둠까지 밀려왔다.

그러나 았다.

개선례

60km가 넘는 행군을 계속하다 나는 길을 잃었다. 다행히 언덕 밑으로 조그마한 동굴을 발견하고 지친 몸을 쉴 수 있었다. 다리는 시간이 지날수록 아픔을 더해갔다. 나는 손바닥으로 계속 장딴지를 두드리거나 파스를 바르며 고통을 이겨내려 했다. 그러나 아픔은 가시지 않았다. 설상가상으로 어둠까지 밀려왔다.

심화해설

뭐! 주어는 필수성분이 아니라고?

'주어主語'는 말뜻 그대로 문장에서 핵심적인 역할을 한다. 주어는 문장의 중심, 즉 주인主人인 것이다. 그러나 우리는 주어에 대한 의식이 희박하다. 무엇이 주어인지 의식하면서 말을 하거나 글을 쓰는 한국인은 별로 없다. 우리말은 주어 없이도 뜻이 통하기 때문이다. 예를 들어 "와, 바다다!", "오늘은 너무 춥다"는 주어 없이도 소통이 된다.

이런 점 때문에 우리말에서 주어는 필수성분이 아니라 부속성분이라고 말하는 사람도 있다. 예를 들어 '나는 혼자서 신문사까지 걸어서 갔다'라는 문장은 '나는 갔다', '혼자서 갔다', '신문사까지 갔다', '걸어서 갔다'처럼 4개의 말이 모두 '갔다'에 걸려 있다. 그러므로 '나는' '혼자서' '신문사까지' '걸어서'는 모두 대등한 수식어라는 것이다. 하지만 이것은 하나의 의견일 뿐이다.

 저, 주어인데요, 숨어 있으면 안 되겠어요?

원 문

[1]대웅전을 오른쪽으로 돌아나오자 건물 하나가 앞을 가로막았다. [2]스님들의 숙소로 쓰이는 건물인 듯했는데, 오래된 단청 아래로 여러 개의 격자문이 늘어서 있어 고색창연해 보였다. [3]우연히 열려 있는 창문을 통해 건물 안의 모습을 보았는데, 난간에 손을 걸치고 체조 같은 것을 하고 있었다. [4]언젠가 신문에서 보았던 선체조가 저런 것인 모양이다. 〈단행본〉

해 설

- 문장1은 두 개의 절로 이루어진 이어진문장(중문·重文)이다. 선행절의 서술어는 '돌아나오다'이다. 주어는 명시되지 않았지만, '나', 즉 글쓴이임을 알 수 있다. 이처럼 우리말에서는 주어가 무엇인지 알 수 있으면 생략할 수 있다.
- 문장2와 문장3은 모두 'A했는데, B했다'의 형식을 취하고 있다. 이렇게 **같은 형식이 반복되면 글의 세련미가 떨어진다.** 둘 중 하나는 다른 형식으로 써야 한다.
- 문장3 앞부분에 있는 '우연히'의 위치가 바르지 않다. 문맥상 '우연히'가 수식하는 말은 '보았다'인데, 이것이 너무 떨어져 있어 '창문이 우연히 열린' 것으로 오해될 수 있다. 이런 오해를 없애려면 '우연히'를 '건물 안'이나 '보았는데' 앞으로 이동해야 한다. **수식어와 피수식어는 될수록 가까이 두어야 한다.**
- 문장3에서 선행절의 주어, 즉 '보는 사람'은 '나'다. 그런데 후행절에는 주어가 없다. 언뜻 주어인 '나'가 생략되었다고 볼 수 있는데, 그렇게 되면 이상한 문장이 된다. 보고 있는 내가 체조를 할 수는 없기 때문이다. 논리상 체조를 하는 사람은 '스님'밖에 없으므로, 이것을 주어로 내세워야 한다. 우리말에서는 주어가 무엇인지 알 수 있으면 주어를 생략할 수 있지만, 그렇지 않은 문장에서는 넣어 주어야 한다.
- 문장4의 '선체조'는 한자를 병기해야 한다. 익숙하지 않은 말이라서 자칫 '서서 하는 체조'로 생각할 수 있기 때문이다.

도 해

대웅전을 오른쪽으로 돌아나오자 건물 하나가 앞을 가로막았다. 스님들의 숙소로 쓰이는 건물인 듯했는데, 오래된 단청 아래로 여러 개의 격자문이 늘어서 있어 고색창연해 보였다. 우연히 열려 있는 창문을 통해 건물 안의 모습을 보았는데, 난간에 손을 걸치고 체조 같은 것을 하고 있었다. 언젠가 신문에서 보았던 선체조가 저런 것인 모양이다.

스님이

(禪體操)

같은 패턴이 반복되면 세련미가 떨어진다.

개선례

대웅전을 오른쪽으로 돌아나오자 건물 하나가 앞을 가로막았다. 오래된 단청 아래로 여러 개의 격자문이 늘어선 고색창연한 건물이었다. 스님들의 숙소로 쓰이는 건물인 듯했다. 열려 있는 창문을 통해 우연히 건물 안의 모습을 보았는데, 스님이 난간에 손을 걸치고 체조 같은 것을 하고 있었다. 언젠가 신문에서 보았던 선체조(禪體操)가 저런 것인 모양이다.

도대체 뭐가 이렇게 복잡해!

원 문

나는 영희가 희자가 철수가 죽은 곳에 있었다고 말하는 것이라고 생각했다.

해 설

– 여러 개의 주어가 연달아 나와 갈피를 잡기 어렵다. 극단적인 예 같지만, 글을 쓰다 보면 실제로 이렇게 되는 경우도 있다. 이 문장은 주어인 '나'와 서술어인 '생각했다' 사이에 여러 개의 절이 삽입되어 있어 매우 복잡하다. 이런 문장을 안은문장(복문·複文)이라고 한다.

– 문장 전체의 주어와 서술어를 멀리 떨어뜨려 놓은 점도 문장이 복잡해진 원인이 됐다. 즉, 주어인 '나'와 서술어인 '생각했다'가 너무 멀 뿐만 아니라, '영희'와 '말하는 것', '희자'와 '있었다'도 멀리 떨어져 있다.

쓰는 능력을 기르기 위해서는…

1. 생각하는 능력을 기른다.

   신문에 오르내리는 사건들에 대해 관심을 갖고, 그 원인·경과·결과·의의에 대해 생각하는 습관을 갖는다. 평론이나 논설처럼 논리적인 문장을 읽고 필자가 무엇을 말하려 하는가를 생각하는 것도 중요하다.

2. 지식을 쌓는다.

   신문 등에서 읽은 것과 자신의 체험을 체계적으로 생각한다. 모르는 것이 있으면 바로 사전을 찾아보는 습관을 들인다.

3. 사고 내용이나 지식의 핵심을 포착하는 능력을 기른다.

   사고思考 내용이나 지식知識 중에서 다른 사람들에게 가장 호소하고 싶은 부분

003

도 해

나는 영희가 희자가 철수가 죽은 곳에 있었다고 말하는 것이라고 생각했다.

주어와 서술어 사이가 지나치게 멀다.

개선례①

철수가 죽은 곳에 희자가 있었다고 영희가 말하는 것이라고 나는 생각했다.

주어와 서술어를 가까이 놓으면 쉬워진다.

개선례②

나는 영희가 "희자가, 철수가 죽은 곳에 있었다"고 말하는 것이라고 생각했다.

덩어리를 이루는 부분을 따옴표로 싸주면 쉬워진다.

확대경

은 어떤 것인가를 생각해 핵심을 금방 집어낼 수 있도록 한다. 그러기 위해서는 중요하다고 생각되는 부분에 밑줄을 그으며 독서하는 습관을 가져야 한다.

4. 정보나 지식을 중요도순으로 배열하는 능력을 기른다.

정보나 지식을 잡다하게 축적하기만 해서는 좋은 글이 되지 않는다. 글로 쓰기 쉽게 체계화하는 습관을 들이는 것이 더 중요하다.

5. 어구나 표현을 효과적으로 사용하는 능력을 기른다.

사고 내용을 다른 사람에게 바르게 전달하기 위해서는 표현기술을 정확하게 구사해야 한다. 정확正確이란 읽는 사람의 나이·교양·직업 등에 맞추어 가장 적합한 표현법을 선택하는 것을 의미한다.

주어, 주어, 주어… 주어가 도대체 몇 개야?

원 문

[1]공기업의 민영화 문제도 그렇다. [2]이명박 당선자 팀은 공기업 효율화를 위해 민영화를 해야 한다며, 그를 위해 싱가포르를 벤치마킹하겠다고 이야기한다. [3]그러나 그들은 싱가포르가 공기업 부문이 국민소득의 무려 22%를 생산하는 세계에서 가장 공기업 의존도가 높은 나라라는 것을 아는지 모르겠다. 〈일간신문〉

해 설

- 문장1과 문장2는 단순하지만, 문장3은 꽤 복잡해 보인다. 그 이유는 앞부분, 즉 '그들은' '싱가포르가' '공기업 부문이' 가 모두 '명사+조사' 의 형태를 띠어 주어가 여러 개로 보이기 때문이다.
- 문장3이 복잡해 보이는 또 다른 이유는, 주어인 '그들' 과 서술어인 '아는지 모르겠다' 사이에 또 다른 주어(싱가포르)와 서술어(나라다)가 들어 있기 때문이다. 이처럼 '주어+서술어' 의 짜임 속에 다시 '주어+서술어' 의 짜임이 있는 문장을 안은문장(복문·複文)이라고 하는데, 이런 문장은 자칫하면 복잡해진다. 문장이 안은문장이 되는 이유는 여러 가지 정보를 한 문장에서 처리하려 하기 때문이다.
- **좋은 문장이란 쉽고 단순한 문장이다. 문장을 쉽고 단순하게 만들기 위해서는 '일문일의一文一義', 즉 한 문장이 한 가지 뜻만 갖도록 해야 한다.** 문장3은 정보를 반씩 담아 두 문장으로 나누고 안은문장을 해소하면 알기 쉬워진다.
- 문장3 중간 부분 '국민소득의 22%를 생산한다' 는 '…창출한다' 로 적는 것이 자연스럽다. '생산' 이란 '인간이 생활하는 데 필요한 물건을 만들어내는 것' 을 말하므로 '국민소득' 에 이것을 갖다 댈 수는 없다.

004

도 해

공기업의 민영화 문제도 그렇다. 이명박 당선자 팀은 공기업 효율화를 위해 민영화를 해야 한다며, 그를 위해 싱가포르를 벤치마킹하겠다고 이야기한다. 그러나 그들은 싱가포르가 공기업 부문이 국민소득의 무려 22%를 생산하는 세계에서 가장 공기업 의존도가 높은 나라라는 것을 아는지 모르겠다.

(그 → 이, 생산 → 창출)

정보를 반씩 담아 두 문장으로 나누고 안은문장을 해소하면 쉬워진다.

개선례①

공기업의 민영화 문제도 그렇다. 이명박 당선자 팀은 공기업 효율화를 위해 민영화를 해야 한다며, 이를 위해 싱가포르를 벤치마킹하겠다고 이야기 한다. 그러나 그들은, 싱가포르가 세계에서 공기업 의존도가 가장 높은 나라라는 사실을 아는지 모르겠다. 싱가포르는 공기업 부문이 국민소득의 무려 22%를 창출하는 나라다.

주어가 연달아 나올 때는 먼저 나온 주어 뒤에 쉼표를 찍는다.

개선례②

공기업의 민영화 문제도 그렇다. 이명박 당선자 팀은 공기업 효율화를 위해 민영화를 해야 한다며, 이를 위해 싱가포르를 벤치마킹하겠다고 이야기 한다. 그러나 그들은 아는지 모르겠다. 싱가포르는 국민소득의 무려 22%를 공기업 부문이 창출하는, 세계에서 가장 공기업 의존도가 높은 나라라는 것을 말이다.

수식어가 바로 다음 말을 꾸미지 않을 때는 수식어 뒤에 쉼표를 찍는다.

005

서술어야 서술어야, 너 지금 어디 있냐?

원 문

KTX 고속철도망을 대폭 확장해 전국의 주요거점을 90분 안에 연결함으로써 국토 균형발전과 글로벌 경쟁력을 동시에 창출하겠다는 것이다. 〈일간신문〉

해 설

– 주어는 '정부' 나 '당국자' 다. 이것이 앞 문장에 나왔거나 굳이 적지 않아도 알 수 있기 때문에 생략했다. 후행절의 서술어는 '창출하다' 이다. 이것의 목적어는 일단 '국토 균형발전' 과 '글로벌 경쟁력' 두 가지로 생각할 수 있다.

– 그러나 그렇게 보기에는 이상하다. 왜냐하면 '글로벌 경쟁력을 창출하다' 는 말이 되지만, '국토 균형발전을 창출하다' 는 표현은 어색하기 때문이다. 다시 말해 '창출하다' 는 '글로벌 경쟁력' 만 목적어로 삼을 수 있으므로 '국토 균형발전' 을 받는 서술어는 별도로 적어주어야 한다.

– 이런 실수는 자칫하면 저지를 수 있다. 따라서 **글 쓰는 사람은 늘 목적어와 서술어가 어떤 관계에 있는지를 살펴보고 생략되어서는 안 되는 서술어가 있다면 반드시 넣어주어야 한다.**

도 해

을 꾀하고 동시에

KTX 고속철도망을 대폭 확장해 전국의 주요거점을 90분 안에 연결함으로써 국토 균형발전과 글로벌 경쟁력을 창출하겠다는 것이다.

○

×

개선례

KTX 고속철도망을 대폭 확장해 전국의 주요 거점을 90분 안에 연결함으로써 국토 균형발전을 꾀하고 동시에 글로벌 경쟁력을 창출하겠다는 것이다.

006 나, 서술어인데 숨어 있으면 안 되겠냐?

원 문

[1]개막을 60일 앞둔 지금 한국 최초의 F1 그랑프리가 열릴 전남 영암의 코리아 인터내셔널 서킷은 트랙 아스팔트 공사가 한창이다. [2]이곳이 오는 10월 고막을 찢을 듯한 엔진 굉음과 최고 시속 320km의 짜릿한 스피드가 펼쳐지는 무대로 변한다. 〈일간신문〉

해 설

문장2 중간쯤이 이상하다. '엔진 굉음'이 있으면 그것이 어떻다는 게 나와야 하는데 그렇지 않다. 즉, 주어는 있으되 서술어가 없는 것이다. 글쓴이는 '펼쳐지다'를 서술어로 생각했을 수도 있으나, 그렇게 되면 '엔진 굉음이 펼쳐지는' 것이 되므로 말이 되지 않는다. '펼쳐지다'는 바로 앞 '스피드'의 서술어 역할만 한다.

도 해

이 들리고 / → km

이곳이 오는 10월 ,고막을 찢을 듯한 엔진 굉음과 최고 시속 320킬로의 짜릿한 스피드가 펼쳐지는 무대로 변한다.

(스피드가 → 펼쳐지는: ○ / 굉음 → 펼쳐지는: ×)

심화해설

주어와 서술어를 소홀히 할 수 없는 이유

문장이란 여러 개의 말이 서로 긴밀한 관계를 가지고 늘어서 있는 것이다. 예를 들어 '차가 달린다'는 문장은 '차라는 물건'(주어)이 '달리는 상태 있다'(서술어)는 것을 뜻한다. 문장의 가장 기본적인 형태는 이처럼 '주어'와 '서술어'의 결합이다. 이것은 다시 말하면 **주어와 서술어는 문장에서 가장 기본이 되는 요소이고, 자신의 생각을 효과적으로 알리기 위해서는 이 주어와 서술어를 질서 있게 배열해야 한다는 뜻이다.** 이것이 바로 글 쓰는 이가 주어와 서술어를 소홀히 해서는 안 되는 이유다.

단순한 문장과 복잡한 문장

주어와 서술어의 관계에서 보면 문장에는 두 종류가 있다. 홑문장(단문)과 겹문장(복합문)이다. 그리고 겹문장은 다시 이어진문장(중문)과 안은문장(복문)으로 구분한다. 여기에서는 편의상 '홑문장(단문)' '이어진문장(중문)' '안은문장(복문)' 으로 나누어 설명한다.

- 문장
  - 홑문장(단문·單文)
  - 겹문장(복합문·複合文)
    - 이어진문장(중문·重文)
    - 안은문장(복문·複文)

1. 홑문장(단문·單文)

하나의 주어와 하나의 서술어로 짜여진 문장으로, 아주 쉽고 기본이 되는 문장이다.

자동차가 달린다. (무엇이 어찌한다)
주어 서술어

사과가 빨갛다. (무엇이 어떠하다)

나는 학생이다. (무엇이 무엇이다)

2. 이어진문장(중문·重文)

하나의 문장에 '주어+서술어' 의 짜임이 두 개 이상이 있고, 이것이 대등하게 연결되어 있는 문장이다.

꽃이 피고, 새가 운다.
주어 서술어 주어 서술어

봄이 오고, 꽃이 피었다.

3. 안은문장(복문·複文)

'주어+서술어'의 짜임이 여러 개인데, 그 여러 개의 짜임이 서로 깊이 연관되어 있거나, '주어+서술어'의 짜임 속에 다시 '주어+서술어'의 짜임이 있는 문장이다. 다시 말해 '복잡複雜한 구조'를 하고 있는 문장이다.

앞차가 갑자기 정지했기 때문에 뒤차들은 일제히 브레이크를 밟았다.

주어 서술어 주어 서술어

앞부분은 뒷부분의 이유를 나타내므로 서로 연관이 있다.

가원이는 누나가 과자를 먹었음을 알아차렸다.

주어 주어 서술어 서술어

'가원이는 알아차렸다'라는 '주어+서술어'로 된 문장과 '누나가 먹었다'라는 '주어+서술어'로 된 두 개의 문장이 있다. 다시 말하면, '가원이는 알아차렸다'라는 상자 안에, '누나가 먹었다'라는 상자가 있는 구조이다.

말할 것도 없이, 이중에서 가장 쉬운 문장은 홑문장(단문·單文)이다. 이어진문장(중문·重文)도 어렵지 않다. 그러나 안은문장(복문·複文)은 다르다. 잘못 쓰면 매우 복잡해져 서로 글 속의 요소가 어떻게 관계하는지 혼동하기 쉽다. 한번 읽어서 얼른 이해가 가지 않는 글은 대개 이런 구조로 되어 있다.

한 문장의 의미나 문장 속에서의 역할을 명료하게 하기 위해서는 구성을 단순하게 하는 것이 좋다. 한 문장에 몇 가지 의미나 역할을 지우면 읽어도 알기가 어렵다. 억지로 멋을 내려 하면 상자 속에 상자가 있고, 또 그 상자 속에 다른 상자가 있는 형태의 복잡한 글이 되어버린다. 이런 글은 좋은 글이 아니다. 좋은 글이란 '이해가 쉬운' 글이다.

007 목적어야 목적어야, 너 지금 어디 있냐?

원 문

[1]집이 바닷가였어. [2]봄이 지나면 낚싯대 들고 바다로 나가서 실컷 잡아먹었어. [3]얼마 전 뉴스에 보니까 지난 50년 동안 플랑크톤이 40% 사라졌다고 하더군. [4]나 어렸을 때는 바다에 반짝반짝하는 식물성 플랑크톤이 별처럼 빛났어. [5]지금은 볼 수가 없지. [6]먹이 사슬이 깨졌으니까. [7]가난했던 시절이지만, 바닷가에 살면 굶어죽지 않았어. [8]갯벌에는 꼬막이 있고 모래에는 조개가 있고. '찔피' 라고 청정수에만 자라는 해초도 무시로 뜯어먹었지. 〈일간신문〉

해 설

- 구술(독백) 형태의 글로 무척 다정다감하다. 그러나 사소한 문제가 있다. 문장2의 서술어 '잡아먹다' 는 타동사다. 이것은 목적어가 있어야 하는데 보이지 않는다. 아무리 아름다운 글도 반드시 있어야 할 문장성분이 없으면 이상한 모양이 된다.
- 문장8에서 '조개가 있고' 뒤에는 말줄임표(…)를 넣어야 더 여운이 있다. 바닷가에 꼬막과 조개만 있지는 않기 때문이다.

도 해

물고기를

집이 바닷가였어. 봄이 지나면 낚싯대 들고 바다로 나가서 ↓실컷 잡아먹었어. 얼마 전 뉴스에 보니까 지난 50년 동안 플랑크톤이 40% 사라졌다고 하더군. 나 어렸을 때는 바다에 반짝반짝하는 식물성 플랑크톤이 별처럼 빛났어. 지금은 볼 수가 없지. 먹이⌒사슬이 깨졌으니까. 가난했던 시절이지만, 바닷가에 살면 굶어죽지 않았어. 갯벌에는 꼬막이 있고 모래에는 조개가 있고. '찔피' 라고 청정수에만 자라는 해초도 무시로 뜯어먹었지.

↑
…

008

나, 목적어인데 좀 빠지면 안 되겠소?

원 문

인간은 자연에 복종도 하고 정복도 하며 살아가는 위대한 존재입니다. 인간을 나약한 존재라고 말하는 것은 옳지 않습니다.

해 설

- 문장1 앞부분, 즉 '인간은 자연에 복종도 하고'까지는 문제가 없다. 하지만 그 뒤 '정복도 하며'가 문제다. '정복하는' 대상(목적어)이 없다. 즉, '복종하다'는 자동사이므로 목적어가 필요 없지만, '정복하다'는 타동사이므로 목적어가 있어야 한다.
- 글쓴이는 앞에 '자연에'라고 썼기 때문에 생략해도 된다고 생각했을 수 있으나, 그렇게 되면 어법에 어긋난다. '자연에 복종하다'는 말이 되지만 '자연에 정복하다'는 말이 되지 않기 때문이다.

도 해

자연을 ↓

인간은 자연에 복종도 하고 (자연을) 정복도 하며 살아가는 위대한 존재입니다. 인간을 나약한 존재라고 말하는 것은 옳지 않습니다

심화해설

타동사는 반드시 목적어가 있어야 한다고?

그렇다면 타동사 앞에는 무조건 목적어가 와야 하는가. 꼭 그런 것은 아니다. 우리말에서는 목적어가 무엇인지 명백하게 알 수 있으면 생략할 수 있다. 다음 글을 보자.

[1]이번 판결이 국민의 병역의무를 송두리째 흔들 수 있고, 그 파장이 국론분열로 이어질 수도 있다. [2]나는 군대에 갔다 온 지 20여 년이 지났지만 후회한 적이 없다.

문장1의 '흔들다'와 문장2의 '후회하다'는 타동사다. 따라서 원래는 둘 다 목적어가 있어야 하지만 이 글은 '흔들다'에만 목적어(병역의무)가 있다. '후회하다'의 목적어(군대 갔다 온 것)는 굳이 말하지 않아도 알 수 있기 때문에 생략한 것이다.

지시하는 것이 모호하면 대상을 직접 적어라

원 문

[1]우리가 논리적으로 이야기를 구성하려 하는 것은, 그 내용이 옳다는 것을 모든 사람들에게 납득시키고 싶기 때문이다. [2]그러기 위해서는 언제나 '이것으로 충분한가?' 라고 자신이 세운 이론을 검증하는 자세가 필요하며, 그러기 위한 지식을 갖춰둘 필요가 있다. 〈단행본〉

해 설

- 논리적인 문장이 어떤 것인가를 설명하는 글이다. 문장1 중간 부분(그 내용)과 문장2 앞부분(그러기)과 뒷부분(그러기)에서 지시대명사 '그' 가 사용되었다. 문장1 '그 내용' 의 '그' 는 바로 앞에 있는 '이야기' 를 가리킨다.
- 문장2 앞쪽의 '그' 는 문장1 끝부분의 '납득시키는 것' 을 가리키고, 뒤쪽의 '그' 는 바로 앞에 있는 '검증하기' 를 가리킨다. 그러나 문장2의 지시대명사는 문장1과 달리 무엇을 가리키는지 쉽게 와 닿지 않는다. 지시대명사를 너무 많이 사용했기 때문이다. 지시하는 것이 모호하면 지시하는 대상을 직접 적어주어야 이해가 쉽다.
- 문장1 끝부분(둘째줄 앞부분) '모든 사람들에게' 에서 '들' 은 '모든' 과 중복되므로 삭제해야 한다.

심화해설

국어시험에 출제될 정도가 된다면…

같은 말을 뒤에서 다시 하면 번거로워지기 때문에 지시대명사를 사용해 중복을 피하는 것이 일반적인 글쓰기 방법이다. 하지만 **중복을 피하겠다고 무조건 지시대명사로 바꾸는 것은 곤란하다. 문장을 쉽게 풀어가지 않으면 자칫 '이것' '그것' '어느 것' 등이 무엇을 가리키는지 알 수 없기 때문이다.** 국어시험에 지문의 이해도를 측정하기 위해 '이것이 가리키는 것은 무엇인가?' 라는 문제가 나오는 경우가 있는데, 그런 문제로 선택될 만한 문장은 좋은 문장이 아니다.

009

도 해

우리가 논리적으로 이야기를 구성하려 하는 것은, 그(→ 이야기의) 내용이 옳다는 것을 모든 사람들에게 납득시키고 싶기 때문이다. 그러기 위해서는 언제나 '이것으로 충분한가?' 라고 자신이 세운 이론을 검증하는 자세가 필요하며(→ 있어야 한다.), 그러기(→ 검증을) 위한 지식을 갖춰둘 필요가 있다.(→ 갖춰둬야 하는 것은 말할 필요도 없다.)

개선례

우리가 논리적으로 이야기를 구성하려 하는 것은, 이야기의 내용이 옳다는 것을 모든 사람에게 납득시키고 싶기 때문이다. 그러기 위해서는 언제나 '이것으로 충분할까?' 라고 자신이 세운 이론을 검증하는 자세가 있어야 한다. 검증을 위한 지식을 갖춰둬야 하는 것은 말할 필요도 없다.

그가 광고를 보다 헷갈린 건 지시대명사 때문이다

원 문

[1]저자의 삶은 소설처럼 파란만장하다. [2]그는 자폐를 겪는 손자 샘에게 주는 편지를 통해 자신을, 주변을 용서하고, 그것을 극복하는 길을 이야기한다. [3]그리고 그것을 통해서 편견을 대상으로 할 '싸울 가치가 있는 싸움' 을 벌이고 있다. [4]이 책은 평화롭고 따뜻하지만 그가 전하는 메시지는 무겁고 충만하다. [5]그래서 이 책을 그저 '감동적' 이라는 말 한마디로 규정하기에는 송구하다. [6]나는 오늘 이 책이 내게 들려 있음에 감사하고, 책 속에서 그와 샘을 만난 것이 눈물겹게 행복할 뿐이다. 〈책광고〉

해 설

- 지시대명사가 굉장히 많다. 문장2 '그는' 의 '그' 가 무엇을 가리키는지는 금방 알 수 있다. 그러나 끝부분 '그것' 과 문장3 '그것' 은 무엇을 가리키는지 얼른 알기 어렵다. 잘 읽어보면 앞쪽은 '자폐' 를, 뒤쪽은 '자폐의 극복' 을 가리키는 것을 알 수 있다. **지시대명사는 말이 반복되는 것을 막아 문장을 단순하게 하지만, 너무 많이 쓰면 이처럼 그것이 무엇을 가리키는지 알 수 없어 어려운 문장이 된다.**
- 문장4의 중간 '그가' 의 '그' 도 무엇을 가리키는지 얼른 잡히지 않는다. 골똘히 생각해 보아야 첫머리의 '저자' 임을 알 수 있다. 이런 현상이 벌어진 것은 너무 멀리 떨어져 있는 것을 가리켰기 때문이다.
- 문장2 '자신을, 주변을 용서하고' 는 '자신을 용서하고, 주변을 용서하고' 를 줄여서 표현한 것이다. 즉, 쉼표로 '용서하고' 를 대신했는데, 짧은 문장을 이렇게 축약했기 때문에 이상하다.
- 문장4 끝부분의 '충만' 은 다른 말로 바꾸어야 한다. 선행절에서 '평화롭고 따뜻하지만' 이라고 했기 때문에 이와 반대되는 표현이 오는 게 옳다. 즉, '평화롭다' 와 '따뜻하다' 는 이콜관계이지만 '무겁다' 와 '충만하다' 는 이콜관계가 아니다.

도 해

과 / 한 / 이 같은 극복을 / 자폐를

저자의 삶은 소설처럼 파란만장하다. 그는 자폐를 겪는 손자 샘에게 주는 편지를 통해 자신을, 주변을 용서하고, 그것을 극복하는 길을 이야기한다. 그리고 그것을 통해서 편견을 대상으로 할 '싸울 가치가 있는 싸움' 을 벌이고 있다. 이 책은 평화롭고 따뜻하지만 그가 전하는 메시지는 무겁고 충만하다. 그래서 이 책을 그저 '감동적' 이라는 말 한마디로 규정하기에는 송구하다. 나는 오늘 이 책이 내게 들려 있음에 감사하고, 책 속에서 그와 샘을 만난 것이 눈물겹게 행복할 뿐이다.

심오 / 있음이 고맙고 / 저자가 (너무 먼 것을 가리키면 헷갈린다) / 행복하다.

개선례

저자의 삶은 소설처럼 파란만장하다. 그는 자폐를 겪는 손자 샘에게 주는 편지를 통해 자신과 주변을 용서하고, 자폐를 극복하는 길을 이야기한다. 그리고 이 같은 극복을 통해서 편견을 대상으로 한 '싸울 가치가 있는 싸움' 을 벌인다.

이 책은 평화롭고 따뜻하지만 저자가 전하는 메시지는 무겁고 심오하다. 그래서 이 책을 그저 '감동적' 이라는 말 한마디로 규정하기에는 송구하다. 나는 오늘 이 책이 내게 들려 있음이 고맙고, 책 속에서 그와 샘을 만난 것이 눈물겹게 행복하다.

어린이가 접속사를 많이 쓰는 이유

원 문

1 [1]그리고 그 다음 우리 일행은 봉당저수지로 갔다. [2]그랬더니 저수지에 소금쟁이들이 상당히 많았다. [3]그리고 그때 마침 선생님께서 이렇게 말씀하셨다.

2 "어머 어머, 저기 저것 좀 보라. 소금쟁이들이 짝짓기하고 있잖아."

3 [1]그리고 우리는 계속 소금쟁이들을 바라보고 있었는데, 저쪽에서 소금쟁이 두 마리가 수면을 닿을락 말락 하며 춤을 추고 있었다. [2]그런데 그것이 너무 너무 재미있고 신기했다. 〈문집〉

해 설

- 한눈에 보아도 유치한 느낌이 든다. 필요하지도 않은 접속사가 너무 많은 탓이다. **접속사는 문장에서 꼭 필요하지만, 너무 많이 쓰면 긴밀도가 떨어진다.** 각 문장의 첫머리에 있는 '그리고'(단락1 문장1), '그랬더니'(단락1 문장2), '그리고'(단락1 문장3), '그리고'(단락3 문장1), '그런데'(단락3 문장2)는 필요하지 않다.
- 문장과 문장의 관계를 충분히 알 수 있는 곳에 접속사를 넣으면 문장이 지저분해진다. 특히 **'그리고'나 '그래서'는 특별히 문체적 효과를 목적으로 한 것이 아니라면 여러 번 사용하지 않는 것이 좋다. 이것은 후속 글에 대한 인과관계를 명시하지 않고, 그저 '아직 글은 계속된다'고 말하는 데 지나지 않기 때문이다.**

도 해

그리고 그 다음 우리 일행은 봉당저수지로 갔다. 그랬더니 저수지에 소금쟁이들이 상당히 많았다. 그리고 그때 마침 선생님께서 이렇게 말씀하셨다.

"어머 어머, 저기 저것 좀 보라. 소금쟁이들이 짝짓기하고 있잖아."

보 → 봐

그리고 우리는 계속 소금쟁이들을 바라보고 있었는데, 저쪽에서 소금쟁이 두 마리가 수면을 닿을락 말락 하며 춤을 추고 있었다. 그런데 그것이 너무 너무 재미있고 신기했다.

을 → 예

개선례

그 다음 우리 일행은 봉당저수지로 갔다. 저수지에 소금쟁이들이 상당히 많았다. 그때 마침 선생님께서 이렇게 말씀하셨다.

"어머 어머, 저기 저것 좀 봐라. 소금쟁이들이 짝짓기하고 있잖아."

우리는 계속 소금쟁이들을 바라보고 있었는데, 저쪽에서 소금쟁이 두 마리가 수면에 닿을락 말락 하며 춤을 추고 있었다. 너무너무 재미있고 신기했다.

심화해설

기량 있는 상목수는 못질을 하지 않는다

접속사는 문장과 문장을 연결하고 그 관계를 명확히 하는 역할을 한다. 따라서 접속사가 필요한 곳에 접속사를 넣지 않은 글은 독자를 불편하게 한다. 그러나 **전체적으로는 접속사를 적게 넣는 것이 좋다. 접속사를 너무 많이 쓰면 문장의 긴밀도가 떨어져 마치 어린이의 작문 같다는 느낌을 주기 때문이다.** 어린이는 어른과 이야기할 때, 자주 "그리고요" "그런데요"라고 말하는 경향이 있다. 이야기를 논리적으로 이어가는 힘이 없기 때문에 그렇게 되는 것이다.

이어령 선생 같은 이는 "기량이 있는 상목수는 못질을 하지 않는다. 못 하나 박지 않고 집 한 채를 짓는다. 억지로 못질을 해서 나무를 잇는 것이 아니라 서로 아귀를 맞추어 균형과 조화로 구조물을 만들어간다"며 접속사의 사용을 극도로 경계한다(『한국의 명문』, 월간조선사). 하지만 그런 생각 때문에 접속사의 사용을 최소화한 글은 상당히 난해해진다. 문장과 문장의 관계를 알기 어렵기 때문이다. 만일 접속사를 쓰지 않고도 멋진 글을 완성할 수 있다면 그는 진짜 글을 잘 쓰는 사람이다.

그러면 접속사가 필요한지 필요하지 않은지는 어떻게 구분할 것인가. 그것은 **접속사를 없애고 문장을 읽어보면 된다. 접속사를 없애고도 글뜻이 변하지 않으면 그 자리에는 굳이 넣을 필요가 없다.**

접속사가 많으면 문장이 느슨해진다

원 문

[1]콜카타 역의 돌바닥에 여기저기 누워 있는 사람들을 보고, 나는 이것이 빈곤의 문제라고 생각했다. [2]그러나 20세기 초의 타고르의 글에 보면, 중산계급의 한 신사가 병약한 아내를 정거장 바닥에 누인 다음 자기는 밖에서 책을 보는 장면이 나온다. [3]우리의 눈에 공중 장소는 자리를 펴고 누워 있을 장소가 아니다. [4]그러나 그렇게 생각하는 것은 공공공간 그리고 사공간에 대하여 우리가 가지고 있는 일정한 선입견에 의한 것이다. 〈일간신문〉

해 설

- 내용은 좋지만, 세련된 문장이라는 느낌은 들지 않는다. 원인은 '그러나' '그리고' 같은 접속사의 사용에 있다.
- 문장1에서 필자는 '역의 바닥에 사람들이 누워 있는 것이 빈곤 때문'이라고 생각했는데, 그 생각이 잘못됐음을 문장2부터 설명하고 있다. 따라서 문장2 앞에 '그러나'를 넣는 것은 옳다. 하지만 이 경우는 문장2 한 문장으로 문장1을 반박하는 것이 아니라 반박이 문장4까지 이어지고 있기 때문에 흐름이 이상하다. 문장2 앞에 '그러나 그 생각은 잘못됐었다'라고 별도의 문장을 세운 뒤 문장1에 대한 반박을 차례차례 해나가면 그런 문제가 없다.
- 문장2에서 앞에 마침표를 찍고 '그러나'를 넣었는데, 문장4에서도 마침표를 찍고 '그러나'를 넣었다. 그리고 다시 몇 단어 건너서 '그리고'를 두었다. 이렇게 '그러나' '그리고'를 습관적으로 갖다놓는 것은 좋지 않다. '그러나' '그리고' '그래서'가 많으면 문장이 느슨해 보인다.

012

도해

그 생각은 잘못됐었다. 을 을

콜카타 역의 돌바닥에 여기저기 누워 있는 사람들을 보고, 나는 이것이 빈곤의 문제라고 생각했다. 그러나 20세기 초의 타고르의 글에 보면, 중산계급의 한 신사가 병약한 아내를 정거장 바닥에 누인 다음 자기는 밖에서 책을 보는 장면이 나온다. 우리의 눈에 공중 장소는 자리를 펴고 누워 있을 장소가 아니다. 그러나 그렇게 생각하는 것은 공공공간 그리고 사공간에 대하여 우리가 가지고 있는 일정한 선입견에 의한 것이다.

과

개선례

콜카타역의 돌바닥에 여기저기 누워 있는 사람들을 보고, 나는 이것을 '빈곤의 문제' 라고 생각했다. 그러나 그 생각은 잘못됐었다. 20세기 초의 타고르의 글을 보면, 중산계급의 한 신사가 병약한 아내를 정거장 바닥에 누인 다음 자기는 밖에서 책을 보는 장면이 나온다. 우리의 눈에 공중장소는 자리를 펴고 누워 있을 장소가 아니다. 그러나 그렇게 생각하는 것은 공공공간과 사공간에 대하여 우리가 가지고 있는 일정한 선입견에 의한 것이다.

논리가 통하지 않는다면, 그건 접속사 탓이다

원 문

당사가 성과주의를 추진하기 위해 도입한 것은 목표관리제도라 불리는 것인데, 이 제도는 작업자가 6개월에 한 번 목표를 설정함과 동시에 실적을 자기평가하고, 상사가 실적에 대해 피드백하고, 상위 상사가 전체 순위를 매기는 것이었으나, 그것에 의해 작업자는 달성하기 쉬운 목표만을 설정하게 되어 도전적인 목표를 세울 수 없게 되었기에, 회사 전체의 침체를 우려한 결과, 성과주의를 한 걸음 후퇴시키지 않을 수 없었다. 〈단행본〉

해 설

- 많은 내용을 접속사(접속부사) 없이 연결어미로 이어붙인 복잡한 문장이다. 글자 수가 무려 234자나 된다. 이래서는 하고 싶은 말을 강조할 수가 없고 뜻도 모호해져 버린다. **쓰는 사람은 늘 읽는 사람의 입장을 생각해야 한다. 즉, 문장과 문장이 어떤 관계에 있는지를 생각해서 그에 맞는 접속사를 넣고, 적당한 곳에서 문장을 끊어주어야 한다.**
- 첫째줄 '도입한 것은 목표관리제도라 불리는 것인데…' 처럼 '것' 을 연거푸 나오게 하는 것은 옳지 않다. 넷째줄에도 '매기는 것이었으나' 란 표현이 있다.
- 셋째줄의 '자기평가하고' 는 의미가 쉽게 와 닿지 않는다. '스스로 평가하고' 로 고치는 것이 낫다.

써야 할 접속사를 쓰지 않으면…

문장은 논리적인 관계로 성립하는데 그 관계를 나타내는 말이 접속사다. 따라서 접속사를 잘 쓰면 이해하기 쉬운 글이 되지만, 써야 할 접속사를 쓰지 않거나 잘못 쓰면 이해가 어려운 글이 되어버린다.

예를 들어 '경영자가 바뀌었다' 와 '실적이 악화됐다' 를 잇는다면 어떻게 될까. 접속조사 '고' 로 이어 '경영자가 바뀌고 실적이 악화됐다' 라고 할 경우도 있을 것이다. 그러 ↗

도 해

당사가 성과주의를 추진하기 위해 도입한 것은 목표관리제도라 불리는 것인데, 이 제도는 작업자가 6개월에 한 번 목표를 설정함과 동시에 실적을 자기평가하고, 상사가 실적에 대해 피드백하고, 상위 상사가 전체 순위를 매기는 것이었으나, 그것에 의해 작업자는 달성하기 쉬운 목표만을 설정하게 되어 도전적인 목표를 세울 수 없게 되었기에, 회사 전체의 침체를 우려한 결과, 성과주의를 한 걸음 후퇴시키지 않을 수 없었다.

(당사 → 우리 회사 / 그 / 라 불리는 것 → 다. / 자기 → 스스로 / 되었기에, → 된 것이다. 따라서 회사는 / 결과 → 나머지 / 되어 → 되어버렸다. / 것이었으나, 그것에 → 시스템이다. 그러나 이 제도에)

개선례

우리 회사가 성과주의를 추진하기 위해 도입한 것은 목표관리제도다. 이 제도는 작업자가 6개월에 한 번 목표를 설정함과 동시에 실적을 스스로 평가하고, 상사가 작업자의 실적에 대해 피드백하고, 그 상위 상사가 전체 순위를 매기는 시스템이다. 그러나 이 제도에 의해 작업자는 달성하기 쉬운 목표만을 설정하게 되어버렸다. 도전적인 목표를 세울 수 없게 된 것이다. 따라서 회사는 회사 전체의 침체를 우려한 나머지 성과주의를 한 걸음 후퇴시키지 않을 수 없었다.

심화해설

↘ 나 이렇게 하면 뜻이 모호해져 버린다. 즉, '경영자가 바뀌었다. 그리하여 실적이 악화됐다'(시간적 전후관계)로 읽힐 수도 있고, '경영자가 바뀌었다. 그 때문에 실적이 악화됐다'(인과관계)로도 읽힐 수 있다. 또 '경영자가 바뀌었다. 그런데도 실적이 악화됐다'(역접관계)로도 해석할 수 있다. **논리적인 문장을 쓰기 위해서는 역접과 순접을 혼동하지 않고 그 문맥에 가장 적합한 접속사를 가장 적합한 위치에 넣어야 한다.** 접속사를 없애는 것만이 능사는 아닌 것이다.

역접과 순접을 혼동하지 마라

원 문

[1]동해 병기 문제는 지난 2002년과 2007년 두 차례 IHO 총회에서도 결론을 내지 못한데 이어, 이번에도 격론이 이어지는 등 진통을 겪었습니다. [2]하지만 한일 양국의 의견이 첨예하게 맞서면서 결국 이 문제는 차기 총회인 2017년으로 넘어갔습니다. [3]이에 따라 전 세계 지도 제작의 표준이 되는 '해양과 바다의 경계' 제4판 발간도 유보됐습니다. [4]4판이 발간되지 못하기 때문에 자연스럽게 1953년에 발간된 3판이 계속 효력을 갖게 됩니다. [5]그런데 3판은 일본해가 단독 표기돼 있습니다. [6]하지만 우리 정부는 최악은 피했다는 입장입니다. [7]우리 정부는 동해 병기가 현실적으로 어려울 경우 내심 결정이 유보되길 기대했습니다. 〈방송뉴스〉

해 설

- 문장2 첫머리의 '하지만'은 '이렇게'로 고쳐야 한다. '하지만'은 앞 문장의 반대논리를 붙일 때 쓰는 접속사인데, 문장2는 앞문장을 반대하는 것이 아니라 문장1의 논리를 보충하는 이야기이다. 역접逆接과 순접順接을 혼동해서는 안 된다.
- 문장5의 '그런데'는 불필요하다. '그런데'는 앞의 내용과 상반된 내용(새삼스러운 내용)을 이끌 때 쓰는 접속사인데, 이 문장은 '그런데' 이후로 상반된 내용이 이어지지 않고 있다. 즉, 이 문장은 그간 세계지도에 동해가 '일본해'로 단독 표기되어 있는, 널리 알려진 사실을 상기해주는 내용이므로 '그런데'를 넣으면 이상한 문장이 된다.
- 문장과 문장은 접속사로 이어줘야 한다는 생각이 이 같은 불필요한 접속사를 남발하게 한다. '…이다. 그러나', '…이다. 그런데' 형의 문장이 많은 필자는 대개 이런 강박관념이 있다. 이 글도 문장2, 문장3, 문장5, 문장6을 그런 식으로 시작했다.

도 해

이렇게

동해 병기 문제는 지난 2002년과 2007년 두 차례 IHO 총회에서도 결론을 내지 못한데 이어, 이번에도 격론이 이어지는 등 진통을 겪었습니다. 하지만 한일 양국의 의견이 첨예하게 맞서면서 결국 이 문제는 차기 총회인 2017년으로 넘어갔습니다. 이에 따라 전 세계 지도 제작의 표준이 되는 '해양과 바다의 경계' 제4판 발간도 유보됐습니다. 4판이 발간되지 못하기 때문에 자연스럽게 1953년에 발간된 3판이 계속 효력을 갖게 됩니다. 그런데 3판은 일본해가 단독 표기돼 있습니다. 하지만 우리 정부는 최악은 피했다는 입장입니다. 우리 정부는 동해 병기가 현실적으로 어려울 경우 내심 결정이 유보되길 기대했습니다.

가 열리는

개선례

동해 병기 문제는 지난 2002년과 2007년 두 차례 IHO 총회에서도 결론을 내지 못한 데 이어, 이번에도 격론이 이어지는 등 진통을 겪었습니다. 이렇게 한일 양국의 의견이 첨예하게 맞서면서 결국 이 문제는 차기 총회가 열리는 2017년으로 넘어갔습니다. 이에 따라 전 세계 지도 제작의 표준이 되는 '해양과 바다의 경계' 제4판 발간도 유보됐습니다. 4판이 발간되지 못하기 때문에 자연스럽게 1953년에 발간된 3판이 계속 효력을 갖게 됩니다. 3판은 일본해가 단독 표기돼 있습니다. 하지만 우리 정부는 최악은 피했다는 입장입니다. 우리 정부는 동해 병기가 현실적으로 어려울 경우 내심 결정이 유보되길 기대했습니다.

등위접속사로는 대등한 어구를 연결하라

원 문

[1]20세기는 인류의 삶을 근저에서부터 바꿔놓은 무한질주의 세기였습니다. [2]과학과 기술은 비약적으로 발전하고 이에 기반한 대량생산과 신발명품은 인류에게 물질적 풍요와 편리성을 안겨주었습니다. [3]불치병이 치료되고 수명이 연장되었습니다. [4]농업 생산력도 폭발적으로 증가해 아프리카를 제외한 세계 대부분의 나라에서 기아가 사라졌습니다. [5]항공기의 발달은 세계를 지구촌으로 묶어주었고 인터넷과 휴대폰의 대량 보급은 인류를 이웃으로 연결해주었습니다. 〈단행본〉

해 설

- 책 서문 원고의 앞부분인데 지루한 편이다. 그다지 새로울 것이 없는 정보들을 비슷한 형식으로 나열하다 이렇게 됐다. 독자는 이런 글을 보면 금방 다른 생각을 한다. 20세기를 정의한 첫 문장도 길다. 책의 성격상 여러 가지를 나열할 수밖에 없다면 어떻게 하면 군더더기를 줄이며 재미있게 정보를 배열할 것인가를 고민해야 한다.
- 문장2 앞부분의 '과학과 기술'은 이상하지 않은데, 그 뒤 '대량생산과 신발명품'은 이상하다. '대량생산'이 '신발명품'을 포함하는 개념으로, 두 가지가 대등하게 설 수 없기 때문이다. **'과' 처럼 'and' 라는 뜻의 등위접속사로 연결되는 어구는 대등한 자격을 갖는 것이어야 한다.**
- 문장2의 '기반한'은 '기반을 둔' '바탕으로 한' 등으로 고쳐야 한다. '하다'를 붙일 수 있는 한자어는 동사를 포함하는 말이어야 한다. 예를 들어 '대립對立'은 '立'이 '서다'는 뜻의 동사이기 때문에 '대립하다'가 가능하다. 그러나 '터 기基'와 '소반 반盤'이 결합된 '기반基盤'은 둘 다 명사이기 때문에 '하다'를 붙일 수 없다.

도 해

다 아는 정보는 뒤로 돌려 첫 문장을 짧게 한다. 같은 자격의 어구가 아니다. 시대

20세기는 인류의 삶을 근저에서부터 바꿔놓은 무한질주의 세기였습니다. 과학과 기술은 비약적으로 발전하고 이에 기반한 대량생산과 신발명품은 인류에게 물질적 풍요와 편리성을 안겨주었습니다. 불치병이 치료되고 수명이 연장되었습니다. 농업 생산력도 폭발적으로 증가해 아프리카를 제외한 세계 대부분의 나라에서 기아가 사라졌습니다. 항공기의 발달은 세계를 지구촌으로 묶어주었고 인터넷과 휴대폰의 대량 보급은 인류를 이웃으로 연결해주었습니다.

이를 바탕으로 한 보편적인 정보는 삭제한다.

개선례

20세기는 무한질주의 시대였습니다. 과학과 기술이 비약적으로 발전하고, 이를 바탕으로 한 신제품이 쏟아져 나왔습니다. 컨베이어벨트로 상징되는 대량생산 덕에 인류는 유사 이래 처음 물질적 풍요의 시대를 경험했습니다. 불치병은 치료되고 수명은 연장되었습니다. 농업생산력도 폭발적으로 증가해 세계 대부분의 나라에서 기아가 사라졌습니다. 항공기의 발달로 세계는 지구촌이 되고 인터넷과 휴대폰의 대량 보급으로 인류는 이웃이 되었습니다.

20세기는 무한질주의 시대였습니다. 과학과 기술이 비약적으로 발전하고, 이를 바탕으로 한 신제품이 쏟아져 나왔습니다. 컨베이어 벨트로 상징되는 대량생산 덕에 인류는 유사 이래 처음 물질적 풍요의 시대를 경험했습니다. 불치병은 치료되고 수명은 연장되었습니다. 농업생산력도 폭발적으로 증가해 세계 대부분의 나라에서 기아가 사라졌습니다. 항공기의 발달로 세계는 지구촌이 되고 인터넷과 휴대폰의 대량 보급으로 인류는 이웃이 되었습니다.

뭐? 술병이 취했다고?

원 문

강씨는 이날 오전 2시30분쯤 발생한 교통사고 피해자로 사상경찰서에서 조사를 받으려 했으나 경찰이 술이 취해 나중에 조사를 하겠다며 집으로 돌려보내자 홧김에 주변에 주차해 둔 자신의 트럭을 800m 가량 몰고 와 범행을 저지른 것으로 드러났다. 〈일간신문〉

해 설

- 둘째줄 중간 '술이 취해'를 '술에 취해'로 고쳐야 한다. 그대로 두면 술이 사람처럼 취했다는 것이 되므로 말이 되지 않는다. 여기서 '술'은 주어가 아니라 취한 원인이다. **조사(토씨)는 비록 한두 글자지만 다른 말과의 문법적 관계를 나타내며 글뜻을 좌우하는 경우가 많으므로 사용에 주의를 기울여야 한다.**
- 문장이 지나치게 길다. 마침표를 포함해 104자나 된다. 이렇게 문장이 길어지면 의미가 잘못 전달되기 쉽다. 이 글에서도 둘째줄에 있는 '경찰이 술이(→에) 취해 나중에 조사를 하겠다며 집으로 돌려보내자'는 언뜻 술에 취한 것은 경찰처럼 보인다. 이렇게 된 것은 주어(경찰)와 서술어(돌려보내)가 너무 떨어져 있기 때문이다. 주어를 뒤쪽으로 돌려 "나중에 조사를 하겠다며 경찰이 집으로 돌려보내자' 라고 하면 오해 없는 문장이 된다. '술에 취해 나중에 조사를 하겠다'를 따옴표로 싸주면 더 확실하게 문제를 해결할 수 있다.

도 해

에

강씨는 이날 오전 2시30분쯤 발생한 교통사고 피해자로 사상경찰서에서 조사를 받으려 했으나 경찰이 술이 취해 나중에 조사를 하겠다며 집으로 돌려보내자 홧김에 주변에 주차해 둔 자신의 트럭을 800m 가량 몰고 와 범행을 저지른 것으로 드러났다.

했다. 그러나

개선례①

강씨는 이날 오전 2시 30분쯤 발생한 교통사고 피해자로 사상경찰서에서 조사를 받으려 했다. 그러나 술에 취해 나중에 조사를 하겠다며 경찰이 집으로 돌려보내자 홧김에 주변에 주차해 둔 자신의 트럭을 800m가량 몰고 와 범행을 저지른 것으로 드러났다.

개선례②

강씨는 이날 오전 2시 30분쯤 발생한 교통사고 피해자로 사상경찰서에서 조사를 받으려 했다. 그러나 경찰이 "술에 취해 나중에 조사를 하겠다"며 집으로 돌려보내자 홧김에 주변에 주차해 둔 자신의 트럭을 800m가량 몰고 와 범행을 저지른 것으로 드러났다.

017

조사를 대충 써서는 안 되는 이유

원 문

[1]관상용으로 인기있는 문주란은 상록 다년생초로 겨우내 말랐던 잎이 봄에 새잎이 파랗게 돋아나 길고 넓게 뻗고 여름철 잎 사이에서 10개 내외의 꽃대가 나와 7월 말쯤부터 백설같은 꽃을 연달아 피워 9월까지 온 섬을 하얗게 물들이며 향기 또한 은은하다. [2]높이는 50~70cm이나 최고 1.5m까지 자란다. [3]밤톨 크기의 씨앗은 건조에 대한 저항성이 매우 큰 것이 특징. [4]3~4년 묵어도 모래가 약간만 묻히면 그대로 싹이 튼다. 〈일간신문〉

해 설

–문장1은 지나치게 길다. 봄→여름→가을까지 사계절의 변화를 모두 적다 그렇게 됐다. 욕심이 과한 것이다. 글을 쓸 때는 늘 욕심을 버리고 차근차근 적어나가야 한다. 이 문장은 셋으로 나누어 설명하면 지금보다 훨씬 예뻐진다.

–문장4도 문제가 있다. 씨앗은 흙(모래)에 묻히는 것인데 '모래가' 묻혔다고 했다. 별 생각 없이 쓰다가 그렇게 된 것이지만 엉터리 문장이라는 지적은 피할 수 없다. '가'를 '에'로 바꿔 '모래<u>에</u> 약간만 묻히면'으로 고치면 말이 된다. '가'를 살리고 싶다면 '모래가 약간만 <u>덮이면</u>'으로 하면 된다.

도 해

는다. / 이 되면서

관상용으로 인기있는 문주란은 상록 다년생초로 겨우내 말랐던 잎이 봄에 새잎이 파랗게 돋아나 길고 넓게 뻗고 여름철 잎 사이에서 10개 내외의 꽃대가 나와 7월 말쯤부터 백설같은 꽃을 연달아 피워 9월까지 온 섬을 하얗게 물들이며 향기 또한 은은하다. 높이는 50~70cm이나 최고 1.5m까지 자란다. 밤톨 크기의 씨앗은 건조에 대한 저항성이 매우 큰 것이 특징. 3~4년 묵어도 모래가 약간만 묻히면 그대로 싹이 튼다.

에 / 인다. / 이다 / 에

토씨 하나 잘못 쓰면… 확대경

글을 쓸 때 토씨(조사)나 어미를 잘못 쓰면 주장하고자 하는 뜻과 다른 뜻의 문장이 되어버릴 수 있다. 심하면 정반대의 뜻이 될 수도 있다. 우리말은 조사와 어미가 문장의 맥을 이어가는 구실을 하기 때문에 이런 부분을 꼼꼼히 살펴야 한다.

"미디어법은 정부의 주장대로 일자리 창출과는 전혀 별개의 것이다."

언론미디어 규제를 완화하면 일자리가 늘어난다는 정부의 주장은 사실이 아니라는 내용의 신문 칼럼에서 잘라온 구절이다. 미디어법이 시행되면 일자리가 늘어난다는 정부의 주장을 반박한 뒤 내린 결론이 아주 우스운 말이 되고 말았다. 정부는 일자리가 늘어난다고 주장했는데, 정부 역시 일자리 창출과는 전혀 별개의 것이라고 주장한 것으로 되었기 때문이다.

왜 이렇게 되었을까? '정부의 주장대로' 라는 부사구에 문제가 있다. '정부의 주장대로' 라는 부사구가 '전혀 별개의 것이다' 라는 술부를 꾸미기 때문에 "일자리 창출과는 전혀 별개의 것이다"가 정부의 주장으로 바뀌어 버렸다. '정부의 주장대로' 라는 부사구를 '정부가 주장하는' 이라는 관형절 또는 '정부의 주장과는 달리' 라는 부사구로 바꿔야 제 뜻이 살아난다. 그렇게 하면 '정부가 주장하는' 이라는 관형절은 '일자리 창출' 까지만 꾸미기 때문에 뒤따르는 "일자리 창출과는 전혀 별개의 문제다"는 정부의 주장이 아닌 글쓴이의 주장이 된다. 토씨 하나 잘못 쓰면 이런 결과를 가져온다. 한겨레 2010년 3월 11일, 우재욱

하는

미디어법은 정부가 주장[대로] 일자리 창출과는 전혀 별개의 것이다.

과 달리

미디어법은 정부의 주장[대로] 일자리 창출과는 전혀 별개의 것이다.

명사를 무리하게 나열하면 무미건조해진다

원 문

1 [1]공공기관의 경영 수지 악화와 부채 급증은 공공기관 자체의 잘못된 경영뿐 아니라 정부 사업을 손쉽게 집행하는 수단으로서 정부가 공공기관을 이용해온 결과이다. [2]예를 들어 정부는 4대강 사업 예산 22조원 중 8조원을, 또 빈곤층에 지급할 에너지 무상 쿠폰 비용을 공기업에 떠넘기고 있다. [3]이러한 정부의 공공기관 남용을 막기 위해서는 독립적 평가단에 의한 공공기관의 성과 평가를 주무 부처 장관의 성과 평가에 반영하는 것도 고려해볼 만하다.

2 [1]공공기관 선진화를 위한 또 하나의 방향은 민영화이다. [2]특히 시장에서 민간과 경쟁하는 부문에서는 공공기관의 민영화는 필수적이다. [3]민영화를 통하여 민간 영역 침범 논란을 불식시키고 또 경영 부실에 책임을 지는 경영 풍토를 확립해야 한다. 〈일간신문〉

해 설

- 명사만으로 된 어구가 많아 무미건조하다. 단락1의 문장1 '경영 수지 악화와 부채 급증', 단락2의 문장1 '공공기관 선진화', 문장3 '민간 영역 침범 논란'은 적절한 곳에 조사나 어미를 넣어야 쉽고 부드러워진다. 예를 들어 단락1 문장1의 '경영 수지 악화와 부채 급증은' 보다는 '경영 수지가 악화되고 부채가 급증한 것은'이, 단락2 문장1의 '공공기관 선진화' 보다는 '공공기관의 선진화'가 더 자연스럽다.
- 단락2의 문장3 '민영화를 통하여 민간 영역 침범 논란을 불식시키고'는 매우 어색하다. '민간' '영역' '침범' '논란' 네 개의 한자어가 나열되어 있기 때문이다. 없어진 주어(공기업)를 복원하고 조사(을)와 어미(했다)를 넣어 '민영화를 통하여 공기업이 민간 영역을 침범했다는 논란을 불식하고'로 고치면 더욱 좋은 문장이 된다.
- 단락1 문장3 '남용'은 '전횡'으로 쓰는 게 더 좋다. 남용은 주로 '물건을 함부로 사용하는 것'이지만 전횡은 '권세를 쥐고 제 마음대로 한다'는 뜻이다.

도 해

공공기관의 경영 수지 악화와 부채 급증은 공공기관 자체의 잘못된 경영뿐 아니라 정부 사업을 손쉽게 집행하는 수단으로서 정부가 공공기관을 이용해온 결과이다. 예를 들어 정부는 4대강 사업 예산 22조원 중 8조원을, 또 빈곤층에 지급할 에너지 무상 쿠폰 비용을 공기업에 떠넘기고 있다. 이러한 정부의 공공기관 남용을 막기 위해서는 독립적 평가단에 의한 공공기관의 성과 평가를 주무 부처 장관의 성과 평가에 반영하는 것도 고려해볼 만하다.

공공기관 선진화를 위한 또 하나의 방향은 민영화이다. 특히 시장에서 민간과 경쟁하는 부문에서는 공공기관의 민영화는 필수적이다. 민영화를 통하여 민간 영역 침범 논란을 불식시키고 또 경영 부실에 책임을 지는 경영 풍토를 확립해야 한다.

(교정 표시: 가, 되고, 가, 한 것, 전횡, 공기업이, 의, 가, 을, 했다는, 하, ,)

심화해설

보도문장이 왜 딱딱한가 했더니…

신문·방송 기자들이 쓰는 보도문장에는 명사 나열형 문장이 많다. 예를 들어 '전면적으로 도입된다' 라고 하면 될 것을 '전면 도입된다' 처럼, '대폭 지원할 방침이다' 라고 하면 될 것을 '대폭 지원 방침이다' 처럼, '확정하여 발표했다' 라고 하면 될 것을 '확정 발표했다' 처럼 어미를 자르거나 조사를 없애 여러 개의 한자어로 나열하는 것이다. 심한 경우에는 관공서의 공문서를 읽는 듯한 느낌이 들 때도 있다.

공간을 아끼고 정해진 시간 안에 많은 정보를 신속하게 전달해야 하는 업무적 특성이 그런 문장을 선호하게 했을 것이다. 그러나 **실제로는 그렇게 어미를 자르고 조사를 없앤다고 기사가 짧아지지는 않는다. 오히려 이런 문장은 정확한 의미 전달을 방해하거나 국어의 문법체계를 교란시키는 부정적인 역할을 한다.**

뜻도 모르고 쓰면 무식하다는 소리 듣는다

원 문

[1]기흥 삼성전자 공장을 찾은 전 단장은 방명록에 '북남 경제협력을 활성화해 민족공동의 번영을 이뤄나가자' 고 서명한 뒤 공장을 둘러봤다. [2]북한 대표단은 "서울 시민들과 남녘 동포들의 따뜻한 환대에 감사드린다"는 출발 성명을 남기고 베이징을 향해 떠났다. 〈일간신문〉

해 설

문장1 끝부분의 '서명' 의 쓰임이 잘못됐다. 서명署名이란 '자기 이름을 써넣는 것' 이므로, 예를 들어 "아베 총리는 연미복 차림으로 '내각 총리 대신 아베 신조' 라고 방명록에 서명한 뒤 신도 의식에 따라 참배했다"처럼 사용해야 한다. '북남 경제협력을 활성화해 민족공동의 번영을 이뤄나가자' 는 전 단장의 이름이 아니라 전 단장이 쓴 글귀다.

뭐? 질풍노도를 달렸다고?

글을 읽다 보면 이같이 단어를 잘못 사용한 예를 자주 볼 수 있다. 격정적인 삶을 비유할 때 '질풍노도 같은 ○○○' '질풍노도의 ○○○' 형식으로 쓰는 '질풍노도疾風怒濤' 의 '도' 를 '길 도道' 로 알고 '그들은 다시 질풍노도를 달리고 있다' 라고 적기도 하고, 비장한 각오를 결행할 때 '출사표를 던지다' 형식으로 쓰는 '출사표出師表' 를 '대진표對陣表' 정도의 뜻으로 알고 '○○와의 경기를 위한 출사표를 만들었다' 처럼 적기도 한다.

'호가호위狐假虎威' 와 '호의호식好衣好食' 을 혼동하거나, '조삼모사朝三暮四' 와 '조변석개朝變夕改' 를 혼동하기도 한다. 호가호위는 '여우가 호랑이의 위세를 빌린다' 는 뜻이므로 '좋은 옷 입고 좋은 음식 먹는다' 는 뜻의 호의호식과는 완전히 다른 말인데도 '그들은 이렇게 번 돈으로 호가호위하면서 오랫동안 영화를 누렸다' 라고 쓴다. 또 조삼모사는 '간교한 숫자놀음으로 남을 희롱하는 일' 이므로 '아침저녁으로 뜯어고쳐 일관성이 ↗

도 해

적은

기흥 삼성전자 공장을 찾은 전 단장은 방명록에 '북남 경제협력을 활성화해 민족 공동의 번영을 이뤄나가자' 고 서명한 뒤 공장을 둘러봤다. 북한 대표단은 "서울 시민들과 남녘 동포들의 따뜻한 환대에 감사드린다"는 출발 성명을 남기고 베이징을 향해 떠났다.

개선례

삼성전자 기흥 공장을 찾은 전 단장은 방명록에 "북남 경제협력을 활성화해 민족 공동의 번영을 이뤄나가자"고 적은 뒤, 공장을 둘러봤다. 북한 대표단은 "서울 시민들과 남녘 동포들의 따뜻한 환대에 감사드린다"는 출발 성명을 남기고 베이징을 향해 떠났다.

심화해설

↘ 없다' 는 조변석개와는 다른 말인데도, '이랬다 저랬다 하는 조삼모사식 부동산 정책은 부작용만 키울 뿐이다' 처럼 사용하기도 한다.

그런가 하면, 익숙해진 말에 이끌려 엉뚱한 표기를 하기도 한다. '일사불란一絲不亂' 과 '이역만리異域萬里' 가 대표적이다. '일사불란' 은 '한 오리의 실一絲도 엉키지 않았다不亂는 뜻으로, '매우 질서정연한 것' 을 일컫는 말인데도 '분란(紛亂, 어수선하고 소란스러움)' 이란 말에 익숙해져 '일사분란' 으로 알고 있는 사람이 많다. 또 '이역만리' 는 '만리나 떨어져 있는 다른 나라 땅(異域·이역)' 이란 말인데도 '2억二億' 이란 말에 익숙해져 '이억만리' 로 알고 있는 사람이 적지 않다. 이런 사례들은 이밖에도 많다.

이처럼 글 속에 단어의 오용례가 많은 것은 단어에 대한 관심이 부족하기 때문이다. 단어를 정해진 뜻을 벗어나 쓰면, 첫째는 전달하고 싶은 뜻이 잘못 전달되고, 둘째는 말의 질서가 무너진다. 이 두 가지는 서로 연결되어 있다. '그런 뜻이겠거니 하고 읽어주겠지….' 이렇게 생각하고 대충 쓰는 것은 글 쓰는 사람의 도리가 아니다.

뭐? 1회짜리 연속드라마라고?

원 문

[1]2000년대에 들어서는 한국인은 미국인들과 거의 동등한 사람으로 대접을 받았고 우리나라를 모르는 미국인은 별로 없다. [2]며칠 전 내가 뉴욕 컬럼비아대학에서 열린 세미나에 참석했을 때는 더 많은 사람이 내 명함을 달라며 학술교류와 연락을 하기를 바랐다. [3]한국이 경제성장을 하고, 민주화를 이뤄내고, 유엔 사무총장을 배출하면서 위상이 높아졌다는 의미다. 〈일간신문〉

해 설

- 문장1의 선행절에서는 '한국'으로, 후행절(둘째줄 앞부분)에서는 '우리나라'로 적었다. 같은 뜻의 말은 다르게 적을 필요가 없다.
- 문장2 끝부분 '학술교류와 연락을' 에서 '연락을' 은 불필요하다. 교류를 하기 위해서는 당연히 연락을 해야 하기 때문이다.
- 문장3 끝부분 '배출하다' 의 쓰임이 잘못됐다. '배출輩出하다' 는 '인재가 계속하여 나온다' 는 뜻이므로, 어떤 지역이나 기관 등이 뛰어난 인물을 계속적으로 내보낼 때 쓰는 말이다. 따라서 '배출하다' 의 목적어가 되는 것은 항상 복수의 사람이어야 한다. 그런데 이 예에서 목적어가 되는 것은 '(반기문) 유엔 사무총장' 한 사람뿐이다. **한 사람의 인물을 '배출한다' 고 하는 것은, '1회짜리 연속드라마' 같은 부자연스러운 표현이다.**

020

(이렇게 다음을 예고하면 독자는 편안함을 느낀다)
이 같은 흐름은 최근 들어 더욱 좋아졌다.

도 해

이제 한국을 동등하게

2000년대에 들어서는 한국인은 미국인들과 거의 동등한 사람으로 대접을 받았고 우리나라를 모르는 미국인은 별로 없다. 며칠 전 내가 뉴욕 컬럼비아대학에서 열린 세미나에 참석했을 때는 더 많은 사람이 내 명함을 달라며 학술교류와 연락을 하기를 바랐다. 한국이 경제성장을 하고, 민주화를 이뤄내고, 유엔 사무총장을 배출하면서 위상이 높아졌다는 의미다.

교류를 청해왔다. 내면서 예전보다

개선례

2000년대에 들어서는 한국인은 미국인과 거의 동등하게 대접을 받았고, 이제 한국을 모르는 미국인은 별로 없다. 이 같은 흐름은 최근 들어 더욱 좋아졌다. 며칠 전 뉴욕 컬럼비아대학에서 열린 세미나에 참석했을 때는 예전보다 더 많은 사람이 내 명함을 달라며 교류를 청해왔다. 한국이 경제성장을 하고, 민주화를 이뤄내고, 유엔 사무총장을 내면서 위상이 높아졌다는 뜻이다.

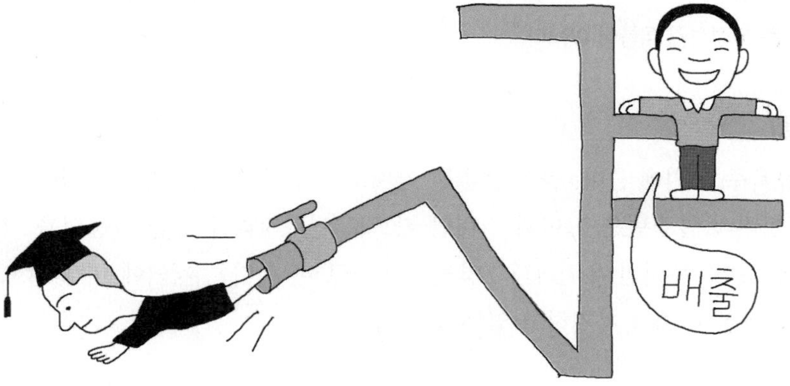

021

그가 신문을 읽다 어리둥절해진 이유

원 문

[1]뉴욕주 상원에 출마, 공화당의 빅 라지오 후보와 힘겨운 싸움을 벌이고 있는 힐러리 클린턴은 고어의 리버만 카드로 어부지리를 얻을 가능성을 기대하고 있다. [2]유대인 유권자가 7명 중 1명꼴로 미내 다른 지역에 비해 압도적으로 높은 비중을 차지하고 있는 탓이다. 〈일간신문〉

해 설

– 문장1 '출마' 뒤의 반점(,)은 '하여' 대신 찍은 것이다. 기자들은 흔히 이렇게 쓰지만, 엄밀히 말하면 이것은 어미를 단절한 것으로 일종의 '문법파괴' 다. 불가피하지 않는 한 '하여' 로 갖추어 적어야 한다.

– 문장2의 '미내' 는 생소한 말이다. 문맥으로 보아 '美內' 인 것을 짐작할 수 있으나 왠지 어색하다. 그렇다면 한국 내를 '한내', 중국 내를 '중내' 라고 해야 할 텐데 그렇게는 하지 않는다. **단어는 충분히 정착된 것을 써야 한다. 그렇지 않으면 독자는 어리둥절해진다.**

– 문장2 끝부분의 '탓' 은 '때문' 으로 고쳐야 한다. '탓' 은 '부정적인 현상이 생긴 원인' 또는 '잘못된 까닭' 을 나타낼 때 붙이지만, '때문' 은 그냥 앞에 오는 말의 까닭이나 원인을 중립적으로 나타낸다. 바로 앞 문장에 '가능성' '기대' 같은 말이 있으므로 이 문장은 부정적인 흐름이 아니다.

도 해

하여

뉴욕주 상원에 출마, 공화당의 빅 라지오 후보와 힘겨운 싸움을 벌이고 있는 힐러리 클린턴은 고어의 리버만 카드로 어부지리를 얻을 가능성을 기대하고 있다. 유대인 유권자가 7명 중 1명꼴로 미내 다른 지역에 비해 압도적

→ 미국 내

으로 높은 비중을 차지하고 있는 탓이다.

↓ 있기 때문

022

말을 멋대로 만들어 쓰면 안 되지

원 문

[1]아직은 북한체제의 변화를 섣부르게 판단하기 어렵지만, 그 변화의 방향이 자본주의 요소의 증대와 개방의 확대임은 분명해 보인다. [2]그리고 이 과정은 남북관계의 변화 역시 필연적으로 결과하게 될 것이다. 〈일간신문〉

해 설

- 문장1에서 '섣부르게 판단하기 어렵지만'은 이상하다. '섣부르다'는 '어설프다'란 뜻이므로 이대로라면 '어설프게 판단하기는 어렵지만'이 된다. '북한체제의 변화를 판단하기는 섣부르지만…'으로 쓰려다 잘못된 것이 틀림없다.
- 문장2 끝부분의 '필연적으로'는 '남북관계' 앞으로 가져오는 것이 좋다. 그대로 두면 '결과하게'만 수식하지만, 앞으로 가져오면 '남북관계의 변화를 결과하게 된다'를 포괄적으로 수식한다.
- 문장2 끝부분의 '결과하게'는 문제가 많다. 무엇을 뜻하는지는 알 수 있으나 일반적으로 통용되는 어구가 아니다. '하다'는 어떤 명사에나 붙는 것이 아니다. **설사 읽는 사람이 짐작할 수 있다 해도 말은 멋대로 만들어 쓰면 안 된다. 정착되어 있지 않은 말을 쓰고 싶을 때는 그 말이 아니면 안 된다는 필연성이 있는지를 생각해 보아야 한다.**

도 해

변화도 / 판단하기는 섣부르지만,

아직은 북한체제의 변화를 [섣부르게 판단하기 어렵지만,] 그 변화의 방향이 자본주의 요소의 증대와 개방의 확대임은 분명해 보인다. 그리고 이 과정은 남북관계의 [변화 역시] [필연적으로] [결과하게] 될 것이다.

가져오게

유식한 말보다 보편적인 말이 좋다

원 문

[1]부각되고 있는 동아시아 역내 경제 통합과 협력의 이면에는 세 가지 요인이 착종(錯綜)하고 있다. [2]즉 서방 다국적 기업이 주도하는 자본, 기술, 금융이 생산과 연결되는 현장으로서의 기능, 중국과 아세안 경제의 역동적 발전, 그리고 역내 주도권을 확보하기 위한 중국과 일본의 경쟁관계가 서로 작용하는 특이한 양상을 보이고 있는 것이다. 〈일간신문〉

해 설

– 한자어가 많으나 문장 구성은 좋다. 문장1에서 핵심을 정의하고, 그에 대한 설명을 문장2에서 세 가지로 나누어 부연했다. 이렇게 처음에 "여기에는 세 가지 요인이 있다"라고 못박으면 독자는 편안한 마음으로 읽기 시작한다.

– 그러나 문장1 말미의 '착종(錯綜)하고 있다'는 표현은 문제가 있다. '착종'이 무슨 말인지 얼른 이해가 가지 않는다. 이해를 돕기 위해 괄호 안에 한자를 넣었으나 이 때문에 더욱 의미 파악이 어려워졌다. 잘 쓰지 않는 한자이기 때문이다. 국어사전에는 '이것저것이 뒤섞여 엉클어짐'의 뜻이 있는 것으로 나와 있다. 그렇다면 그냥 '세 가지 요인이 뒤섞여 있다'라고 쉽게 적으면 모든 사람이 빠르게 이해할 수 있다. 글을 쓰다 보면 자기도 모르게 어깨에 힘이 들어간 말을 쓰고 싶을 때가 있다. 그러나 **명문名文이란 어렵고 유식한 말이 들어간 글이 아니라 쉽고 보편적인 말로 이어져 있어 한 번만 읽어도 의미를 파악할 수 있는 문장이다.**

– 문장2는 문장부호 사용법이 서투르다. '즉'이 문장 첫머리에 올 때는 뒤에 쉼표를 넣는 것이 좋고, '자본' '기술' '금융' 처럼 똑같은 자격의 단어가 나열될 때는 쉼표 대신 가운뎃점(·)을 찍어 구분해야 한다. 이렇게 하면 문장1에서 말한 세 가지 사항이 보기 좋게 구분된다.

023

도 해

뒤섞여

부각되고 있는 동아시아 역내 경제 통합과 협력의 이면에는 세 가지 요인이 착종(錯綜)하고 있다. 즉 서방 다국적 기업이 주도하는 자본, 기술, 금융이 생산과 연결되는 현장으로서의 기능, 중국과 아세안 경제의 역동적 발전, 그리고 역내 주도권을 확보하기 위한 중국과 일본의 경쟁관계가 서로 작용하는 특이한 양상을 보이고 있는 것이다.

개선례

부각되고 있는 동아시아 역내 경제 통합과 협력의 이면에는 세 가지 요인이 뒤섞여 있다. 즉, 서방 다국적 기업이 주도하는 자본·기술·금융이 생산과 연결되는 현장으로서의 기능, 중국과 아세안 경제의 역동적 발전, 그리고 역내 주도권을 확보하기 위한 중국과 일본의 경쟁관계가 서로 작용하는 특이한 양상을 보이고 있는 것이다.

뭐? 한자어를 많이 써야 권위가 선다고?

원 문

[1]국회의 5공비리 청문회장에 불려나온 전직 대통령에게 국회의원 명패가 날아들 때 우리는 쾌재 또 쾌재를 불렀다. [2]권위주의 정수리가 부서지는 광경을 목도하는 듯한 통쾌감에 우리는 전율했었다. [3]권위주의를 배설한 것이라 할까, 거기에다 침을 뱉은 것이라 할까. [4]하여간 그 카타르시스 사건을 필두로 이 땅의 권위주의는 조금씩 몰락해갔다. 〈주간신문〉

해 설

– 글이 분노에 차 있고 너무 직설적이다. 이렇게 글 속에 감정을 지나치게 드러내면 진정성을 의심받을 수 있다. 완곡한 방법으로도 얼마든지 주장을 펼칠 수 있다.

– 한자어가 너무 많아 딱딱하다. '쾌재快哉' '광경光景' '목도目睹' '전율戰慄' '배설排泄' '필두筆頭'는 친근한 우리말로 표현할 수 있는데도 한자어를 썼다. 물론 **어떤 경우에나 한자어를 배제해야 한다는 것은 아니다. 다소 어렵게 느껴지더라도 문장에 변화를 주고 싶거나 지적知的 자극이 필요할 때는 작은 범위에서 동원할 수는 있다. 지나친 것이 문제다.**

– 문장1 말미의 '쾌재 또 쾌재를 불렀다'란 표현은 어색하다. '통쾌하다고 말하다'는 뜻의 '쾌재快哉를 불렀다'를 강조하기 위해 그렇게 썼을 것이다. 그러나 강조해야 할 것은 '쾌재'가 아니라 '불렀다'가 되어야 한다. 이것은 '우리는 환호를 보내고 또 보냈다'라고 써야 할 것을 '우리는 환호 또 환호를 보냈다'라고 쓴 것과 같다.

– 문장2 앞부분의 '권위주의 정수리가 부서진다'는 표현은 너무 참혹하다. 독자는 글을 읽으면서 무의식중에 글 속에 나타난 실제 모습을 상상하게 되어 있다.

– 문장2 말미의 '전율했었다'는 '전율했다'라고 적어야 한다. '전율했다'와 '전율했었다'는 다르다. '전율했다'는 단순히 과거의 사실을 이야기한 것이지만, '전율했었다'는 '그때는 전율했지만, 지금은 상황이 다르다'는 뜻이 된다.

024

도 해

부르고 또 처참하게

국회의 5공비리 청문회장에 불려나온 전직 대통령에게 국회의원 명패가 날아들 때 우리는 괘재 또 쾌재를 불렀다. 권위주의 정수리가 부서지는 광경을 목도하는 듯한 통쾌감에 우리는 전율했었다. 권위주의를 배설한 것이라 할까, 거기에다 침을 뱉은 것이라 할까. 하여간 그 카타르시스 사건을 필두로 이 땅의 권위주의는 조금씩 몰락해갔다.

적

몸서리쳤다.

보는

개선례

국회의 5공비리 청문회장에 불려나온 전직 대통령에게 국회의원 명패가 날아들 때 우리는 쾌재를 부르고 또 불렀다. 권위주의가 처참하게 부서지는 모습을 보는듯한 통쾌감에 우리는 몸서리쳤다. 권위주의를 배설한 것이라 할까, 거기에다 침을 뱉은 것이라 할까. 하여간 그 카타르시스적 사건을 필두로 이 땅의 권위주의는 조금씩 몰락해갔다.

심화해설

뭐! 서울대생이 기초한자도 못 읽는다고?

어려운 말이 많은 글은 좋은 글이 아니다. 글을 쓰는 목적은 독자에게 자신의 의사를 정확하게 전달하는 데 있으므로 독자가 충분히 이해할 수 있는 말을 골라 써야 한다. 어려운 말로 인해 독자가 시선을 돌려버린다면 그 손해는 고스란히 필자 자신에게 돌아간다. 한자에 약한 젊은 세대가 읽는 글일 때는 이점을 더욱 유념해야 한다.

몇 해 전, 서울대에서 교양국어 수강생 1280명을 대상으로 한자 실력을 측정하는 시험을 치렀는데, "'南北통일' 중 한글로 된 部分을 漢字로 옮기시오"란 문제에 '남북'이라고 답한 학생이 절반을 넘었다고 한다. '部分'이나 '漢字'를 못 읽어 무엇을 묻는지도 몰랐던 것이다. 그런가 하면, 背水陣(배수진)을 '부수차', 幼稚(유치)를 '절치'로 읽고, 문화를 '文花', 학과를 '學校'로 쓴 답변이 수두룩했다고 한다. 〈조선일보 040909〉

젊은이들은 한자에 약하다. 한글전용론을 주장하는 일부 지식인들에게 교육 당국이 무릎을 꿇은 탓이다. 그래서 글쓰는 사람들에게 한자는 딜레마다. 한자어를 많이 쓰자니 소통이 안 되고 적게 쓰자니 표현에 한계가 있는 것이다. 한자논쟁은 끝났지만, 한자의 특징과 효율성은 알아둘 필요가 있다.

1. 한자는 의미를 유추하기 쉽다.

'노인학老人學' 을 영어로 'gerontology' 라고 한다. 영어권에서 이 단어를 알고 있는 사람은 인텔리에 속한다. 'old' 라는 기본어의 지식이 이 단어와 연결되지 않기 때문이다. 따라서 어려운 개념의 영어문장에서는 그 말에 대한 설명을 일일이 부연해야만 한다. 그 결과 "Gerontology is scientific study of old people."(노인학이란 노인에 대한 과학적 연구다) 등으로, 한자로 표기했을 때는 전혀 불필요한 글을 넣어야 한다.

2. 한자는 조어造語가 쉽다.

글을 쓰다 보면 압축해서 의미를 전달해야 할 때가 있다. 이럴 때 한자를 활용하면 쉽게 답을 찾을 수 있다. '與小野大(여소야대)' '在宅勤務(재택근무)' 등은 모두 1970년대 이후 만들어진 말이다.

3. 한자를 알아야 수준높은 학습을 할 수 있다.

그럼에도 불구하고, 한글전용론자들은 "한자를 몰라도 '비행기' 의 뜻을 아는데, 굳이 '비행기는 날비飛 다닐행行 틀기機에서 왔다' "고 가르칠 필요가 있느냐고 말한다. 그러나 글 속에는 비행기 수준의 말만 나오는 게 아니다. 그보다 훨씬 전문적인 말, 즉 '천수경' '색즉시공' '양전자' '입자가속기' 같은 말도 나온다. 이처럼 선조들이 이루어온 방대한 문화적 축적을 학습하고, 끊임없이 생산되는 학문 세계를 효율적으로 이해하기 위해서는 한자어의 뿌리가 된 한자를 이해해야 한다.

어찌 됐든 지금은 한자가 힘을 쓰지 못하는 시대다. 따라서 학술논문이나 의례문구, 잘못 이해될 염려가 있거나 강조하는 경우 등이 아니면 문장 속에서 한자어는 적게 쓰는 것이 좋다. 이것은 오랫동안 이어진 한자 경시 풍조로 인해 한자에 약해진 젊은이들에게 읽힐 수 있는 글이 되도록 하는 대전제가 된다.

1. 어려운 한자는 피한다.
   극히 전문적인 내용이 아니라면 가급적 교육한자 이내에서 쓰는 것이 좋다. 교육한자 이외의 것을 쓸 경우에는 다른 한자로 바꾸거나 단어 자체를 바꾸는 등의 대안을 찾아보아야 한다.

2. 동음이의어 등 한글로 쓰면 오독誤讀이 되거나 쉽게 이해되지 않는 말은 괄호 속에 한자를 병기한다.
   〈예〉 아침에 오는 신문이 차장·대리의 손을 거쳐 그에게 오는 데는 한나절이 걸린다. 그동안 신문(新聞)은 구문(舊聞)이 되어버린다.

3. 사자성어·전문용어·신조어 중에서 강조할 필요가 있거나 의미전달상 필요하다고 판단될 때는 괄호 안에 한자를 넣는다.
   〈예〉 마칠인삼(馬七人三)이란 말도 있지만 말의 능력을 이끌어내는 것은 결국 말과 기수의 절묘한 호흡이다.

4. 필자 스스로 조어造語했거나 기존의 어구를 변조한 말로, 한자로 적으면 길게 설명하지 않아도 독자들이 금방 이해할 수 있을 때는 괄호 안에 한자를 넣는다.
   〈예〉 경기 향방은 오리무중(五里霧中)이고 집값 전망은 십리무중(十里霧中)이다.

전문용어나 키워드는 한 가지로 통일하라

원 문

1 [1]기후학자들은 기온이 5도 이상 상승하면 '재앙'이 올 것으로 본다. [2]이 정도의 기온 상승은 지난번 빙하기 이후의 기온 상승폭과 같다. [3]히말라야의 빙하가 대부분 녹아버려 중국 인구의 25%와 인도 인구 수억 명이 식수원을 잃을 것이고, 런던, 뉴욕, 도쿄 등 대도시들이 높아진 해수면의 위협을 받게 된다.

2 [1]위원회의 과학자들은 또 오늘 당장 이산화탄소 배출을 동결하더라도 십 년마다 0.1도씩 기온 상승은 불가피하다고 경고했다. [2]지구온난화가 상당히 진척돼 바다와 토양의 탄산가스 흡수 등 자연의 조절능력은 이미 한계에 도달했다는 것이다. 〈일간신문〉

해 설

- 단락1의 문장2 '지난번'은 다른 말로 바꾸어야 한다. 빙하기에 대한 개념이 모호하지만, 대체로 마지막 빙하기는 '1만년 전'에 끝난 것으로 보는 게 정설이다. '지난번'이라 하면 바로 얼마 전의 일인 것처럼 느껴진다.
- 단락1의 문장2와 문장3의 연결이 부자연스럽다. 문장2와 문장3은 문장1에 대한 부연설명인데, 이 두 문장을 연결해주는 말이 없어 동떨어진 느낌이 든다.
- 단락2 문장1의 과학자들의 말을 인용한 부분, 즉 '오늘 당장 이산화탄소 배출을 동결하더라도 십 년마다 0.1도씩 기온 상승은 불가피하다'는 따옴표로 묶어주어야 글이 정리되어 보인다. 그리고 '십 년'은 '10년'으로 쓰는 것이 인지속도가 빠르다.
- 이산화탄소와 탄산가스는 같은 말이다. 그런데 단락2의 문장1에서는 '이산화탄소'라고 했다가 문장2에서는 '탄산가스'라고 했다. 두 말이 같은 말임을 필자가 모르고 그랬을 수도 있으나, 같은 표현이 거듭 나오는 것을 피하기 위해서 그랬다면 큰 잘못이다. **전문용어나 키워드(핵심어)는 같은 문장에서 바꾸어 쓰지 않는 것이 원칙이다.**

025

도 해

1만년 전 마지막 　　　　　　　　이렇게 되면,

기후학자들은 기온이 5도 이상 상승하면 '재앙'이 올 것으로 본다. 이 정도의 기온 상승은 지난번 빙하기 이후의 기온 상승폭과 같다. 히말라야의 빙하가 대부분 녹아버려 중국 인구의 25%와 인도 인구 수억 명이 식수원을 잃을 것이고, 런던, 뉴욕, 도쿄 등 대도시들이 높아진 해수면의 위협을 받게 된다. (같은 자격의 어구는 가운뎃점으로 연결해야 한다)

10

위원회의 과학자들은 또 "오늘 당장 이산화탄소 배출을 동결하더라도 십년마다 0.1도씩 기온 상승은 불가피하다"고 경고했다. 지구온난화가 상당히 진척돼 바다와 토양의 탄산가스 흡수 등 자연의 조절능력은 이미 한계에 도달했다는 것이다. 이산화탄소

개선례

기후학자들은 기온이 5도 이상 오르면 '재앙'이 올 것으로 본다. 이 정도의 기온 상승은 1만년 전 마지막 빙하기 이후의 상승폭과 같다. 이렇게 되면, 히말라야의 빙하가 대부분 녹아버려 중국 인구의 25%와 인도 인구 수억 명이 식수원을 잃을 것이고, 런던 · 뉴욕 · 도쿄 등 대도시들이 높아진 해수면의 위협을 받게 된다.

위원회의 과학자들은 또 "오늘 당장 이산화탄소 배출을 동결하더라도 10년마다 0.1도씩의 기온 상승은 불가피하다"라고 경고했다. 지구온난화가 상당히 진척돼 바다와 토양의 이산화탄소 흡수 등 자연의 조절능력은 이미 한계에 도달했다는 것이다.

용어 선정은 독자의 수준에 맞게 하라

원 문

[1]Apple이 에미상을 수상했다. [2]대상이 된 것은 IEEE1394라고 하는, 컴퓨터와 주변기기를 연결하는 데이터 송신기술이다. [3]TV업계에서도 FireWire는 맹렬히 활약하고 있다. 〈단행본〉

해 설

- 문장1의 주어 'Apple'은 '애플'로, 문장3의 'Fire Wire'는 '파이어 와이어'로 적어야 한다. 논문이라면 몰라도 일반적인 글에서는 원어를 바로 쓰지 않고 한글로 적는 게 원칙이다. 굳이 원어를 밝히려면 '애플(Apple)', '파이어 와이어(Fire Wire)'처럼 괄호 안에 넣어야 한다.
- 문장2 앞에 '에미상'이 무엇인지 설명하는 말이 있어야 한다. 물론 전문가들을 위한 글이라면 설명이 필요 없겠지만, 그렇지 않다면 간단히 언급하고 넘어가야 한다.
- 문장2의 IEEE1394가 후반(문장3)에서 FireWire로 바뀌어 있다. 엄밀히 말하면 이것은 틀린 것은 아니다. IEEE1394와 FireWire는 같은 말이기 때문이다. 그러나 업계에 상당히 정통한 사람이 아니고서는 이 둘이 같다는 사실을 알지 못한다. **같은 문장 속에서는 용어(특히 전문용어)를 함부로 바꾸지 않는 것이 원칙이다.**
- IEEE1394와 FireWire가 같은 것임을 아는 독자는 당연히 IEEE1394가 무엇인지도 알 것이다. 그렇다면 문장2의 'IEEE1394라고 하는, 컴퓨터와 주변기기를 연결하는 데이터 송신기술이다'처럼 IEEE1394가 무엇인지 굳이 설명할 필요가 없다. 이 글은 전반(문장1, 문장2)은 초보자용으로 씌어 있지만, 후반(문장3)은 전문가용으로 씌어 있다. 이 글의 가장 큰 문제점은 바로 이것이다.

도 해

애플(Apple) 텔레비전 업계 최고의 상이다.

Apple이 에미상을 수상했다. 대상이 된 것은 IEEE1394라고 하는, 컴퓨터와 주변기기를 연결하는 데이터 송신기술이다. TV업계에서도 IEEE1934는 맹렬히 활약하고 있다.

(일명 파이어 와이어·FireWire)

개선례

애플(Apple)이 에미상을 수상했다. 텔레비전 업계 최고의 상이다. 대상이 된 것은 IEEE1394(일명 파이어 와이어·FireWire)라고 하는, 컴퓨터와 주변기기를 연결하는 데이터 송신기술이다. TV업계에서도 IEEE1934는 맹렬히 활약하고 있다.

쉬운 문장을 쓰기 위한 어구선정 요령

- 일상생활에서 자주 사용하는 말을 사용한다.
- 어려운 한자어나 잘 쓰지 않는 고어를 사용하지 않는다.
- 특별한 집단에서만 사용하는 말을 사용하지 않는다.
- 적당한 말을 찾을 수 없을 때만 전문용어를 사용한다.
- 추상적인 말을 사용하지 않고, 독자의 머리에 구체적인 이미지가 떠오르는 말을 사용한다.
- 유행어나 저속한 말을 사용하지 않는다.
- 과장된 말이나 공허한 말을 사용하지 않는다.
- 익숙해 있지 않은 외국어를 함부로 사용하지 않는다.
- 남을 깔보는 말을 사용하지 않는다.
- 독자의 연령·교육 정도·성별 등을 생각하여 말을 선택한다.
- 두 가지가 있다면 읽어보고 느낌이 좋은 말을 선택한다.
- 자기 멋대로 말을 만들어 쓰지 않는다.

고사는 바르게 써야 가치가 있다

원 문

[1]우리는 의식주 모두에 자연스럽게 스며든 일상 속의 작품, 예술 속에서 기거하게 되었다. [2]일상생활에서도 흔히 접하는 예술적 감성과 밀접하게 교우하는 삶이 자칫 '희소성의 가치를 떨어뜨리지는 않을까' 하는 기우도 있지만 선택의 폭이 넓어지는 것만은 설레는 일이다. 〈일간신문〉

해 설

- 글 전체를 읽어보면 그렇지 않겠지만, 이 단락만 읽어서는 무엇을 말하는지 알기 어렵다. 그 이유는 여러 가지다. 우선 문장1의 '작품' 뒤에 찍힌 반점(,)이 무엇을 의미하는지, 즉 이어지는 '예술'과 'and(나열)'의 관계인지 'equal(대등)'의 관계인지 얼른 이해되지 않는다. 'and'의 관계라면 반점 대신 '~과'를, 'equal'의 관계라면 '~즉'을 넣어야 한다.
- 문장2의 출현이 낯설다. 틀림없이 문장1과 모종의 관계가 있는 문장일 텐데, 지금 상태로는 어떤 관계가 있는지 알기가 힘들다. 문장1과 문장2를 연결해주는 어구나 문장이 필요하다. 넷째줄 앞쪽 '선택의 폭'의 출현도 갑작스럽다. 무엇에 대한 선택의 폭인지 느낌이 바로 오지 않는다.
- 문장2 후반부 '기우'의 쓰임이 잘못됐다. 흔히 기우杞憂를 '걱정' '공포'와 동의어인 것으로 생각하는 경우가 있는데, 그렇지 않다. 기우란 고대 중국의 기杞나라에 '하늘이 무너지지 않을까, 땅이 꺼지지 않을까' 하고 걱정해 잠도 못 자고 밥도 못 먹는 사람이 있었다는 데서 온 말로, **'장래의 일에 대해 불필요한 걱정을 하는 것'을 말한다. 다시 말해 '불필요한 걱정'이 아니라 '불필요한 걱정을 하는 것'이다. 따라서 기우는 '~하는 것(일)은 기우다' 처럼 사용하는 것이 정석**이다. 예를 들어 '이번 호우로 제방이 무너지지 않을까 노심초사했는데, 그것은 기우에 지나지 않았다' 처럼 써야 한다.

027

도 해

이 반점이 무엇을 의미하는지 알 수 없다. 'and'의 관계일 수도 있고 'equal(=)'의 관계일 수도 있다. equal의 관계라면 '즉'을 넣어야 한다.

우리는 의식주 모두에 자연스럽게 스며든 일상 속의 작품, 예술 속에서 기거하게 되었다. 일상생활에서도 흔히 접하는 예술적 감성과 밀접하게 교우하는 삶이 자칫 '희소성의 가치를 떨어뜨리지는 않을까' 하는 기우도 있지만 선택의 폭이 넓어지는 것만은 설레는 일이다.

즉

걱정

있기 때문이다. 하지만 예술작품에 대한

이 같은 '예술과의 동거'가 반드시 좋은 것만은 아니다.

개선례

우리는 의식주 모두에 자연스럽게 스며든 일상 속의 작품, 즉 예술 속에서 기거하게 되었다. 이 같은 '예술과의 동거'가 반드시 좋은 것만은 아니다. 일상생활에서 예술과 밀접하게 교우하는 삶이 자칫 '희소성의 가치를 떨어뜨리지는 않을까' 하는 걱정도 있기 때문이다. 하지만 예술작품에 대한 선택의 폭이 넓어지는 것만은 설레는 일이다.

뭐? 오얏나무 밑에서 신발을 고쳐신지 말라고?

원 문

[1]노조는 감독원 출신 인사의 선임을 '관치'로 못박았지만 수긍할 만한 증거는 보이지 않는다. [2]'오이밭에서 갓끈을 고쳐 맨' 당국의 미숙함도 문제지만 노조의 행동도 '소매금융을 해온 국민은행이 상대적으로 인력감축 여지가 많기 때문이 아닌가'라는 의심을 받는다. 〈일간신문〉

해 설

- 문장1과 문장2가 모두 '~만 ~한다'의 형식이다. 둘 중 하나를 바꾸어야 한다.
- 문장2 '오이밭에서 갓끈을 고쳐 맨'은 '오이밭에서 신발을 고쳐신은'으로 적어야 한다. 이것은 '남에게 오해받기 쉬운 일은 하지 말라'는 뜻의 '오얏나무 밑에서는 갓을 고쳐 쓰지 말고(李下不整冠·이하부정관), 오이밭에서는 신발을 고쳐신지 말라(瓜田不納履·과전불납리)'를 따온 것인데 가지가 많아 착각한 것 같다. **속담이나 격언은 적절히 활용하면 글맛이 좋아지지만 잘못 사용하면 글을 추하게 만든다.**

표현력을 풍부하게 하려면…

1. 어휘력을 늘린다.

표현력을 기르기 위해서 가장 주목해야 할 것은 어휘력이다. 한 편의 글은 작은 언어단위인 단어의 결합이기 때문이다. 어휘력을 기르는 지름길은 부단히 국어사전을 찾는 것이다. 이때는 단순히 모르는 단어만 찾기보다 관련된 단어를 함께 읽어두는 것이 좋다. 이것을 습관화하면 자기도 모르게 어휘력이 풍부해진다.

2. 동의어·유의어·반의어를 외운다.

단어를 기억할 때 의미가 같은 것, 비슷한 것, 혹은 반대의 것을 함께 외우

028

도 해

무엇보다 / 신발을 고쳐신은 / 문제다. 하지만 / 이

노조는 감독원 출신 인사의 선임을 '관치'로 못박았지만 수긍할 만한 증거는 보이지 않는다. '오이밭에서 갓끈을 고쳐 맨' 당국의 미숙함도 문제지만 노조의 행동도 '소매금융을 해온 국민은행이 상대적으로 인력감축 여지가 많기 때문이 아닌가'라는 의심을 받는다.

개선례

노조는 감독원 출신 인사의 선임을 '관치'로 못박았지만 수긍할 만한 증거는 보이지 않는다. 무엇보다 '오이밭에서 신발을 고쳐신은' 당국의 미숙함이 문제다. 하지만 노조의 행동도 '소매금융을 해온 국민은행이 상대적으로 인력감축 여지가 많기 때문이 아닌가'라는 의심을 받는다.

확대경

면 입체적인 어휘학습이 된다.

3. 좋다고 생각하는 표현을 예문과 함께 정리해 둔다.

책이나 신문·잡지 등을 읽으면서 괜찮다고 생각되는 표현이 있으면 예문과 함께 컴퓨터나 노트에 정리해 둔다. 단순히 잡다하게 적어 놓는 것이 아니라 인물묘사·자연묘사·심리묘사·정경묘사 등을 장르별로 나누어 두면 쉽게 기억할 수 있고 필요할 때 즉시 이용할 수 있다. 그중 일부는 외워질 정도로 여러 차례 읽을 필요가 있다. 그러면 글을 쓸 때 저절로 명문이 딸려나온다.

그가 명언을 인용하다 무시당한 사연

원 문

[1]스포츠 선수들의 투혼과 선전은 국민들을 하나로 뭉치게 한다. [2]그동안 스포츠를 통해 국민들을 하나로 묶었던 스타들이 이제는 소외된 이웃을 찾아 나눔을 통해 사랑으로 하나됨을 실천하고 있다. [3]올해로 6년째 '왼손이 하는 일을 오른손이 모르게 하듯' 드러내지 않고 꾸준하게 장애인 봉사활동을 펼치고 있는 전·현역 스포츠 스타들의 모임 '함께하는 사람들'이 그들이다. 〈일간신문〉

해 설

- 문장1과 문장2의 '국민들'은 '국민'으로 고쳐야 한다. '국민' '시민' 같은 집합명사에 복수의 접미사 '-들'을 붙이면 이중표현이 된다.
- 문장3 '왼손이 하는 일을 오른손이 모르게 하듯'은 왼손과 오른손이 바뀌었다. 『신약성서』「마태복음」에 나오는 이 말은, "오른손이 하는 일을 왼손이 모르게 하여 네 구제함이 은밀하게 하게 하라"가 원문이다. 성경에는 우右는 선善의 상징으로, 좌左는 악惡의 상징으로 묘사되어 있다. 이것은 사소한 것 같지만 그렇지 않다. 기독교도의 입장에서 볼 때는 불쾌한 일이 되기 때문이다. **명언을 인용하면 글의 가치가 돋보이고 설득력도 높아지지만 그르게 인용하면 오히려 품격을 떨어뜨린다.**

029

도 해

스포츠 선수들의 투혼과 선전은 국민들을 하나로 뭉치게 한다. 그동안 스포츠를 통해 국민들을 하나로 묶었던 스타들이 이제는 소외된 이웃을 찾아 나눔을 통해 사랑으로 하나됨을 실천하고 있다. 올해로 6년째 ‘왼손(→ 오른손)이 하는 일을 오른손(→ 왼손)이 모르게 하듯’ 드러내지 않고 꾸준하게 장애인 봉사활동을 펼치고 있는 전·현역 스포츠 스타들의 모임 ‘함께하는 사람들’이 그들이다.

개선례

스포츠 선수들의 투혼과 선전은 국민을 하나로 뭉치게 한다. 그동안 스포츠를 통해 국민을 하나로 묶었던 스타들이 이제는 소외된 이웃을 찾아 나눔을 통해 사랑으로 하나됨을 실천하고 있다. 올해로 6년째 ‘오른손이 하는 일을 왼손이 모르게 하듯’ 드러내지 않고 꾸준하게 장애인 봉사활동을 펼치고 있는 전·현역 스포츠 스타들의 모임 ‘함께하는 사람들’이 그들이다.

어려운 말은 바로 뒤에서 설명하라

원문

[1]초보인 주제에 종이에다도 못 그리면서 인사동에서 제일 좋은 비단을 사다가 그리느라 고생깨나 했었다. [2]덕분에 다 그리고 나니 배경 여기저기 얼룩이 져서 본의 아니게 아주 오래된 그림 같은 느낌이 들었다. [3]그 이후에 자신이 생겨서 관세음보살 지장보살도 그리게 되었고, 보현보살은 다니는 절 스님의 부탁으로 그려서 점안식까지 받고 지금도 법당에 걸려 있다. [4]아무튼 아미타불은 내게 초심이란 어떤 것인가 생각하게 하는 그런 부처님이다. [5]지금 보면 선도 삐뚤빼뚤하고 비율도 안 맞고 색도 마음에 안 들지만 그때는 정말 부처님을 그려야겠다는 마음 하나만으로 미친듯이 달려들어서 그렸던 것 같다. 〈계간잡지〉

해설

- 문장2와 문장3의 인과관계가 확실하지 않다. 문장2의 '배경이 얼룩져 오래된 그림 같았다'는 것이 문장3의 '그림에 자신이 생긴 것'과 어떤 관계가 있는지 더 쉽게 이해할 수 있는 문구를 넣어주어야 한다. 논리의 급격한 발전은 독자를 혼란스럽게 한다.
- 문장3에는 정보가 너무 많다. '그림에 자신이 생겨 관세음보살·지장보살을 그렸다', '보현보살도 그렸다', '보현보살은 스님이 점안식을 해줬다' 등 많은 정보가 한 문장 안에 있다. 그러다 보니 선행절과 후행절의 연결이 부자연스러워졌다. 정보를 절반씩 담아 두 문장으로 나누는 것이 낫다.
- 문장3 후행절의 '점안식'은 불자가 아니라면 좀처럼 들을 수 없는 말이다. 이처럼 어려운 말은 바로 뒤에서 설명해주어야 한다.
- 문장5도 선행절과 후행절의 연결이 부자연스럽다. 선행절이 '비율도 안 맞고 색도 마음에 안 들지만'으로 되어 있으므로 후행절은 '그래도 뿌듯하다'와 같은 형태의 문장이 와야 한다.
- 문장5 끝부분 '미친듯이'는 이상한 상상이 드는 말이므로 삭제해야 한다.

030

도 해

초보인 주제에 종이에다도 못 그리면서 인사동에서 제일 좋은 비단을 사다가 그리느라 고생깨나 했었다. 덕분에 다 그리고 나니 배경 여기저기 얼룩이 져서 본의 아니게 아주 오래된 그림 같은 느낌이 들었다. 그 이후에 자신이 생겨서 관세음보살 지장보살도 그리게 되었고, 보현보살은 다니는 절 스님의 부탁으로 그려서 점안식까지 받고 지금도 법당에 걸려 있다. 아무튼 아미타불은 내게 초심이란 어떤 것인가 생각하게 하는 그런 부처님이다. 지금 보면 선도 삐뚤빼뚤하고 비율도 안 맞고 색도 마음에 안 들지만 그때는 정말 부처님을 그려야겠다는 마음 하나만으로 미친듯이 달려들어서 그렸던 것 같다.

- 그 때문인지
- 전화위복인 셈이다.
- 정보가 너무 많아 선행절과 후행절의 연결이 부자연스럽다.
- 점안식이란 불화를 그린 뒤 일정한 의식을 올리고 거기에 눈동자를 그리는 일로, 불도들은 이 과정을 거쳐야 불화가 영험을 나타낼 수 있다고 믿는다.

개선례

종이에다도 못 그리는 초보 주제에 인사동에서 제일 좋은 비단을 사다 그리느라 고생깨나 했었다. 그 때문인지 그림을 완성했을 때는 배경 여기저기에 얼룩이 져 아주 오래된 그림 같은 느낌이 들었다. 전화위복인 셈이다.

그 이후 자신을 얻은 나는 관세음보살·지장보살도 그리게 되었고, 더 나아가 스님의 부탁으로 보현보살까지 그리게 되었다. 스님은 며칠 후 완성한 그림을 보고 점안식(點眼式)까지 해줬다. 점안식이란 불화를 그린 뒤 일정한 의식을 올리고 거기에 눈동자를 그리는 일로, 불도들은 이 과정을 거쳐야 불화가 영험을 나타낼 수 있다고 믿는다.

지금 보면 선도 삐뚤빼뚤하고 색도 마음에 안 들지만 능인선원 법당에는 여전히 내가 그린 그 작품이 걸려 있다. 아무튼 아미타불은 내게 초심(初心)이란 어떤 것인가 생각하게 하는 그런 부처님이다.

전문용어는 더욱 쉽게 설명하라

원 문

[1]LS전선이 작년 말 상용화한 무선 충전 기술은 공진(共振)의 원리를 이용했다. [2]공진은 특정 주파수에서 진동이나 신호가 증폭돼 강해지는 것을 말한다. [3]2개의 코일 사이에 공진이 일어나면 전선을 연결하지 않아도 순간적으로 전력이 이동할 수 있는 것이다. [4]쉽게 말해 와이파이(Wi-Fi·무선랜) 장치가 설치된 곳에서 무선인터넷을 이용할 수 있는 것처럼, 무선 충전시스템이 갖춰진 공간에서는 전선 없이 전기를 공급받을 수 있는 것이다. 〈일간신문〉

해 설

- 문장1에 '공진'이란 말이 나왔다. 독자들은 쉽게 알지 못하는 말이라고 생각해 문장2에서 바로 이에 대한 설명을 붙였다. 문장3에서는 공진의 작용을 설명했다. 그리고 문장4에서 그 작용에 대해서 '쉽게 말해'라는 말을 앞세워 더욱 자세히 설명했다. 이처럼 **어려운 말이나 어려운 개념은 바로 뒤에 설명을 붙여 독자의 궁금증을 풀어주어야 한다. 만일 특정인들이 사용하는 전문용어라면 더욱 쉽게 설명해야 한다.**
- 문장3과 문장4를 똑같이 '-인 것이다'로 끝맺은 것은 잘못이다. '-인 것이다'는 재확인 또는 강조의 의미가 있는 패턴이므로 여러 번 사용해서는 안 된다. **어려운 것을 설명할 때는 '-이다. -이다. -인 것이다.' 또는 '-이다. -이다. 쉽게 말하면 -인 것이다.'의 패턴을 활용하면 문장이 더욱 분명해진다.**

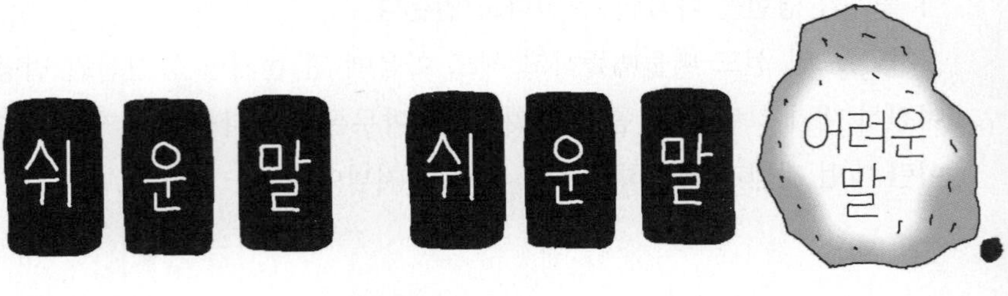

031

도 해

전문용어는 더욱 쉽게 설명한다.

LS전선이 작년 말 상용화한 무선 충전 기술은 공진(共振)의 원리를 이용했다. 공진은 특정 주파수에서 진동이나 신호가 증폭돼 강해지는 것을 말한다. 2개의 코일 사이에 공진이 일어나면 전선을 연결하지 않아도 순간적으로 전력이 이동할 수 있는 것이다. 쉽게 말해 와이파이(Wi-Fi·무선랜) 장치가 설치된 곳에서 무선인터넷을 이용할 수 있는 것처럼, 무선 충전시스템이 갖춰진 공간에서는 전선 없이 전기를 공급받을 수 있는 것이다.

'–이다. –이다. –인 것이다' 패턴을 사용하면 분명한 문장이 된다.

심화해설

아무리 내용이 훌륭해도 무슨 말인지 모르면…

전문용어를 아는 독자를 상대로 한 글에서는 일반적인 용어로 장황하게 설명하기보다 전문용어를 사용하는 편이 효과적이다. 그러나 독자가 그것을 모를 것 같을 때는 뒷문장에 바로 설명하거나 주석을 달아 해설해야 한다. **아무리 내용이 훌륭해도 무슨 말인지 알 수 없으면 읽는 사람의 이해를 얻을 수 없다. 그리고 한번 사용한 전문용어는 그 글이 끝날 때까지 다른 표현으로 바꾸지 않는 것이 원칙이다.** 예를 들어 앞에서는 '유산'이라고 썼다가 뒤에서는 '황산'이라고 쓰면 읽는 사람에게 혼동을 준다.

1. 전달하려는 내용이나 주장하려는 내용이 있다.

좋은 글은 'What to say', 즉 '무엇을 말할 것인가'가 분명한 글이다. 전달하고자 하는 것이나 주장·제안하고자 하는 것이 없는 글, 수사修辭와 인용은 요란한데 읽고 나서 뭘 말하는지 알 수 없는 글은 낙서에 불과하다.

2. 목적에 맞아야 한다.

글에는 제각기 목적이 있다. 그 목적에 맞지 않는다면 비록 전달하고자 하는 내용이나 주장, 또는 제안이 명확하다 하더라도 좋은 글이라고 할 수 없다. 읽는 사람은 누구이고, 그들이 원하는 것은 무엇인지 생각해서 일정한 방향성을 가지고 써야 한다.

3. 타이밍이 맞아야 한다.

타이밍이 어긋난 글도 좋지 않은 글이다. 예를 들어 대중의 관심에서 멀어진 주제를 다룬 신문기고, 기한에 맞추지 못한 기획서나 제안서는 내용이 아무리 좋아도 채택되지 않는다. 시험답안을 생각해 보면 더 잘 알 수 있다. 아무리 답안이 훌륭해도 시간 내에 제출하지 못하면 실격이다.

4. 정확해야 한다.

정확함은 글의 생명이다. 글 속의 사실fact이나 데이터에 실수는 없는지, 모순된 내용은 없는지, 잘못된 표현은 없는지, 또는 오자나 탈자는 없는지 등을 확인하는 것은 기본이다.

5. 알기 쉬워야 한다.

아무리 내용이 훌륭해도 무슨 말인지 알 수 없으면 읽는 사람들의 이해를 얻을 수 없다. 따라서 현학적인 말을 쓰기보다는 상대방이 이해하기 쉽게 비유를 활용하고 생동감있게 강조점을 부각시켜야 한다. 이해받지 못하는 글은 아무 쓸모가 없다. 아인슈타인은 대학을 졸업하고 스위스 특허국에 취직했는데, 거기서 그가 한 일은, 아이디어는 좋지만 개념이 정리되어 있지 않은 신청서를 쉽게 고쳐쓰는 일이었다. 아무리 아이디어가 좋아도 논리적인 글로 정리되어 있지 못하면 가치가 없다.

6. 마음이 담겨 있어야 한다.

감사편지나 사과편지, 혹은 의뢰서 같은 비즈니스 문서는 성실한 마음으로 작성했는지가 중요하다. 제안서나 기획서에는 쓰는 사람의 열성이 배어있어야 한다. 어떤 글이든 쓰는 사람의 마음이 담겨있어야 한다. 이것은 문장의 기술보다 훨씬 중요한 일이다. 형식적이거나 의례적인 글, 오만하거나 독선적인 글은 읽는 사람의 마음을 잡을 수 없다.

7. 재미있어야 한다.

이 경우의 재미란 지적知的 호기심을 자극하고, 읽는 사람의 가슴을 설레게 하는 뭔가가 있는가를 말한다. 그 '뭔가' 란, 제안서나 기획서 같은 실용문을 예로 든다면, '날카로운 문제의식' 이나 '발상의 독창성' 이라고 할 수 있다. 소설이나 콩트 같은 문예문이라면 '허구성과 스토리의 재미' 같은 것이다.

8. 보기가 좋아야 한다.

'겉보기가 글과 무슨 상관이 있는가' 하고 생각하는 것은 잘못이다. 겉보기의 좋고 나쁨도 좋은 글의 요건이 된다. 예를 들어 한자나 영어가 많이 들어 있거나, 단락이 거의 없이 길게 써내려간 글은 무겁고 딱딱한 느낌을 준다. 글씨의 크기, 줄과 줄 사이, 본문과 도표의 균형도 모두 겉보기의 아름다움과 관련되는 문제다. 시험 답안을 채점할 때 글씨가 너무 작거나 아무렇게나 휘갈겨 쓴 답안은 그것만으로도 감점이 된다.

032

주어와 서술어를 호응시켜라

원 문

산골의 초등학생은 몽둥이를 들고 늑대가 좋아한다는 오줌을 산등성이에 누며 늑대몰이를 했던 생각이 난다. 〈단행본〉

해 설

주어는 '초등학생'이 확실한데, 이와 짝을 이루어야 하는 서술어가 뭔지 알 수 없다. 언뜻 끝부분의 '했다(했던)' 같지만, 그렇게 보면 뒤에 오는 '생각이 난다'가 문제된다. 바로 이런 경우를 '주어와 서술어가 호응하지 않는다'고 말한다. 주어와 서술어가 호응하지 않으면 이처럼 우스꽝스러운 문장이 된다.

도 해

산골의 초등학생은 몽둥이를 들고 늑대가 좋아한다는 오줌을 산등성이에 누며 늑대몰이를 했던 생각이 난다.

(초등학생: 주어 / 했던: 서술어? / 이 난다. → 을 했다.)

개선례

산골의 초등학생은 몽둥이를 들고 늑대가 좋아한다는 오줌을 산등성이에 누며 늑대몰이를 했던 생각을 했다.

주어와 서술어는 어울리는 모양으로 존재해야 한다

주어와 서술어는 문장을 이루는 두 기둥이다. 이 두 기둥에 다양한 수식어와 피수식어가 달라붙어 하나의 문장이 이루어진다. 그런데 이 두 기둥은 반드시 호응呼應해야 한다는 전제가 따른다. 즉, 부르는 말(주어)과 받는 말(서술어)이 상황에 맞는 모양으로 존재 ↗

033 앞뒤를 살피지 않으면 동문서답이 된다

원 문

도산은 1904년 리버사이드 오렌지농장에서 동포들과 함께 일하며 해외 독립운동의 뿌리가 되는 대한인국민회와 흥사단을 구상한 곳이다. 〈일간신문〉

해 설

주어인 '도산'과 서술어인 '구상한 곳이다'가 호응하지 않는다. '구상한 곳'을 제대로 썼다면 '도산'은 산이름이 되어야 한다. 그러나 문맥으로 보면 '안창호'의 아호를 가리키는 게 분명하다. 아마도 여러 가지 정보를 놓고 문장을 구성하다 착각한 것 같다. 주어와 서술어에 신경을 쓰며 앞뒤를 잘 살피지 않으면 이처럼 동문서답을 하는 것 같은 이상한 문장이 된다.

도 해

도산(주어)은 1904년 리버사이드 오렌지농장에서 동포들과 함께 일하며 해외 독립운동의 뿌리가 되는 대한인국민회와 흥사단을 구상한 곳이다.(서술어) → 구상했다.

개선례

도산은 1904년 리버사이드 오렌지농장에서 동포들과 함께 일하며 해외 독립운동의 뿌리가 되는 대한인국민회와 흥사단을 구상했다.

심화해설

↘ 해야 복잡한 수식어와 피수식어가 일사불란하게 정돈되는 것이다. 이것이 맞지 않으면 마치 동문서답東問西答을 하는 것과 같은 문장이 된다. 문장이 짧으면 그런 경우가 잘 생기지 않지만, 한 문장에서 여러 가지를 설명하려다 문장이 길어지면 자기도 모르게 호응이 되지 않는 문장이 생긴다.

부사어마다 거느리는 서술어가 정해져 있다

원 문

[1]순영(7·가명)이는 5세 때부터 친부에게 성폭행과 구타를 당하다 이곳까지 오게 됐다. [2]그 아버지는 순영이를 전깃줄로 묶어 폭행하다 현행범으로 발각되어 체포됐다. [3]경희(4·가명)는 '늑대소녀' 였다. [4]친모의 학대가 얼마나 심했으면 네 살짜리 아이의 눈에서 살기가 느껴졌다고 한다. 〈일간신문〉

해 설

– 문장1에서 '5세 때' 는 '다섯 살 때' 로 고치는 것이 더 좋다. '세歲' 는 나이를 세는 단위이므로 어떤 나이에나 붙일 수는 있지만, 어감상 어린아이에게 붙이는 것은 이상하다.

– 문장2에서 '현행범으로 발각되어 채포됐다' 는 어울리지 않는 조합이다. '현행범' 이란 '범죄를 실행하는 중에 잡힌 범인' 이므로 여기에 '숨기던 것이 드러남' 의 뜻인 '발각' 을 붙인 것은 이상하다.

– 문장4에서 앞부분의 '얼마나' 와 끝부분의 '느껴졌다' 가 호응되지 않는다. '얼마나' 는 예를 들어 '새 집으로 이사 가면 얼마나 좋을까?', '얼마나 뚱뚱하길래 키보다 허리가 더 클까?' 처럼 의문형으로 받아야 한다. '어찌' '설마' 같은 것도 그렇다. 이처럼 부사어와 서술어도 호응이 되어야 올바른 문장이 된다.

도 해

다섯 살

순영(7·가명)이는 5세 때부터 친부에게 성폭행과 구타를 당하다 이곳까지 오게 됐다. 그 아버지는 순영이를 전깃줄로 묶어 폭행하다 현행범으로 발각되어 체포됐다. 경희(4·가명)는 '늑대소녀' 였다. 친모의 학대가 얼마나 심했으면 네 살짜리 아이의 눈에서 살기가 느껴졌다고 한다.

→ 느껴졌을까.

개선례

순영(7·가명)이는 다섯 살 때부터 친부에게 성폭행과 구타를 당하다 이곳까지 오게 됐다. 그 아버지는 순영이를 전깃줄로 묶어 폭행하다 현행범으로 체포됐다. 경희(4·가명)는 '늑대소녀' 였다. 친모의 학대가 얼마나 심했으면 네 살짜리 아이의 눈에서 살기가 느껴졌을까.

호응시켜야 할 부사어

결코 / 절대로 / 전혀	'~아니하다' '~못하다' 등의 부정어
기껏해야	'~밖에 되지 않는다' 등의 부정어
도대체 / 대관절	'~하는지 모르겠다' 등의 부정어
도저히	'~없다' 등의 부정어
반드시	'~해야 한다'
마치	'~인 것 같다.
만일	'~라면 ~일 것이다'
비록	'~일지라도' '~지만'
아마	'~할 것이다' 등의 추측
어찌	'~겠니?' '~하랴?'
얼마나	'~할까?'
오죽 / 하물며	'~겠니?' '~하랴?'

아니, 너만 따로 놀겠다니…

원 문

[1]이 책의 핵심적인 아이디어는, 소리(음성)와 눈과 입, 특히 소리로 단어를 기억하는 것이다. [2]더구나 본시험의 출제경향에 입각하여 '영어는 하나' 라는 종합력을 시험하는 통합문제(Integrated Task)에 대비하기 위해서는 반드시 다음 2가지 사항을 외면해서는 안 된다. 〈단행본〉

해 설

- 영어 참고서 서문의 원고다. 문장1과 문장2의 성격이 달라 한 단락으로 구성하기에는 문제가 있다. 문장1은 이 책의 특징이고, 문장2는 독자에 대한 부탁이다. 또 성격이 다른 두 문장을 '더구나' 라는 접속사로 연결할 수는 없다. '더구나' 는 앞의 사실을 부연 설명할 때 쓰는 접속사다.
- 문장2 끝부분의 부사 '반드시' 와 이것을 받는 '안 된다' 가 호응이 되지 않는다. '반드시' 를 받는 서술어는 반드시 긍정이어야 한다. 예를 들어 '반드시 다음 두 가지 사항을 지켜야 한다' 처럼 써야 하는 것이다. 끝부분을 부정어로 받아야 한다면 '반드시' 대신 '절대로' 를 쓰면 된다. '절대로' 는 예를 들어 '세상에 절대로 공짜라는 것은 없다' 처럼 부정어와 호응한다. 부사어와 그것의 수식을 받는 말도 호응이 되어야 한다.

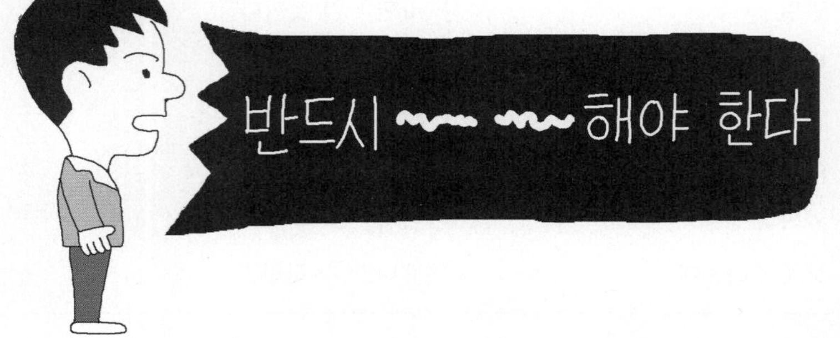

도 해

이 책의 특징

이 책의 핵심적인 아이디어는, 소리(음성)와 눈과 입, 특히 소리로 단어를 기억하는 것이다. 더구나 본시험의 출제경향에 입각하여 '영어는 하나' 라는 종합력을 시험하는 통합문제(Integrated Task)에 대비하기 위해서는 반드시 다음 2가지 사항을 외면해서는 안 된다.

독자에 대한 부탁

X

특히 소리, 즉 음성을 통한 단어암기의 개념은
이 책의 가장 중요한 특징이다. 독자 여러분은

입으로

이 책의 핵심적인 아이디어는, 소리(음성)와 눈과 입, 특히 소리로 단어를 기억하는 것이다. 더구나 본시험의 출제경향에 입각하여 '영어는 하나' 라는 종합력을 시험하는 통합문제(Integrated Task)에 대비하기 위해서는 반드시 다음 2가지 사항을 외면해서는 안 된다.

이를 효과적으로 활용하기 바란다.
또한 영어의 종합력 테스트인

두 가지

에 유념해야 한다.

개선례

이 책의 핵심적인 아이디어는 '소리' 와 '눈' 과 '입' 으로 단어를 기억하는 것이다. 특히 소리, 즉 음성을 통한 단어암기의 개념은 이 책의 가장 중요한 특징이다. 독자 여러분은 본시험의 출제경향에 입각하여 이를 효과적으로 활용하기 바란다. 또한 영어의 종합력 테스트인 통합문제(Integrated Task)에 대비하기 위해서는 반드시 다음 두 가지 사항에 유념해야 한다.

목적어와 서술어를 호응시켜라

원 문

[1]우리나라는 지난 20년간 13.8만ha의 산림면적이 감소되었다. [2]숲을 파괴하고 그 자리에 도로나 아파트를 지었기 때문이다. [3]이런 무분별한 파괴는 곧 인간에게 재앙으로 다가온다. [4]기상이변 집중호우 폭염 이상한파 같은 현상들이 숲을 경시한 데서 오는 현상이다. 〈일간신문〉

해 설

- 문장1 '13.8만ha' 라는 표현을 문장에서 사용하는 것은 옳지 않다. 도표에서는 이렇게 줄여 쓸 수도 있지만 문장 속에서는 '13만8000ha' 라고 해야 쉽고 정확하게 이해된다.
- 문장2의 후행절에는 '도로' 와 '아파트' 라는 두 개의 목적어가 '지었다' 라는 하나의 서술어에 걸려 있다. 그러나 '아파트를 짓다' 라고는 하지만, '도로를 짓다' 라고는 하지 않기 때문에 '도로' 의 서술어를 따로 써서 '도로를 만들거나 아파트를 짓는' 으로 해야 한다. 이처럼 **목적어가 여럿이고 서술어가 하나인 경우 각각의 목적어를 서술어에 맞도록 호응시키는 것을 '목적어와 서술어의 호응' 이라고 한다.** '그 자리에 도로나 아파트를 건설했기 때문이다' 처럼 '도로' 와 '아파트' 에 공통으로 쓸 수 있는 서술어(건설하다)를 찾아 쓸 수도 있다.
- 문장4 '기상이변 집중호우 폭염 이상한파 같은' 이란 표현은 이상하다. '폭염' 과 '이상한파' 는 '기상이변' 에 속하는 것이고, '집중호우' 는 '기상이변' 으로 인해 발생하는 것인데 동등한 자격으로 나열되어 있다. 또 동등한 자격의 어구를 나열할 때는 어구 사이에 가운뎃점(·)을 넣어야 한다.
- 문장4에서는 '현상' 이 반복되어 'A는 A이다' 식의 문장이 되었다. 둘 중 하나를 다른 말로 바꾸어야 세련된 문장이 된다.

036

도 해

×
를 내거나 13만8000

우리나라는 지난 20년간 13.8만ha의 산림면적이 감소되었다. 숲을 파괴하고 그 자리에 도로나 아파트를 지었기 때문이다. 이런 무분별한 파괴는 곧 인간에게 재앙으로 다가온다. 기상이변 집중호우 폭염 이상한파 같은 현상들이 숲을 경시한 데서 오는 현상이다.

이 되어

으로 인한

그것이다. 숲을 경시하는 것은 인간을 경시하는 것이다.

개선례

우리나라는 지난 20년간 13만8000만ha의 산림면적이 감소되었다. 숲을 파괴하고 그 자리에 도로를 내거나 아파트를 지었기 때문이다. 이런 무분별한 파괴는 곧 인간에게 재앙이 되어 다가온다. 기상이변으로 인한 폭염·이상한파·집중호우 같은 현상들이 그것이다. 숲을 경시하는 것은 인간을 경시하는 것이다.

뭐? 서술어 없이 날로 먹겠다고?

원 문

[1]이벤트 마케팅은 유치 단계인 사전 마케팅(pre-show), 행사 기간 중으로 실전 마케팅(on-site) 그리고 사후 마케팅(post-show)으로 구분된다. [2]과거에는 주로 사전 마케팅과 실전 마케팅에 초점을 맞추었다면 이제는 사후 마케팅 관점에서 접근해야 한다. [3]향후 메가 이벤트가 내 고장의 이미지 제고와 경제적 파급효과를 어떻게 극대화할 것인지를 고민해야 한다. [4]즉, 마을·도시·지역 또는 나라의 부흥을 위해 '전략적 내 고장 마케팅'이 요구되는 시점이다. 〈일간신문〉

해 설

- 문장1의 키워드인 '사전 마케팅' '실전 마케팅' '사후 마케팅'을 꾸며주는 방법에 일관성이 없다. '사전 마케팅'을 꾸며주는 말(유치 단계인)은 문제가 없으나, '실전 마케팅'을 꾸며주는 말(행사 기간 중으로)은 글 자체가 이상하다. 또 '사후 마케팅'을 꾸며주는 말은 아예 없다. **수식은 동일한 방법, 동일한 구조로 해야 글이 질서정연해 보인다.**
- 문장2와 문장3의 연결이 모호하다. 사후마케팅의 중요성을 다시 강조하는 것이라면 '또한' 같은 접속사를 써서 부드럽게 이어주어야 한다. 성격이 다르다면 별도의 단락으로 처리해야 한다.
- 문장3의 '이미지 제고와 경제적 파급효과를 어떻게 극대화할 것인지'는 문장이 되지 않는다. '이미지 제고'와 '경제적 파급효과'는 '극대화하다'에 걸려 있다. 즉, '이미지 제고'라는 목적어와 '경제적 파급효과'라는 두 개의 목적어가 '극대화하다'라는 하나의 서술어에 걸려 있다. 그런데 '경제적 파급효과'와 '극대화하다'는 호응이 되지만, '이미지 제고'와 '극대화하다'는 호응이 되지 않는다. 다시 말해 '경제적 파급효과를 극대화하다'는 말이 되지만, '이미지 제고를 극대화하다' 말이 되지 않으므로 '이미지 제고'를 받는 서술어를 따로 써주어야 한다.
- 문장4 끝부분 '-이 요구되는'은 일본어식 피동표현이므로 '-이 필요한'으로 고쳐야 한다.

037

행사가 끝난 뒤에 하는

단계에서 하는

중에 하는

도 해

이벤트 마케팅은 유치 단계인 사전 마케팅(pre-show), 행사 기간 중으로 실전 마케팅(on-site) 그리고 사후 마케팅(post-show)으로 구분된다. 과거에는 주로 사전 마케팅과 실전 마케팅에 초점을 맞추었다면 이제는 사후 마케팅 관점에서 접근해야 한다. 향후 메가 이벤트가 내 고장의 이미지 제고와 경제적 파급효과를 어떻게 극대화할 것인지를 고민해야 한다. 즉, 마을·도시·지역 또는 나라의 부흥을 위해 '전략적 내 고장 마케팅'이 요구되는 시점이다.

으나

필요한

또한

도

제고에 어떻게 기여하고, 그로 인한

개선례

이벤트 마케팅은 유치 단계에서 하는 사전 마케팅(pre-show), 행사기간 중에 하는 실전 마케팅(on-site), 그리고 행사가 끝난 뒤에 하는 사후 마케팅(post-show)으로 구분된다. 과거에는 주로 사전 마케팅과 실전 마케팅에 초점을 맞추었으나 이제는 사후 마케팅 관점에서 접근해야 한다.

또한 향후 메가 이벤트가 내 고장의 이미지 제고에 어떻게 기여하고, 그로 인한 경제적 파급효과를 어떻게 극대화할 것인지도 고민해야 한다. 즉, 마을·도시·지역 또는 나라의 부흥을 위해 '전략적 내 고장 마케팅'이 필요한 시점이다.

글을 쓰는 데 천부적인 능력을 타고난 사람이 있기는 하지만 그 수는 많지 않다. 문장가文章家로 일컬어지는 사람, 글쓰기를 직업으로 하는 사람의 대부분은 스스로의 노력으로 글쓰기를 완성했다. 그렇다면 어떻게 하면 효과적으로 글쓰기에 익숙해질 수 있을까? 여러 가지가 있겠지만, 그 핵심을 간추리면 다음 여섯 가지다.

1. 명문을 암송한다.

어느 나라 언어든 고유의 리듬이 있다. 이것을 체득하면 읽기 쉽고 인상적인 글을 쓸 수 있다. 그런 리듬을 익히기 위해서는 명문을 많이 암송하는 것이 가장 좋다. 명문이란 시공時空을 초월해 누가 읽어도 감동을 받는 글을 말한다. 설사 수십년 전에 나온 글이라 해도 읽을 때마다 새롭고 신선하며 가슴을 뭉클하게 한다면 그런 글은 명문이다. 또 명문이라 일컬어지려면 문장이 어법에 맞고, 어휘 사용이 적확的確하며, 글쓴이의 혼이 담겨 있어야 한다.

2. 모방한다.

작가 중에는 명문을 베낌으로써 문장력을 향상시킨 사람이 많다. 신문기자들도 수습기간에는 신문의 칼럼을 베끼는 훈련을 한다. 모방에서 시작하더라도 결국은 그 사람의 개성이 나타나게 되어 있다. '모방은 창조의 어머니' 라는 말은 이런 배경 아래에서 만들어진 말이다. 텍스트는 스스로 명문이라고 느낀 것을 고르는 것이 좋다. 신문의 주요 칼럼, 예를 들어 조선일보의 '만물상', 중앙일보의 '분수대', 동아일보의 '횡설수설' 같은 것도 모방할 만한 가치가 있다. 신문 문장은 바쁘게 쓰는 바람에 비문非文이 적지 않으나 이들 칼럼은 최고의 기자들이 정제된 언어로 시대의 흐름을 담아낸다.

3. 많이 읽고, 많이 쓰고, 많이 생각한다.

구양수 (1007~1072)

이것은 북송北宋의 구양수歐陽脩가 말한 삼다법三多法이다. 많이 읽으면(다독·多讀) 문장의 리듬이나 어구의 사용법을 알 수 있고, 많이 쓰면(다작·多作) 문필 감각이 몸에 익는다. 또한 많은 생각(다상량·多商量)을 통해서 쓸 만한 가치가 있는 내용을 늘려갈 수 있고 사물에 대한 관찰력과 예민한 감수성을 기를 수 있다.

4. 전문가의 지도를 받는다.

자기 글을 혼자만 보면 발전이 없다. 글을 잘 쓰는 사람에게 이를 보이고 지도받는 것이 문장력을 기르는 지름길이다. 소설가 이인화 씨는 춘원 이광수, 평론가 이어령·김윤식 씨가 쓴 글을 찾아 읽었고, 아버지로부터 엄격한 첨삭지도를 받으며 문장수련을 했다고 한다.

5. 사생문寫生文을 쓴다.

사생문이란 사생화寫生畵의 수법을 본떠 사물을 있는 그대로 묘사하는 글을 말한다. 마치 문장으로 데생을 하듯이 눈에 비치는 것을 가능한 한 정확하게 묘사하는 연습을 거듭한다.

6. 좋은 글을 골라 분석해 보는 훈련을 한다.

그 글의 구성이 올바른지, 문장이 쉽게 이해되는지, 문법적으로 맞는지, 정확한 단어를 골라 썼는지를 분석하다 보면 좋은 글이 무엇인지 자연스럽게 터득된다.

038

여러 개의 관형어로 하나의 체언을 꾸미지 마라

원 문

그는 성격이 원만하지 못한 신뢰할 수 없는 사람이다.

해 설

- 문장 끝의 '사람'을 수식하는 말이 '원만하지 못한'과 '신뢰할 수 없는' 두 개다. 이렇게 둘 이상의 관형어가 하나의 체언(명사·대명사)을 꾸미게 하는 것은 작문의 정석이 아니다. 이 문장은 길지 않아서 혼동되지 않지만, 평소 이런 습관을 그대로 두면 본격적으로 글을 쓸 때 반드시 복잡한 글을 쓰게 된다.
- 이런 글을 고치는 방법은 두 가지다. 하나는, 첫 번째 관형어 뒤에 쉼표를 넣는 방법이다. 이것은 첫 번째 관형어는 바로 다음 말을 꾸미지 않고 그 뒤의 말을 꾸민다는 뜻이다. 다른 하나는, 첫 번째 관형어를 부사어로 고치는 방법이다.

도 해

그는 성격이 원만하지 못한 신뢰할 수 없는 사람이다.

그는 성격이 원만하지 못한 ‸, 신뢰할 수 없는 사람이다.

(첫 번째 관형어 뒤에 쉼표를 넣으면 수식관계가 분명해진다)

그는 성격이 원만하지 못[한] 신뢰할 수 없는 사람이다.

↓ 해

개선례①

그는 성격이 원만하지 못한, 신뢰할 수 없는 사람이다.

개선례②

그는 성격이 원만하지 못해 신뢰할 수 없는 사람이다.

039 수식한 것으로 다시 수식하면 안 된다

원 문

[1]기후변화의 주범으로 지목되는 오염물질인 이산화탄소를 배출할 권리를 사고 판다? [2]어찌 보면 황당하기 짝이 없는 이런 시장이 실제로 유럽과 미국 곳곳에서 성업 중이다. 〈일간신문〉

해 설

신문 칼럼의 앞부분인데, 황당한 질문으로 이야기를 시작했다. 이렇게 하면 독자의 눈을 쉽게 붙들 수 있다. 그러나 문장구조는 약간 문제가 있다. 즉, 문장1의 '지목되는'이 '오염물질'을 수식하고, 이것이 다시 '이산화탄소'를 수식하는 이중수식구조다. 이렇게 수식한 것으로 다시 수식하면 문장이 번거로워진다.

도 해

기후변화의 주범으로 지목되는 오염물질인 이산화탄소를 배출할 권리를 사고 판다? 어찌 보면 황당하기 짝이 없는 이런 시장이 실제로 유럽과 미국 곳곳에서 성업 중이다.

다 아는 정보는 삭제한다.

기후변화의 주범으로 지목되는 오염물질인 이산화탄소를 배출할 권리를 사고판다? 어찌 보면 황당하기 짝이 없는 이런 시장이 실제로 유럽과 미국 곳곳에서 성업 중이다.

개선례

기후변화의 주범으로 지목되는 이산화탄소를 배출할 권리를 사고 판다? 어찌 보면 황당하기 짝이 없는 이런 시장이 실제로 유럽과 미국 곳곳에서 성업 중이다.

문장에도 '탐욕'이라는 게 있다

원 문

[1]1941년 10월, A급 전범을 합사한 야스쿠니(靖國)신사를 참배하는 고종 황제의 아들 영친왕(英親王)의 아내인 이방자(李方子·오른쪽에서 두 번째) 여사. [2]이 여사는 일본왕 다음인 두 번째로 야스쿠니 신사를 참배했다. [3]서울대 이태진 교수는 "조선왕족들을 강제 참배시켜 조선인들을 전쟁에 적극 참여시키려는 의도로 보인다"고 말했다. 〈일간신문〉

해 설

- 문장1은 굉장히 복잡하다. 체언을 수식하는 관형어가 너무 많기 때문이다. '합사한'이 '야스쿠니(靖國)신사'를 수식했고, '참배하는'이 '이방자 여사'를 수식했다. '합사한'이 '야스쿠니신사'를 수식한 것은 문제가 없으나, '이방자 여사'를 수식하는 말은 '참배하는' 외에도 그 뒤의 '영친왕(英親王)의 아내'도 있다. 더구나 '영친왕(英親王)의 아내'는 그 앞 '고종 황제의 아들'의 수식을 받고 있다. 이렇게 **문장이 복잡해진 이유는 하나의 문장 속에 너무 많은 정보를 넣으려 했기 때문이다. 글쓰기에도 '탐욕'이라는 게 있다. 그 탐욕을 버리면 문장은 쉽고 간편해진다.**
- 문장3 따옴표 안의 글에는 '시키다'가 두 개나 있다. 이렇게 연이어 같은 표현을 내세우면 문장의 세련도가 떨어진다. 물론 따옴표는 상대방이 말한 것을 인용할 때 사용하므로 화자話者가 잘못 말한 것까지 그대로 따옴표 안에 담을 수는 있다. 그러나 공표하는 글을 작성할 때는 교육적 측면을 고려해 올바른 표현으로 바로잡아 내보내야 한다.

040

도 해

다 아는 정보는 빼도 된다.
꼭 넣어야 한다면 복잡하지 않은 곳으로 옮긴다.

이것도 다 아는 정보이므로
삭제하거나 별도의 문장으로 만든다.

1941년 10월, A급 전범을 합사한 야스쿠니(靖國)신사를 참배하는 고종 황제의 아들 영친왕(英親王)의 아내인 이방자(李方子·오른쪽에서 두 번째) 여사. 이 여사는 일본왕 다음인 두 번째로 야스쿠니 신사를 참배했다. 서울대 이태진 교수는 "조선왕족들을 강제 참배시켜 조선인들을 전쟁에 적극 참여시키려는 의도로 보인다"고 말했다.

하게 하려는

개선례

1941년 10월, 야스쿠니(靖國)신사를 참배하는 이방자(李方子·오른쪽에서 두 번째) 여사. 이방자 여사는 고종황제의 아들인 영친왕(英親王)의 아내다. 이 여사는 일본왕 다음인 두 번째로 A급 전범을 합사한 야스쿠니신사를 참배했다. 서울대 이태진 교수는 "조선왕족들을 강제 참배시켜 조선인들을 전쟁에 적극 참여하게 하려는 의도로 보인다"고 말했다.

1941년 10월, A급 전범을 합사한 야스쿠니(靖國)신사를 참배하는 고종 황제의 아들 영친왕(英親王)의 아내인 이방자(李方子·오른쪽에서 두 번째) 여사. 이 여사는 일본왕 다음인 두 번째로 야스쿠니 신사를 참배했다. 서울대 이태진 교수는 "조선왕족들을 강제 참배시켜 조선인들을 전쟁에 적극 참여시키려는 의도로 보인다"고 말했다.

'체언+의'의 수식 형태를 반복하지 마라

원문

1 [1]2001년 8월. [2]일본 도쿄의 나가타초에 있는 일본 중의원 의원회관 안의, 고노 요헤이(河野洋平) 전 외상의 아들인 자민당 고노 다로(河野太郎) 의원의 방으로 낯선 한국인 유학생이 찾아왔다.

2 30대 초반의 이 한국인 유학생은 "한·일관계가 새롭게 변해야 하는 만큼 비서관으로 나를 채용해 달라"고 요구했다. 젊은 시절 미국 의회를 무작정 찾아가 비서생활을 자처했던 적이 있었던 고노 의원은 1주일 뒤 그를 채용했다. 〈일간신문〉

해설

- 단락2는 문제가 없으나 단락1은 마치 일본어를 읽는 듯한 느낌이다. 문장2에 '체언+의'의 수식 형태가 무려 네 차례나 나오기 때문이다. 이런 형태가 반복되면 문장은 탄력을 잃고 맥없이 늘어지는 느낌을 준다. 한 문장에 너무 많은 정보를 넣으려다 문장이 길어진 것도 문제다.
- 단락1 문장2 '도쿄의' '외상의' '의원의'는 '도쿄의 나가타초', '외상의 아들', '의원의 방'처럼 바로 수식어가 이어진다. 그러나 '의원회관 안의'(첫째줄 끝부분)가 수식하는 것은 '고노 다로 의원의 방'으로, 멀리 떨어져 있다. 이 때문에 '안의' 뒤에 쉼표를 찍어 오독誤讀을 막으려 했으나 세련된 처리는 아니다. 문장의 수식구조는 단순하고 일정해야 독자가 편하게 받아들인다.
- 단락1 문장2에서 인명인 '고노 요헤이'와 '고노 다로'는 한자가 병기되어 있으나 지명인 '나가타초'에는 병기되어 있지 않다. **일본·중국의 인명·지명은 최초 한 번은 한자를 병기해 주어야 한다.**
- 단락2는 단락1에 합쳐 한 단락으로 만드는 것이 좋다. 장면이 달라진 것이 아니므로 별도의 단락으로 만들 필요가 없다.

041

도 해

(永田町)

2001년 8월 일본 도쿄의 나가타초에 있는 일본 중의원 의원회관 안의, 고노 요헤이(河野洋平) 전 외상의 아들인 자민당 고노 다로(河野太郎) 의원의 방으로 낯선 한국인 유학생이 찾아왔다.

30대 초반의 이 한국인 유학생은 "한·일관계가 새롭게 변해야 하는 만큼 비서관으로 나를 채용해 달라"고 요구했다. 젊은 시절 미국 의회를 무작정 찾아가 비서생활을 자처했던 적이 있었던 고노 의원은 1주일 뒤 그를 채용했다.

개선례

2001년 8월, 일본 도쿄의 나가타초(永田町)에 있는 일본 중의원 의원회관. 고노 요헤이(河野洋平) 전 외상 아들인 자민당 고노 다로(河野太郎) 의원 방으로 낯선 한국인 유학생이 찾아왔다. 30대 초반의 이 한국인 유학생은 "한·일관계가 새롭게 변해야 하는 만큼 비서관으로 나를 채용해 달라"고 요구했다. 젊은 시절 미국 의회를 무작정 찾아가 비서 생활을 자처했던 적이 있었던 고노 의원은 1주일 뒤 그를 채용했다.

심화해설

'의'가 많으면 문장의 탄력이 사라진다

문장에는 적당한 탄력이 있어야 읽는 맛이 난다. 그런데 불필요한 '의'가 문장 속에 여러 번 들어가면 이 같은 탄력이 없어져 맥없이 늘어져 버린다. 이것을 고치는 것은 어렵지 않다. **빼도 의미가 통하는 '의'는 빼버리고, 빼면 이상하다고 생각되는 경우에는 '주어+서술어' 형태로 바꾸면 된다.** 예를 들어 '북한의 문제'는 '북한 문제'로 고치고, '그는 김훈의 『칼의 노래』의 교훈을 찾아내고자 노력했다'는 '그는 김훈이 쓴 『칼의 노래』의 교훈을 찾아내고자 노력했다'로 고치는 것이다.

'-의 -의 -의'가 이상하지 않다고?

원문

[1]21C는 식량 종자의 전쟁의 시기가 될 것이라는 예측이 있다. [2]소수의 초국적 자본의 세계화의 바람을 타고 전 세계 종자를 독점하는 사태가 벌어질 수도 있다. 〈중략〉 [3]이처럼 위험한 예측 속에서 (라)와 같은 주장은 정당하다. [4](라)는 초국적 자본이 세계 종자 시장을 독점해 가고 있고, 그로 인해 발생할 수 있는 종자·음식문화의 다양성 소멸의 심각성을 주장하고 있다. [5]또, 초국적 기업에 대항해 종자 은행을 설립하고 종자 보존 운동을 펼칠 것을 주장한다. 〈논술답안·전태희〉

해설

- 고교생이 쓴 논술 답안인데 대체로 무난하다. 다만 '체언+의'의 수식형태가 많아 늘어지는 느낌을 준다. 문장1의 '식량 종자의 전쟁의 시기', 문장2의 '소수의 초국적 자본의 세계화의 바람', 문장4의 '종자·음식문화의 다양성 소멸의 심각성' 등이 그렇다.
- '식량 종자의 전쟁의 시기'는 '식량 종자로 인한 전쟁의 시기'로 고친다. '소수의 초국적 자본의 세계화의 바람'은 '소수 초국적 자본의 세계화 바람'으로 '의'를 아주 없애고, '종자·음식문화의 다양성 소멸의 심각성'은 '종자·음식문화의 다양성 소멸이 초래하는 심각성'처럼 '주어+서술어' 형태로 고치는 게 낫다. 어떻게 하든 글 속에서 '체언+의'의 수식형태는 반복하지 않는 것이 좋다.
- 문장1과 문장2의 연결이 마치 두 계단을 한 번에 오른 듯 가파르다. 두 문장 사이에 '이 예측이 맞아들어가면'처럼 디딤돌 역할을 하는 문구를 삽입하면 훨씬 자연스럽다.

042

도 해

세기 / 종자로 인한 / 이 예측이 맞아들어가면

21C는 식량 종자의 전쟁의 시기가 될 것이라는 예측이 있다. 소수의 초국적 자본의 세계화의 바람을 타고 전 세계 종자를 독점하는 사태가 벌어질 수도 있다. 〈중략〉 이처럼 위험한 예측 속에서 (라)와 같은 주장은 정당하다. (라)는 초국적 자본이 세계 종자 시장을 독점해 가고 있고, 그로 인해 발생할 수 있는 종자·음식문화의 다양성 소멸의 심각성을 주장하고 있다. 또, 초국적 기업에 대항해 종자 은행을 설립하고 종자 보존 운동을 펼칠 것을 주장한다.

소멸이 초래하는

'또' '그리고' '그러나' 뒤에는 쉼표가 필요하지 않다.

개선례

21세기는 '식량 종자로 인한 전쟁의 시기'가 될 것이라는 예측이 있다. 이 예측이 맞아들어가면 소수 초국적 자본의 세계화 바람을 타고 전 세계 종자를 독점하는 사태가 벌어질 수도 있다. 〈중략〉 이처럼 위험한 예측 속에서 (라)와 같은 주장은 정당하다. (라)는 초국적 자본이 세계 종자 시장을 독점해 가고 있고, 그로 인해 발생할 수 있는 종자·음식문화의 다양성 소멸이 초래하는 심각성을 주장하고 있다. 또 초국적 기업에 대항해 종자은행을 설립하고 종자 보존 운동을 펼칠 것을 주장한다.

산길은 [1]형형색색의 꽃들이 만발해 있었다. 우리는 [2]그윽한 향기가 [3]배어있는 산길을 [4]터벅터벅 걸어갔다. 그렇게 한참을 걷고 있는데, 저쪽에서 기와집 한 채가 보였다. [5]다 쓰러져가는 폐가였다. 기둥은 고목과 크게 다르지 않을 정도로 썩어 있었다. 사립문을 젖히고 [6]조심스럽게 마당 안으로 들어서자 굴뚝에서 연기가 나오는 것이 보였다. [7]사람의 기척을 알아차린 고양이가 [8]재빨리 마루 아래로 몸을 감추었다. 사람이 살고 있는 모양이다. [9]바로 그때였다.

위 글의 밑줄 친 곳을 보자. 모두 뒤에 오는 말을 아름답게 하거나 확실하게 해주고 있는 것을 알 수 있다. 그래서 이것을 '수식어' 라고 한다. '닦고修 장식裝飾하는' 말이라는 뜻이다. 수식어 다음에 와 '꾸밈을 받는 말' 은 '피수식어' 다. 이 수식어를 잘 넣으면 쓰는 사람의 감각을 읽는 사람에게 생생하게 전달할 수 있다. 더불어 글의 수준도 높아진다.

그럼 이번에는 수식어가 얼마나 중요한지 알기 위해 위 글에서 수식어를 모두 빼고 적어보자.

산길은 꽃들이 만발해 있었다. 우리는 산길을 걸어갔다. 그렇게 한참을 걷고 있는데, 저쪽에서 기와집 한 채가 보였다. 폐가였다. 기둥은 고목과 크게 다르지 않을 정도로 썩어 있었다. 사립문을 젖히고 마당 안으로 들어서자 굴뚝에서 연기가 나오는 것이 보였다. 고양이가 마루 아래로 몸을 감추었다. 사람이 살고 있는 모양이다. 바로 그때였다.

내용은 알 수 있지만, 분위기나 느낌이 원래의 글과 많이 다른 것을 알 수 있을 것이다. 그러니까 작문기술이란 결국 '어떤 수식어를 어떻게 집어넣을 것인가' 가 핵심인 셈이다.

수식은 하나의 단어(형용사·동사·부사)가 단독으로 하기도 하고, 몇 개의 단어가 합쳐져서 하기도 한다. 위 글에서 1·2·3·4·6·8은 단독으로 뒷말을 수식했고, 5·7은 몇 개의 단어가 합쳐져서 뒷말을 수식했다.

수식어는 문장에서 이처럼 중요한 기능을 한다. **그러나 수식어는 많이 쓰지 않는 것이 좋다. 수식어가 많으면 논리보다는 말만이 춤추고 있는 듯한 느낌이 들기 때문이다.** 그래서 어떤 이는 "수식어는 조미료와 같다"고 말하기도 한다. 조미료는 적당히 넣으면 음식 맛이 좋아지지만 너무 넣으면 오히려 맛을 해친다는 뜻이다.

나 주어다! 서술어야 내 말 들리냐?

원문

나는 지난달 사장과 함께 K사와 상담을 하기 위해 바쁜 때인데도 불구하고 부랴부랴 뉴욕에 갔다. 〈단행본〉

해설

- 주어는 '나', 서술어는 '갔다'인 문장이다. 길지 않은데도 왠지 어려워 보인다. 그 이유는 주어와 서술어의 사이가 너무 멀기 때문이다.
- 이렇게 주어와 서술어가 멀어지는 원인은 많은 정보를 한 문장에 담으려 하는 데 있다. 이 문장에는 '나는 지난달 뉴욕에 갔다' '사장과 함께 갔다' '당시 회사는 매우 바쁜 때였다' '목적은 K사와의 상담 때문이었다' 등의 많은 정보가 담겨 있다. 생각 없이 글을 쓰다 보면 자기도 모르게 이렇게 된다.
- 주어와 서술어를 가까이 두어 하나의 문장을 만들고, 나머지 정보는 별도의 문장으로 만들거나(개선례①), 별로 중요하지 않은 정보를 삭제해 단출하게 하면(개선례②) 훨씬 알기 쉬운 문장이 된다.

도 해

중요하지 않은 정보는 뺀다. '바쁘다'는 정보는 '부랴부랴'만으로도 충분하다.

나는 지난달 사장과 함께 K사와 상담을 하기 위해 바쁜 때인데도 불구하고 부랴부랴 뉴욕에 갔다.

너무 멀다

개선례①

나는 지난달 사장과 함께 부랴부랴 뉴욕에 갔다. K사와 상담을 하기 위해서였다.

개선례②

나는 지난달 사장과 함께 K사와 상담을 하기 위해 부랴부랴 뉴욕에 갔다.

심화해설

'일문일의'로 쓰면 알기 쉽다

주어와 서술어는 가까이 두어야 이해하기 쉽다. 주어와 서술어가 멀어지는 것은 대개 한 문장에서 여러 가지를 말하려 하기 때문이다. 따라서 글쓰는 사람은 하나의 문장에 한 가지 정보만 넣으려 노력하고, 그렇게 중요하지 않은 정보는 생략해야 한다는 점을 늘 염두에 두어야 한다. 알기 쉬운 문장은 '일문일의一文一義'로 쓴 문장이다.

044

수식어와 피수식어가 가까이 있어야 하는 이유

원 문

확실히 비정규직 문제를 해결하려는 노력을 하지 않으면 우리나라의 경제 상황은 좋아지지 않는다. 〈일간신문〉

해 설

- 문장 첫머리의 '확실히' 뒤에는 두 개의 동사가 있다. '해결하다'와 '(노력을) 하다'이다. '확실히'는 이 둘 중 어느 하나를 수식하는데, 어떤 것을 수식하는지 언뜻 보아서는 알 수가 없다. '확실히 해결한다'도 될 수 있고, '확실히 노력을 한다'도 될 수 있기 때문이다.
- 이처럼 수식어는 위치에 따라서 다른 해석을 하게 만든다. 이 문장의 흐름상으로는 '확실히 해결한다'보다는 '확실히 노력한다'라고 보는 편이 자연스럽기 때문에 '확실히'는 '하지' 앞에 놓는 것이 좋다. **수식어와 피수식어를 가급적 가까이 두는 것은 글쓰기의 기본이다.**

도 해

확실히 비정규직 문제를 해결하려는 노력을 하지 않으면 우리나라의 경제 상황은 좋아지지 않는다.

개선례

비정규직 문제를 해결하려는 노력을 확실히 하지 않으면 우리나라의 경제 상황은 좋아지지 않는다.

045

수식어야, 네가 거기 있으면 말이 안 돼!

원문

청사 본관은 2012년 5월 지상 4층, 지하 4층 규모의 가족도서관과 북카페, 개방형 주제자료실, 세미나실, 도시문화관 등을 갖춘 복합도서관으로 개방될 예정이다. 〈일간신문〉

해설

- 리모델링해 곧 개관될 구 서울시청 본관에 관한 기사인데, 앞부분의 '지상 4층, 지하 4층 규모의'가 무엇을 수식하는지 모호하다. 언뜻 바로 뒤의 '가족도서관'을 수식하는 것 같지만, 그렇게 되면 논리적으로 이상하다. 뒤에 '북카페' '개방형 주제자료실' 등 비슷한 시설이 연달아 나오기 때문이다. 차분히 생각해보면 이것은 끝부분의 '복합도서관'을 수식하는 것임을 알 수 있다. 그렇다면 '지상 4층, 지하 4층 규모의'는 '복합도서관' 앞으로 가져와야 한다.
- 간단한 문장이 이렇게 어려워진 것은 수식어인 '지상 4층, 지하 4층 규모의'와 피수식어인 '복합도서관'이 너무 멀리 떨어져 있기 때문이다. 특별한 경우가 아니면 수식어는 피수식어와 가깝게 두어야 한다.

도해

청사 본관은 2012년 5월 지상 4층, 지하 4층 규모의 가족도서관과 북카페, 개방형 주제자료실, 세미나실, 도시문화관 등을 갖춘 복합도서관으로 개방될 예정이다.

⊡ 같은 자격의 어구가 이어질 때는 가운뎃점을 넣는다.

개선례

청사 본관은 2012년 5월 가족도서관과 북카페·개방형 주제자료실·세미나실·도시문화관 등을 갖춘 지상 4층, 지하 4층 규모의 복합도서관으로 개방될 예정이다.

1. 수식어는 피수식어 가까이에 둔다.

① 가원이는 석류꽃이 아름답다고 말했다.

주어는 '가원이', 서술어는 '말했다' 이다. 주어와 서술어 사이에 다른 수식어가 있지만, 이 정도로는 아무 문제가 없다. 그럼 더 떨어뜨려 보자.

② 가원이는 빨갛게 정원에 피어 있는 석류꽃이 아름답다고 말했다.

약간 어려워졌을 것이다. 내친 김에 더 떨어뜨려보자.

③ 가원이는 푸른잎 사이에 빨갛게 정원에 피어 있는 석류꽃이 무척 아름답다고 동생이 말하는 것을 들었다고 말했다.

이 정도면 누구나 어렵다고 느낄 것이다. 그러나 천천히 읽으면 뜻을 알 수 있으므로 틀린 문장은 아니다. 그러면 이 이번에는 세 글의 주어와 서술어를 가까이 두어보자.

① 석류꽃이 아름답다고 가원이는 말했다.

② 빨갛게 정원에 피어 있는 석류꽃이 아름답다고 가원이는 말했다.

③ 푸른잎 사이에 빨갛게 정원에 피어 있는 석류꽃이 무척 아름답다고 동생이 말하는 것을 들었다고 가원이는 말했다.

원래보다 훨씬 이해하기 쉬운 글이 되었음을 알 수 있을 것이다. 이처럼 **대부분의 문장은 주어와 서술어, 즉 수식어와 피수식어가 가까이 있어야 쉬워진다.**

그러나 수식어와 피수식어를 가까이 두는 것은 쉬운 문장을 만들기 위해서만이 아니다. **의미가 분명한 문장을 만들기 위해서도 수식어와 피수식어를 가까이 두어야 한다.** 다음 문장을 보자.

① 큰 남자의 손이 내 앞에 나타났다.

② 남자의 큰 손이 내 앞에 나타났다.

'큰'과 '남자의'의 순서를 바꾸었을 뿐이다. 하지만 이 두 글의 뜻 차이는 크다. 즉, '큰 남자의 손'의 '큰'은 '남자'를 수식하기 때문에 체격이 큰 남자가 나타났다는 뜻이다. 그러나 '남자의 큰 손'은, 대개 남자 손은 여자 손보다 크기 때문에 여자가 남자의 손을 보았을 때의 묘사이다.

2. 긴 수식어는 앞에, 짧은 수식어는 뒤에 놓는다.

① 가원이는 귀신이 나왔다는 집을 재빨리 쳐다보지도 않고 지나쳤다.

② 가원이는 귀신이 나왔다는 집을 쳐다보지도 않고 재빨리 지나쳤다.

이 둘 중 자연스러운 글은 ②다. 왜 그럴까. ②가 긴 수식어를 앞에 짧은 수식어를 뒤에 두었기 때문이다. 이 글은 '재빨리'와 '쳐다보지도 않고'가 모두 '지나쳤다'를 수식하는 구조다. 그런데 ①은 짧은 수식어인 '재빨리'를 긴 수식어인 '쳐다보지도 않고' 앞에 두었다. 이렇게 하면 리듬이 생기지 않아 부자연스러워지는 경우가 많다. 수식어가 여럿일 때는 긴 수식어는 앞에, 짧은 수식어는 뒤에 놓는 것이 정석이다.

심화해설

주술관계와 수식관계

언뜻 왼쪽 페이지의 예문은 '주술관계主述關係'일 뿐 '수식관계修飾關係'는 아니라고 생각할 수도 있다. 그러나 넓게 보면 주술관계는 수식관계, 즉 수식과 피수식의 관계에 있다. 예를 들어 '장미꽃이 아름답다.'는 문장은 '장미꽃'이 '아름답다'는 말에 걸려 있는 형식이다. 거꾸로 말하면 '아름답다'가 '장미꽃'을 받고 있는 것이다. 이것을 문법적으로는 "'장미꽃'이라는 주어가 '아름답다'라는 서술어를 수식한다"고 말한다. 그러니까 '장미꽃'은 수식어이고, '아름답다'는 피수식어인 것이다.

046

한 가지로만 해석될 수 있게 써라

원 문

우리 회사는 20년간 업계의 정상으로 군림하고 세계적 명성을 지닌 K사를 마침내 뛰어넘었다. 〈사보〉

해 설

- 이 문장은 언뜻 '우리 회사는 20년간 업계의 정상으로 군림한 회사다' 처럼 읽힌다. 뒤의 'K사를' 을 읽고서야 비로소 '20년간 업계의 정상으로 군림하고 세계적 명성을 지닌' 이 K사에 대한 설명임을 알 수 있다.
- 이런 일이 생긴 것은 주어인 '우리 회사' 와 서술어인 '뛰어넘었다' 가 너무 멀기 때문이다. 글을 다 쓴 뒤에는 이처럼 두 가지 뜻으로 읽히지 않는지 점검해야 한다.

도 해

[우리 회사는] 20년간 업계의 정상으로 군림하고 세계적 명성을 지닌 K사를
→ 마침내 뛰어넘었다.

개선례

20년간 업계의 정상으로 군림하고 세계적 명성을 지닌 K사를 우리 회사는 마침내 뛰어넘었다.

심화해설

정확하게 쓰는 습관이 중요한 이유

물론 글의 이해란 전체적인 문맥 속에서 하는 것이기 때문에 위 사례와 같은 오해는 생기지 않을 수도 있다. 그러나 글을 읽는 사람이 처할 수 있는 환경은 여러 가지다. 전체적으로 휙 훑어 읽을 수도 있고, 한두 문장만 떼어놓고 볼 수도 있다. 그래서 **쓰는 사람은 늘 정확하게 쓰는 습관을 가져야 한다. 이것은 나중에 책임을 면하는 길이기도 하다. 한번 활자로 기록된 글은 쉽게 지울 수 없기 때문이다.**

047 문장부호 하나로도 글뜻은 달라진다

원 문

50세 이상의 사원과 계약사원은 건강진단을 받아 주십시오.

해 설

이 글은 유심히 보면 건강진단 대상자를 두 가지로 해석할 수 있다. 하나는 '50세 이상의 전 사원과 50세 이상의 전 계약사원'이고, 다른 하나는 '50세 이상의 사원과 계약사원 전원'이다. '50세 이상'이 '사원'만 수식하느냐, '계약사원'까지 수식하느냐에 따라 차이가 생기는 것이다. 이처럼 글은 자칫하면 혼란이 생길 수 있으므로 한 가지로만 해석할 수 있게 써야 한다.

개선례① 전자일 경우

50세 이상의 사원·계약사원은 건강진단을 받아 주십시오.

해 설

사원 뒤의 '과'를 가운뎃점(·)으로 바꿨을 뿐이지만 뜻 차이는 크다. 가운뎃점의 기본적 기능은 같은 자격의 어구를 동등하게 연결하는 것이다. 따라서 이렇게 하면 '50세 이상'이 '사원'만이 아니라 '계약사원'까지도 수식하게 된다.

개선례② 후자일 경우

50세 이상의 사원과, 계약사원 전원은 건강진단을 받아 주십시오.

해 설

사원 뒤의 '과'에 쉼표를 찍음으로써 '50세 이상'은 '사원'만을 수식한다는 것을 명확히 했다. **쉼표의 가장 중요한 기능은 이처럼 오독誤讀을 방지하는 일이다.**

아니, 마침표는 안 찍어도 된다니…

원 문

아이들에게 과학을 돌려주자

[1]옛날엔 많은 아이들이 과학을 꿈꿨었죠. [2]그런데 언제부터 아이들이 같은 꿈만 꾸게 된 걸까요? [3]아이돌도 필요하지만 우리에겐 과학자가 더 많이 있어야 합니다. [4]결국 나라의 기초는 과학이기 때문이죠 [5]그래서 현대모비스가 노벨프로젝트로 과학의 꿈을 다시 키웁니다 〈신문광고〉

해 설

- 신문에 커다랗게 실린 대기업의 이미지광고다. 마룻바닥에서 라디오를 분해하는 초등학생 사진 밑에 이런 카피가 실렸다. 그런데 문장에 문제가 있다.
- 문장3~문장5는 '~한다. 때문이다. 그래서 ~이다' 형식으로, 논리적으로 잘 연결된다. 그러나 문장1과 문장2는 그렇지 않다. 우선 문장2의 '같은 꿈'이 어떤 꿈인지 알 수가 없다. 문장3을 보아야 '아이돌의 꿈'인 것을 알 수 있는데, 이렇게 되면 매우 부자연스러운 흐름이 된다. 또 문장2에서 "언제부터?"라고 물었으면 다음 문장에서 "이때부터"라는 답이 나와야 하는데 그렇지 않다. **문장과 문장 사이에 유기적인 관계가 없으면 좋은 문장이라 할 수 없다.**
- 더욱 중요한 것은 문장4와 문장5에 마침표가 없다는 점이다. 마침표는 제목 뒤에서는 찍지 않지만(이 경우는 맨 윗줄), 본문에서는 물음표나 느낌표가 들어갈 자리가 아닌 한 모두 찍어야 한다. 이것은 글쓰기의 기본에 속하는 사항이다.
- **문장부호는 일일이 설명하면 길어지는 것을 단순한 부호를 통해 상징한 것으로, 문장부호가 정확한 위치에 찍혀 있는 글은 미관이 좋고 이해도 쉽지만, 이를 생략하거나 무원칙적으로 사용된 글은 산만하고 무성의하다.**

도 해

언제부턴가 아이들은 과학의 꿈을 버리고 아이돌의 꿈만 꾸고 있습니다.

아이들에게 과학을 돌려주자

옛날엔 많은 아이들이 과학을 꿈꿨었죠. 그런데 언제부터 아이들이 같은 꿈만 꾸게 된 걸까요? 아이돌도 필요하지만 우리에겐 과학자가 더 많이 있어야 합니다. 결국 나라의 기초는 과학이기 때문이죠 그래서 현대모비스가 노벨프로젝트로 과학의 꿈을 다시 키웁니다

개선례

아이들에게 과학을 돌려주자

옛날엔 많은 아이들이 과학을 꿈꿨었죠. 그런데 언제부턴가 아이들은 과학의 꿈을 버리고 아이돌의 꿈만 꾸고 있습니다. 아이돌도 필요하지만 우리에겐 과학자가 더 많이 있어야 합니다. 결국 나라의 기초는 과학이기 때문이죠. 그래서 현대모비스가 노벨프로젝트로 과학의 꿈을 다시 키웁니다.

아이들에게 과학을 돌려주자

옛날엔 많은 아이들이 과학자를 꿈꿨었죠. 그런데 언제부터 아이들이 같은 꿈만 꾸게 된 걸까요? 아이돌도 필요하지만 우리에겐 과학자가 더 많이 있어야 합니다. 결국 나라의 기초는 과학이기 때문이죠 그래서 현대모비스가 노벨프로젝트로 과학의 꿈을 다시 키웁니다

잘못 읽힐 우려가 있으면 쉼표를 찍어라

원 문

그것은 문화적으로 중요한 가치를 지닌 법으로 보호받을 수 있는 이익에 해당하지 않는다. 〈일간신문〉

해 설

언뜻 '중요한 가치를 지닌' 이 '법' 을 수식하는 것처럼 보인다. 즉, '법' 이 '문화적으로 중요한 가치를 지닌 것' 으로 읽힐 수 있는 것이다. 그러나 그렇게 하면 말이 되지 않으므로 '중요한 가치를 지닌' 은 끝부분의 '이익' 을 수식하는 것임을 알 수 있다. 이처럼 관형어가 '바로 다음 말을 꾸미지 않을 때' 는 쉼표를 찍어야 잘못 읽힐 우려가 없다.

도 해

그것은 문화적으로 중요한 가치를 지닌 법으로 보호받을 수 있는 이익에 해당하지 않는다.

개선례

그것은 문화적으로 중요한 가치를 지닌, 법으로 보호받을 수 있는 이익에 해당하지 않는다.

심화해설

화난 게 누구야? 선생님이야 학생이야?

문장부호 중에서 가장 중요한 것은 쉼표다. 어디에 찍느냐에 따라 글뜻이 달라질 수 있기 때문이다. 예를 들어 '선생님은, 화가 나 뛰어내려온 학생의 뒤를 쫓아갔다' 는 문장과 '선생님은 화가 나, 뛰어내려온 학생의 뒤를 쫓아갔다' 를 비교해 보면 글뜻이 완전히 다른 것을 알 수 있다. 즉, 전자는 화가 난 사람이 학생이지만, 후자는 선생님이다. **글을 쓸 때는 이처럼 쉼표를 찍지 않음으로써 오독誤讀이 되지는 않을지, 잘못 찍음으로써 의미가 달라지지는 않을지를 잘 살펴야 한다.**

쉼표를 찍어야 할 곳

① 같은 자격의 어구가 열거될 때 찍는다.

〈예〉 웃는 사람, 춤추는 사람, 노래하는 사람 등 여러 가지였다.

② 짝을 지어 구별할 필요가 있을 때 찍는다.

〈예〉 닭과 지네, 개와 고양이는 상극이다.

③ 바로 다음 말을 꾸미지 않을 때 찍는다.

〈예〉 이 세상의 혼탁한 잡스러움과는 판이한, 단순하고도 초연한 뭔가가 있었다.

④ 대등하거나 종속적인 절이 이어질 때 절 사이에 찍는다.

〈예〉 콩 심으면 콩 나고, 팥 심으면 팥 난다.

⑤ 되풀이를 피하기 위해서 한 부분을 줄일 때 찍는다.

〈예〉 북한은 사과할 일도, 잘못한 것도 없다는 태도로 일관했다.

⑥ 주어가 잇따라 올 경우 첫 주어의 다음에 찍는다.

〈예〉 사과가, 내가 가장 좋아하는 과일이라고 말했건만 민영이는 배를 사왔다.

⑦ 어구를 도치했을 때, 그 사이에 찍는다.

〈예〉 다 됐다, 원고가.

⑧ 부르는 말이나 대답하는 말 뒤에 찍는다.

〈예〉 현철아, 빨리 다 시인해라. 검찰이 많은 걸 알고 있더라.

⑨ 제시어 다음에 찍는다.

〈예〉 홍길동 대표, 타주자들의 사퇴 요구 또 다시 거부.

⑩ '한자어+하다' 형의 동사에서 어미부분인 '~하고' '~하여' 가 생략될 때 찍는다.

〈예〉 서울을 비롯, 중남부 대부분 지방에 많은 비가 내렸다.

(그러나 이런 문장은 문법을 파괴해 어미를 단절한 것이므로 가급적 쓰지 않는 것이 좋다.)

뭐? 쉼표는 많아도 괜찮다고?

원 문

[1]본래, 우리 몸에 있는 털은 외부의 충격으로부터 몸을 보호하고, 이물질이 체내로 들어가는 것을 막아주는 중요한 역할을 한다. [2]그러나, 여성의 팔다리에 거뭇거뭇하게 돋아난 털이나 짧은 소매 사이로 삐져나오는 겨드랑이의 긴 털은 게으르고 지저분한 인상을 심어준다. [3]또, 남성들의 턱수염이 개성을 강조하기도 하지만, 얼굴 전체적으로 털이 심하게 돋아나고 이틀만 면도를 쉬어도 상방에서 돋아나는 턱수염은 꽃미남에 역행한다. [4]때문에, 요즘 제모에 남녀가 따로 없다. 〈일간신문〉

해 설

– 모든 문장의 첫 단어 뒤에 쉼표를 찍었는데, 모두 빼야 한다. 이 글의 필자는 '쉼표는 많아도 괜찮다'는 생각을 갖고 있는지도 모른다. 그러나 그런 생각은 잘못됐다. 독서 중에 쉼표가 나오면 순간적으로 시선이 멈춰지기 때문에 많은 쉼표는 속독에 지장이 될 뿐이다.

– 문장2의 '그러나', 문장3의 '또' 뒤에도 쉼표는 필요하지 않다. 특별한 규정이 있는 것은 아니지만 **접속사 뒤에는 쉼표를 찍지 않는 것이 좋다. 문장을 이해하는 데 전혀 도움이 되지 않고 글의 흐름만 방해하기 때문이다.**

– 문장2 끝부분의 '게으르고'는 삭제해야 한다. 이것의 주어는 '털'이다. 그렇다면 '털은 게으르다'라는 말이 되므로 이상하다. 털이 '지저분할' 수는 있어도 '게으를' 수는 없다.

– 문장3 끝부분 '꽃미남에 역행한다'는 표현은 어색하다. 역행逆行이란 반대 방향으로 거슬러 나아가는 것을 말하므로 진행성이 있는 말에 붙여야 한다. 예를 들어 '흐름에 역행하다' '자율화에 역행하다'처럼 써야 맞는다.

– 문장4 '제모'는 좀 어려운 말이다. 이런 말은 한자를 병기하든가 우리말로 풀어 쓰는 것이 좋다.

도해

본래, 우리 몸에 있는 털은 외부의 충격으로부터 몸을 보호하고, 이물질이 체내로 들어가는 것을 막아주는 중요한 역할을 한다. 그러나, 여성의 팔다리에 거뭇거뭇하게 돋아난 털이나 짧은 소매 사이로 삐져나오는 겨드랑이의 긴 털은 게으르고 지저분한 인상을 심어준다. 또, 남성들의 턱수염이 개성을 강조하기도 하지만, 얼굴 전체적으로 털이 심하게 돋아나고 이틀만 면도를 쉬어도 상방에서 돋아나는 턱수염은 꽃미남에 역행한다. 때문에, 요즘 제모에 남녀가 따로 없다.

하다는

꽃미남과는 다른 이미지를 만든다.

털을 없애는 데

텁수룩하게

개선례

우리 몸의 털은 외부 충격으로부터 몸을 보호하고, 이물질이 체내로 들어가는 것을 막아주는 역할을 한다. 그러나 여성의 팔다리에 거뭇거뭇 돋아난 털이나 짧은 소매 사이로 삐져나오는 겨드랑이털은 지저분하다는 인상을 준다. 남성의 턱수염이 개성을 강조하기도 하지만, 이틀만 면도를 안 해도 텁수룩하게 자라나는 턱수염은 꽃미남과는 다른 이미지를 만든다. 그래서 요즘 털을 없애는 데 남녀가 따로 없다.

심화해설

오독을 막는 것이 쉼표의 가장 큰 역할이다

글쓰기 책에는 쉼표를 찍는 자리에 대해 자세한 설명이 있다. 간단하게 줄여도 최소 10가지는 된다(113쪽 참조). 그러나 이런 것들에 크게 구애받을 필요는 없다. 이것을 일일이 따르다 보면 어느덧 쉼표의 수가 많아져 속독速讀을 방해하기 때문이다. **쉼표를 찍을 때는, 첫째 글뜻이 오해되지 않게 하고, 둘째 읽는 사람의 이해를 돕는다는 두 가지 원칙을 가지고 있으면 된다.**

051

쉼표로 따옴표를 대신할 수는 없다

원 문

1 나는 익스플로러의 옵션에서 홈페이지를 '빈 페이지' 로 설정했다. 그리고 컴퓨터 옆에 수첩을 갖다 놓고 인터넷 사용일지를 적기로 했다. 그래야 인터넷에 접속한 애초의 목적을 잊지 않을 것 같았기 때문이었다. 말하자면 아리아드네의 실타래 같은 것이었다.

2 "좋아, 깔끔해졌군. 이제 오직 취업과 인생에만 집중하는 거야. 퀴즈도 끊고."

3 [1]나는 혼잣말로 중얼거려 보았다. [2]그러자 '벽 속의 요정' 과 나누었던 짜릿한 대화들이 갑자기 못 견디게 그리워졌다. [3]나는 이제 고3으로 올라가는 어린 남자처럼, 그런 건 취업하고 나서 하면 돼, 라고 다짐했다. 〈일간신문〉

해 설

– 각 단락에 따옴표가 한 번씩 사용되었다. 모두 적절하다. 만일 컴퓨터 용어인 '빈 페이지' (단락1)와 사람의 별명인 '벽 속의 요정' (단락3)을 작은따옴표로 싸지 않았다면 어려운 문장이 되었을 것이다.

– 그러나 단락3의 문장3 '다짐의 내용' 을 따옴표로 싸지 않고 쉼표로 처리한 것은 잘못이다. 말한 것은 따옴표로 싸도록 되어 있다. 젊은 필자들 중에 이처럼 문장부호를 규칙과 다르게 쓰는 경우가 있다. 그러나 문장부호는 하나의 '약속체계' 이므로 규정대로 사용해야 한다. **문장부호가 정확하게 사용된 글은 미관이 아름답고 이해가 쉽지만 무원칙적으로 사용된 글은 산만하고 어렵다.** 단락2는 소리내어 말한 것이므로 큰 따옴표(" ")가 맞다. 그러나 이 경우는 마음속으로 말한 것이므로 작은따옴표(' ')를 써야 한다.

도 해

나는 혼잣말로 중얼거려 보았다. 그러자 '벽 속의 요정' 과 나누었던 짜릿한 대화들이 갑자기 못 견디게 그리워졌다. 나는 이제 고3으로 올라가는 어린 남자처럼, 그런 건 취업하고 나서 하면 돼, 라고 다짐했다.

052

덩어리를 이루면 따옴표로 싸줘라

원 문

그런데도 한국 정부는 줄곧 북한의 이런 도발적인 태도를 협상의지를 강화하기 위한 전술이라고 해석하면서 북한이 실제 핵무기를 보유했을 가능성에 대해서는 회의적인 모습을 보였다. 〈일간신문〉

해 설

- 97자나 되는 긴 문장이다. 문장이 이렇게 길어지면, '어떻게 하면 독자가 쉽게 이해할 것인가'를 생각해야 하는데, 그런 생각을 하지 않았다. 쉼표나 따옴표를 잘 활용하는 것도 어려운 글을 쉽게 할 수 있는 길이다.
- 이 문장에서는 한 덩어리를 이루는 '협상의지를 강화하기 위한 전술'(첫줄 끝부분)을 작은따옴표(' ')로 묶어주면 이해가 쉽다. 더구나 이 문장은 목적어 '태도를' 뒤에 바로 목적격조사 '를'을 붙인 '협상의지를'이 따라와 순간적으로 어리둥절해질 수 있으므로 따옴표로 구분해주는 것이 좋다.

도 해

그런데도 한국 정부는 줄곧 북한의 이런 도발적인 태도를 협상의지를 강화하기 위한 전술이라고 해석하면서 북한이 실제 핵무기를 보유했을 가능성에 대해서는 회의적인 모습을 보였다.

개선례

그런데도 한국 정부는 줄곧 북한의 이런 도발적인 태도를 '협상의지를 강화하기 위한 전술'이라고 해석하면서 북한이 실제 핵무기를 보유했을 가능성에 대해서는 회의적인 모습을 보였다.

그래, 따옴표는 그럴 때 쓰는 거야

원문

1 [1]중국사는 두껍고 무겁다. [2]가지가 많고, 이야기도 많다. [3]시대를 따라 죽 읽어 내리기엔 부담스럽다. [4]이렇게 느끼는 독자들에겐 방법이 있다. [5]특정한 주제나 키워드를 정해 시대를 종횡무진으로 누비는 것이다. [6]함께 선보인 두 책은 그런 식으로 중국사의 재미를 전해준다.

2 [1]『중국사의 수수께끼』는 15가지 주제를 통해 중국사를 발려 놓는다. [2]모두 흥미진진한 얘깃거리를 담거나 상식의 허를 찌르는 주제들이다.

3 우선 왕과 그 주변에 관한 내용이 많다. 중국의 제왕은 과연 천수를 누렸을까. 아니다. 중국 역사에 이름을 남긴 611명의 제왕 가운데 제 명에 죽은 경우는 339명이라고 한다. 전체의 55.5%. 이는 평균이고, 격변기엔 비참한 최후를 맞은 왕이 더 많았다. 책의 통계에 따르면 암살·자살·고문치사에 원인불명의 의문사도 있다. 〈중앙일보 071117, 남윤호〉

해설

- 단락1의 문장1과 문장2는 훌륭한 도입이다. 무엇보다 이렇게 대구를 사용하면 리듬이 생긴다. 예를 들어 '휴일이면 나는 TV를 보면서 지낸다' 라고 쓰기보다 '휴일이면 나는 TV를 보거나 책을 읽는다' 라고 쓰면 리듬이 생기는 것과 같다.
- 단락1의 문장1~문장3은 독자가 마음속으로 느끼는 내용으로, 그 뒤와는 성격이 다르다. 그런데도 아무런 표시 없이 글이 계속되어 독자에게 혼동을 주고 있다. 별도의 덩어리를 이루는 것은 따옴표로 싸주어야 이해가 쉽다.
- 단락2 '중국사를 발려 놓다' '상식의 허를 찌르는' 은 절묘한 단어의 조합이다. 어디서나 흔히 볼 수 있는 어구는 아니다. 그러나 문장2에서 '~담거나 ~주제들이다' 로 적은 것은 잘못이다. '-거나' 는 나열된 동작이나 상태 중에서 어느 것이든 선택될 수 있음을 나타내는 연결어미로, 앞에서 '-거나' 로 했을 때는 뒤에서 동작성이 있는 말로 받아야 한다. 여기서는 '주제들이다' 대신 '주제들로 가득 채웠다' 처럼 해야 한다.

053

이렇게 대구를 사용하면 리듬이 생긴다.

도해

중국사는 두껍고 무겁다. 가지가 많고, 이야기도 많다. 시대를 따라 죽 읽어 내리기엔 부담스럽다. 이렇게 느끼는 독자들에겐 방법이 있다. 특정한 주제나 키워드를 정해 시대를 종횡무진으로 누비는 것이다. 함께 선보인 두 책은 그런 식으로 중국사의 재미를 전해준다.

『중국사의 수수께끼』는 15가지 주제를 통해 중국사를 발려 놓는다. 모두 흥미진진한 얘깃거리를 담거나 상식의 허를 찌르는 주제들이다. → 주제들로 가득 채웠다.

우선 왕과 그 주변에 관한 내용이 많다. 중국의 제왕은 과연 천수를 누렸을까. 아니다. 중국 역사에 이름을 남긴 611명의 제왕 가운데 제 명에 죽은 경우는 339명이라고 한다. 전체의 55.5%. 이는 평균이고, 격변기엔 비참한 최후를 맞은 왕이 더 많았다. 책의 통계에 따르면 암살·자살·고문치사에 원인불명의 의문사도 있다.

문답으로 엮어 친근감이 있다.

중국사는 두껍고 무겁다. 가지가 많고, 이야기도 많다. 시대를 따라 죽 읽어 내리기엔 부담스럽다. 이렇게 느끼는 독자들에겐 방법이 있다. 특정한 주제나 키워드를 정해 시대를 종횡무진으로 누비는 것이다. 함께 선보인 두 책은 그런 식으로 중국사의 재미를 전해준다.

『중국사의 수수께끼』는 15가지 주제를 통해 중국사를 발려 놓는다. 모두 흥미진진한 얘깃거리를 담거나 상식의 허를 찌르는 주제들이다.

우선 왕과 그 주변에 관한 내용이 많다. 중국의 제왕은 과연 천수를 누렸을까. 아니다. 중국 역사에 이름을 남긴 611명의 제왕 가운데 제 명에 죽은 경우는 339명이라고 한다. 전체의 55.5%. 이는 평균이고, 격변기엔 비참한 최후를 맞은 왕이 더 많았다. 책의 통계에 따르면 암살·자살·고문치사에 원인불명의 의문사도 있다.

그러나 죽을 때 죽더라도 왕은 역시 절대권력자다. 따라서 왕의 개인적 취향은 사회의 분위기를 좌우하기도 했다. 문제는 왕이 엽기적이면 민초가 죽어난다는 것이다. 예컨대 초나라 영왕 미위는 여성의 S라인에 사족을 못 썼다고 한다. 특히 남녀 불문, 허리는 무조건 가늘어야 한다는 게 왕의 지론이었다나. 그 비위를 맞추느라 궁녀들은 맹렬 다이어트를 하다 죽기도 했고, 배 나온 관리들은 허리띠로 배를 사정없이 졸라맸다고 한다. 또 당나라 현종은 닭싸움에 날 새는 줄 몰랐다.

대에서부터 도입됐다고 저자는 소개한다. 휴가와 퇴직, 정년도 엄격했다고 하니 현대 관료제도의 틀은 먼 옛날에 형성됐던 셈이다. 그뿐 아니다. 한나라 때는 관료가 안심하고 퇴직할 수 있도록 퇴직 후에도 녹봉의 3분의 1을 종신 지급했다는 기록이 있다. 또 표창이나 특별상여를 줘가며 퇴직을 장려했다고도 한다. 명예퇴직과 공무원 연금제는 요즘 새삼스럽게 등장한 게 아니라는 얘기다.

저자는 중국사의 말초적 흥미만이 아니라 교훈도 주려 한다. 예컨대 중국과 한국의 역사적, 경제적 차이를 들어 한나라당 이명박 대통령 후보의 대운하 건설 계획의 실효성에 의문을 던진다. 또 중국의 동북공정을 설명하면서 국내 학계는 얼마나 대비하고 있느냐며 각성을 촉구하기도 한다.

괄호 속 긴 설명은 별도의 문장으로 만들어라

원 문

1 [1]그렇게도 팔리지 않던 12인치 포터블(휴대용) TV제품이 어느 날부턴가 날개 돋친 듯 팔리기 시작했다. [2]거래선들은 추가 물량을 얼마나 빨리 받을 수 있는지 물으며 빨리 생산해 달라고 독촉했다. [3]필자는 갑작스러운 매출 증대에 어리둥절해졌다. 〈중략〉

2 무엇이 우리 제품을 이렇게 만드는 것인가? 왜? 필자는 이 의문을 풀기 위해 시장에 나가서 TV가 직접 팔리는 현장을 지켜보았다. 그러던 중 일선 판매원들이 "삼성 TV에는 '클립타입 전원 케이블'(TV전원을 자동차 배터리와 바로 연결하여 사용할 수 있는 연결 코드)이 있어서 매우 편리합니다"라고 말하면서 제품을 파는 모습을 목격하게 됐다. 〈일간신문〉

해 설

- 단락1 '포터블' 뒤에 '휴대용'이란 단어를 괄호 안에 넣었고, 단락2 '클립타입 전원 케이블' 뒤에는 긴 설명을 괄호 안에 넣었다. 단락1처럼 한두 단어로 된 어구를 괄호로 처리한 것은 상관이 없다. 그러나 단락2처럼 **긴 문장을 괄호 안에 넣으면 독자는 괄호가 끝나는 곳을 의식해야 하므로 그 사이 독서의 흐름이 끊겨버린다. 괄호에 들어가는 긴 설명은 별도의 문장으로 만들어야 이런 문제가 없다.**
- 단락1의 문장2 '거래선들은 추가 물량을 얼마나 빨리 받을 수 있는지 물으며 빨리 생산해 달라'는 '빨리'가 중복되어 세련되지 않게 느껴진다. 더구나 거래선去來先'은 대표적인 일본식 단어다. '거래처'로 바꾸어야 한다.
- 단락2는 질문으로 시작했다. 이렇게 글을 질문으로 시작하면 독자의 관심을 신속하게 빨아들일 수 있다. 그러나 바로 뒤 문장에서 '왜?'라고 다시 물어 과잉된 느낌이 든다. 언어는 절제할수록 빛나보이는 법이다.

도 해

그렇게도 팔리지 않던 12인치 포터블(휴대용) TV제품이 어느 날부턴가 날개 돋친 듯 팔리기 시작했다. 거래선들은 추가 물량을 얼마나 빨리 받을 수 있는지 물으며 빨리 생산해 달라고 독촉했다. 필자는 갑작스러운 매출 증대에 어리둥절해졌다. 〈중략〉

처

생산을

무엇이 우리 제품을 이렇게 만드는 것인가? 왜? 필자는 이 의문을 풀기 위해 시장에 나가서 TV가 직접 팔리는 현장을 지켜보았다. 그러던 중 일선 판매원들이 "삼성 TV에는 '클립타입 전원 케이블' (TV전원을 자동차 배터리와 바로 연결하여 사용할 수 있는 연결 코드)이 있어서 매우 편리합니다" 라고 말하면서 제품을 파는 모습을 목격하게 됐다.

괄호 속 긴 설명은 별도의 문장으로 처리해야 한다.

개선례

그렇게도 팔리지 않던 12인치 포터블(휴대용) TV제품이 어느 날부턴가 날개 돋친 듯 팔리기 시작했다. 거래처들은 추가 물량을 얼마나 빨리 받을 수 있는지 물으며 생산을 독촉했다. 필자는 갑작스러운 매출 증대에 어리둥절해졌다. 〈중략〉

무엇이 우리 제품을 이렇게 만든 것일까? 필자는 이 의문을 풀기 위해 시장에 나가서 TV가 팔리는 현장을 지켜보았다. 그러던 중 일선 판매원들이 "삼성 TV에는 '클립타입 전원 케이블' 이 있어 편리합니다"라고 말하면서 제품을 파는 모습을 목격하게 됐다. '클립타입 전원 케이블' 이란 TV전원을 자동차 배터리와 바로 연결하여 사용할 수 있는 연결 코드를 말한다.

055

'A는~A이다'형 문장은 피하라

원 문

이 작품은 복서와 프로모터, 도박사 간의 관계를 현실감 있게 묘사한 작품이다. 〈단행본〉

해 설

주어가 '작품' 이고 서술어가 '작품이다' 이므로 전형적인 'A는 ~A이다' 형 문장이다. 쓰다 보면 자기도 모르게 이렇게 되는 수가 있으나, 역시 같은 표현이 반복되어 어색하다. 각 문장성분이 적절한 모습으로 적절한 자리에 있을 때 사람들은 그것을 '좋은 문장' 이라고 말한다.

도 해

영화는

이 [작품은] 복서와 프로모터, 도박사 간의 관계를 현실감 있게 묘사한 작품이다.

묘사했다.

이 작품은 복서와 프로모터, 도박사 간의 관계를 현실감 있게 [묘사한 작품이다.]

개선례①

이 영화는 복서와 프로모터, 도박사 간의 관계를 현실감 있게 묘사한 작품이다.

개선례②

이 작품은 복서와 프로모터, 도박사 간의 관계를 현실감 있게 묘사했다.

056 말이 다르더라도 의미가 반복되면 중복이다

원 문

계획대로라면 현대자동차는 올 가을 럭셔리 SUV '하이랜드'를 출시하기로 예정돼 있다. 〈일간신문〉

해 설

- 앞에서 '계획대로라면'이라고 썼는데, 뒤에서 다시 '예정돼 있다'라고 썼다. '계획'이란 '예정'이란 말을 포함하는 말이므로 불필요하게 의미가 중복된 것이다. 이렇게 말은 다르더라도 의미가 중복되면 문장으로서 가치가 떨어진다.
- 이 문장은 또 하나의 문제가 있다. 즉, 주어인 '현대자동차'와 서술어인 '예정돼 있다'가 호응되지 않는다. '현대자동차'가 '예정될' 수는 없는 일이다.

도 해

출시할 예정이다.

계획대로라면 현대자동차는 올 가을 럭셔리 SUV '하이랜드'를 출시하기로 예정돼 있다.

출시한다.

계획대로라면 현대자동차는 올 가을 럭셔리 SUV '하이랜드'를 출시하기로 예정돼 있다.

개선례①

현대자동차는 올 가을 럭셔리 SUV '하이랜드'를 출시할 예정이다.

개선례②

계획대로라면 현대자동차는 올 가을 럭셔리 SUV '하이랜드'를 출시한다.

057

프로는 절대로 중언부언하지 않는다

원 문

의사로부터 금연하라는 충고를 받고도 담배를 끊지 못한다면 병의 회복은 포기하는 게 좋다. 〈단행본〉

해 설

'금연'과 '담배를 끊다'는 같은 말이다. 그렇다면 이 문장은 '의사로부터 금연하라는 충고를 받고도 금연을 하지 못한다'라는 것과 같다. 즉, 이 문장은 같은 말을 풀어서 반복했으므로 세련된 문장이라고 할 수 없다. **문장의 프로는 어떤 형태의 중언重言이나 반복도 허용하지 않는다.**

도 해

담배를 끊으라는 ↑ 금연하라는

실천할 수 없다면 건강을 회복하겠다는 생각은 ↑ 담배를 끊지 못한다면 병의 회복은

의사로부터 [금연하라는] 충고를 받고도 [담배를 끊지 못한다면 병의 회복은] 포기하는 게 좋다.

개선례

의사로부터 담배를 끊으라는 충고를 받고도 실천할 수 없다면 건강을 회복하겠다는 생각은 회복은 포기하는 게 좋다.

심화해설

같은 말을 삼세 번 반복하면…

'창공을 비행하는 비행기 뒤에 하얗게 비행기구름이 형성되어 있었다.'

누군가 이런 문장을 썼다면 아직 글쓰기의 초보단계를 벗어나지 못했다고 생각할 것이다. 한 문장에 '비행'이라는 말이 세 번이나 들어가 있기 때문이다. 만일 이것을 '하늘 높이 나는 비행기 뒤에 꼬리를 늘어뜨린 듯한 하얀 구름이 만들어져 있었다'라고 고친다면 어떨까. 어색한 느낌이 전혀 들지 않을 것이다. 같은 표현을 연거푸 하지 않는 것은 글쓰기의 대원칙이다.

058

같은 패턴의 반복도 경계하라

원문

[1]진경락 과장은 이번 사건을 풀 핵심 키를 쥐고 있는 사람이지만 재수사가 시작된 이래 줄곧 종적이 묘연했습니다. [2]검찰은 그 동안 변호인 등을 통해 수차례 소환을 통보했지만 진 전 과장은 계속 불응했습니다. [3]결국 어제 체포영장을 발부받아 주거지로 의심되는 장소들로 수사관들을 보냈지만 체포에 실패했습니다. [4]검찰은 진 전 과장이 이미 사찰증거인멸 혐의로 실형을 살고 나왔지만, 지원관실의 특수활동비 일부를 청와대 고용노사비서관실에 전달하는 등의 추가 혐의가 나와 지명수배했다고 밝혔습니다. 〈방송뉴스〉

해설

- 모든 단락을 '-지만 ~습니다'의 형태로 썼다. 문장에서는 동일한 단어, 동일한 어구는 물론이고, 동일한 패턴을 반복하는 것도 금물이다. 어떤 글이든 약간씩 변화를 주어야 글맛이 생긴다. 근본적으로 바꿀 수 없다면, -지만'을 '-으나' '그러나' '하지만' 등으로 바꾸기만 해도 분위기가 달라진다.
- 문장1에서는 '진 과장'이라고 했는데, 문장2, 문장4에서는 '진 전 과장이라고 해서 일관성이 없다. 또 문장4의 검찰이 말한 부분은 따옴표로 싸주어야 한다.

도해

전 / 으나 / 습니다. 하지만

진경락 과장은 이번 사건을 풀 핵심 키를 쥐고 있는 사람이지만 재수사가 시작된 이래 줄곧 종적이 묘연했습니다. 검찰은 그 동안 변호인 등을 통해 수차례 소환을 통보했지만 진 전 과장은 계속 불응했습니다. 결국 어제 체포영장을 발부받아 주거지로 의심되는 장소들로 수사관들을 보냈지만 체포에 실패했습니다. 검찰은 " 진 전 과장이 이미 사찰증거인멸 혐의로 실형을 살고 나왔 지만, 지원관실의 특수활동비 일부를 청와대 고용노사비서관실에 전달하는 등의 추가 혐의가 나와 지명수배했다 " 고 밝혔습니다.

뭐? 말에서 떨어져 낙마했다고?

원 문

1 [1]국민들이 느끼는 불안지수는 1년전이나 지금이나 마찬가지다. [2]강력사건이 줄었다고는 하지만 호텔앞에서 조직폭력배들이 손도끼 등 흉기를 들고 편싸움을 벌여 사상자가 났는가 하면 청소년들의 집단성폭행은 오히려 늘어나고 있다. [3]강·절도도 여전히 횡행, 시민들은 공포에 떨고있다.

2 [1]또 범인 검거실적도 향상됐다고 하나 화성 부녀자연쇄살인 사건을 비롯, 이형호군 유괴살인, 공인회계사 피살사건, 대구 어린이 집단실종사건등 중요한 사건들은 아직도 미해결인 채로 남아있다. [2]'전쟁선포' 이후 발생, 수사본부까지 설치된 39건중 해결된 것은 18건으로 절반 이상이 해결되지 않고 있다. 〈일간신문〉

해 설

- 이곳저곳 정리할 데가 많은 글이다. 우선 쉼표로 어미를 대신해버린 곳이 3곳이나 된다. 단락1의 문장3 '횡행,', 단락2의 문장1 '비롯,' 단락2의 문장2 '발생,'이 그곳이다. 이는 '횡행하여', '비롯하여', '발생하여'로 고쳐야 한다. 글자 수를 줄이기 위해서 주로 신문에서 이렇게 사용하는데 문법을 파괴(어미단절)한 것이므로 옳은 방법은 아니다.
- 단락2의 문장1 끝부분 '아직도 미해결인 채'는 '미해결인 채'로 해야 한다. '미해결未解決'의 未가 '아직'이란 뜻이므로 이중표현이 된다. '아직도 해결되지 않은 채'로 고쳐써도 된다.

심화해설

이중표현은 글의 완성도를 떨어뜨린다

이중표현二重表現이란 '말에서 떨어져 낙마했다' 같은 형태의 문장이다. 낙마落馬가 '말에서 떨어졌다'는 말이므로 같은 표현이 중복된 것이다. 이 같은 표현은 지면을 낭비하고, 글의 완성도를 떨어지게 하므로 반드시 단일화된 형태로 사용해야 한다.

059

횡행하여

도 해

국민들이 느끼는 불안지수는 1년전이나 지금이나 마찬가지다. 강력사건이 줄었다고는 하지만 호텔앞에서 조직폭력배들이 손도끼 등 흉기를 들고 편싸움을 벌여 사상자가 났는가 하면 청소년들의 집단성폭행은 오히려 늘어나고 있다. 강·절도도 여전히 횡행, 시민들은 공포에 떨고있다.

비롯하여

이

또 범인 검거실적도 향상됐다고 하나 화성 부녀자연쇄살인 사건을 비롯, 이형호군 유괴살인, 공인회계사 피살사건, 대구 어린이 집단실종사건등 중요한 사건들은 아직도 미해결인채로 남아있다. '전쟁선포' 이후 발생, 수사본부까지 설치된 39건중 해결된 것은 18건으로 절반 이상이 해결되지 않고 있다.

사건

해결되지 않은 채로

발생하여

개선례

국민들이 느끼는 불안지수는 1년 전이나 지금이나 마찬가지다. 강력사건이 줄었다고는 하지만 호텔 앞에서 조직폭력배들이 손도끼 등 흉기를 들고 편싸움을 벌여 사상자가 났는가 하면, 청소년들의 집단성폭행은 오히려 늘어나고 있다. 강·절도도 여전히 횡행하여 시민들은 공포에 떨고 있다.

또 범인 검거 실적이 향상됐다고 하나 화성 부녀자연쇄살인 사건을 비롯하여 이형호 군 유괴살인사건, 공인회계사 피살사건, 대구 어린이 집단실종사건 등 중요한 사건들은 아직도 해결되지 않은 채로 남아 있다. '전쟁선포' 이후 발생하여 수사본부까지 설치된 39건 중 해결된 것은 18건으로 절반 이상이 해결되지 않고 있다.

이중표현, 이렇게 고쳐쓰자

가까이 접근接近시키다 → 접근시키다

갑자기 졸도卒倒하다 → 졸도하다

거사擧事를 일으키다 → 거사하다, 일을 일으키다

결론結論을 맺다 → 결론을 내다, 결론을 보다

공사工事에 착공着工하다 → 착공하다, 공사에 착수하다

과반수過半數를 넘다 → 반수를 넘다, 과반수이다

낙엽落葉이 떨어지다 → 낙엽이 지다, 잎이 떨어지다

날조捏造된 조작극 → 조작극

남겨진 유산遺產 → 유산

내재內在해 있다 → 내재하다

널리 보급普及하다 → 보급하다

다른 대안代案 없이 → 대안 없이, 다른 방안 없이

더러운 누명陋名 → 누명

들리는 소문所聞 → 소문, 들리는 말

뜨거운 열기熱氣 → 열기, 뜨거운 기운

뜻하지 않은 해프닝이 일어나다 → 해프닝이 일어나다

매每 30일마다 → 매 30일, 30일마다

면학勉學에 힘쓰다 → 학업에 힘쓰다

문전성시門前成市를 이루다 → 문전성시가 되다

미리 예약豫約한 방 → 예약한 방

방치放置해 놓다 → 방치하다, 놓아두다

범죄犯罪를 저지르다 → 죄를 저지르다

복병伏兵이 숨어 있다 → 복병이 있다

부상負傷을 입다 → 부상하다

부채負債를 지다 → 부채를 안다, 빚을 지다

분명히 명시明示하다 → 명시하다, 뚜렷이 밝히다

사전에 예측豫測하다 → 예측하다

산재散在해 있는 → 산재한
서로 상의相議하다 → 상의하다, 서로 의논하다
소복素服을 입다 → 소복하다
수확收穫을 거두다 → 수확하다, 곡식을 거두다
스스로 자각自覺하다 → 자각하다, 스스로 깨닫다
시끄러운 소음騷音 → 소음, 시끄러운 소리
시험試驗에 응시하다 → 응시하다, 시험을 치르다
아름다운 미모美貌 → 미모, 아름다운 얼굴
약 100미터 정도 → 약 100미터, 100미터 정도
오랜 숙원宿願 → 숙원
유능한 인재人材를 등용하다 → 인재를 등용하다
유언遺言을 남기다 → 유언을 하다
이해타산利害打算을 따지다 → 이해를 타산하다, 이해를 따지다
이런 관점觀點에서 보면 → 이런 관점에서
인수引受를 받다 → 인수하다
일정기간一定期間 동안 → 일정기간, 정한 기간
일제시대日帝時代 때 → 일제시대에
자매결연姉妹結緣을 맺다 → 자매결연을 하다
접수接受를 받다 → 접수하다
조난遭難을 당하다 → 조난하다
종래從來부터의 문제점 → 종래의 문제점
준비準備를 갖추다 → 준비하다
출영出迎나가다 → 출영하다
피해被害를 입다 → 피해를 보다, 손해를 입다
허송세월虛送歲月을 보내다 → 허송세월하다
회의懷疑를 품다 → 회의하다
후유증後遺症이 남다 → 후유증이 있다

불필요한 어구로 번거롭게 하지 마라

원 문

[1]1944년 연합군의 기밀사항을 알고 있는 배너먼 준장은 프랑스 북부 작전에 참가하던 중 적의 포격을 받고 비행기에서 탈출하지만 적에게 사로잡힌다. [2]이로써 연합군측은 연합군을 궁지에 몰아넣을지도 모르는 위험에 처한다. 〈일간신문〉

해 설

- 아무 흠이 없는 것 같지만, 문장2에 약간의 문제가 있다. '궁지에 몰아넣으면' 당연히 위험한 것인데, 뒤에 다시 '위험'이란 표현을 써서 번거로워졌다. '이로써 연합군 측은 궁지에 몰린다'거나 '이로써 연합군 측은 위험에 처한다'고 하면 된다. **불필요한 어구, 군더더기 같은 어구는 날려버려야 좋은 문장이 된다.**
- 중요인물이 체포되었으므로 위험이 닥치는 것은 당연한데, 문장2 중간에서 '궁지에 몰아넣을지도 모르는' 처럼 두루뭉술하게 표현한 것도 문제다. **이렇게 단어을 피하고 돌려 말함으로써 주장을 관철하려는 것은 좋은 문장이라 할 수 없다. 논술문일 때는 더욱 그렇다.**

060

도 해

1944년 연합군의 기밀사항을 알고 있는 배너먼 준장은 프랑스 북부 작전에 참가하던 중 적의 포격을 받고 비행기에서 탈출하지만 적에게 사로잡힌다. 이로써 연합군측은 연합군을 궁지에 몰아넣을지도 모르는 위험에 처한다.

궁지에 몰린다.

개선례

1944년 연합군의 기밀사항을 알고 있는 배너먼 준장은 프랑스 북부 작전에 참가하던 중 적의 포격을 받고 비행기에서 탈출하지만 적에게 사로잡힌다. 이로써 연합군 측은 궁지에 몰린다.

심화해설

주장은 명확하게, 설명은 명료하게

초보자가 쓴 글의 가장 큰 특징은 불필요한 어구가 많은 것이다. 앞에서 한 말을 다시 하거나, 굳이 넣지 않아도 될 말을 넣거나, 애써 아름답게 하려고 중언부언한다. **옛날에는 미사여구를 동원하여 한껏 기교를 부린 문장을 명문이라고 했지만, 지금은 단순하면서도 명쾌한 문장을 명문으로 친다.** 그러려면 주장은 명확하고, 설명은 명료해야 한다.

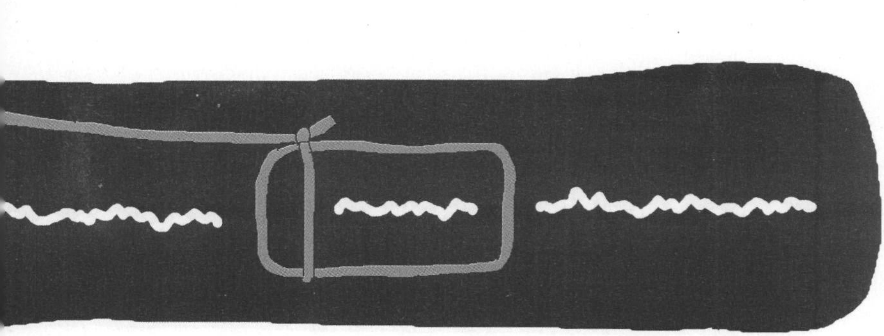

군더더기는 과감히 날려버려라

원 문

[1]서울시가 조례 개정안의 가장 큰 문제로 지적하는 것은 조례 개정안의 내용이 '공유재산 및 물품관리법(이하 공유재산법)'과 충돌한다는 것이다. [2]이 법 20조가 서울광장 같은 행정재산에 대한 사용에 대해 지방자치단체장의 허가제를 원칙으로 하고 있는 만큼 조례에서 이를 신고제로 바꾸려는 것은 상위 법률과 충돌한다는 것이다. [3]우리 법은 법질서의 통일을 위해 법령의 범위 안에서만 그 하위 개념인 조례 제정을 인정하고 있다. 〈일간신문〉

해 설

- 문장1은 '것은 ~ 것이다'의 형태로, 같은 표현이 중복됐다. 문장2도 그렇게 되어 있다. 어깨에 힘이 들어가면 자기도 모르게 이렇게 된다. 특별히 강조할 것이 없는데도 '것이다'를 많이 쓰면 문장이 빽빽해진다. 이 경우는 문장1의 문미文尾를 '점이다'로 고치면 해결된다. 문장2는 문장1을 부연설명하는 것이므로 앞에 '즉'을 넣고 끝의 '것이다'를 '얘기다'로 고치면 된다.
- 문장2에는 군더더기가 있다. '행정재산에 대한 사용에 대해'는 '행정재산 사용에 대해'로, '허가제를 원칙으로'는 '허가를 원칙으로'로 고치면 간결한 문장이 된다.
- 문장3도 '법질서의 통일'은 '법질서 통일'로, '법령의 범위'는 '법령 범위'로 불필요한 '의'를 삭제하면 간결해진다.

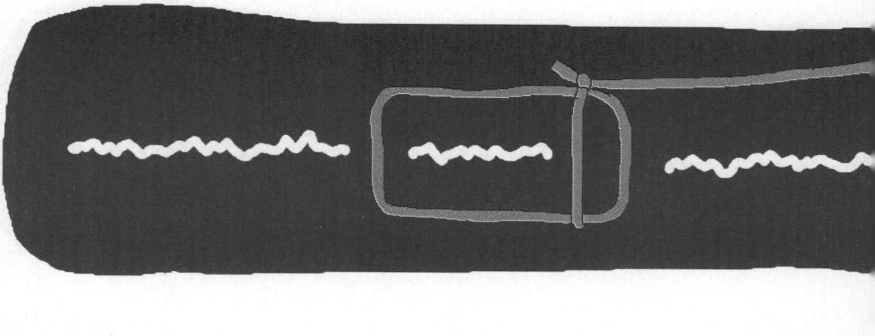

061

도 해

서울시가 조례 개정안의 가장 큰 문제로 지적하는 것은 조례 개정안의 내용이 '공유재산 및 물품관리법(이하 공유재산법)' 과 충돌한다는 것이다. 이 법 20조가 서울광장 같은 행정재산에 대한 사용에 대해 지방자치단체장의 허가제를 원칙으로 하고 있는 만큼 조례에서 이를 신고제로 바꾸려는 것은 상위 법률과 충돌한다는 것이다. 우리 법은 법질서의 통일을 위해 법령의 범위 안에서만 그 하위 개념인 조례 제정을 인정하고 있다.

점

얘기

'것은 ~ 것이다' 로 쓴 문장은 'A는 ~A이다' 와 같은 문장이므로 문제가 있다.

개선례

서울시가 조례 개정안의 가장 큰 문제로 지적하는 것은 조례 개정안의 내용이 '공유재산 및 물품관리법(이하 공유재산법)' 과 충돌한다는 점이다. 즉, 이 법 20조가 서울광장 같은 행정재산 사용에 대해 지방자치단체장의 허가를 원칙으로 하고 있는 만큼 조례에서 이를 신고제로 바꾸려는 것은 상위 법률과 충돌한다는 얘기다. 우리 법은 법질서 통일을 위해 법령 범위 안에서만 그 하위 개념인 조례 제정을 인정하고 있다.

간결하고 명쾌한 문장이 명문이다

원 문

[1]그간 심련수 문학이 조명받지 못했던 이유는, 그의 일본 유학경력 때문에 중국 문화대혁명 때 박해를 받았던 가족들이 유고의 존재 자체를 숨겨왔기 때문. [2]하지만 최근 들어 분위기가 호전되자 둘째 동생 심호수 씨가 항아리 속에 넣어 땅 밑에 파묻었던 유고를 다시 꺼내 연변 '문학과 예술' 출판사에 알려 빛을 보게 된 것이다. 〈일간신문〉

해 설

- 문장1에는 '때문'이 두 번이나 있다. 중간쯤의 '유학경력 때문'과 끝부분의 '숨겨왔기 때문'이다. 글을 쓰다 보면 자기도 모르게 이렇게 되는 수가 있으나, 둘 중 하나를 다른 표현으로 고쳐야 한다.
- 문장1은 어미를 생략하고 명사로 마친 명사형문장(중지형문장)이다. **명사형문장은 잘 사용하면, 문장에 리듬이 생기고 깜찍한 느낌이 들지만, 잘못 사용하면 경박하거나 오만한 느낌이 든다.** 이 문장은 굳이 명사형문장으로 만들 필요가 없다.
- 문장2 중간쯤 '항아리 속에 넣어 땅 밑에 파묻었다'에서 '속' '밑'은 넣을 필요가 없다. 그렇다면 항아리 밖에 넣거나 땅 위에 파묻을 수도 있다는 말이 된다. '항아리에 넣어 땅에 묻었던'처럼 간결하게 쓰면 된다. 중간쯤의 '다시'도 넣을 필요가 없다. 이것이 있으면 언젠가 꺼낸 적이 있다는 뜻인데, 땅에 깊이 파묻은 물건을 그렇게 하기는 쉽지 않다. 불필요한 말이 들어 있는 글은 세련된 글이 아니다.
- 문장1 끝부분의 '유고'는 자주 쓰는 말이 아니므로 한자를 병기하는 것이 좋다. **전문용어나 신조어가 아니라 하더라도 강조할 필요가 있거나 의미전달상 필요하다고 판단될 때는 괄호 안에 한자를 병기하는 것이 좋다.**

도 해

경력으로

그간 심련수 문학이 조명받지 못했던 이유는, 그의 일본 유학 경력 때문에 중국 문화대혁명 때 박해를 받았던 가족들이 유고의 존재 자체를 숨겨왔기 때문. 하지만 최근 들어 분위기가 호전되자 둘째 동생 심호수 씨가 항아리 속에 넣어 땅 밑에 파묻었던 유고를 다시 꺼내 연변 '문학과 예술' 출판사에 알려 빛을 보게 된 것이다.

(遺稿)

이다

개선례

그간 심련수 문학이 조명받지 못했던 이유는, 그의 일본 유학 경력으로 중국 문화대혁명 때 박해를 받았던 가족들이 유고(遺稿)의 존재를 숨겨왔기 때문이다. 하지만 최근 들어 분위기가 호전되자 둘째 동생 심호수 씨가 항아리에 넣어 땅에 파묻었던 유고를 꺼내 연변 '문학과 예술' 출판사에 알려 빛을 보게 된 것이다.

글이란 쓰다 보면 길어지게 되어 있다. 애써 모은 자료가 모두 소중하기 때문에 이것저것 넣다보면 생각한 것보다 분량이 많아지는 것이다. 컴퓨터로 글을 쓰게 된 것도 원고 분량이 많아지는 이유다.

그렇다면 넘치는 원고는 어떻게 할 것인가. 당연히 '자르면' 될 것이지만, 그것이 쉬운 일은 아니다. 하나하나가 다 필요하다고 생각되기 때문이다. 다음은 넘치는 원고를 줄일 때 생각할 수 있는 방법들이다.

1. 없어도 뜻이 통하는 문장이나 어구를 삭제한다.

글쓰기에 익숙하지 않은 사람의 문장은 필요한 것이 들어 있지 않은 경우보다 불필요한 것이 들어 있는 경우가 더 많다. 비슷한 것을 중언부언하는 내용, 군더더기 같은 주장은 신선도를 떨어뜨리고 글뜻을 모호하게 하므로 과감히 삭제한다.

2. 난해한 곳을 삭제한다.

다시 읽었을 때 글뜻이 시원스럽게 머리에 들어오지 않으면 생각이 미숙하고 논리가 정리되지 않은 곳이다. 이런 부분은 다시 쓰거나 삭제한다.

3. 너무 자세한 부분을 간결하게 한다.

본론과의 관계가 약하고 주석적註釋的·보조적補助的인 부분을 잘라낸다. 설득력을 높이기 위해서 삽입한 사례나, 다른 저자의 글을 인용한 내용이 복수일 때는 그중 일부를 잘라낸다.

4. 추측으로 말한 곳을 삭제한다.

데이터가 없는 것, 확증을 얻을 수 없는 부분은 잘라낸다.

5. 단락을 줄이고, 그 사이의 여백을 채운다.

이렇게 하면 글자 수는 같지만 줄 수가 줄어든다. 내용을 될수록 없애고 싶지 않을 경우에 사용한다.

6. 어구를 숫자가 적은 동의어로 바꾼다.

순 우리말이나 외래어를 한자어로 대신하면 숫자가 줄어드는 경우가 많다.

7. 설명을 통합한다.

예를 들어 '나는 그런 게 아닌가 하고 생각했다가, 아냐 이럴지도 모른다고 생각했다.'는 '나는 이런저런 생각으로 고민했다.'로 고친다.

8. 불필요한 접속사나 불필요한 수식어를 삭제한다.

예를 들어 '모두 울었다. 그리고 그도 눈물을 흘렸다.'는 '모두가 울었고, 그도 눈물을 흘렸다.'로 고친다.

9. 부적절한 표현을 삭제한다.

불손한 말이나, 품위가 결여된 말, 상대방을 모욕하는 듯한 표현 등, 부적절한 표현이 있으면 삭제한다.

그러나 과도하게 잘라내는 것은 금물이다. 위에서 열거한 내용과 모순되지만, 함부로 자르지 않는 것도 자르는 것 이상으로 중요한 일이다. 언뜻 불필요하다고 생각되는 기술도 문장 전체에서 보면 나름의 역할을 하고 있는 경우가 많다. 만사는 주主와 종從이 있고, 음陰과 양陽이 있기 때문에 양쪽이 적절하게 균형을 갖추는 것이 이상적이다.

한 문장의 길이를 짧게 하라

원 문

내가 최근에 나온 한글판 매뉴얼을 읽고 느낀 것은, 이 책이 얼마나 알기 어렵고, 초보자에 대한 배려가 전혀 없이 전문용어가 설명도 없이 나와 있는 것에 질렸다. 〈단행본〉

해 설

– 무엇을 말하려는지는 알 수 있으나 글로서는 엉망이다. 우선 문장이 길다. 문장부호까지 포함해 66자나 된다. 많은 정보를 한 문장에 넣으려다 이렇게 되었다. **문장이 길어지면 읽기에 숨이 차고 이해도 어려워진다. 특별한 기준이 있는 것은 아니지만, 한 문장이 60자를 넘어가면 긴 문장으로 친다.**

– 주어는 첫 줄 중간의 '느낀 것'이고 서술어는 맨 끝의 '질렸다'이므로 서로 호응이 안 된다. '느낀 것은 질렸다'라는 말은 되지 않는 것이다. 문장의 길이를 짧게 하면 이런 실수가 없다. 중간에서 문장을 끊어 두세 문장으로 만들고 필요한 곳에 주어를 내세우면 쉬워진다. 문장 사이에 필요한 접속사를 넣어 문장과 문장을 유기적으로 연결하면 훨씬 쉬워진다.

심화해설

일문일의로 쓴 문장이 좋은 이유

다 그런 것은 아니지만, 긴 문장은 대체로 읽기가 어렵다. 문장이 길어지는 것은 한 문장에 여러 가지 정보를 담으려 하기 때문이다. 이렇게 되면 복수의 주어가 나오고 서술어도 서너 개씩 겹쳐져 어느 주어와 어느 서술어가 짝을 이루는지 불분명해진다. 당연히 읽는 사람은 헷갈리고, 필자가 무엇을 말하려 하는지도 알 수 없게 된다. 그래서 **이상적인 글은 '하나의 문장 속에 주어와 서술어가 하나씩만 있는 것이라고 말하는 사람도 있다. 이것을 '일문일의一文一義로 쓴 문장'이라고 한다.** 일문일의로 쓰면 문장이 짧아지고, 짧은 문장에서는 속도감과 리듬감이 전해져 온다.

도 해

(내가 → 나는) 최근에 나온 한글판 매뉴얼을 읽고 [느낀 것은], 이 책이 얼마나 [알기 어렵고] (→ 어려운가를 알았다. 이 책은), 초보자에 대한 배려가 전혀 [없이] (→ 되어 있지 않다. 나는) 전문용어가 설명도 없이 나와 있는 것에 질렸다.

(내가 → 나는) 최근에 나온 한글판 매뉴얼을 읽고 [느낀 것은, 이 책이 얼마나 알기 어렵고, 초보자에 대한 배려가 전혀 없이] (→ 질렸다. 왜냐하면,) 전문용어가 설명도 없이 나와 [있는] (→ 있었기 때문이다. 이 책은 초보자에 대한 배려가 전혀 되어 있지 않아 알기가 어려운 것이다.) 것에 질렸다.

개선례①

나는 최근에 나온 한글판 매뉴얼을 읽고, 이 책이 얼마나 어려운가를 알았다. 이 책은 초보자에 대한 배려가 전혀 되어 있지 않다. 나는 전문용어가 설명도 없이 나와 있는 것에 질렸다.

개선례②

나는 최근에 나온 한글판 매뉴얼을 읽고 질렸다. 왜냐하면, 전문용어가 설명도 없이 나와 있었기 때문이다. 이 책은 초보자에 대한 배려가 전혀 되어 있지 않아 알기가 어려운 것이다.

뭐? 단문은 무조건 쉽다고?

원문

1 [1]역사는 무기다. [2]과거의 힘으로 현재의 쟁점을 생산한다. [3]오늘의 역사 논쟁은 미래를 선점할 수 있다. [4]역사는 왜곡과 편향의 유혹을 받는다. [5]역사는 권력의 효율적인 도구다. [6]역사와 정치의 관계는 민감하고 역동적이다.

2 대선 정국에서 역사 논쟁의 영향력은 독특하다. 역사를 무기로 등장시키려는 시도는 계속된다. 때문에 현대사 논쟁은 되풀이 제기되고 소멸한다.

3 역사는 이처럼 기묘하게 작동한다. 과거 노무현 정권은 거기에 주목했다. 그 시절 정권 주도세력은 문화 권력을 장악하려 했다. 그들은 현대사를 활용했다. 과거사 추적을 내세운 여러 정부기관, 좌파 시민단체들이 등장했다. 〈일간신문〉

해설

- 정치칼럼의 앞부분인데 어려운 편이다. 이 글의 특징은 거의 모든 문장이 단문으로 되어 있다는 점과, 접속사를 하나도 쓰지 않았다는 점이다. 글이 어려운 것은 이 두 가지 이유 때문이다.
- 단락1의 문장1에서 '역사는 무기다'라는 독특한 말을 했다. 이럴 때는 다음 문장에서 그 이유를 설명해야 하는데 그러지 않았다. 이렇게 되면 독자는 피곤해진다. 문장2와 문장3이 그 이유라면 '-때문이다'처럼 그 관계를 알 수 있는 말을 넣어야 한다.
- 단락1은 '역사'에 대한 여러 가지 문장을 열거했다. 그러나 무엇을 주장하기 위해서 '역사가 어떻다'고 나열한 것인지 알기가 쉽지 않다. 문장과 문장의 인과관계를 알 수 있는 말(접속사 등)을 넣지 않았기 때문이다. 잘 읽어보면 단락1과 단락2는 단락3의 첫 문장, 즉 '역사는 이처럼 기묘하게 작동한다'를 끌어내기 위한 것임을 알 수 있다. 그렇다면 차라리 단락2를 단락1에 붙여 단순화하는 것이 낫다.
- **단문이 장문보다 이해가 쉬운 것은 사실이다. 그러나 단문으로 쓰려면 접속사나 수식어를 최소화해야 하기 때문에 자칫하면 더 어려운 문장이 되어버린다.**

064

도 해

역사는 무기다. 과거의 힘으로 현재의 쟁점을 생산한다. 오늘의 역사 논쟁은 미래를 선점할 수 있다. 역사는 왜곡과 편향의 유혹을 받는다. 역사는 권력의 효율적인 도구다. 역사와 정치의 관계는 민감하고 역동적이다. 대선 정국에서 역사 논쟁의 영향력은 독특하다. 역사를 무기로 등장시키려는 시도는 계속된다. 때문에 현대사 논쟁은 되풀이 제기되고 소멸한다.

(과거의 → 있기 때문이다. 그래서 / 생산한다. 오늘의 역사 논쟁은 → 생산하고, 이렇게 시작한 논쟁으로 / 역동적이다. → 특히 / 독특하다. → 보이지 않는 손이 / 시도는 계속된다. → 시도를 계속하는 것이다.)

개선례

역사는 무기다. 과거의 힘으로 현재의 쟁점을 생산하고, 이렇게 시작한 논쟁으로 미래를 선점할 수 있기 때문이다. 그래서 역사는 왜곡과 편향의 유혹을 받는다. 역사와 정치의 관계는 민감하고 역동적이다. 특히 대선 정국에서 역사 논쟁의 영향력은 독특하다. 보이지 않는 손이 역사를 무기로 등장시키려는 시도를 계속하는 것이다. 때문에 현대사 논쟁은 되풀이 제기되고 소멸한다.

역사는 이처럼 기묘하게 작동한다. 과거 노무현 정권은 바로 거기에 주목했다. 그 시절 정권 주도세력은 문화 권력을 장악하려 했다. 이를 위해 그들은 현대사를 활용했다. 선봉에 선 것은 과거사 추적을 내세운 여러 정부기관, 좌파 시민단체들이다.

문장이 짧아지는 것은 세계적인 경향이다. 예를 들어 영어문장의 평균 길이를 글자수로 보면, 20세기에는 18세기의 3분의 1 이하로 줄었다는 연구가 있다. TV 등을 매개로 한 구어口語가 계속적으로 문어文語에 이입됨으로써 문장당 글자수가 줄고 있는 것이다.

문장은 짧다고 반드시 이해하기 쉬운 것은 아니다. 그러나 어차피 긴 문장을 받아들이지 않는 계층이 증가하고 있는 것을 생각하면, 역시 긴 문장보다는 짧은 문장을 개발해 나가는 것이 시대의 흐름에 부합하는 일이다.

1. 매우 긴 문장(80자 이상), 긴 문장(60~80자)

법원의 판결문이나 학술논문 등 특별한 것을 제외하면 원칙적으로 한 문장이 80자 이상 되는 긴 문장은 쓰지 않는 것이 바람직하다. 긴 문장의 가장 큰 해악은 읽기에 숨이 차고 이해가 어렵다는 점이다. 공간을 줄일 수 있다는 이유로 긴 문장을 쓰는 경우가 있지만 실제로 검토해 보면 짧은 문장으로 써도 공간의 변화가 별로 없고, 짧은 문장이 오히려 긴 문장보다 공간이 절약되는 경우도 있다.

2. 보통 길이의 문장(40~60자)

일반적인 문장으로 특별한 독자층을 상대로 하지 않는 이상 이 길이를 기본으로 해야 한다. 신문사의 기사작성교범에도 '한 문장의 평균길이를 50자 정도로 하고, 그 이상이 될 때는 분리하라' 고 실려 있는 경우가 많다.

3. 짧은 문장(40자 이하)

소위 말하는 단문短文이다. 단문은 읽기가 편하고 이해가 쉽다. 리듬감과 친근감이 있는 것도 단문의 장점이다. 그러나 단문을 만들기 위해서는 수식어나 접속사 등을 최소화해야 하기 때문에 자칫하면 더 어려운 문장이 될 수도 있다.

1. 단문만 계속된다.

시원시원하고, 맑고 또렷하고, 건조하고, 경쾌한 느낌을 주는 문장이 된다. 그러나 가끔씩 문미文尾를 바꾸거나, 곳곳에 장문을 삽입하는 등의 연구를 하지 않으면 단조로워질 염려가 있다.

2. 장문만 계속된다.

침착하고 중후한 느낌을 준다. 그러나 통상의 형식을 갖추고 있는 글이 쉼표 없이 계속되면 지루하고 딱딱한 글이 될 염려가 있다.

3. 단문에서 장문으로 이어진다.

최초의 단문이 그 뒤에 계속되는 문장에 대한 도입導入의 역할을 한다. 문장의 머리나 단락의 첫 부분에 쓰는 경우가 많다. 첫머리가 단문이기 때문에 독자는 저항감을 느끼지 않고 문장 속으로 자연스럽게 빠져든다.

4. 장문에서 단문으로 이어진다.

문장 전체의 끝맺음에 사용하면 여운을 남기는 효과가 있다. 단락의 끝부분에 사용하면 다음 단락에 대한 기대감이 생긴다.

5. 단문에서 장문으로 이어진다.

계속되는 단문 속에 장문을 삽입하면 빨리 돌아가던 것이 호흡을 고르게 되어 사색하는 분위기가 된다. 오래 계속되는 정경묘사를 잠깐 매듭지을 때 쓰면 효과가 있다.

6. 장문에서 단문으로 이어진다.

계속되는 장문 속에 단문을 삽입하면 놀람, 사태의 절박함, 급변하는 기분 등을 나타낼 수 있다. 장면의 전환에도 사용된다.

문말표현을 다양화하라

원 문

[1]운명이라는 것이 있다 해도 그것이 어떤 것인지 남에게 물어선 안 된다. [2]자신의 숙명은 언제나 자신이 만든다. [3]인생의 자세를 바꾸면 운명은 변한다. [4]아무것도 하지 않고 강물에 떠내려가도록 그대로 둔다면 곧 웅덩이에 걸린다. [5]하지만 조금이라도 팔다리를 움직인다면 빠른 흐름을 타고 대해로 나갈 수 있다. [6]자신의 소원이나 숙원은 그럼으로써 이루어진다. 〈단행본〉

해 설

- 참으로 멋진 내용이다. 그러나 글은 꽤 단조롭다. 문말표현이 '안 된다' '만든다' '변한다' '걸린다' '있다' '이루어진다'로 비슷비슷하기 때문이다. 이렇게 문말에 변화가 없는 글이 계속되면 독자는 내용이 아무리 좋아도 금방 지루함을 느낀다.
- 문장1과 문장2는 인과관계가 있는데, 문장2에서 이를 나타내는 말을 넣지 않았다. 인과관계가 있는 문장은 그 관계를 알 수 있는 말을 넣어야 한다.
- 문장1에서는 '운명'이라고 했는데, 문장2에서는 '숙명'으로 받았다가 문장3에서 다시 '운명'이라고 말해 일관성이 없다. 또 문장6 '자신의 소원이나 숙원은'은 '자신의 소원은…' 또는 '자신의 숙원은…'으로 고쳐야 한다. '소원所願'은 '바라고 원하는 일'이란 뜻이고, '숙원宿願'은 '오래전부터 품어 온 염원이나 소망'이므로 뜻 차이가 크지 않다. 같은 표현을 연거푸 하지 않는 것은 글쓰기의 대원칙이다.

065

도해 운명은 / 만들기 때문이다. / 묻는 것은 잘못이다.

운명이라는 것이 있다 해도 그것이 어떤 것인지 남에게 물어선 안 된다. 자신의 숙명은 언제나 자신이 만든다. 인생의 자세를 바꾸면 운명은 변한다. 아무것도 하지 않고 강물에 떠내려가도록 그대로 둔다면 곧 웅덩이에 걸린다. 하지만 조금이라도 팔다리를 움직인다면 빠른 흐름을 타고 대해로 나갈 수 있다. 자신의 소원이나 숙원은 그럼으로써 이루어진다.

변하게 되어 있다. / 걸려 버릴 것이다. / (大海)

개선례

운명이라는 것이 있다 해도 그것이 어떤 것인지 남에게 묻는 것은 잘못이다. 자신의 운명은 언제나 자신이 만들기 때문이다. 인생의 자세를 바꾸면 운명은 변하게 되어 있다. 아무것도 하지 않고 강물에 떠내려가도록 그대로 둔다면 곧 웅덩이에 걸려 버릴 것이다. 하지만 조금이라도 팔다리를 움직인다면 빠른 흐름을 타고 대해(大海)로 나갈 수 있다. 자신의 숙원은 그럼으로써 이루어진다.

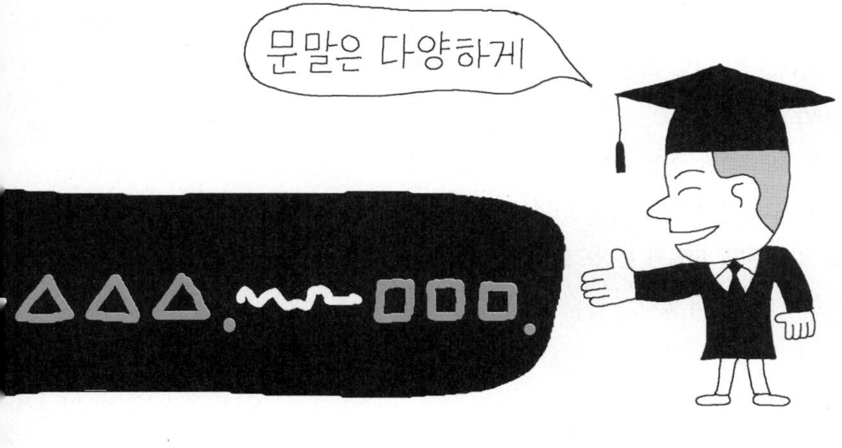

문말이 단조롭지 않아야 호기심이 이어진다

원 문

[1] '불타는 얼음(Burning Ice)' 이 있다. [2]마술이 아니라 지구상에 존재하는 물질이다. [3]차세대 에너지원으로 떠오르고 있는 '가스 하이드레이트(Gas Hydrate)' 다. [4]천연가스가 낮은 온도와 높은 압력에서 물 분자와 결합해 형성된 고체 에너지원으로 주성분은 메탄이다. [5]알래스카나 시베리아 등 동토 지역의 깊은 땅속과 수심 300m 이상 해저 지층에 존재한다. [6]전 세계 추정량이 천연가스의 약 100배인 10조t에 이른다. [7]이 불타는 얼음이 동해바다 속에도 있다. [8]울릉도와 독도 주변에 6억t가량 있는 것으로 추정하고 있다. [9]국내 가스 소비량 30년분에 해당하는 양이다. 〈일간신문〉

해 설

- 몇 군데만 고친다면 아주 훌륭한 글이다. 우선 문말이 단조롭다. 9개의 문장 중 '-이다' 가 4개, '있다' 가 3개, '한다' 와 '이른다' 가 각각 1개씩이다. 이중 '-이다' 와 '있다' 는 뜻은 다르더라도 같은 부류다. 독자는 이렇게 비슷비슷한 문장을 연이어 만나면 지루함을 느껴 글을 외면해버릴 수 있다. 문말이 단조롭지 않아야 독자는 끊임없이 호기심을 일으켜 읽어가는 것이다.
- 첫 문장을 단문으로 하고 이색적 표현으로 독자의 시선을 끈 것은 잘한 일이다. 그러나 외국인을 상대로 한 글도 아닌데, 왜 영어를 병기했는지 이해하기 힘들다. 그냥 '불타는 얼음' 으로도 충분하다.
- 문장8은 꼭 있어야 할 주어가 빠져 있다. 즉, 문장 끝이 '추정하고 있다' 로 되어 있으므로 '누가' 그렇게 추정하는지가 나와야 한다. **추정하는 주체를 밝히고 싶지 않다면 '추정되고 있다' 처럼 피동형 문장으로 하면 되지만, 피동형 문장보다는 능동형 문장이 훨씬 분명하고 현장감이 있다.**

를 이렇게 말한다.

도 해

!

'불타는 얼음(Burning Ice)'이 있다. 마술이 아니라 지구상에 존재하는 물질이다. 차세대 에너지원으로 떠오르고 있는 '가스 하이드레이트(Gas Hydrate)'다. 천연가스가 낮은 온도와 높은 압력에서 물 분자와 결합해 형성된 고체 에너지원으로 주성분은 메탄이다. 알래스카나 시베리아 등 동토 ←(凍土) 지역의 깊은 땅속과 수심 300m 이상 해저 지층에 존재한다. 전 세계 추정량이 천연 가스의 약 100배인 10조t에 이른다. 이 불타는 얼음이 동해바다 속에도 있다. 울릉도와 독도 주변에 6억t가량 있는 것으로 추정하고 있다. 국내 가스 소비량 30년분에 해당하는 양이다.

있는 이 물질은

한국지질자원연구원은

개선례

'불타는 얼음!' 마술이 아니라 지구상에 존재하는 물질이다. 차세대 에너지원으로 떠오르고 있는 '가스 하이드레이트(Gas Hydrate)'를 이렇게 말한다. 천연가스가 낮은 온도와 높은 압력에서 물 분자와 결합해 형성된 고체 에너지원으로 주성분은 메탄이다. 알래스카나 시베리아 등 동토(凍土) 지역의 깊은 땅속과 수심 300m 이상 해저 지층에 있는 이 물질은 전 세계 추정량이 천연가스의 약 100배인 10조t에 이른다. 이 불타는 얼음이 동해바다 속에도 있다. 한국지질자원연구원은 울릉도와 독도 주변에 6억t가량 있는 것으로 추정하고 있다. 국내 가스 소비량 30년분에 해당하는 양이다.

'불타는 얼음(Burning Ice)'이 있다. 마술이 아니라 지구상에 존재하는 물질이다. 차세대 에너지원으로 떠오르고 있는 '가스 하이드레이트(Gas Hydrate)'다. 천연가스가 낮은 온도와 높은 압력에서 물 분자와 결합해 형성된 고체 에너지원으로 주성분은 메탄이다. 알래스카나 시베리아 등 동토 지역의 깊은 땅속과 수심 300m 이상 해저 지층에 존재한다. 전 세계 추정량이 천연가스의 약 100배인 10조t에 이른다. 이 불타는 얼음이 동해바다 속에도 있다. 울릉도와 독도 주변에 6억t가량 있는 것으로 추정하고 있다. 국내 가스 소비량 30년분에 해당하는 양이다. 우리나라는 2005년부터 가스 하이드레이트 사업단 주관으로 탐사와 시추 작업을 하고 있다. 2014년까지 시험생산 완료를 목표로 하고 있다. 한국지질자원연구원 석유해저연구본부 책임연구원인 박장준 박사는 "하이드레이트는 연소되면서 물과 이산화탄소밖에 발생하지 않아 청정에너지원이지만 시추 과정에서 메탄이 직접 유출될 경우 지구온난화에 막대한 영향을 줄 수 있다"고 밝혔다. 21세기 에너지원이 되려면 시추 과정에서 메탄 방출을 막을 수 있는 기술 개발과 안전성 확보가 연구과제로 남아 있다. 박 박사가 2009년 동해 수심 2000m 해저에서 채취한 가스 하이드레이트에 불을 붙이고 있다. 사진에서 흰 얼음처럼 보이는 것이 하이드레이트이고 나머지 부분은 바다 진흙이다.

뭐? 문말에 변화를 주는 게 어렵다고?

원 문

[1]가령 프로 야구에서 특정 2개 팀이 맞대결만 하면 홈 팀이 이기는 징크스가 있다고 치자. [2]이 경우 심리적으로 원정 팀이 홈 팀보다 더 위축될 것 같지만 그렇지 않다. [3]절대 져서는 안 된다는 강박감은 홈 팀이 훨씬 더 하기 때문이다. [4]무려 13국에 걸친 '흑번 필승' 흐름 속에 흑으로 고전에 빠진 목진석의 이 무렵 심정을 누가 알겠는가.

그 초조함이 91에서 표출된다. 부분적으론 공격의 급소. 99까지 좌상귀 백은 패에 걸리며, 이는 초반 이후 백의 '아킬레스 건' 이었다. 하지만 이창호는 91을 흑의 패착으로 지목하며 참고도를 제시했다. "흑 1로 지키는 게 A의 건넘을 보는 선수였다. 백은 B의 끼움을 피해 2가 정착이다. 흑 C의 권리를 남긴 채 3으로 정비한 뒤 서서히 좌상귀 패를 노렸으면 백이 난처했다."

적의 곤궁함을 곧바로 응징하는 것은 하책이란 게 병법에도 나온다. 어쨌든 패는 시작됐는데 백의 팻감이 의외로 많다. 기왕 시작한 패이니 흑은 꼭 이겨야만 하고, 그 과정에서 많은 피를 흘린다. 103만 해도 참고도에 비해 손해. 목진석의 땀 한 방울이 반상에 뚝하고 떨어졌다. 〈조선일보 040511·이홍렬〉

심화해설

필자는 늘 독자 입장에서 고민해야 한다

문말에 변화를 주는 것이 반드시 복잡하거나 수준 높은 기술이 필요한 건 아니다. '-이다' 가 계속되면 '-인 것이다' 라고 써 강조할 수도 있고, 앞에 '왜냐하면' 을 붙이고 뒤에서 '-때문이다' 로 받아 인과관계로 처리할 수도 있다. 또는 '-했다' 처럼 과거형이 계속되면 잠시 시제를 바꾸어 '-한다' 같은 현재형으로 돌아오거나, 때로는 '-일까' '무엇인가' 처럼 대사와 질문을 넣어 긴장감을 조성할 수도 있다. 글의 주인은 자신이지만 그 글을 빛나게 하는 것은 독자다. 그러므로 필자는 늘 독자가 자신의 글을 어떻게 읽을 것인지를 독자의 입장에 서서 고민해야 한다.

067

해 설

– 딱딱한 기보棋譜해설인데도 전혀 딱딱하게 느껴지지 않는다. 그 이유는 여러 가지가 있다. 우선 12개의 문장 중 하나도 같은 문말文末이 없다. 이렇게 문말표현을 다양화함으로써 자칫 지루해질 수 있는 요소를 없앴다.

– 첫 문장을 '가령'으로 시작한 것도 이 글이 딱딱하지 않은 이유다. 사람은 누구나 복잡한 것을 싫어하므로 '가령'이나 '예를 들면'을 앞세워 말을 이어가면 금방 자세를 고치고 관심을 갖는다.

– 단락1의 문장2와 문장3을 '아니다. ~때문이다'의 패턴으로 구성해 호기심을 자극했고, 문장4는 '심정을 누가 알겠는가' 같은 표현으로 독자의 감정선을 자극한 것도 일품이다.

땀 한 방울

〈제7보〉(91~115)=가령 프로 야구에서 특정 2개 팀이 맞대결만 하면 홈 팀이 이기는 징크스가 있다고 치자. 이 경우 심리적으로 원정 팀이 홈 팀보다 더 위축될 것 같지만 그렇지 않다. 절대 져서는 안된다는 강박감은 홈 팀이 훨씬 더 하기 때문이다. 무려 13국에 걸친 '흑번 필승' 흐름 속에 흑으로 고전에 빠진 목진석의 이 무렵 심정을 누가 알겠는가.

그 초조함이 91에서 표출된다. 부분적으론 공격의 급소. 99까지 좌상귀 백은 패에 걸리며, 이는 초반 이후 백의 '아킬레스 건'이었다. 하지만 이창호는 91을 흑의 패착으로 지목하며 참고도를 제시했다. "흑 1로 지키는 게 A의 건넘을 보는 선수였다. 백은 B의 끼움을 피해 2가 정착이다. 흑 C의 권리를 남긴 채 3으로 정비한 뒤 서서히 좌상귀 패를 노렸으면 백이 난처했다."

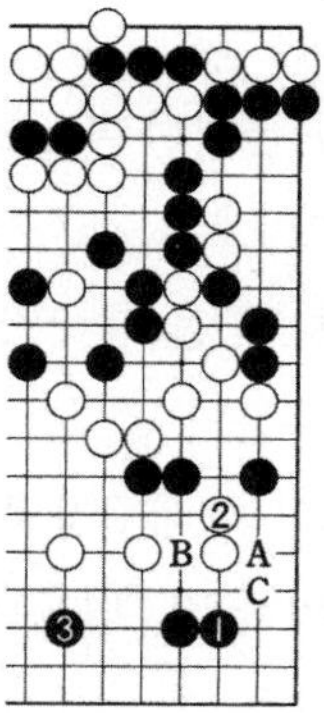

참고도

적의 곤궁함을 곧바로 응징하는 것은 하책이란 게 병법에도 나온다. 어쨌든 패는 시작됐는데 백의 팻감이 의외로 많다. 기왕 시작한 패이니 흑은 꼭 이겨야만 하고, 그 과정에서 많은 피를 흘린다. 103만 해도 참고도에 비해 손해. 목진석의 땀 한 방울이 반상에 뚝하고 떨어졌다. (102 108 114…96, 105 111…99) 이홍렬기자 hrlee@chosun.com

스피노자가 심겠다던 사과나무 한 그루

여동생에게 요 몇 주는 힘든 나날이었다. 20년 지기 친구가 세상을 등졌다. 나의 전 직장 후배이기도 한 그녀는 두 아이를 남겼다. 암이었다. 매일 병원을 찾는 동생에게 그녀는 "여기를 나가고 싶다. 어디든 고요한 곳에서 마지막을 맞고 싶다"고 했단다. 하지만 바람에 그쳤다. 다른 많은 암환자들처럼, 수액과 체액이 고인 온갖 관을 주렁주렁 매단 채 짧은 생을 마쳤다. 동생은 "언니도 너무 애쓰며 살지 마라"고 했다. "남의 시선 따위 다 부질없다. 절대 아프지 마라"고도 당부했다. 내가 할 말이었다. 한데 너든 나든 누가 됐든, 도대체 매사 애쓰지 않고 살아지는 세상이냐 말이다.

사춘기 적, 죽음의 공포에 깊이 함몰된 때가 있었다. 종교적 영향이 컸다. 잘못 살면 어쩌지? 그 죄로 영원한 벌을 받게 된다면? 이후 무신론을 택하면서 공포는 희석됐다. 그렇다고 삶이 쉬워진 건 아니었다. 한 번뿐인 인생, 어떻든 후회 없이 살고 싶다. 그래서 다들 버둥대지 않는가. 후회 없이 죽기 위해서.

동생과 통화한 뒤 스크랩해 뒀던 올 2월 영국 가디언지 기사 하나를 다시 읽었다. 호주 간호사 브로니 웨어가 임종을 앞둔 환자들과의 대화를 통해 쓴 책 『죽을 때 가장 후회하는 다섯 가지』를 소개한 글이다. 웨어에 따르면 대부분의 남성은 '너무 열심히 일한 것' 을 후회했다. 그로 인해 아이의 성장과정, 배우자와의 동지애를 잃고 말았다. 남녀를 떠나 사람들이 가장 아쉬워한 건 '남들의 기대에 부응하느라 나 자신에게 솔직한 삶을 살지 못한 것' 이었다. '감정을 있는 그대로 표현 못한 것' '옛 친구들과의 우정을 잃은 것' '변화에 대한 두려움 때문에 행복을 위해 더 노력하지 못한 것' 도 늦은 후회의 대상이 됐다. 그러니까, 이제 스피노자를 말할 때다.

흔히들 "내일 지구가 멸망해도 나는 한 그루 사과나무를 심겠다"는 말로 그를 기억한다. 정말 그가 한 말인지도 의문이지만, 어쨌거나 그건 내게 하나의 '장면' 이다.

'하늘엔 두 개의 태양이 떠 있다. 마른 벌판, 등 굽은 남자가 작은 사과묘목 하나를 눌러 심는다. 돌아서 집으로 향한다. 등 뒤에서 태양이 터진다. 마지막 섬광. 그가 이제껏 심은 수천 그루 나무들이 재가 되어 흩어진다….'

스피노자 (1632~1677)

유대인인 스피노자는 철학적 신념 때문에 동족으로부터 파문당했다. 평생 렌즈를 깎아 연명했지만 담담했다. 매일 또박또박 '현재'를 살았다. 오늘 나무를 심었으니 내일 단 열매를 얻을 수 있으리란 기대가 아니다. 나무를 심었으니 그것으로 됐다. 내일 태양이 터진다 해도 그것으로 '오늘'은 완성되었다.

결국 모든 것은 '내일을 위해 오늘을 희생 말라'는 경구로 통한다. 길을 알면서도 못 가는 건 멍청해서가 아니라 너무 똑똑해서일 게다. 오늘밖에 모르는 바보. 그렇게 한 번 살아보자고, 부질없는 다짐을 또 해본다.

중앙일보 2012년 6월 14일, 이나리

해 설

- 다 읽고 난 뒤 뭔가 생각에 젖게 하는 글이다. 어떤 이는 이런 문장을 명문名文이라고 말하기도 한다. 누가 들어도 공감할 수 있는 '삶'의 문제를 이야기했기 때문이기도 하지만, 대부분의 문장을 단문短文으로 적어 읽기가 편하다는 점도 있다.
- 단문은 군더더기나 수식어·접속사를 최소화하기 때문에 자칫하면 더 어려워질 수 있다. 그런데도 이 글은 모든 문장이 고리로 연결되어 있는 듯한 느낌이다. 특히 단락1의 문장3과 문장4는 압권이다. 22자짜리 중문 뒤에 '암이었다.'라는 다섯 자짜리 단문을 떨어뜨렸다. 독자들은 여기서 잠시 호흡을 멈출 것이다. 단문의 매력은 이런 것이다.
- 문말표현이 다양하고, 가끔씩 대사와 질문을 삽입해 독자와 호흡을 같이하고, 적절히 문장을 도치해 가볍게 문장을 강조한 것도 이 글이 친근해 보이는 이유다.

문장은 명확할수록 좋다

원 문

[1]요즘 대학생들은 그러고도 학생이라고 할 수 있을 것인가 하는 의심이 든다. [2]많은 학생들이 강의는 듣는 둥 마는 둥 하고, 아르바이트와 동아리 활동에만 매달리고 있다. [3]4년 동안 면학에 힘쓰며 한 분야를 추구했다고 단언할 수 있는 학생은 과연 몇이나 될까. [4]이런 상황에서는 졸업 후 바로 산업현장에서 뛸 수 있는 사람이 얼마 되지 않을 것이다. 〈단행본〉

해 설

내용은 강한데도 표현은 완곡하다. 문장1의 '할 수 있을 것인가 하는 의심이 든다', 문장3의 '단언할 수 있는 학생은 과연 몇이나 될까', 문장4의 '얼마 되지 않을 것이다'는 마치 상대방의 반론이 무서워 단언을 일부러 회피하는 듯한 표현이다. **모호한 문말표현을 자주 쓰면 자신이 없는 듯한 인상을 주고, 글이 무의미하게 길어져 번거로운 인상을 준다.** '할 수 있을 것인가 하는 의심이 든다'는 '할 수 없다'로, '단언할 수 있는 학생은 과연 몇이나 될까'는 '단언할 수 있는 학생은 별로 없다' 등으로 고쳐야 한다.

심화해설

추측표현을 많이 쓰면…

권유하는 문장에서는 직접적인 표현보다 완곡한 표현을 하는 것이 효과적일 수도 있다. 그러나 일반적으로 문장은 명확할수록 좋다. **추측표현을 많이 쓰면 에둘러 말하는 듯한 느낌을 주고, 쓰는 사람의 주장이나 의견에 대해 불신감을 준다.**

특히 논설문 등에 '만일'을 앞세운 추측표현을 넣으면 논리는 곧바로 공중분해되어 버린다. 이렇게 되면 독자는 읽고 싶은 마음이 사라질 뿐 아니라, 쓰는 사람의 인간성까지 의심받게 된다. '-일 것이다' '-일 수 있다' 같은 회피성 문말표현도 마찬가지다. 그렇다고 '무엇무엇을 하지 않으면 안 된다'처럼 지나치게 단정적인 방법을 쓰면, 자칫 읽는 이의 반발을 살 수 있으므로 주의해야 한다.

도 해

요즘 대학생들은 [그러고도](→ 도저히) 학생이라고 할 수 [있을 것인가 하는 의심이 든다.](→ 없다.) 많은 학생들이 강의는 듣는 둥 마는 둥 하고, 아르바이트와 동아리 활동에만 매달리고 있다. 4년 동안 면학에 힘쓰며 한 분야를 추구했다고 단언할 수 있는 학생은 [과연 몇이나 될까.](→ 별로 없다.) 이런 상황에서는 졸업 후 바로 산업현장에서 뛸 수 있는 사람이 얼마 되지 않을 것이다.

개선례

요즘 대학생들은 도저히 학생이라고 할 수 없다. 많은 학생들이 강의는 듣는 둥 마는 둥 하고, 아르바이트와 동아리 활동에만 매달리고 있다. 4년 동안 면학에 힘쓰며 한 분야를 추구했다고 단언할 수 있는 학생은 별로 없다. 이런 상황에서는 졸업 후 바로 산업현장에서 뛸 수 있는 사람이 얼마 되지 않을 것이다.

모호한 문말표현

-일 것이다.
-일지도 모른다.
-일 수 있다.
-하지는 않을까.
-하면 좋지 않을까.
-라고 생각된다.
-라고 생각할 수 있다.
-라고 한다.
-라고 말해진다.
-라고 할 수 있을 것이다.

단정의 형식

• 일반적 단정	-이다. -다.
• 가벼운 단정	-라고 믿는다. -라고 생각한다.
• 의심스러운 단정	-일지도 모른다. -일 것이다. -일 듯하다.
• 강한 단정	-에 틀림없다. -이지 않으면 안 된다. -반드시 -해야 한다.

논설문의 문말은 단순한 형태로 단언하라

원 문

1 [1]우리나라 정년제도는 기본적 인권과 개인의 존엄성을 침해하고 있는 중대한 문제를 안고 있다. [2]나이만 가지고 인간의 능력을 가늠하는 정년제도는 명백하게 기본적 인권을 침해하고 있다. [3]또한 정년에 의해 사회와 강제적으로 단절되는 것은 개인의 존엄성도 침해하고 있다고 볼 수 있다. [4]사람은 사회에 공헌함으로써 개인으로서의 존엄성을 지킬 수 있는 것이다.

2 [1]또한 정년제도는 국민경제에도 매우 중요한 문제를 야기한다. [2]현재 우리나라에서는 저출산현상이 급속히 진행되고 있다. [3]저출산은 사회보장의 부담자를 감소시킨다. [4]따라서 사회보장의 질적 저하, 나아가서는 행정 서비스 전반의 질적 저하를 초래할 수 있다. 〈단행본〉

해 설

- 단락1의 문장1, 문장2, 문장4는 '안고 있다', '침해하고 있다', '지킬 수 있는 것이다'로 단정적인 문구로 매듭을 지었는데, 문장3만 '침해하고 있다고 볼 수 있다'로 모호한 표현을 썼다. **논술문의 문말은 가급적 단순한 형태로 단언해야 한다. 모호한 표현을 사용하면 논리에 자신이 없거나 책임을 회피하고 있다는 인상을 준다.**
- 단락2의 문장2가 너무 갑작스럽게 등장했다. 그때까지 '정년제도'를 키워드로 논리를 전개하다 갑자기 '저출산현상'을 이야기하면, 정년제도와의 관계를 알 수 없다. 따라서 **문장2가 시작되기 전에 '정년제도'라는 오래된 정보를 앞에 두고, '저출산현상'이라는 새로운 정보를 뒤에 둔 문장을 삽입해야 한다.** 예를 들면 '정년제도를 폐지하여 노동력을 확보하지 않으면, 급속히 진행되고 있는 저출산현상에 대응할 수 없다'와 같은 문장을 넣는 것이다. 이렇게 하면 저출산현상 이야기와 매끄럽게 연결된다.

도 해

침해하는 일이다.

우리나라 정년제도는 기본적 인권과 개인의 존엄성을 침해하고 있는 중대한 문제를 안고 있다. 나이만 가지고 인간의 능력을 가늠하는 정년제도는 명백하게 기본적 인권을 침해하고 있다. 또한 정년에 의해 사회와 강제적으로 단절되는 것은 개인의 존엄성도 침해하고 있다고 볼 수 있다. 사람은 사회에 공헌함으로써 개인으로서의 존엄성을 지킬 수 있는 것이다.

침해하는 것이라고 봐야 한다.

오래된 정보

또한 정년제도는 국민경제에도 매우 중요한 문제를 야기한다. 현재 우리나라에서는 저출산현상이 급속히 진행되고 있다. 저출산은 사회보장의 부담자를 감소시킨다. 따라서 사회보장의 질적 저하, 나아가서는 행정 서비스 전반의 질적 저하를 초래할 수 있다.

새로운 정보

정년제도를 폐지하여 노동력을 확보하지 않으면, 급속히 진행되고 있는 저출산현상에 대응할 수 없다. 이 상태로 저출산현상이 계속되면 사회보장의 부담자가 감소한다.

개선례

우리나라 정년제도는 '기본적 인권'과 '개인의 존엄성'을 침해하고 있는 중대한 문제를 안고 있다. 나이만 가지고 인간의 능력을 가늠하는 정년제도는 명백하게 기본적 인권을 침해하는 일이다. 또한 정년에 의해 사회와 강제적으로 단절되는 것은 개인의 존엄성도 침해하는 것이라고 봐야 한다. 사람은 사회에 공헌함으로써 개인으로서의 존엄성을 지킬 수 있는 것이다.

또한 정년제도는 국민경제에도 매우 중요한 문제를 야기한다. 정년제도를 폐지하여 노동력을 확보하지 않으면, 급속히 진행되고 있는 저출산현상에 대응할 수 없다. 이 상태로 저출산현상이 계속되면 사회보장의 부담자가 감소한다. 따라서 사회보장의 질적 저하, 나아가서는 행정 서비스 전반의 질적 저하를 초래할 수 있다.

거침이 없어야 쉬지 않고 읽는다

원 문

1 [1]안철수 편 힐링캠프는 별로 재미없었다. [2]문재인처럼 격파시범을 보이다 손목 인대를 다치지도 않았고, 박근혜처럼 스피드 퀴즈 푸느라 허둥지둥하지도 않았다. [3]2009년 방송된 무릎팍도사 안철수 편보다도 신선하지 않았다. [4]그런데 시청률은 문재인 박근혜보다 훨씬 높게 나왔다.

2 [1]『안철수의 생각』이란 책도 재미없다. [2]오래 전에 나온 안철수 책들은 대개 자신의 경험에서 나온 진솔한 얘기를 풀어 나가는 형식이었기에 젊은이들에게 '용기를 잃지 말라'는 감동을 주었다. [3]그러나 이번 책은 그냥 선거용 공약집이다. [4]세상의 거의 모든 문제에 대답하는 좋은 얘기 모음집이다. [5]그런데도 불과 닷새 만에 15만 권 넘게 팔리는 신기록을 세우고 있다.

3 [1]이렇게 재미없는 일로, 그렇게 많은 사람의 관심을 불러모으고 있다는 것이 놀랍다. [2]구경꾼 입장에선 그냥 놀라운 정도지만, 정치판에 몸담고 있는 기성 정치인 입장에선 무서울 수밖에 없다. [3]한 새누리당 국회의원은 "무서움이 손에 잡힐 정도"라고 말한다. [4]그래서 "책 한 권 달랑"이라거나 "읽을 게 없는 짜깁기"라는 식으로 안철수를 폄하하는 발언은 초조와 불안의 방증으로 읽힌다. [5]속으로는 무서우면서도 겉으로는 짐짓 태연해해야만 하는….

4 안철수가 진짜 무서운 이유를 따져보자. 정당의 최대 악몽은 정권창출의 실패다. 그래서 정치인들 입장에서 안철수가 무서운 진짜 이유는 '차기 정권을 빼앗길 가능성' 때문이다. 이미 심각한 상황이다.

5 일단 안철수의 대선 출마는 거의 확실해졌다. 『안철수의 생각』을 보면 사실상 출마선언용 공약집이다. 안 교수가 지난해 서울시장 보궐선거 출마를 생각했던 이유는 '한나라당에서 다시 시장직을 차지하면 정의롭지 못하다'고 생각했기 때문이다. 지금도 여론조사 결과를 보면 한나라당(새누리당 박근혜 후보)이 다시 대통령직을 차지할 가능성이 높다. 〈중앙일보 120725·오병상〉

해 설

- 정치칼럼의 전반부다. 참 시원스럽게 읽힌다. 그 이유는 두 가지다. 첫째는 자신의 견해가 필요한 부분, 예를 들어 단락1 문장1(별로 재미없었다), 문장3(신선하지 않았다), 단락2 문장1(재미없다), 단락3 문장4(불안의 방증으로 읽힌다)에서는 모두 머뭇거림이 없다.
- 둘째는 대부분의 문장을 '일문일의一文一義'로 작성해 복잡하지 않다는 점이다. 문장이 복잡하면 독자는 시선을 돌려버린다. 거침이 없고 복잡하지 않아야 독자는 쉬지 않고 읽는다.

안철수 편 힐링캠프는 별로 재미없었다. 문재인처럼 격파시범을 보이다 손목 인대를 다치지도 않았고, 박근혜처럼 스피드 퀴즈 푸느라 허둥지둥하지도 않았다. 2009년 방송된 무릎팍도사 안철수 편보다도 신선하지 않았다. 그런데 시청률은 문재인·박근혜보다 훨씬 높게 나왔다.

『안철수의 생각』이란 책도 재미없다. 오래전에 나온 안철수 책들은 대개 자신의 경험에서 나온 진솔한 얘기를 풀어 나가는 형식이었기에 젊은이들에게 '용기를 잃지 말라'는 감동을 주었다. 그러나 이번 책은 그냥 선거용 공약집이다. 세상의 거의 모든 문제에 대답하는 좋은 얘기 모음집이다. 그런데도 불과 닷새 만에 15만 권 넘게 팔리는 신기록을 세우고 있다.

이렇게 재미없는 일로, 그렇게 많은 사람의 관심을 불러모으고 있다는 것이 놀랍다. 구경꾼 입장에선 그냥 놀라운 정도지만, 정치판에 몸담고 있는 기성 정치인 입장에선 무서울 수밖에 없다. 한 새누리당 국회의원은 "무서움이 손에 잡힐 정도"라고 말한다. 그래서 "책 한 권 달랑"이라거나 "읽을 게 없는 짜깁기"라는 식으로 안철수를 폄하하는 발언은 초조와 불안의 방증으로 읽힌다. 속으로는 무서우면서도 겉으로는 짐짓 태연해 해야만 하는….

안철수가 진짜 무서운 이유를 따져보자. 정당의 최대 악몽은 정권창출의 실패다. 그래서 정치인들 입장에서 안철수가 무서운 진짜 이유는 '차기 정권을 빼앗길 가능성' 때문이다. 이미 심각한 상황이다.

거침없는 단언

거친표현

를 두려워하지 않는' 안철수는 '성공이란 결과를 바라기보다 최선을 다할 뿐'이다. 그럴 경우 대선은 새누리당 후보와 민주당 후보, 그리고 안철수 3파전이다. 3파전 구도에선 박근혜 후보의 승리가 거의 확실시된다. 그래서 야권에선 당연히 후보단일화를 지상과제로 여긴다. 지지율이 높은 쪽으로 단일화하자면 안철수가 최종후보가 될 가능성이 높다.

안철수의 캠페인은 상당한 파괴력을 보일 것이다. 그는 이미 기정 정치판을 '앙시앵 레짐(구체제)'으로 몰아붙이는 논쟁의 틀(프레임)을 선보였다. 앙시앵 레짐은 프랑스 혁명으로 청산됐다. 여당이든 야당이든 모두 청산대상이란 불도장이 찍혔다.

기성 정치인 누구든 이런 낙인에 저항하며 현실정치를 변명하려다간 점점 깊은 수렁에 빠져들 수 있다. 현실은 너저분하고 이상은 달콤하다. 유권자들은 지고지순한 안철수의 '정치 때리기'에 열광할 가능성이 매우 높다.

그런데 정치인 아닌 일반국민들 입장에서 안철수가 무서운 이유는 따로 있다. 안철수 대통령 당선 이후의 불확실성이다. 국민 입장에선 '누가 정권을 잡느냐'보다 '누가 국정을 잘 운영할까'가 더 중요하다. 안철수가 헌신적인 의료인이며, 성공한 사업가며, 창의적인 교육자인 점은 이미 확인됐다. 그러나 과연 그런 성공이 훌륭한 대통령까지 보장할 수 있을까.

현재 유력 후보인 박근혜나 문재인이 대통령이 될 경우 어떤 정치를 할 것인지는 대충 예상가능하다. 박정희의 딸, 노무현의 분신이란 이미지를 크게 벗어나지 않을 것이다.

일문일의의 명쾌한 문장

장문과 단문의 조화

모호한 표현이 불신감을 주는 이유

원 문

1 [1]가히 안철수 돌풍이다. [2]〈안철수의 생각〉이 불티나게 팔리고 심야에 방영한 힐링캠프는 18%대의 시청률을 기록했다고 한다. [3]안철수를 지지하거나 관심있는 사람들은 물론 견제하거나 반대하는 사람들도 책을 구해보고 텔레비전을 봤을 것이다.

2 [1]안철수는 우리 사회의 과제와 현안에 대해 자신의 생각을 밝히고, 동의하는 사람들이 많아진다면 앞으로 나아갈 수밖에 없다고 했다. [2]대선에 출마할지 않을지 양쪽 가능성을 다 열어놓았다지만 며칠 만에 돌이킬 수 없을 만큼 멀리 나간 듯하다.

3 '정의로운 복지국가'를 비전으로 내건 안철수에 대한 지지는 그가 살아온 이력, 진정성 등 여러 요인이 있을 것이다. 기성의 정치가 국민들이 느끼는 불안과 고통에 대해 희망적인 답을 주지 못하고 있기 때문에 변화에 대한 열망은 사그라지지 않고 있다. 〈일간신문〉

해 설

- 정치칼럼의 앞부분이다. 첫 문장을 단문으로 처리한 것은 옳은 선택이나 독자의 호기심을 자극하는 말을 고르지는 못했다. 이 글을 읽는 사람들은 이미 안철수의 책이 잘 팔리고 있다는 정보를 알고 있기 때문이다.
- 추측표현이 너무 많다. 예를 들어 '〈힐링캠프〉의 시청률이 18%대'라는 것은 이미 확인된 결과인데도 단락1의 문장2는 '-기록했다고 한다'라고 적었고, 단락2의 문장2는 자신의 생각을 밝히는 문장인데도 '-듯하다'라고 적었다. 이렇게 **논술문의 문말표현이 모호하면 독자는 쓰는 사람의 주장에 불신감을 갖는다. 문제가 있을 때 책임을 회피하기 위한 도피장치로 보는 것이다.** 그밖에도 여러 곳에서 '-라고 한다', '-한 사람들도 많다', '-한 생각도 든다고 한다'처럼 모호하게 표현했다. 이렇게 타인의 말을 빌려 논리를 전개하는 -카더라' 식 방법으로는 독자의 감동을 얻지 못한다.

안철수의 돌진이 심상찮다.

책 제목이나 프로그램 명칭은 『 』로 하는 것이 좋다.

도 해

가히 안철수 돌풍이다. 〈안철수의 생각〉이 불티나게 팔리고 심야에 방영한 힐링캠프는 18%대의 시청률을 기록했다고 한다. 안철수를 지지하거나 관심 있는 사람들은 물론 견제하거나 반대하는 사람들도 책을 구해보고 텔레비전을 봤을 것이다.

본

안철수는 우리 사회의 과제와 현안에 대해 자신의 생각을 밝히고, 동의하는 사람들이 많아진다면 앞으로 나아갈 수밖에 없다고 했다. 대선에 출마할지 않을지 양쪽 가능성을 다 열어놓았다지만 며칠 만에 돌이킬 수 없을 만큼 멀리 나간 듯하다.

나가버렸다.

안철수에 대해

논쟁하는 글에서는 일단 상대방을 이기는 것이 중요하다. 그러기 위해서는 무엇보다 자신의 주장이 옳다는 것을 논리적이고 객관적으로 증명해야 한다. 동시에 읽는 사람에게 자신의 주장이 옳다는 인상을 갖게 하는 기술도 필요하다. 다음은 이를 위한 몇 가지 방법이다.

1. 자신의 생각이나 주장을 분명하게 서술한다.

논쟁하는 글에서는 논적論敵과 반론·재반론식으로 논의를 주고받는 경우가 대부분인데, 그때마다 자신의 의견이 옳다는 것을 일관되게 주장해야 한다. 반복하면 반복할수록 독자가 받는 인상은 강하게 마련이다. 또 그것은 중간에서부터 읽는 독자를 위해서도 필요한 조치다.

2. 근거나 지지자들의 목소리를 제시한다.

자신의 주장에는 분명한 이유나 근거가 있다는 것, 그리고 자기를 지지하는 사람들이 많다는 것을 보여준다.

3. 대립되는 생각이나 주장을 소개한다.

대립되는 생각이나 주장·의견을 보여주지 않으면 그것은 단순한 비난에 지나지 않는다.

4. 쌍방의 생각이나 의견을 비교하면서 자신이 옳다는 것을 설명해나간다.

'이 점은 이런 이유로 자신의 주장이 옳고, 이 점도 이래서 자기에게 유리하다' 는 식으로 쌓아나간 뒤 '따라서 내 생각이 옳다' 는 방식을 취한다.

5. 마지막에 자신의 생각이나 주장의 요점을 반복한다.

맨 앞과 맨 뒤에 서술된 것은 독자에게 강한 인상을 준다.

상대를 설득하는 글의 주제에는 여러 가지가 있겠지만, 비교적 지적知的인 사항이 주제일 경우에는 논리적으로 설득하는 것이 가장 효과적이다. 또 특별히 지적인 주제가 아니라 하더라도 상대방이 논리성을 중시하는 타입일 때는 역시 이 방법이 효과를 발휘한다.

1. 자신의 주장이 옳은 이유를 제시한다.

거기에는 다음과 같은 방법이 있다.

① 우선 일반원칙을 서술하고, 그 실례를 적용해 나간다.

② 몇 가지 실제사례를 제시하고 거기서부터 일반원칙을 도출해낸다.

③ 원인·결과의 관계에서부터 제시해 나간다.

2. 그 이유를 뒷받침해주는 자료를 명시한다.

신문·잡지 또는 단행본에 실린 지식인이나 권위자의 의견, 통계자료, 또는 신뢰할 수 있는 기관에 의한 실험 결과 등을 통해서 자신의 의견이 옳다는 사실을 뒷받침해 나간다.

3. 반대의견에 근거가 없음을 증명한다.

거기에는 다음과 같은 방법이 있다.

① 반대의견의 논리에 모순이 있음을 증명한다.

② 반대의견이 불확실한 자료나 그릇된 사실에 근거하고 있음을 증명한다.

③ 반대의견에는 지지하는 사람이 적고, 주류主流가 아님을 보여준다.

④ 반대의견에 가치가 없음을 보여준다.

⑤ 반대의견이 주제와 벗어나 있음을 보여준다.

비유는 독특해야 한다

원 문

[1]비유하자면 서울대는 거대한 항공모함이다. [2]교수 2000명, 직원 1000명, 학생 3만 명이 탑승한 항공모함이 방향을 틀려면 엄청난 힘이 가해져야 한다. [3]함장 격인 총장과 항해사·갑판장·승무원이 일사불란하게 움직이면 항로를 바꿀 수 있다고 생각하겠지만 각 학문 영역에서 맹주를 자처하는 2000명의 교수가 고분고분 따를 리 만무하다. 〈일간신문〉

해 설

- '서울대'를 '항공모함'에 비유한 것은 비교적 독특하다. 이처럼 흔하지 않은 비유는 글의 신선도를 높인다. 그러나 '비유하자면'은 굳이 필요하지 않다. 'A는 B이다'라고 하는 것 자체로 비유(은유)가 성립된다.
- 문장1에서는 서울대를 '거대한 항공모함'이라 하고, 문장2에서는 그냥 '항공모함'이라고 했는데, 이 둘의 순서를 바꾸어야 한다. **노출하는 정보의 양이나 표현의 강도는 단계적·점층적이어야 한다.** 앞에서 서울대가 '크다'는 일반적 정보를 제공하고, 뒤에 가서 사람 수가 무려 3만3000명에 이르는 엄청난 규모라는 것을 표현하면 독자는 더 재미를 느낀다.
- 문장2에서 서울대를 구성하고 있는 것이 교수·직원·학생이라고 말하고, 문장3에서 이를 항공모함의 각 직역(항해사·갑판장·승무원)에 비유한 것은 적절한 표현이다. 그러나 총장만 '함장 격'이라고 말해놓고 나머지는 무엇에 해당하는지 언급하지 않은 것은 형평에 어긋난다. 같은 것은 같은 형태로 나열해야 한다.

도 해

이 거대한 / 격인 교수·직원·학생

비유하자면 서울대는 거대한 항공모함이다. 교수 2000명, 직원 1000명, 학생 3만 명이 탑승한 항공모함이 방향을 틀려면 엄청난 힘이 가해져야 한다. 함장 격인 총장과 항해사·갑판장·승무원이 일사불란하게 움직이면 항로를 바꿀 수 있다고 생각하겠지만 각 학문 영역에서 맹주를 자처하는 2000명의 교수가 고분고분 따를 리 만무하다.

어림도 없는 일이다.

개선례

서울대는 항공모함이다. 교수 2000명, 직원 1000명, 학생 3만 명이 탑승한 이 거대한 항공모함이 방향을 틀려면 엄청난 힘이 가해져야 한다. 함장 격인 총장과, 항해사·갑판장·승무원 격인 교수·직원·학생이 일사불란하게 움직이면 항로를 바꿀 수 있다고 생각하겠지만, 어림도 없는 일이다. 무엇보다 각 학문 영역에서 맹주를 자처하는 2000명의 교수가 고분고분 따를 리 만무하다.

누구나 아는 비유는 가치가 없다

원 문

[1]1990년 9월 비구름을 한껏 품은 태풍이 미친 듯 전국을 강타했다. [2]태백산맥 서쪽 사면을 훑어 내린 물더미를 못 이겨 끝내 소양댐 수문이 열리자 한강 수계의 모든 댐이 방류를 시작했다. [3]계곡 급류는 마을 앞에서 와류로 변했고, 와류가 합쳐 대하를 이뤘다. [4]무서운 기세였다. [5]한강 둔치를 삼킨 물은 낮고 펑퍼짐한 제방을 발견했고, 마치 군령을 무시한 침략군처럼 일시에 그곳으로 밀려들어갔다. [6]일산이 물에 잠겼다. 〈중앙일보 080107·송호근〉

해 설

- 문장의 기교가 돋보이는 글이다. 첫 문장에서 짧고 강렬하게 상황을 설명한 뒤, 48자의 문장2와 29자의 문장3으로 물더미가 몰려오는 다급한 모습을 동영상처럼 묘사했다. 그리고 단 8자의 문장4로 호흡을 골랐다. 다시 50자의 문장5에서 급박함을 보이고, 9자의 문장6으로 정리하면서 정적을 만들었다. 이렇게 **계속되는 중·장문 사이에 단문을 삽입하면 사태의 절박함을 효과적으로 나타낼 수 있다.**
- 문장2의 '사면', 문장3의 '와류' '대하'는 어려운 말에 속한다. '비탈' '소용돌이' '큰 강물'처럼 쉬운 말을 쓰는 것이 좋다. 굳이 한자어를 써야 한다면 '사면(斜面)' '와류(渦流)' '대하(大河)'처럼 한자를 병기해야 한다. '사면'은 '四面'으로 오해될 수 있고, '와류' '대하'도 일반적으로는 잘 안 쓰는 말이기 때문이다.
- 이 글은 이밖에도 한자어가 너무 많다. **친근한 우리말로 충분히 표현할 수 있는데도 한자어를 남용하면 폭넓은 독자층을 가질 수 없다.** 만일 문장1의 '비구름'을 '난운(亂雲)'으로, 문장2의 '물더미'를 '수괴(水塊)'로, 문장5의 '둔치'를 '고수부지(高水敷地)'로 했더라면 더 답답했을 것이다.
- 문장5에서 물이 급격히 몰려드는 것을 '군령을 무시한 침략군'으로 비유한 것은 기발하다. 이렇게 **비유는 남의 흉내를 내거나 판에 박히지 않은, 독특한 것을 써야 가치가 있다.**

073

도해

비탈 (大河)

1990년 9월 비구름을 한껏 품은 태풍이 미친 듯 전국을 강타했다. 태백 산맥 서쪽 사면을 훑어 내린 물더미를 못 이겨 끝내 소양댐 수문이 열리자 한강 수계의 모든 댐이 방류를 시작했다. 계곡 급류는 마을 앞에서 와류로 변했고, 와류가 합쳐 대하를 이뤘다. 무서운 기세였다. 한강 둔치를 삼킨 물은 낮고 펑퍼짐한 제방을 발견했고, 마치 군령을 무시한 침략군처럼 일시에 그곳으로 밀려들어갔다. 일산이 물에 잠겼다.

소용돌이 → 소용돌이 / 져 / 독특한 비유

중·장문이 계속되고 있는 문장 속에 단문을 삽입하면 사태의 절박함을 나타낼 수 있다.

개선례

1990년 9월, 비구름을 한껏 품은 태풍이 미친 듯 전국을 강타했다. 태백산맥 서쪽 비탈을 훑어내린 물더미를 못이겨 끝내 소양댐 수문이 열리자 한강 수계의 모든 댐이 방류를 시작했다. 계곡의 급류는 마을 앞에서 소용돌이로 변했고, 소용돌이가 합쳐져 대하(大河)를 이뤘다. 무서운 기세였다. 한강 둔치를 삼킨 물은 낮고 펑퍼짐한 제방을 발견했고, 마치 군령을 무시한 침략군처럼 일시에 그곳으로 밀려들어갔다. 일산이 물에 잠겼다.

1990년 9월 비구름을 한껏 품은 태풍이 미친 듯 전국을 강타했다. 태백산맥 서쪽 사면을 훑어 내린 물더미를 못 이겨 끝내 소양댐 수문이 열리자 한강 수계의 모든 댐이 방류를 시작했다. 계곡 급류는 마을 앞에서 와류로 변했고, 와류가 합쳐 대하를 이뤘다. 무서운 기세였다. 한강 둔치를 삼킨 물은 낮고 펑퍼짐한 제방을 발견했고, 마치 군령을 무시한 침략군처럼 일시에 그곳으로 밀려들어갔다. 일산이 물에 잠겼다.

그날 재해대책본부가 부산히 움직였는지는 알 수 없다. 그런데 신문에 난 사진 한 장은 기억한다. 터진 둑 부근에서 밀려드는 물을 안타깝게 바라보던 두 사람, 정주영 회장과 이명박 사장이었다. 폐기 직전의 대형 화물선을 끌어다 뚫린 제방을 막는 방법을 상의했다는 것이다. 그때 어린 딸이 물었다. "이 사람 대통령이야?" 군부독재를 막 벗어난 시절이었기에 상상도 못할 일이었다. 그런데 한 사람은 대통령 후보로 나섰고, 다른 한 사람은 대통령이 되었다. 치수(治水)가 치국(治國)의 근본이란 옛말이 지금에도 맞는가 보다. 아니면, 이명박 당선인이 특히 물과 인연이 많은지 모른다. 청계천도 그러하거니와 '한반도 대운하'라는 이 기상천외의 역사(役事)로 선진화의 물꼬를 트고자 하니 말이다.

운하는 뱃길이자 수로다. 물자와 인심을 나르는 주된 연결망이었던 수로는 요즘의 인터넷이고, 포구와 나루터는 포털사이트다. 온갖 상품과 사람이 물길을 따라 흘렀고, 정보와 소문이 포구에 모였다 흩어졌다. 포구가 생기면 장이 서고 마을이 만들어졌다. 19세기 말까지 지금의 잠실 부근에 있던 송파나루는 경강상인으로 불렸던 거상들의 근거지였고, 이들이 운행하는 수십 척의 배가 한강을 메웠다. 경기도만 해도 임진·남한·북한강 수계에 모두 70여 개의 포구가 성업했다. 그러니 사망을 선고한 수운(水運)의 역사를 현대화하자는 것, 운하의 경제학으로 선진국의 문을 열자는 데 반가운 마음이 없을 리 없다. 그러나 오두막도 손수 지은 적이 없는 일

참혹한 비유는 이제 그만!

원 문

[1]삼성그룹 법무팀장을 지냈던 김용철 변호사가 26일 '삼성 비자금 문제' 등과 관련해 추가로 밝힌 주장들은 한 마디로 국민의 머리를 망치로 내리치는 것처럼 충격적인 내용들이다. [2]김 변호사는 우선 비자금은 구조조정본부 지시에 따라 계열사들이 갹출하는 방식으로 만들었다며 삼성물산의 비자금 조성 사례를 증거서류와 함께 공개했다. [3]삼성물산이 계열사 삼성SDI와 해외 구매 대행계약을 맺고, 100원에 산 물건을 삼성SDI에 120원에 넘긴 뒤 차액 20원 중 19원을 빼돌리는 방식으로 2000억원의 비자금을 조성했다는 것이다. [4]이렇게 만든 비자금으로 이건희 회장 부인 등이 2002~2003년에만도 600억원어치의 해외 미술품을 사들였다는 것이다. 〈일간신문〉

해 설

- 문장1 끝부분 '국민의 머리를 망치로 내리치는 것처럼'이라는 비유가 너무 참혹하다. 이것을 읽는 사람의 뇌리에는 둔기로 머리를 얻어맞아 선혈이 낭자한 사람의 모습이 떠오를 것이다. **'목 잘리다' 대신 '해고되다'로, '목매달다' 대신 '집착하다'로, '피 튀기는' 대신 '치열한'으로 써야 하는 것도 마찬가지 이유다. 아무리 다급한 일이라 하더라도 표현은 절제되고 품위 있게 해야 한다.**
- 문장3과 문장4는 문장2의 내용, 즉 '김용철 변호사가 공개한 내용'을 적시한 것이다. 이처럼 **남의 말을 전할 때는 '그에 따르면 ~했다고 한다.', 또는 '그에 따르면 ~했다는 것이다.'의 형식을 적용해 가급적 한 문장으로 요약하는 것이 좋다.** 불가피하게 두 문장으로 쓸 경우에는, 한 문장은 '~했다고 한다.'로, 한 문장은 '~했다는 것이다.'로 맺는 것이 좋다. 두 문장 이상이 될 때는 '인용'의 형식을 취해야 한다. 그런데 두 문장으로 압축한 이 글에서는 '그에 따르면'을 앞세우지 않았고, 두 문장의 문미文尾가 똑같이 '~는 것이다.'의 형식을 취해 자연스럽지 않다.

도 해

그에 따르면,

삼성그룹 법무팀장을 지냈던 김용철 변호사가 26일 '삼성 비자금 문제' 등과 관련해 추가로 밝힌 주장들은 한 마디로 국민의 머리를 망치로 내리치는 것처럼 충격적인 내용들이다. 김 변호사는 우선 비자금은 구조조정본부 지시에 따라 계열사들이 갹출하는 방식으로 만들었다며 삼성물산의 비자금 조성 사례를 증거서류와 함께 공개했다. 삼성물산이 계열사 삼성SDI와 해외 구매 대행계약을 맺고, 100원에 산 물건을 삼성SDI에 120원에 넘긴 뒤 차액 20원 중 19원을 빼돌리는 방식으로 2000억원의 비자금을 조성했다는 것이다. 이렇게 만든 비자금으로 이건희 회장 부인 등이 2002~2003년에만도 600억원어치의 해외 미술품을 사들였다는 것이다.

→ 고 한다.

심화해설

차별어는 이렇게 고쳐쓰자

① 신체 장애를 조롱하는 말

장애자 → 장애인 / 절름발이 → 지체장애인 / 벙어리 → 언어장애인 / 귀머거리 → 청각장애인 / 소경·장님 → 맹인·시각장애인 등.

② 성차별이 느껴지는 말

처녀작 → 첫 작품 / 처녀출전 → 첫 출전 / 처녀수출 → 첫 수출 등.

③ 인종이나 특정국을 낮추어 지칭하거나 비하하는 의미가 내포된 말

검둥이 → 흑인 / 튀기 → 혼혈아 / 살색 → 살구색 / 코쟁이 → 서양인 등.

④ 특정 직업을 낮추어 보는 말

딴따라 → 연예인 / 택시운전수 → 택시기사 / 수위 → 경비원 / 농부 → 농민 / 어부 → 어민 / 구두닦이 → 구두미화원 / 때밀이 → 욕실종사원 / 청소부 → 환경미화원 / 노가다 → 작업원 / 환쟁이 → 화가 / 말단공무원 → 일선공무원 등.

비유는 어떤 사물을 그와 비슷한 다른 사물에 빗대 알기 쉽게 설명하는 수사기법으로, 중요한 작문기술이다. 예를 들어 '그는 차가운 사람이다' 라는 표현보다 '그는 얼음 같은 사람이다' 처럼 표현하면 독자의 공감을 쉽게 끌어낼 수 있다. 또 '녀석은 깜짝 놀라는 모습이었다' 보다는 '녀석의 놀라는 모습은 마치 천적을 만난 토끼와도 같았다' 라고 표현하면 녀석의 당황하는 모습이 더욱 구체적으로 떠오른다. 이처럼 **적절한 비유는 설득력을 높이고, 이미지를 정확하게 전달하며, 글맛을 좋게 하는 효과가 있다.** 다음은 비유 표현을 할 때 유념해야 할 세 가지 사항이다.

1. 많이 쓰지 않는다.

비유는 '이때다' 했을 때 사용해야 가치가 있다. 아무리 좋은 약도 남용하면 효과가 적어지듯이 비유도 너무 많이 쓰면 문장이 거추장스러워진다. 기획서 같은 실용문에 비유를 쓸 때는 더욱 신중해야 한다.

2. 독특한 비유를 쓴다.

비유는 남의 흉내를 내거나 판에 박히지 않은 것을 써야 한다. 자칫하면 흔한 비유 때문에 글 전체의 가치가 추락할 수도 있다. **좋은 비유는 자연의 풍경이나 동식물의 생태 또는 인간의 행동 등에서 태어난다. 평소 예리한 눈으로 자연과 사회를 관찰하면 자신만의 비유를 만들 때 도움이 된다.**

3. 누구나 알 수 있는 비유를 쓴다.

비유는 또 누구나 알 수 있어야 한다. 모호하거나 사람에 따라 해석이 달라지면 역효과가 난다. 예를 들어 "그는 들풀 같은 사람이다"라고 했을 때, 어떤 사람은 들풀의 '강한 생명력' 을 떠올릴 것이고 어떤 사람은 '흔하고 천한 것' 을 떠올릴 것이다. 이런 것은 비유로서 가치가 없다.

비유에는 직유直喩·은유隱喩·의인擬人·풍유諷喩·활유活兪·제유提喩·환유換喩 등 여러 가지가 있는데 중요한 것은 다음 세 가지다.

1. 직유법

'~같이' '~처럼' 등을 사용해 직접 비유하는 방법이다. 비유하는 것과 비유되는 것이 분명한 비유로, 비유 중에서 가장 쓰기 쉽다. 예를 들어 '그는 겁에 질려 있었다' 만으로는 실감이 나지 않기 때문에 '그는 호랑이 앞에 선 사슴처럼 겁에 질려 있었다' 라고 표현하는 것이다. 의외인 것, 색다른 것에 비유하는 것이 포인트로, 너무 흔한 예를 쓰면 비유가 살아나지 않는다.

2. 은유법

직유법에서처럼 '~같이' '~처럼' 등의 연결어를 사용하지 않고 이미지를 바로 옮겨넣는 방법이다. 예를 들면, '그는 호랑이 앞에 선 사슴처럼 겁에 질려 있었다' 라고 하는 것이 아니라, '그는 호랑이 앞에 선 사슴이었다' 와 같이 표현한다. 키 큰 사람을 가리켜 '전봇대' 라고 하거나, '기분이 찜찜하다' 는 말 대신 '해골바가지로 물을 떠마신 기분이었다' 라고 표현하는 것도 은유법이다.

3. 의인법

생물이나 물건을 사람에 비유하는 테크닉으로 은유법보다 간단히 사용할 수 있어 잘만 하면 고상한 문장이 만들어진다. 예를 들어 "복수초는 봄이 오기를 눈빠지게 기다렸다는 듯이 잔설 사이로 꽃망울을 내밀고 있었다' 처럼 쓰는 것이다. '바늘은 길에 버려져 쓸쓸하게 빛을 반사하고 있었다' 처럼 물건에도 사용할 수도 있다. '피곤함이 나의 신체를 여기저기 물어뜯어 전신을 점령하고 있었다' 처럼 추상명사를 의인화하는 방법도 있다.

075 같은 것은 같은 형태로 나열하라

원 문

뉴욕과 서울시는 세계를 대표하는 도시다. 〈일간신문〉

해 설

'뉴욕'에는 아무것도 붙이지 않았는데, '서울'에는 '시'를 붙였다. 나열되는 명사의 구조가 이처럼 일관성이 없으면 문장이 엉성해 보인다. 어떤 문장이든 같은 것은 같은 형태로 나열해야 한다.

도 해

시와
↑
뉴욕[과] 서울시는 세계를 대표하는 도시다.

뉴욕과 서울[시는] 세계를 대표하는 도시다.
↓
은

개선례①

뉴욕시와 서울시는 세계를 대표하는 도시다.

개선례②

뉴욕과 서울은 세계를 대표하는 도시다.

076

서술구조가 동일해야 안정감이 있다

원 문

[1]어휘, 어법 문제는 모든 학생들이 어려워하는 유형이므로 신경을 많이 써야 한다. [2]지난해 시험에는 속담과 어려운 한자성어가 많이 출제되었다. [3]매년 6~7문항 가량 출제되는 어휘, 어법 문제는 단기간에 익히기 어렵기 때문에 문법 교과서를 활용해 미리미리 보충, 심화 학습을 하는 게 좋다. 〈일간신문〉

해 설

- 문장1 중간쯤 '유형'은 '분야' '부문' 같은 말로 바꾸어야 한다. 그대로 두면 '문제는 ~유형이다'가 되므로 어울리지 않는다.
- 문장2의 '속담과'와 '어려운 한자성어가'의 서술구조(문법적 구조)가 같지 않다. 전자는 '체언과 조사'만으로 이루어졌는데, 후자는 '관형어+체언+조사'로 이루어졌다. 물론 이대로도 안 될 것은 없다. 하지만 문장이 자연스러워지기 위해서는 '구조적인 동일성', 즉 이어지는 두 성분의 문법적 가치가 동일해야 한다.
- 문장3 앞부분 '가량'은 앞말에 붙여 써야 한다. '가량'은 수량을 나타내는 명사 또는 명사구 뒤에 붙어 '정도'의 뜻을 더하는 접미사다.
- 문장1 앞부분 '어휘, 어법 문제'와 문장3 끝부분 '보충, 심화'는 가운뎃점으로 연결해야 한다. 같은 계열의 단어 사이에는 가운뎃점을 넣게 되어 있다.

도 해

(·) 까다로운 분야

어휘, 어법 문제는 모든 학생들이 어려워하는 유형이므로 신경을 많이 써야 한다. 지난해 시험에는 속담과 어려운 한자성어가 많이 출제되었다. 매년 6~7문항 가량 출제되는 어휘, 어법 문제는 단기간에 익히기 어렵기 때문에 문법 교과서를 활용해 미리미리 보충, 심화 학습을 하는 게 좋다.

(·) (·)

대등한 서술구조가 중요한 이유

원 문

이 책은 논리적으로 말하는 기술을 내용을 알기 쉽게 설명하려면 어떻게 할 것인가, 이야기를 빈틈없이 구성하려면 어떻게 할 것인가, 상대를 설득하려면 어떻게 할 것인가로 보다 구체적으로 설명하면서 PREP법에 접목했다. 〈단행본〉

해 설

- 도입부가 약간 복잡하다. '기술을' '내용을' 하고 목적어가 연거푸 나왔기 때문이다. 그러나 잘 읽어보면 이 문장은, 주어는 '책'이고 목적어는 바로 그 뒤의 '논리적으로 말하는 기술'인 것을 알 수 있다. 서술어는 셋째줄 끝부분의 '설명하다'(설명하면서)이다. 긴 목적어와 서술어 사이에 세 개의 조건절이 들어 있어 복잡하게 보인다. 긴 목적어를 따옴표로 싸주고 서술어와 가깝게 끝부분으로 옮기면 훨씬 쉬운 문장이 된다.
- 세 조건절의 서술구조(문법적 구조)가 동일하지 않는 것도 문제다. 즉, '알기 쉽게 설명하려면 어떻게 할 것인가'와 '빈틈없이 구성하려면 어떻게 할 것인가'는 '부사+조건+의문'의 형식을 취하고 있으나, 그 다음은 '상대를 설득하려면 어떻게 할 것인가'로 부사어의 수식 없이 바로 의문으로 연결되었다. 문장의 서술구조는 대등하게 만들어야 혼란스럽지 않다. 세 가지 조건절을 따옴표로 싸주면 더욱 시원한 문장이 된다.

077

도해

이 책은 논리적으로 말하는 기술을 내용을 알기 쉽게 설명하려면 어떻게 할 것인가, 이야기를 빈틈없이 구성하려면 어떻게 할 것인가, 상대를 설득하려면 어떻게 할 것인가로 보다 구체적으로 설명하면서 PREP법에 접목했다.

효과적으로

개선례

이 책은 '내용을 알기 쉽게 설명하려면 어떻게 할 것인가', '이야기를 빈틈없이 구성하려면 어떻게 할 것인가', '상대를 효과적으로 설득하려면 어떻게 할 것인가'로, '논리적으로 말하는 기술'을 보다 구체적으로 설명하면서 PREP법에 접목했다.

드러내는 정보에는 일관성이 있어야 한다

원 문

[1]미국 성인잡지 플레이보이 모델을 했던 여자들 가운데 50세를 넘긴 경우가 드물다는 외신 보도가 있었다. [2]마릴린 먼로는 1962년 36세에 죽었고, 제인 맨스필드는 34세에 교통사고로 죽었고, 페이지 영은 약물 과다복용으로 30세에 갔다. [3]이브마이어는 77년 비행기 추락사고로 46세에 죽었고, 앨런 루이스 말리고는 40세에 살해됐다. [4]얼마 전에는 안나 니콜 스미스가 39세에 갔다. 〈일간 신문〉

해 설

- 드러난 정보가 들쭉날쭉하다. 문장2 '제인 맨스필드'와 '페이지 영', 문장3 '이브마이어'와 '앨런 루이스 말리고'는 사인死因이 나와 있으나 '마릴린 먼로'(문장2)와 '안나 니콜 스미스'(문장4)는 없다.
- 죽은 연도도 문제다. '마릴린 먼로'와 '이브마이어'는 죽은 연도가 나와 있는데, 나머지는 나와 있지 않다. 이 글의 핵심은 '플레이보이 모델 중 50세를 넘긴 경우가 드물다'는 것이므로 무엇 때문에 죽었는지, 언제 죽었는지는 중요하지 않다고 생각할 수 있다. 그러나 드러내는 정보에 일관성이 있어야 글이 가지런하고, 그래야 독자는 편견을 가지지 않고 글을 읽어나갈 수 있다.

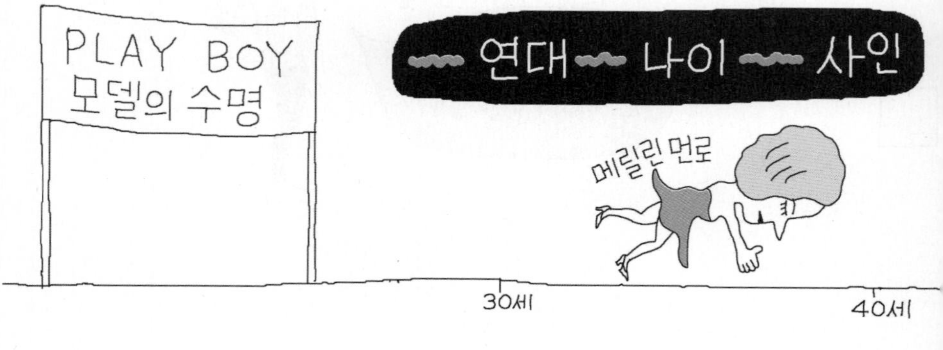

078

도 해

죽었다. 74년 수면제 과다복용으로
메

미국 성인잡지 플레이보이 모델을 했던 여자들 가운데 50세를 넘긴 경우가 드물다는 외신 보도가 있었다. 마릴린 먼로는 1962년 36세에 죽었고, 제인 맨스필드는 34세에 교통사고로 죽었고, 페이지 영은 약물 과다복용으로 30세 에 갔다. 이브마이어는 77년 비행기 추락사고로 46세에 죽었고, 앨런 루이스 말리고는 40세에 살해됐다. 얼마 전에는 안나 니콜 스미스가 39세에 갔다.

67년 30세에, 97년 알 수 없는 이유로

죽었다. 그런가 하면 세상을 떠났다.

개선례

미국 성인잡지 플레이보이 모델을 했던 여자들 가운데 50세를 넘긴 경우가 드물다는 외신 보도가 있었다. 메릴린 먼로는 1962년 36세에 수면제 과다복용으로 죽었고, 제인 맨스필드는 67년 34세에 교통사고로 죽었다. 페이지 영은 74년 약물 과다복용으로 30세에, 이브마이어는 77년 비행기 추락사고로 46세에 죽었다. 그런가 하면 앨런 루이스 말리고는 97년 40세에 살해됐다. 얼마 전에는 안나 니콜 스미스가 알 수 없는 이유로 39세에 세상을 떠났다.

첫 문장은 짧게 하라

원 문

1 [1]의외였다. [2]학술 서적만 써 오던 이가 교양서도 펴낼 줄은…. 조영남 서울대 국제대학원 교수 얘기다. [3]그는 중국정치 분야의 권위자다. [4]뛰어난 연구업적 탓에 43세이던 2008년 서울대 종신교수가 됐다. [5]과거 그가 쓴 책은 『중국의 법원 개혁』같이 대부분 딱딱한 학술 서적으로, 대중과 거리가 멀었다.

2 [1]그러나 이번엔 확실한 대중서를 내기로 단단히 마음 먹은 모양이다. [2]『용과 춤을 추자』는 책 제목부터 그렇다. [3]그가 술술 익히는 교양서를 쓰기로 마음을 바꾼 이유는 무얼까. [4]"절박한 심정을 갖게 됐다"는 게 그의 변이다. [5]뭐가 절박한 걸까. [6]매년 스무 차례 정도 강연을 하면서 우리 사회에 중국에 대한 잘못된 이해가 팽배해 있음을 발견한 것이다. 〈중앙일보 120630·유상철〉

해 설

- 첫 문장부터 끝까지 단숨에 내리읽게 만드는 글이다. 그 비밀은 단락1의 첫 세 문장에 있다. 대부분의 사람들은 한 문장으로 처리하는 것을 이 글의 필자는 세 문장으로 나누어 썼다. 즉, "학술 서적만 써 오던 중국정치 분야의 권위자 조영남 서울대 국제대학원 교수가 교양서도 펴낼 것이라곤 생각지도 못했다"라고 써도 문제가 없지만, 이 글의 필자는 도치법을 활용한 3개의 단문으로 만들어 읽는 맛을 높인 것이다. 특히 **첫 문장을 '의외였다'라고 외마디 문장으로 시작한 것은 대단한 문장기술이다. 누구든 이렇게 의미심장한 말을 접하면 뒷 문장을 읽지 않을 수 없다.**
- 단락2의 문장3과 문장4를 질문과 답변으로 엮고, 다시 문장4의 '절박감'을 문장5로 이어 연쇄적으로 호기심을 갖게 한 것 점도 이 글에서 시선을 돌리지 못하는 이유다.
- 그러나 단락1의 문장4에 사소한 실수가 있다. '연구업적 탓에'는 '연구업적 덕분에'로 써야 맞다. '탓'은 '부정적인 현상이 일어난 원인'에만 쓴다.

도 해

도치를 활용한 짧은 도입이
뭔가 심상치 않다는 느낌을 준다.

의외였다. 학술 서적만 써 오던 이가 교양서도 펴낼 줄은…. 조영남 서울대 국제대학원 교수 얘기다. 그는 중국정치 분야의 권위자다. 뛰어난 연구업적 탓에 43세이던 2008년 서울대 종신교수가 됐다. 과거 그가 쓴 책은 『중국의 법원 개혁』같이 대부분 딱딱한 학술 서적으로, 대중과 거리가 멀었다.

덕분

그러나 이번엔 확실한 대중서를 내기로 단단히 마음 먹은 모양이다. 『용과 춤을 추자』는 책 제목부터 그렇다. 그가 술술 익히는 교양서를 쓰기로 마음을 바꾼 이유는 무얼까. "절박한 심정을 갖게 됐다"는 게 그의 변이다. 뭐가 절박한 걸까. 매년 스무 차례 정도 강연을 하면서 우리 사회에 중국에 대한 잘못된 이해가 팽배해 있음을 발견한 것이다.

질문과 답변이
긴장감을 갖게 한다.

유상철 중국전문기자 scyou@joongang.co.kr

의외였다. 학술 서적만 써 오던 이가 교양도서를 펴낼 줄을…. 조영남 서울대 국제대학원 교수 얘기다. 그는 중국정치 분야의 권위자다. 뛰어난 연구업적 탓에 43세이던 2008년 서울대 종신교수가 됐다. 과거 그가 쓴 책은 『중국의 법원 개혁』 같이 대부분 딱딱한 학술 서적으로, 대중과 거리가 멀었다.

그러나 이번엔 확실한 대중서를 내기로 단단히 마음 먹은 모양이다. 『용과 춤을 추자』는 책 제목부터 그렇다. 그가 술술 읽히는 교양서를 쓰기로 마음을 바꾼 이유는 무얼까. "절박한 심정을 갖게 됐다"는 게 그의 변이다. 뭐가 절박한 걸까. 매년 스무 차례 정도 강연을 하면서 우리 사회에 중국에 대한 잘못된 이해가 팽배해 있음을 발견한 것이다.

중국에 대한 그릇된 인식이 우리의 올바른 대중국 정책 수립에 큰 걸림돌이 되고, 급기야는 한·중 관계 악화와 우리의 국익 손실로까지 이어지고 있다는 것이다.

지적한다. 이어 서방의 시각이 아닌 "한국의 눈으로 중국을 읽자"고 주장한다. 우리의 처지가 서방과 다르기 때문에 중국의 부상에 대한 인식도 달라져야 한다는 것이다.

그는 향후 동아시아 질서가 미국의 상대적 쇠퇴와 중국의 부상에 따라 '무지개 색깔의 시루떡' 모양을 띨 것이라고 말한다. 어느 누구도 패권적 지위를 갖지 못한 채 정치와 경제, 사회와 문화 등 다양한 영역에서 국가뿐 아니라 기업·시민단체·개인 등 다양한 무지개 색깔의 행위자들이 복합적으로 얽혀 경쟁과 협력을 반복할 것이란 이야기다.

그렇다면 중국의 부상에 우리는 어떻게 대응해야 하는가. 세 가지 관점에서 출발해야 한다고 말한다. 경제적으론 활용, 안보적으론 위험 최소화, 한반도 통일에의 기여가 그것이다. 이를 위해 관여·위험분산·다자주의라는 '정책 3중주'가 동시에 추진돼야 한다는 게 그의 제안이다.

중국에 지속적으로 관여하는 정책을 펴되 한편으론 한미동맹 강화와 같은 위험분산 정

최초의 한 줄에서 독자의 눈을 빨아들이려면…

원 문

[1]개봉 전에는 유수의 해외 영화제상 수상으로, 개봉 후에는 동원 관객 수 1300만 명이라는 초유의 기록으로 2006년 극장가를 뜨겁게 달군 한국 영화 『괴물』. [2]그 감독인 봉준호 씨가 얼마 전 한 인터뷰에서 불만을 토로했다. [3]『괴물』의 미국 진출을 앞두고 현지 언론에서 작품의 반미 성향만을 끈질기게 물고 늘어지기 때문이란다. 〈단행본〉

해 설

- 역사도서 역자후기 원고의 도입부인데, 첫 문장이 길다. 역자후기는 머리말보다 독자의 관심이 적기 때문에 어떻게 하면 독자의 눈을 붙들 수 있을까를 생각해야 한다. 다 알려진 이야기를 하다가 문장이 길어지면 독자는 금방 따분함을 느낀다. 단문으로 궁금증의 고리를 만들고 그것을 이어가면 읽는 사람은 자연스럽게 글 속으로 빨려든다.
- 문장2 중간 '얼마 전'은 삭제해야 한다. 신문·잡지는 필자가 글을 쓰는 시점과 독자가 글을 읽는 시점이 가까우므로 사건 발생 시점을 정확하게 나타내야 하지만, 단행본은 호흡이 길기 때문에 머리말이나 후기에서 굳이 시점을 자세히 언급할 필요가 없다.

심화해설

첫 문장에 무신경하면 독자를 잃는다

좋은 문장이란 최초의 한 줄에서 최후의 한 줄까지 독자가 읽어주는 것을 말한다. 그런 문장을 만들기 위해서는 최초의 한 줄에서 독자의 눈을 빨아들여야 한다. 이때 중요한 포인트가 되는 것은 문장의 길이이다. 문장이 길면 구조가 복잡해지기 때문이다.

그래서 프로 작가는 첫 문장을 얼마나 간결하고 의미있게 할 것인가를 고민한다. 김훈의 『칼의 노래』는 12자(버려진 섬마다 꽃이 피었다.)로, 가와바타 야스나리川端康成의 『설국雪國』은 19자(국경의 긴 터널을 빠져나오자, 설국이었다.)로 시작되었다. 어떤 글이든 첫 문장은 신중하게 써야 한다.

080

첫 문장치고 너무 길다. 의미단위로
묶어 몇 개의 문장으로 가를 필요가 있다.

도 해

개봉 전에는 유수의 해외 영화제상 수상으로, 개봉 후에는 동원 관객 수 1300만 명이라는 초유의 기록으로 2006년 극장가를 뜨겁게 달군 한국 영화 『괴물』. 그 감독인 봉준호 씨가 얼마 전 한 인터뷰에서 불만을 토로했다. 『괴물』의 미국 진출을 앞두고 현지 언론에서 작품의 반미 성향만을 끈질기게 물고 늘어지기 때문이란다.

첫 문장을 13자의 단문으로 만들고,
세 개의 문장으로 나누었다.

개선례

영화 『괴물』을 생각해 보자. 널리 알려진 대로, 이 영화는 2006년 극장가를 뜨겁게 달궜다. 개봉 전에는 유수의 해외 영화제상을 수상했고, 개봉 후에는 1300만 명의 관객을 동원했다. 그 영화의 감독 봉준호 씨가 한 언론에서 불만을 토로했다. 『괴물』의 미국 진출을 앞두고 현지 언론들이 작품의 반미 성향만을 끈질기게 물고 늘어진다는 것이다.

> 영화 『괴물』을 생각해 보자. 이 영화는, 개봉 전에는 유수의 해외 영화제상을 수상했고, 개봉 후에는 1300만 명의 관객을 동원해 2006년 극장가를 뜨겁게 달궜다. 그 영화의 감독 봉준호 씨가 한 인터뷰에서 불만을 토로했다. 『괴물』의 미국 진출을 앞두고 현지 언론들이 작품의 반미성향만을 끈질기게 물고 늘어진다는 것이다.
>
> 논란의 초점이 된 부분은 주한미군이 한강에 고의로 독극물을 방류한다는 내용이다. 이는 2000년 7월 미8군 영안소 부소장 앨버트 맥팔랜드 씨가, 시체 방부처리에 사용되는 포름알데히드 폐용액을 하수구에 버려 기소된 사건을 모티브로 삼고 있다.

『미국사, 500년의 이야기』, 사루야 가나메 저·남혜림 역, 행담출판

소리나는 말로 시작하면 누구나 몰입한다

원 문

1 [1]육중한 말발굽 소리가 가을 산의 정적을 깼다. [2]소리 나는 쪽으로 고개를 돌리자 광풍이 휩쓸고 가는 듯 나무들이 차례차례 낙엽을 쏟아냈다. [3]멧돼지는 보이지 않고 멧돼지 속도만 눈에 보였다. [4]산신이 승천하는 것 같았다.

2 "탕!"

3 [1]한 발의 총성이 울렸다. [2]이내 '자르르르르' 총성의 잔향이 계곡에 울려 퍼졌다. [3]무전기에서 포수 지용선 씨의 다급한 목소리가 터져나왔다. [4]이틀간 24시간 넘게 진행된 멧돼지 추적은 순식간에 끝났다.

4 "지금 자리에서 봉우리 기준 2시 방향으로 빨리 올라오세요. 400근(280kg)짜리 큰 암놈이에요. 빨리 오세요!" 〈주간지〉

해 설

- 손에 땀을 쥘 정도로 긴박감이 넘치는 문장이다. 특히 단락1은 청각과 시각을 적절히 자극해 마치 현장에 있는 듯한 느낌을 갖게 한다. 문장4 '산신이 승천하는 것 같았다'란 표현도 절묘하다. 그러나 몇 가지 문제가 있다. 우선 멧돼지가 재빨리 달아나는 모습을 의성어 없이 '육중한 말발굽 소리가…'(문장1)로 표현한 것은 잘못이다. **첫 문장을 소리나는 말로 시작하면 독자는 순간적으로 집중하게 되어 있다. 누구나 소리가 나면 주위를 둘러보는 이치와 같다.**
- 단락3의 문장2 '잔향殘香'은 '남은 향기'란 뜻이므로 총성을 비유하는 말로는 접합하지 않다. '여운餘韻'이 더 좋다.
- 사건의 진행으로 보아 단락3의 문장3과 단락4는 붙어 있어야 하는데, 이 사이에 단락3의 문장4가 끼어 있어 흐름이 단절되어버렸다. 문장4를 단락4 뒤로 돌려야 한다.

081

"다다다닥!"

도 해

육중한 말발굽 소리가 가을 산의 정적을 깼다. 소리 나는 쪽으로 고개를 돌리자 광풍이 휩쓸고 가는 듯 나무들이 차례차례 낙엽을 쏟아냈다. 멧돼지는 보이지 않고 멧돼지 '속도'만 눈에 보였다. 산신이 승천하는 것 같았다.

"탕!"

한 발의 총성이 울렸다.(울리고,) 이내 "자르르르르" (하는) 총성의 잔향(여운)이 계곡에 울려퍼졌다. 무전기에서 포수 지용선 씨의 다급한 목소리가 터져나왔다. (이로써) 이틀간 24시간 넘게 진행된 멧돼지 추적은 순식간에 끝났다.

"지금 자리에서 봉우리 기준 2시 방향으로 빨리 올라오세요. 400근(280 kg)짜리 큰 암놈이에요. 빨리 오세요!"

개선례

"다다다닥!"

육중한 발굽소리가 가을 산의 정적을 깼다. 소리 나는 쪽으로 고개를 돌리자 광풍이 휩쓸고 가는 듯 나무들이 차례차례 낙엽을 쏟아냈다. 멧돼지는 보이지 않고 멧돼지 '속도' 만 눈에 보였다. 산신이 승천하는 것 같았다.

"탕!"

한 발의 총성이 울리고, 이내 "자르르르르…" 하는 여운이 계곡에 울려퍼졌다. 무전기에서 포수 지용선 씨의 다급한 목소리가 터져나왔다.

"지금 자리에서 봉우리 기준 2시 방향으로 빨리 올라오세요. 400근(280 kg)짜리 큰 암놈이에요. 빨리 오세요!"

이로써 이틀간 24시간 넘게 진행된 멧돼지 추적은 끝났다.

오감을 자극하면 실감있는 문장이 된다

원 문

1 [1]오전 4시 40분경. [2]풍경과 목탁 소리가 울렸다. [3]맑은 쇳소리와 둔탁한 나무 소리가 조화를 이뤄 산사의 맑은 기운을 가슴 속으로 날랐다.

2 [1]칠흑 같은 어둠 속에서 움직이는 건 불빛 속의 날벌레들뿐이다. [2]창 너머 석탑이 시간과 공간을 붙들었다. [3]시침이 얼어붙은 듯했다.

3 미몽에서 깨어나지 못한 몸을 차가운 새벽 공기가 휘감았다. 석탑 위로 둥그런 그림자가 비쳤다. 이 그림자가 움직이는 걸 보니 사람인가 보다. 무엇이 그를 석탑 앞에 웅크리게 만들었을까. 〈동아일보 070928·허진석〉

해 설

– 산사의 새벽풍경을 훌륭하게 묘사했다. 독자가 이 글에서 눈을 떼기가 쉽지 않은 것은 오감五感을 자극한 것과 관련이 있다. '오감' 이란 보고, 듣고, 냄새 맡고, 맛보고, 만지는 다섯 가지 감각을 말한다. 인간은 이 오감에 의해 사물을 감지하기 때문에 글 속에 이것을 집어넣으면 실감있는 문장이 된다. 단락2 문장3 '시침이 얼어붙는 듯했다' 란 표현은 절묘하다.

– 단락1의 문장2에서 '풍경과 목탁 소리가 울렸다' 고 했는데, 이것을 나타내는 의성어를 넣지 않은 것은 잘못이다. 문두에 소리 나는 말을 두면 독자의 관심을 더 많이 끌 수 있다.

> 오전 4시 40분경. 풍경과 목탁 소리가 울렸다.
> 맑은 쇳소리와 둔탁한 나무 소리가 조화를 이뤄
> 산사의 맑은 기운을 가슴 속으로 날랐다.
> 칠흑 같은 어둠에서 움직이는 건 불빛 속 날벌레들뿐이었다.
> 창 너머 석탑이 시간과 공간을 붙들었다. 시침이 얼어붙은 듯했다.
> 미몽에서 깨어나지 못한 몸을 차가운 새벽 공기가 휘감았다.
> 석탑 위로 둥그런 그림자가 비쳤다.
> 이 그림자가 움직이는 걸 보니 사람인가 보다.
> 무엇이 그를 석탑 앞에 웅크리게 만들었을까.

082

"뎅그랑, 뎅그랑…" "또르륵 똑똑…"

도 해

청각

오전 4시 40분경. 풍경과 목탁 소리가 울렸다. 맑은 쇳소리와 둔탁한 나무 소리가 조화를 이뤄 산사의 맑은 기운을 가슴 속으로 날랐다.

(山寺)

시각

칠흑 같은 어둠 속에서 움직이는 건 불빛 속의 날벌레들뿐이다. 창 너머 석탑이 시간과 공간을 붙들었다. 시침이 얼어붙은 듯했다.

독특한 비유

미몽에서 깨어나지 못한 몸을 차가운 새벽 공기가 휘감았다. 석탑 위로 둥그런 그림자가 비쳤다. 이 그림자가 움직이는 걸 보니 사람인가 보다. 무엇이 그를 석탑 앞에 웅크리게 만들었을까.

촉각

개선례

"뎅그랑, 뎅그랑…" "또르륵 똑똑…"

오전 4시 40분경. 풍경과 목탁이 울렸다. 맑은 쇳소리와 둔탁한 나무 소리가 조화를 이뤄 산사(山寺)의 맑은 기운을 가슴 속으로 날랐다.

칠흑 같은 어둠 속에서 움직이는 건 불빛 속의 날벌레들뿐이다. 창너머 석탑이 시간과 공간을 붙들었다. 시침이 얼어붙은 듯했다.

미몽에서 깨어나지 못한 몸을 차가운 새벽 공기가 휘감았다. 석탑 위로 둥그런 그림자가 비쳤다. 그림자가 움직이는 걸 보니 사람인가 보다. 무엇이 그를 석탑 앞에 웅크리게 만들었을까.

재미있는 고사로 독자의 눈을 붙들어라

원 문

[1]요즘 새누리당 주변에 은밀하게 한비자(韓非子)의 개 이야기가 흘러다닌다. [2]박근혜 전 대표와 친박 진영을 빗대는 말이다. [3]옛날 중국에 술 빚는 솜씨가 뛰어난 주막(酒幕)이 있었다. [4]주인은 친절했고, 물을 섞거나 되를 속이지도 않았다. [5]이렇게 삼박자를 고루 갖춘 술집에 도무지 손님이 들지 않았다. [6]잘 익은 술은 독째로 쉬어버리기 일쑤였다. [7]고민하는 주인에게 이웃이 말했다. [8]"자네 집 앞의 개가 너무 사납기 때문일세." [9]손님을 쫓아내는 사나운 개 때문에 술이 상한다는, 한비자에 나오는 구맹주산(狗猛酒酸)이다. 〈일간신문〉

해 설

- 정치칼럼인데 시작이 좋다. 이렇게 고사를 언급하며 이야기를 풀어가면 독자는 친근감을 갖는다. 그러나 고사의 진짜 이야기를 뒤쪽에 둔 것은 잘못이다. 정치이야기에 식상한 독자라면 '새누리당 주변에 ~이야기가 흘러다닌다' 라는 말을 접하는 순간 '또 그렇고 그런 이야기…' 라고 생각할 수 있기 때문이다. 문장3부터 시작되는 개 이야기를 앞으로 가져오고 문장1과 문장2를 뒤로 돌리면 더 많은 독자를 붙들었을 것이다.
- 잘 듣기 어려운 '한비자' '구맹주산' 에 한자를 병기한 것은 잘한 일이다. 그러나 누구나 알 수 있는 '주막' 은 굳이 그럴 필요가 없다.

083

도 해

이 고사에 나오는

요즘 새누리당 주변에 은밀하게 한비자(韓非子)의 개 이야기가 흘러다닌다. 박근혜 전 대표와 친박 진영을 빗대는 말이다. 옛날 중국에 술 빚는 솜씨 가 뛰어난 주막(酒幕)이 있었다. 주인은 친절했고, 물을 섞거나 되를 속이지도 않았다. 이렇게 삼박자를 고루 갖춘 술집에 도무지 손님이 들지 않았다. 잘 익은 술은 독째로 쉬어버리기 일쑤였다. 고민하는 주인에게 이웃이 말했다. "자네 집 앞의 개가 너무 사납기 때문일세." 손님을 쫓아내는 사나운 개 때문에 술이 상한다는, 한비자에 나오는 구맹주산(狗猛酒酸)이다.

갖추었는데도

개선례

옛날 중국에 술 빚는 솜씨가 뛰어난 주막이 있었다. 주인은 친절했고, 물을 섞거나 되를 속이지도 않았다. 이렇게 삼박자를 고루 갖추었는데도 도무지 손님이 들지 않았다. 잘 익은 술은 독째로 쉬어버리기 일쑤였다. 고민하는 주인에게 이웃이 말했다. "자네 집 앞의 개가 너무 사납기 때문일세."

손님을 쫓아내는 사나운 개 때문에 술이 쉰다는, 한비자(韓非子)에 나오는 구맹주산(狗猛酒酸)이다. 요즘 새누리당 주변에 은밀하게 이 고사에 나오는 개 이야기가 흘러다닌다. 박근혜 전 대표와 친박 진영을 빗댄 것이다.

딱딱하다고? 그럼 대사로 시작해 봐

원 문

[1]우리 팀에 박광성이라고 하는 직원이 있다. [2]그는 언제나 누구보다도 빨리 정보를 입수하여 사무실에 풀어놓는다. [3]어디서 물어오는지는 알 수 없지만 그가 퍼뜨린 정보의 대부분은 나중에 사실로 판명되는 경우가 많다. [4]이번에는 김미경이 우리 팀의 최동수 팀장이 구조조정 대상에 올랐다는 뉴스를 전해왔다. [5]우리는 매우 난감했다. [6]최 팀장은 매우 유능하고 자상하여 우리에게 큰 힘이 되어주고 있었기 때문이다. 〈수필카페〉

해 설

- 문장1의 '–이라고 하는 직원…'은 '–이라는 직원…'으로 간결하게 쓰는 것이 좋다. 또 이 문장은 단순해서 첫머리에 놓기는 어울리지 않는다. 마땅한 문장이 떠오르지 않을 때는 대사로 시작하는 방법을 생각해볼 수 있다. **문장을 대사로 시작하면 생동감있는 정경이 만들어지고, 딱딱하지 않고, 재미있다는 느낌을 갖게 한다. 논문보다 소설을 읽는 것이 더 부드러운 것과 같은 이치다.**
- 문장4는 문제가 있다. 이대로라면 '김미경'이라는 새로운 정보통이 생겼다는 말이 된다. 그러나 앞에서 '정보통 박광성'에 대한 이야기를 해왔으므로 김미경이 전해온 뉴스는 박광성으로부터 들은 것임을 알 수 있다. 따라서 이 문장은 '김미경'을 뒤로 돌려 '이번에는 우리 팀의 최동수 팀장이 구조조정 대상에 올랐다는 뉴스를 김미경이 전해왔다. 박광성에게 들었다는 것이다'라고 써야 한다. **모든 설명은 독자가 쉽게 이해할 수 있도록 독자의 입장에서 해야 한다.**
- 문장5와 문장6에 '매우'가 연거푸 나왔다. 둘 중 하나를 없애야 한다.

도 해

우리 팀에 박광성이라고 하는 직원이 있다. 그는 언제나 누구보다도 빨리 정보를 입수하여 사무실에 풀어놓는다. 어디서 물어오는지는 알 수 없지만 그가 퍼뜨린 정보의 대부분은 나중에 사실로 판명되는 경우가 많다. 이번에는 김미경이 우리 팀의 최동수 팀장이 구조조정 대상에 올랐다는 뉴스를 전해왔다. 우리는 매우 난감했다. 최 팀장은 매우 유능하고 자상하여 우리에게 큰 힘이 되어주고 있었기 때문이다.

박광성에게 들었다는 것이다.

개선례①

우리 팀에 박광성이라는 직원이 있다. 그는 언제나 누구보다도 빨리 정보를 입수하여 사무실에 풀어놓는다. 어디서 물어오는지는 알 수 없지만 그가 퍼뜨린 정보의 대부분은 나중에 사실로 판명되는 경우가 많다. 이번에는 우리 팀의 최동수 팀장이 구조조정 대상에 올랐다는 뉴스를 김미경이 전해왔다. 박광성에게 들었다는 것이다. 우리는 난감했다. 최 팀장은 매우 유능하고 자상하여 우리에게 큰 힘이 되어주고 있었기 때문이다.

개선례②

"너 알고 있니? 박광성이 또 정보를 물어왔어. 최동수 팀장이 구조조정 대상에 올랐대."

회사에 출근하자 김미경이 다가와 귓속말을 했다. 나는 직감적으로 그 정보가 사실일 것이라고 생각했다. 정보의 전달자가 다름 아닌 박광성이고, 그가 전해온 정보 중에는 나중에 사실로 판명되는 경우가 많기 때문이다.

우리는 난감했다. 최 팀장은 매우 유능하고 자상하여 우리들에게 큰 힘이 되어주고 있지 않았는가.

따분하다고? 그럼 대사를 삽입해 봐

원 문

1 [1]식사를 마친 후 나는 선샤인빌딩으로 이동했다. [2]아직 오전 10시인데도 많은 관광객들이 빌딩 근처에서 서성거렸다. [3]전망대로 가는 엘리베이터 앞에는 10여 미터의 긴 줄이 만들어져 있었다. [4]입장료는 620엔이나 되었다. [5]비싸다는 느낌이 들었지만, 입구만 보고 말 수는 없었다. [6]나도 모르게 거금을 지불하고 줄을 섰다. [7]초고속 엘리베이터는 60층 전망대까지 30초 만에 나를 올려놓았다.

2 [1]도쿄시내가 눈 아래 펼쳐졌다. [2]도쿄타워도 보였다. [3]후지산도 보였다. [4]빌딩 아래 대로를 달리는 차들은 마치 장난감처럼 보였다. [5]나는 고등학교 때까지 후암동에 살았기 때문에 도시를 눈 아래로 보는 것에 익숙해 있었다. [6]그러나 이만한 대도시가 발밑에 한없이 이어지는 것을 보는 것은 처음이었다. [7]나는 어린이처럼 감동했다. 〈블로그〉

해 설

- 블로그에 올려진 도쿄東京 여행기이다. 대체로 무난한 작문이지만, 박진감이 없고 무미건조하다는 지적은 피할 수 없다. 모범생의 답변처럼 민문장만 계속되기 때문이다. 이런 글을 읽는 독자는 금방 따분함을 느낀다. 글의 성격에 맞게 가끔씩 대사를 넣는 것도 분위기를 바꾸는 하나의 방법이다.
- 문장 모두가 변화 없이 '~했다' 형으로 되어 있는 것도 문제다. 단락1의 경우 '이동했다'(문장1)는 '발걸음을 옮겼다'로, '입구만 보고 말 수는 없었다'(문장5)는 '입구만 구경하고 말 수는 없는 노릇이었다'로 고치기만 해도 느낌이 달라진다.
- 단락2 문장5 '후암동' 앞에는 '남산 중턱의'를 삽입하는 것이 좋다. '후암동'이 어디에 있는지 모르는 사람도 많기 때문이다.

개선례

식사를 마친 후 나는 선샤인빌딩으로 발걸음을 옮겼다. 아직 오전 10시인데도 많은 관광객들이 빌딩 근처에서 서성거렸다. 전망대로 가는 엘리베이터 앞에는 10여 미터의 긴 줄이 만들어져 있었다. 입장료는 자그마치 620엔!

"어이쿠! 63빌딩의 두 배야."

하지만, 입구만 구경하고 말 수는 없는 노릇이었다. 나도 모르게 거금을 지불하고 줄을 섰다.

'돈 낼 만한 가치가 있을까?'

이렇게 생각하고 있는 사이 초고속 엘리베이터는 60층 전망대까지 30초 만에 나를 올려놓았다.

"야 정말 멋있다! 저기 봐, 저기 봐. 도쿄타워야!"

내 앞에 있던 중학생이 외쳤다. 시골에서 수학여행을 온 것 같았다.

"자동차들이 장난감 같네."

다른 학생이 말했다.

"애들아, 저게 후지산이야!"

선생님 같은 남자가 이렇게 목청을 돋우자 학생들이 뛰어갔다. 나도 그곳으로 향했다.

나는 고등학교 때까지 남산 중턱의 후암동에 살았기 때문에 도시를 눈 아래로 보는 것에 익숙해 있었다. 그러나 이만한 대도시가 발밑에 한없이 이어지는 것을 보는 것은 처음이었다. 나는 어린이처럼 감동했다.

무소유

"나는 가난한 탁발승托鉢僧이오. 내가 가진 거라고는 물레와 교도소에서 쓰던 밥그릇과 염소 젖 한 깡통, 허름한 요포腰布 여섯 장, 수건 그리고 대단치도 않은 평판評判, 이것뿐이오."

마하트마 간디가 1931년 9월 런던에서 열린 제2차 원탁회의에 참석하기 위해 가던 도중 마르세유 세관원에게 소지품을 펼쳐보이면서 한 말이다. K. 크리팔라니가 엮은 『간디 어록』을 읽다가 이 구절을 보고 나는 몹시 부끄러웠다. 내가 가진 것이 너무 많다고 생각되었기 때문이다. 적어도 지금의 내 분수로는.

사실 이 세상에 처음 태어날 때 나는 아무것도 갖고 오지 않았었다. 살 만큼 살다가 이 지상의 적籍에서 사라져 갈 때에도 빈손으로 갈 것이다. 그런데 살다 보니 이것저것 내 몫이 생기게 되었다. 물론 일상에 소용되는 물건들이라고 할 수도 있다. 그러나 없어서는 안 될 정도로 꼭 요긴한 것들만일까? 살펴볼수록 없어도 좋을 만한 것들이 적지 않다.

우리들이 필요에 의해서 물건을 갖게 되지만, 때로는 그 물건 때문에 적잖이 마음이 쓰이게 된다. 그러니까 무엇인가를 갖는다는 것은 다른 한편 무엇인가에 얽매인다는 뜻이다. 필요에 따라 가졌던 것이 도리어 우리를 부자유하게 얽어맨다고 할 때 주객이 전도되어 우리는 가짐을 당하게 된다. 그러므로 많이 가지고 있다는 것은 흔히 자랑거리로 되어 있지만, 그만큼 많이 얽히어 있다는 측면도 동시에 지니고 있다.

나는 지난해 여름까지 난초 두 분盆을 정성스레, 정말 정성을 다해 길렀었다. 3년 전 거처를 지금의 다래헌茶來軒으로 옮겨왔을 때 어떤 스님이 우리 방으로 보내준 것이다. 혼자 사는 거처라 살아 있는 생물이라고는 나하고 그 애들뿐이었다. 그 애들을 위해 관계 서적을 구해다 읽었고, 그 애들의 건강을 위해 하이포넥스인가 하는 비료를 바다 건너가는 친지들에게 부탁하여 구해오기도 했었다. 여름철이면 서늘한 그늘을 찾아 자리를 옮겨주어야 했고, 겨울에는 나는 떨면서도 실내온도를 높이지 않았다. 이런 정성을 일찍이 부모에게 바쳤더라면 아마 효자 소리를 듣고도 남았을 것이다. 이렇듯 애지중지 가꾼 보람으로 이른 봄이면 은은한 향기와 함께 연둣빛 꽃을 피워 나를 설레게 했고, 잎은 초승달처럼 항시 청정했었다. 우리 다래헌을 찾아온 사람마다 싱싱한 난蘭을 보고 한결같이 좋아라 했다.

법정 (1932~2010)

지난해 여름 장마가 갠 어느 날 봉선사로 운허노사耘虛老師를 뵈러 간 일이 있었다. 한낮이 되자 장마에 갇혔던 햇볕이 눈부시게 쏟아져 내리고 앞 개울물 소리에 어울려 숲속에서는 매미들이 있는 대로 목청을 돋우었다.

아차! 이때에야 문득 생각이 났다. 난초를 뜰에 내놓은 채 온 것이다. 모처럼 보인 찬란한 햇볕이 돌연 원망스러워졌다. 뜨거운 햇볕에 늘어져 있을 난초 잎이 눈에 아른거려 더 지체할 수가 없었다. 허둥지둥 그 길로 돌아왔다. 아니나 다를까, 잎은 축 늘어져 있었다. 안타까워 안타까워하며 샘물을 길어다 축여주고 했더니 겨우 고개를 들었다. 하지만 어딘지 생생한 기운이 빠져버린 것 같았다.

나는 이때 온몸으로, 그리고 마음속으로 절절히 느끼게 되었다. 집착이 괴로움인 것을. 그렇다, 나는 난초에게 너무 집념해 버린 것이다. 이 집착에서 벗어나야겠다고 결심했다. 난을 가꾸면서는 산철(승가의 遊行期)에도 나그네길을 떠나지 못한 채 꼼짝 못했다. 밖에 볼일이 있어 잠시 방을 비울 때면 환기가 되도록 들창문을 조금 열어 놓아야 했고, 분을 내놓은 채 나가다가 뒤미처 생각하고는 되돌아와 들여놓고 나간 적도 한두 번이 아니었다. 그것은 정말 지독한 집착이었다.

며칠 후, 난초처럼 말이 없는 친구가 놀러 왔기에 선뜻 그의 품에 분을 안겨주었다. 비로소 나는 얽매임에서 벗어난 것이다. 날듯 홀가분한 해방

감. 3년 가까이 함께 지낸 '유정有情'을 떠나보냈는데도 서운하고 허전함보다 홀가분한 마음이 앞섰다. 이때부터 나는 하루에 한 가지씩 버려야겠다고 스스로 다짐을 했다. 난을 통해 무소유의 의미 같은 걸 터득하게 됐다고나 할까.

인간의 역사는 어떻게 보면 소유사所有史처럼 느껴진다. 보다 많은 자기네 몫을 위해 끊임없이 싸우고 있는 것 같다. 소유욕에는 한정도 없고 휴일도 없다. 그저 하나라도 더 많이 갖고자 하는 일념으로 출렁거리고 있다. 물건만으로는 성에 차질 않아 사람까지 소유하려 든다. 그 사람이 제 뜻대로 되지 않을 경우는 끔찍한 비극도 불사하면서, 제 정신도 갖지 못한 처지에 남을 가지려 하는 것이다.

소유욕은 이해利害와 정비례한다. 그것은 개인뿐 아니라 국가 간의 관계도 마찬가지다. 어제의 맹방들이 오늘에는 맞서게 되는가 하면, 서로 으르렁대던 나라끼리 친선 사절을 교환하는 사례를 우리는 얼마든지 보고 있다. 그것은 오로지 소유에 바탕을 둔 이해관계 때문이다. 만약 인간의 역사가 소유사에서 무소유사로 그 향向을 바꾼다면 어떻게 될까. 아마 싸우는 일은 거의 없을 것이다. 주지 못해 싸운다는 말은 듣지 못했으니까.

간디는 또 이런 말도 하고 있다.

"내게는 소유가 범죄처럼 생각된다…."

그는 무엇인가를 갖는다면 같은 물건을 갖고자 하는 사람들이 똑같이 가질 수 있을 때 한한다는 것. 그러나 그것은 거의 불가능한 일이므로 자기 소유에 대해서 범죄처럼 자책하지 않을 수 없다는 것이다.

우리들의 소유 관념이 때로는 우리들의 눈을 멀게 한다. 그래서 자기의 분수까지도 돌볼 새 없이 들뜨게 된다. 그러나 우리는 언젠가 한 번은 빈손으로 돌아갈 것이다. 내 이 육신마저 버리고 훌훌히 떠나갈 것이다. 하고많은 물량일지라도 우리를 어떻게 하지 못할 것이다.

크게 버리는 사람만이 크게 얻을 수 있다는 말이 있다. 물건으로 인해 마음을 상하고 있는 사람들은 한 번쯤 생각해볼 교훈이다. 아무것도 갖지 않을 때 비로소 온 세상을 갖게 된다는 것은 무소유의 역리逆理이니까.

『무소유』 법정, 범우사

해 설

- 다른 사람의 말이나 문장을 인용하면서 글을 시작하는 방법도 있다. 법정法頂 스님의 이 수필도 그렇게 했다. 특히 저명인의 말을 앞세우면 독자의 관심을 끄는 데 유리하다.
- 그밖에도 이 글에는 몇 가지 세련된 문장기술이 들어 있다. 밑줄을 그은 데가 그런 곳이다. 그러나 이 글이 수많은 독자를 부른 것은 그런 기술 때문만은 아니다. 글 속에 숨어 있는 필자의 '삶에 대한 진지한 탐색'이 독자의 공감을 얻었기 때문이다. 이것은 넓게 '인생관'이라고 말할 수도 있다.
- 독자의 눈에 보이는 것은 사실은 빙산氷山의 일각이다. 글 아래에는 그 글을 지탱하는 큰 산이 있다는 말이다. '인생관(지식·통찰)' '정보' '문장기술'(테크닉)로 이루어진 산이다. 이 중에서 가장 덩치가 큰 것이 인생관이다.
- **좋은 글은 6할의 인생관과 4할의 '정보·문장기술'이 균형을 이룰 때 나온다**(그림 ①). 그러나 정보와 문장기술은 있으되 인생관이 부족하거나(그림 ②), 인생관은 있으되 정보와 문장기술이 없으면(그림 ③) 남에게 읽히는 글을 쓸 수 없다.

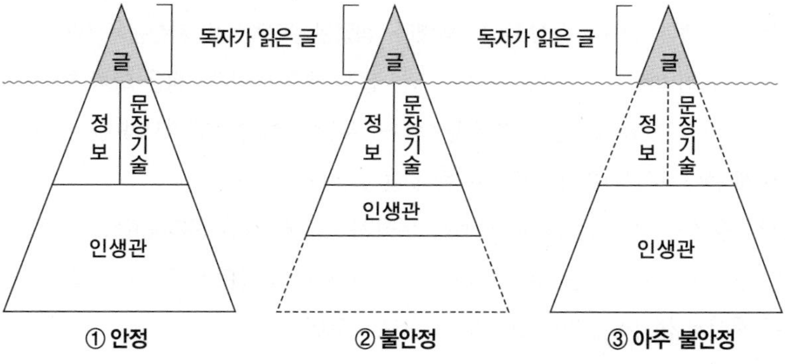

질문 하나면 독자를 사로잡을 수 있다

원문

1 [1]고정관념에 도전하는 질문부터 하나 던져보자. [2]올해 최고의 수출기업은? [3]삼성전자 혹은 현대차·포스코라는 대답이 많겠지만, 틀렸다. [4]정답은 '미래에셋 자산운용' 이다. [5]미래에셋증권 계열의 이 금융회사가 대한민국 어느 대기업보다 많은 외화를 벌어들였다.

2 [1]농담이 아니다. [2]직원 수 196명의 이 회사는 올해 들어 해외펀드 투자로 7조5000억원(평가액)을 벌어 투자자들에게 안겨주었다. [3]국내 투자자가 맡긴 돈, 즉 '메이드 인 코리아' 의 자본을 수출한 것이다. [4]반면 삼성전자가 올 1~9월 수출로 번 영업이익(추정치)은 2조원쯤 되니, 미래에셋의 압승이다.

3 [1]금융은 왜 수출로 돈 벌 수 없나? [2]미래에셋 박현주 회장은 지난 10년간 이 화두(話頭)와 격투하며 살아온 사람이다. [3]IMF 환란(換亂) 시절, 그는 몹시 배가 아팠다. [4]론스타 같은 외국 펀드들이 휘젓고 다니며 알짜배기 건물·기업을 헐값으로 사 가는 데, 분통이 터질 지경이었다고 한다. 〈조선일보 071026·박정훈〉

해설

- 글쓰기의 모범례로 제시할 만한 명문이다. 그 이유는 두 가지다. 첫째는, 질문과 답변으로 글머리를 시작해 독자를 재빨리 글 속으로 몰입하게 했다. 둘째는, 곳곳에 친근한 말투를 삽입했다. 단락1 문장3~4 "틀렸다. 정답은 '미래에셋 자산운용' 이다", 단락2 문장1 '농담이 아니다', 단락3 문장3 '그는 몹시 배가 아팠다' 등은 마치 친구와 이야기하는 느낌을 준다. 독자는 이런 말을 만나면 무장을 해제하고 필자가 하는 말에 귀를 기울이게 된다. 문장기술이란 바로 이런 것을 말한다.
- 문장부호를 잘못 쓴 것은 흠이다. 단락1 문장2는 질문이므로 큰따옴표를, 문장3 '삼성전자' '현대차' '포스코' 는 그 답변이므로 따로따로 큰따옴표로 묶어야 한다. 단락3 문장1은 혼자서 생각하는 말이므로 작은따옴표로 묶어야 한다.

개선례

고정관념에 도전하는 질문부터 하나 던져보자.

"올해 최고의 수출기업은?"

"삼성전자", 혹은 "현대차" "포스코"라는 대답이 많겠지만, 틀렸다. 정답은 '미래에셋 자산운용' 이다. 미래에셋증권 계열의 이 금융회사가 대한민국 어느 대기업보다 많은 외화를 벌어들였다.

농담이 아니다. 직원 수 196명의 이 회사는 올해 들어 해외펀드 투자로 7조5000억원(평가액)을 벌어 투자자들에게 안겨주었다. 국내 투자자가 맡긴 돈, 즉 '메이드 인 코리아' 의 자본을 수출한 것이다. 반면 삼성전자가 올 1~9월 수출로 번 영업이익(추정치)은 2조원쯤 되니, 미래에셋의 압승이다.

'금융은 왜 수출로 돈 벌 수 없나?'

미래에셋 박현주 회장은 지난 10년간 이 화두(話頭)와 격투하며 살아온 사람이다. IMF 환란(換亂) 시절, 그는 몹시 배가 아팠다. 론스타 같은 외국 펀드들이 휘젓고 다니며 알짜배기 건물·기업을 헐값으로 사 가는 데, 분통이 터질 지경이었다고 한다.

심화해설

좋은 질문은 독자를 포로로 만드는 도구가 된다

얼굴을 마주보고 이야기할 때는 상대의 표정을 통해 상대가 자신의 말에 흥미를 느끼고 있는지 그렇지 않은지를 알 수 있다. 하지만 글은 상대를 볼 수 없기 때문에 그것을 알 수 없다. 글쓰는 사람은 늘 이점을 유념해야 한다.

만일 자신의 이야기에 상대가 따분해 할 것 같으면 질문으로 주의를 환기시킬 필요가 있다. 이렇게 질문을 던지면 독자는 신속히 글 속으로 빨려든다. 일상회화에서도 한 사람이 물으면 한 사람은 대답해야 하듯이 글 속에서도 필자가 물으면 독자는 자기도 모르게 답을 찾는 자세가 된다. 즉, 글 속의 질문은 독자를 포로로 만드는 도구가 되는 것이다.

곳곳에 질문을 던지면 재미가 끝까지 이어진다

원 문

왜 미술관에 가는가? 그림 보러? 왠지 촌스럽다. 까다로운 애호가나 전문
가가 아니라면 대부분 사람들은 딴 목적으로 미술관에 간다. 가령 지난해
스페인 빌바오의 구겐하임을 다녀간 100만명 중에는 나처럼 미술관 그 자
체를 보러 간 사람들도 꽤 많다. 호주 시드니의 오페라 하우스를 찾는 사람
1 들도 마찬가지다. 오페라가 아니라 오페라 하우스를 보러 가는 것이다. 왜?
유명하니까. 나도 봤다는 심리적 만족감이 필요하니까. 그래서 사람들은 기
를 쓰고 그것들을 찾는 것이다. 셰익스피어를 알게 되면 햄릿성(城)을 찾게
된다. 비록 영국에서 꽤 떨어진 덴마크의 코펜하겐까지 가는 수고를 들여야
하더라도.

[1]영국의 소도시 게이츠헤드를 보자. [2]도시의 아이콘(상징도상)으로 기획
된 볼틱 현대미술관은 개관 첫해에 100만명의 관람객을 맞았으며, 주변 문
화시설들과 더불어 연간 약 230억원에 달하는 경제효과를 낸다고 한다. [3]흔
2 치 않은 문화산업 성공 스토리이다. [4]그러나 살펴보면 이런 성공 사례들은
드물지 않게 발견된다. [5]노르웨이 오슬로의 비겔란트 조각공원, 미국 뉴멕
시코의 산타페, 또 영국 에든버러축제가 바로 그런 성공 사례에 속한다.↗

스코틀랜드의　　　　　　　　잘

해 설

- 무거운 주제에다 자칫하면 따분해질 수 있는 기승전결起承轉結식 구성인데도 전혀 따분하게 느껴지지 않는다. 첫 문장에서 핵심을 바로 질문으로 치고들어가 재빨리 독자의 관심을 끌어들였고, 간간이 질문을 던지며 소프트한 문체로 주장을 폈기 때문이다. 이런 흐름은 단락4까지 이어졌다. 단락4의 '그렇다면 서울엔 뭐가 있지? 덕수궁? 국립현대미술관? 인사동?' 은 가장 재미있는 파격이다.
- 그러나 단락2 문장5는 나열의 형평성에 문제가 있다. 즉, '비겔란트 조각공원' 과 '산타페' 는 국명+도시를 앞세웠는데, 에든버러축제는 국명만 있다.

087

3 ↘ 문화는 금방 열매를 따먹을 수 있는 패스트푸드가 아니지만 문화산업은 금방 과실을 볼 수도 있다. 볼틱미술관은 겨우 5년이 됐을 뿐인데도 이미 세계적 지명도와 경제적 토대를 마련했다. 대영박물관이니, 테이트갤러리니 하는 쟁쟁한 미술관들로 넘치는 영국에서 인구 20만에 불과한 도시에 또다시 미술관을 세우다니. 겁도 없이. 그런데도 성공했다. 이런 걸 역발상이라 하던가. 〈중략〉

4 현 서울시장은 '디자인 서울'을 모토로 내걸고 있다. 좋은 일이다. 기왕에 디자인을 모토로 내걸었다면 좀 더 시야를 넓혀 '아이콘 서울'로 나아가야 한다. 실체가 불분명한 '디자인 서울'보다는 아이콘 서울이 훨씬 더 와 닿는다. 우리에게도 좋은 선례들이 이미 있다. 무형이긴 하지만 부산국제영화제나 광주비엔날레는 이미 국제적 지명도를 얻고 있다. 그렇다면 서울엔 뭐가 있지? 덕수궁? 국립현대미술관? 인사동? 그러나 또렷하지는 않다. 그것이 문제다. 적어도 서울과 등치관계에 있는 그 무엇이 누락된 것이다. 서울을 대표하는 그리고 나라를 대표하는 그 2%가 부족한 것이다. 〈후략〉 〈조선일보 071123, 장영준〉

시드니 오페라 하우스 등가 세계인 발길을 불러모으게

장 영 준 중앙대 영문과 교수

왜 미술관에 가는가? 그림 보러? 왠지 촌스럽다. 까다로운 애호가나 전문가가 아니라면 대부분 사람들은 딴 목적으로 미술관에 간다. 가령 지난해 스페인 빌바오의 구겐하임을 다녀간 100만명 중에는 나처럼 미술관 그 자체를 보러 간 사람들도 꽤 많다. 호주 시드니의 오페라 하우스를 찾는 사람들도 마찬가지다. 오페라가 아니라 오페라 하우스를 보러 가는 것이다. 왜? 유명하니까. "나도 봤다"는 심리적 만족감이 필요하니까. 그래서 사람들은 기를 쓰고 그것들을 찾는 것이다. 셰익스피어를 알게 되면 햄릿성(城)을 찾게 된다. 비록 영국에서 꽤 떨어진 덴마크의 코펜하겐까지 가는 수고를 들여야 하더라도.

영국의 소도시 게이츠헤드를 보자. 도시의 아이콘(상징·도상)으로 기획된 볼틱 현대미술관은 개관 첫해에 100만명의 관람객을 맞았으며, 주변 문화시설들과 더불어 연간 약 230억원에 달하는 경제효과를 낸다고 한다. 흔치 않은 문화산업 성공 스토리이다. 그러나 살펴보면 이런 성공 사례들은 드물지 않게 발견된다. 노르웨이 오슬로의 비겔란트 조각공원, 미국 뉴멕시코의 산타페, 또 영국 에든버러축제가 바로 그런 성공 사례에 속한다.

문화는 금방 열매를 따먹을 수 있는 패스트푸드가 아니지만 문화산업은 금방 과실을 볼 수도 있다. 대영박물관이니, 테이트 갤러리니 하는 쟁쟁한 미술관들로 넘치는 영국에서 인구 20만명에 불과한 도시에 또다시 미술관을 세우다니. 겁도 없이. 그런데도 성공했다. 이런 걸 역발상이라고 하던가. 바스크 분리주의자들로 인한 정정 불안, 철광과 조선업의 쇠퇴로 인한 경제적 낙후, 그리고 유럽의 변방이라는 온갖 불리한 조건들 속에 진행된 빌바오의 문화 프로젝트도 수많은 난관들을 뒤로 하고, 상상력과 추진력 그리고 뛰어난 기획력을 통해 승리를 거두었다.

현 서울시장은 '디자인 서울'을 모토로 내걸고 있다. 좋은 일이다. 기왕에 디자인을 모토로 내걸었다면 좀 더 시야를 넓혀 '아이콘 서울'로 나아가야 한다. 실체가 불분명한 '디자인 서울' 보다는 아이콘 서울이 훨씬 더 와 닿는다. 우리에게도 좋은 선례들이 이미 있다. 무형이긴 하지만 부산국제영화제나 광주비엔날레는 이미 국제적 지명도를 얻고 있다. 그렇다면 서울엔 뭐가 있지? 덕수궁? 국립현대미술관? 인사동? 그러나 또렷하지는 않다. 그것이 문제다. 적어도 서울과 등치관계에 있는 그 무엇이 누락된 것이다. 서울을 대표하는 그리고 나라를 대표하는 그 2%가 부족한 것이다. 도시와 국가의 아이콘을 만드는 일은 어떠한 일보다도 중차대하다.

관광객들은 처음에 유적지를 찾지만 두 번째, 세 번째 다시 올 때는 미술관이나 음악당을 찾는다. 그런 사람들에게 국립현대미술관은 참으로 접근성이 안 좋다. LA의 게티센터가 주차장에서 산기슭에 있는 미술관 입구까지 모노레일을 설치하여 접근성을 높인 것은 참으로 경탄을 자아낸다. 민간이 나설 수도 있다.

차제에 아시아 최고의 아이콘을 만드는 일을 생각해볼 일이다. 나라를 대표하는 아이콘을 하루아침에 뚝딱 해치울 수는 없다. 시드니의 오페라 하우스처럼 근 20년에 걸쳐 우여곡절을 겪을 수도 있다. 그러나 그 부가가치는 돈으로 따질 수 없다. 그라피티(거리 벽화)의 새로운 메카가 된 브라질 상파울루의 값어치를 환산할 수는 없다. 파리나 뉴욕의 무형 자산을 돈으로 환산할 수는 없다. 미술관이든 음악당이든 FTA 시대를 대비하고 견고해진 중화경제권의 구매력에 대비하는 아이콘을 만드는 것은 분명 세계 11대 경제 강국인 우리에게 꼭 필요하다.

호기심을 자극하라. 그래야 눈을 떼지 않는다

원 문

[1]우리 인간들이 너무 큰 사고를 쳤다. [2]이 커다란 지구의 온도를 지난 100년간 0.74도나 올려놓은 것이다. [3]몸의 체온이 36.7도에서 37도로 0.3도만 올라도 앓아눕는 것과 마찬가지로 0.74도의 지구 온도 상승은 기상체계를 뒤죽박죽으로 만들어버렸다. [4]유럽의 폭염, 미국의 카트리나 같은 대형 허리케인, 아프리카의 최악의 가뭄, 잦은 태풍과 폭우 등 기상이변이 예사롭지 않다. [5]신문과 방송은 남극에 전에 없던 잔디가 돋아나고 북극곰이 100년 안에 멸종하며, 알래스카 원주민들이 냉장고를 사용하기 시작했다는 숨 가쁜 소식을 앞 다투어 전한다. 〈일간신문〉

해 설

- '인간들이 사고를 쳤다' 고 첫머리를 시작했다. 이것을 보는 사람은 문장2를 보지 않을 수 없다. 이렇게 호기심을 자극하는 말을 던지면 독자는 눈을 떼지 못한다.
- 문장2의 '지구 온도가 100년간 0.74도 오른 것' 이 어떤 의미가 있는지 일반인은 잘 모른다. 글쓴이는 이것을 문장3에서 인간의 체온과 비교해 이해를 돕고 있다. 이렇게 숫자를 이용한 설명은 더욱 쉬운 말로 부연해야 한다. 그러나 '몸의 체온' 은 이중표현이므로 '우리 몸의 온도' 라고 하거나 그냥 '체온' 이라고 해야 한다.
- 문장4는 기상이변으로 인한 문제(폭염, 허리케인, 가뭄, 태풍과 폭우)를 열거했다. 그런데 앞 세 가지는 문제 발생 지역(유럽, 미국, 아프리카)을 밝혔지만, '태풍과 폭우' 는 그러지 않았다. 이는 형평성에 맞지 않으므로 '잦은 태풍과 폭우' 앞에 '한반도 주변의' 를 앞세워야 한다. 태풍은 동아시아에만 영향을 주기 때문이다. 이렇게 하지 않으면 '태풍과 폭우' 가 일어나는 곳이 아프리카인 것으로 읽힐 수 있다. 같은 것은 언제나 같은 형태로 나열해야 보기가 좋다.

088

도 해

우리 몸의 온도가

우리 인간들이 너무 큰 사고를 쳤다. 이 커다란 지구의 온도를 지난 100년간 0.74도나 올려놓은 것이다. 몸의 체온이 36.7도에서 37도로 0.3도만 올라도 앓아눕는 것과 마찬가지로 0.74도의 지구 온도 상승은 기상체계를 뒤죽박죽으로 만들어버렸다. 유럽의 폭염, 미국의 카트리나 같은 대형 허리케인, 아프리카의 최악의 가뭄, 잦은 태풍과 폭우 등 기상이변이 예사롭지 않다. 신문과 방송은 남극에 전에 없던 잔디가 돋아나고, 북극곰이 100년 안에 멸종하며, 알래스카 원주민들이 냉장고를 사용하기 시작했다는 숨 가쁜 소식을 앞 다투어 전한다. 한반도 주변의

극적인 정보는 뜸을 들여 노출하라

원 문

1 [1]몇 달 뒤, 우리는 위대한 인물의 '변신'을 보게 된다. [2]이것은 아마 인류 역사상 가장 아름다운 변신 중의 하나로 기록될 것 같다. [3]세계 최고의 부자가 돈 버는 일을 그만두고, 남을 위한 일에 나머지 인생을 바치기로 한 것이다. [4]빌 게이츠 마이크로소프트 회장 얘기다.

2 [1]오는 7월 그는 자신이 창업한 마이크로소프트를 떠난다. [2]53세, 한창때다. [3]그리고 질병과 가난 퇴치를 위한 사회공헌 재단 일에 전념하기로 했다. [4]그는 자본주의가 가난한 사람의 삶을 개선해야 한다는 '창조적 자본주의'의 신념을 갖고 있다. [5]참 바르게 벌고, 바르게 썼다. 〈조선일보 080229·박정훈〉

해 설

- 호기심을 잔뜩 갖게 하는 문장을 첫머리에 놓았다. 도대체 '위대한 인물'이 누구란 말인가? 글쓴이는 그 인물을 단번에 말하지 않고 양파껍질을 벗기듯 조금씩 정보를 주다가 두 문장을 건너서 실체를 드러냈다. 이렇게 하면 그냥 '빌 게이츠가 마이크로소프트를 떠난다'라고 하는 것보다 몇 배 더 재미있다. **독자의 시선을 붙들기 위해서는 이렇게 호기심을 자극하는 말로 문장을 시작하고, 중요한 정보는 천천히 뜸을 들이며 노출해야 한다.**
- 단락1의 문장2 '가장 아름다운 변신 중의 하나'라는 표현은 잘못이다. '가장 아름다운 변신'은 단 하나뿐이므로 '-중의 하나'로 받을 수 없다. 영어에는 이런 표현이 있으나 우리말에 이를 가져올 수는 없다.
- 단락2의 문장구성은 매우 훌륭하다. 문장1의 중문을 문장2의 단문으로 이었고, 문장3의 중문과 문장4의 장문을 문장5의 단문으로 마무리했다. 장문만 계속되거나 단문만 계속되는 문장을 쓰기보다는 이렇게 장문과 단문을 섞어 쓰면 훨씬 감칠맛이 있다. 특히 장문 뒤에 단문을 넣으면 여운이 생기는 효과가 있다.

도 해

그가 도대체 누구란 말인가?

몇 달 뒤, 우리는 위대한 인물의 '변신'을 보게 된다. 이것은 아마 인류 역사상 가장 아름다운 변신 중의 하나로 기록될 것 같다. 세계 최고의 부자가 돈 버는 일을 그만두고, 남을 위한 일에 나머지 인생을 바치기로 한 것이다. 빌 게이츠 마이크로소프트 회장 얘기다.

→ 변신으로

단문

중문 오는 7월 그는 자신이 창업한 마이크로소프트를 떠난다. 53세, 한창때다. 그리고 질병과 가난 퇴치를 위한 사회공헌 재단 일에 전념하기로 했다. 그는 자본주의가 가난한 사람의 삶을 개선해야 한다는 '창조적 자본주의'의 신념을 갖고 있다. 장문 참 바르게 벌고, 바르게 썼다. — 단문

심화해설

3줄만 읽게 하면 30줄은 내리 읽는다

읽을 것은 도처에 널려 있다. 그 수많은 읽을 것 중에서 어떻게 하면 자신의 글을 읽게 할 것인가는 글쓰는 사람의 영원한 관심사다. 이 문제를 푸는 첫 단추는 독자로 하여금 첫 3줄을 읽게 하는 것이다. 그 3줄만 읽게 하면 30줄은 내리 읽게 할 수 있다.

3줄을 읽게 하는 요체는 첫머리부터 기대감을 갖게 하는 데 있다. 그 방법 중 하나는 의외의 말을 던지는 것이다. 의외의 말을 던지면 독자는 "어! 뭐야?"라고 생각하게 된다. 이렇게 하는 데 고도의 테크닉이 필요하지는 않다. 같은 말이라도 어떻게 표현해야 독자가 관심을 가질 것인가를 고민한 뒤에, 가장 효과적인 말을 고르면 된다.

그 뒤를 이어가는 동력動力은 재미다. 물론 이 경우의 재미란 만화적인 재미가 아니다. 머리에 신선한 자극을 주는, 저적知的호기심을 흔드는 재미다. 예를 들어 제안서나 기획서 같은 실용문장에서는 '문제의식의 날카로움'과 '착상의 독특함' 등이고, 예술문장에서는 '허구성과 스토리의 의외성'이다.

그리고 중요한 정보는 단번에 말하지 않고 약간 '초'를 쳐서 조금씩 드러내 보여야 한다. 이렇게 하면 어떤 독자라도 오래도록 관심을 갖게 되어 있다.

특별한 부분은 몇 배로 증폭하라

원 문

1 [1]“로널드 레이건 대통령은 공산주의자다.” [2]지은이가 그랬다. [3]자기 책은 이런 주장에 버금갈 정도로 허튼소리란 평을 들을 거라고. [4]그렇다. [5]쌀과 더불어 인류의 2대 주 식량원인 밀이 각종 성인병과 비만의 주범이라 비난하니 그럴 만하다.

2 지은이가(→는) 심장병 예방학 전문의로 각종 통계와 의학적 연구를 토대로 한 주장을 펼친다. 핵심은 ‘현대 밀’은 20세기 들어 인간의 편의에 맞춰 개발한 유전자 변형식품(GMO)으로 안전성이 확인되지 않은 ‘악성식품’이라는 것이다. 〈일간신문〉

해 설

- 교양서를 소개하는 기사인데, 첫 문장에서부터 호기심을 잔뜩 자극했다. 철저한 반공주의자로 알려진 레이건이 공산주의자라니? 사람은 누구나 새로운 것, 새로운 정보에 관심을 갖게 되어 있으므로 이 한 줄을 보면 끝까지 읽지 않을 수 없다. 특별한 것, 재미있는 것은 이처럼 제대로 활용해야 한다.
- 단락1의 문장3 ‘그렇다’는 일종의 추임새 같은 것이다. 글 속에 이런 말을 집어넣으면 문장은 운韻이 생기고 독자는 자기도 모르게 신이 난다.

밀가루 똥배
윌리엄 데이비스 지음
인윤희 옮김, 에코리브르
372쪽, 1만8000원

김성희 북 칼럼니스트

“로널드 레이건 대통령은 공산주의자다.” 지은이가 그랬다. 자기 책은 이런 주장에 버금갈 정도로 허튼 소리란 평을 들을 거라고. 그렇다. 쌀과 더불어 인류의 2대 주 식량원인 밀이 각종 성인병과 비만의 주범이라 비난하니 그럴 만하다. ↗

원 문

이 책이 전달하는 메시지는 간단하다. 우리가 즐겨 먹는 밀이 우리 몸에 매우 나쁘니 절대 먹지 말라는 것.

미국의 심장학 전문의인 저자는 현대 미국인들이 50년 전과 비교해 엄청나게 뚱뚱해졌다는 점에 주목했다. 그는 미국인이 '현대 밀'을 섭취하기 시작한 시기와 그들의 몸무게가 급증한 시기가 정확히 맞아떨어진다고 분석한다. 서양 사회에서 밀은 1만 년 가까이 주식이었고, 그동안 조금씩 진화해 왔다. 그런데 최근 50년간 현대 기술은 밀이 불리한 환경에서도 견딜 수 있도록 여러 종을 섞고 유전자를 변형했다. 〈일간신문〉

해 설

- 왼쪽 페이지와 같은 책을 소개하는 다른 신문의 서평이다. 왼쪽 기사와 달리 시작이 평탄하다. '이 책의 메시지는 간단하다. 그것은 이러이러한 것이다'고 적었다. 이런 스타일은 모범적이기는 하지만 시선을 붙들지는 못한다.
- 독자의 시선을 붙들려면 특별한 부분을 집어내 증폭시킬 필요가 있다. 설사 그것이 주류가 아니라도 상관없다. 그래서 이 책의 편집자도 '밀가루 똥배'라는 희한한 제목을 붙였고, 그 덕분에 출판담당기자 눈에 띄어 여러 신문에 소개됐을지 모른다.

> ↘지은이가 심장병 예방학 전문의로 각종 통계와 의학적 연구를 토대로 한 주장을 펼친다. 핵심은 '현대 밀'은 20세기 들어 인간의 편의에 맞춰 개발한 유전자 변형식품(GMO)으로 안전성이 확인되지 않은 '악성식품'이라는 것이다.
>
> 오늘날 재배되는 밀의 99% 이상은 멕시코시티에 자리 잡은 국제 옥수수 및 밀 육종센터(IMWIC)에서 개발된 '왜소종 밀'이다. 비료가 덜 들면서도 수확량이 많고 잘 쓰러지지 않는 장점이 있다. 전 세계에 급속히 보급된 이 신품종 개발자인 미국 유전학자 노먼 블로그는 식량난 해소에 기여한 공로로 1970년 노벨평화상까지 받았다. 하지만 문제는 밀 단백질의 주성분이 글루텐의 함유량과 구조 변형 등에 대한 안전검사는 전혀 받지 않았다는 점이다.

예를 들면 쉬워진다

원 문

1 [1]대법원은 특정한 사건은 신속하게 재판한다는 내용의 '중요 사건의 적시(適時) 처리 방안'을 발표했다. [2]예를 들어 재판이 지연되면 막대한 손실이 예상되는 사건, 다수 당사자가 관련된 사건, 일정 시점이 지나면 재판 결과가 무의미한 사건 등이 적시 처리 사건이다. [3]대법원은 이 기준에 따라 새만금 사건, 고엽제 피해자 사건, 황우석 교수 사건 등을 신속히 재판하고 판결했다.

2 [1]이 제도의 도입은 과거의 잘못된 관행에 대한 반성에서 출발했다. [2]그 전까지 법원은 예를 들면 선거법 위반이 명백한 국회의원, 뇌물수수가 명백한 국회의원들이 임기가 끝날 무렵에야 의원직 박탈형을 내려 범법자의 의정 활동을 3~4년씩 방치했다. 〈일간신문〉

해 설

- 단락1의 문장1에서 말한 '중요 사건의 적시 처리 방안'의 핵심을 문장2에서 바로 예를 들어 설명했다. 이렇게 하면 독자의 궁금증은 금방 사라진다. 단락2의 문장2에서도 그동안의 '잘못된 관행'이 무엇인지 예를 들어 설명했다. 이렇게 독자가 어려워할 것 같으면 바로바로 예를 들어 설명하는 습관을 갖는 것은 좋은 일이다.
- 그러나 단락2 문장2에서는 문두에 나와야 할 '예를 들면'이 문중에 파고들어 어수선해졌다. 그 때문인지 '국회의원들에게(밑에서 둘째줄)'로 써야 할 부분이 '국회의원들이'로 잘못 적혀 있다.
- '그러나' '그런데' 등의 접속사도 문두에 놓아야 하는데, 문중에 놓는 사람이 있다. 예를 들어 "명절이 일주일 앞으로 다가왔다. 주부 K씨는 그러나 명절이 반갑지만 않다"처럼 적는 것이다. 이것은 구어口語에서는 가능할지 몰라도 문어文語에서는 지양해야 한다.

091

도 해

의 한

대법원은 특정한 사건은 신속하게 재판한다는 내용의 '중요 사건의 적시(適時) 처리 방안'을 발표했다. 예를 들어 재판이 지연되면 막대한 손실이 예상되는 사건, 다수 당사자가 관련된 사건, 일정 시점이 지나면 재판 결과가 무의미한 사건 등이 적시 처리 사건이다. 대법원은 이 기준에 따라 새만금 사건, 고엽제 피해자 사건, 황우석 교수 사건 등을 신속히 재판하고 판결했다. 해지는

이 제도의 도입은 과거의 잘못된 관행에 대한 반성에서 출발했다. 그 전까지 법원은 예를 들면 선거법 위반이 명백한 국회의원, 뇌물수수가 명백한 국회의원들이 임기가 끝날 무렵에야 의원직 박탈형을 내려 범법자의 의정 활동을 3~4년씩 방치했다.

이런저런 이유로 사건을 즉시 처리하지 못하는 일이 많았다.

에게

092

부연설명이 많은 것은 나쁘지 않다

원 문

[1]영어학습학은 문제 하나하나를 확실하게 이해해나가지 않으면 결론이 나오지 않는 논리성이 강한 학문은 아니다. [2]전체적으로 바라보아야 결론이 나오는 것이다. 〈단행본〉

해 설

- 문장1 중간 '나오지 않는'이 바로 다음 말(논리성)을 꾸미지 않고, 그 뒤의 '학문'을 꾸미기 때문에 '나오지 않는' 뒤에 쉼표를 찍어주어야 한다. 그래야 의미에 혼란이 없다.
- 문장2 '전체적으로 바라본다'가 무엇을 뜻하는지 쉽게 다가오지 않는다. 이처럼 **일반적 서술만으로 미흡할 때는 적당한 예화나 비유를 넣어 독자가 이해할 수 있도록 충분히 설명해야 한다. 부연설명이 많은 것은 나쁘지 않다.**

도 해

법률학이나 수학처럼

영어학습학은 문제 하나하나를 확실하게 이해해나가지 않으면 결론이 나오지 않는, 논리성이 강한 학문은 아니다. 전체적으로 바라보아야 결론이 나오는 것이다. ← 예를 들어, 노래를 배울 때와 마찬가지로 멜로디·리듬·가사 등, 전체적인 것을 파악한 뒤 반복해서 연습해야 한다.

나온다.

개선례

영어학습학은 법률학이나 수학처럼 문제 하나하나를 확실하게 이해해 나가야 결론이 나오는, 논리성이 강한 학문은 아니다. 전체적으로 바라보아야 결론이 나온다. 예를 들어, 노래를 배울 때와 마찬가지로 멜로디·리듬·가사 등, 전체적인 것을 파악한 뒤 반복해서 연습해야 한다.

으르렁말과 가르랑말

명문 산책

[1]미국의 언어학자 새뮤얼 하야카와는 『생각과 행동 속의 언어』라는 책에서 언어의 으르렁말(snarl words)과 가르랑말(purr words)을 구별했다. [2]예를 들어, "이런 버러지 같은 놈!"은 으르렁말이고, "당신은 세상에서 제일 가는 여자야"는 가르랑말이다. 앞의 말은 언어를 사용해서 남을 위협하거나 모욕하는 으르렁거림이고, 뒤의 말은 고양이가 가르랑거리듯 개가 꼬리를 흔들 듯 남의 호감을 사기 위한 행위라는 것이다. 으르렁말이나 가르랑말은 개념적 의미보다는 감정적 의미가 중시되고 언어의 정보적 기능보다는 표현적 기능이 두드러진다. 으르렁말의 형태는 욕설을 포함한 금기어이고, 가르랑말의 형태는 상대방의 환심을 사기 위한 과장된 찬사나 갖가지 존칭수식어들일 것이다.

[1]말에는 긍정적·우호적인 의미를 함축한 것들이 있는가 하면 부정적·적대적 의미를 지닌 것들도 있게 마련이다. [2]예컨대 '중매인' 이 맡은 역할은 점잖아 보이지만, '뚜쟁이' 가 하는 짓은 천하게 보인다. [3]'간첩' 이나 '첩자' 는 '첩보원' 이나 '정보원' 보다 더 경멸받는다. 비교대상이 된 단어들의 사전적 의미는 같지만 감정적으로 느끼는 의미는 다르다. 〈후략〉

한국일보 2004년 4월 8일, 고종석

해 설

- 두 가지 말을 적절하게 비교한 글로, 문장과 문장의 연결 관계가 긴밀해 종종 글쓰기의 모범으로 제시되는 글이다.
- 단락1의 문장2, 단락2의 문장2에서 길게 설명해야 할 개념을 간단히 '예를 들어' 처리한 것은 매우 돋보인다. 이 글이 부담없이 읽히는 것은 이런 이유도 있다. 그러나 단락2 문장3은 " '간첩' 이나 '첩자' "를 뒤로 돌려 " '첩보원' 이나 '정보원' 은 '간첩' 이나 '첩자' 보다 덜 경멸받는다."로 써야 한다. 앞에서 '긍정적·우호적인 말' → '부정적·적대적인 말' 순으로 언급했기 때문이다. **설명은 앞에서 예고한 순서대로 해야 혼동을 주지 않는다.**

093

미진하면 다시 말하라

원 문

[1]논문이란 자신의 연구(=가설)가 과거의 연구에 비해 얼마나 새로움이 있고 효과가 있는지를 보이는 것이다. [2]종래의 연구를 요약하거나 설명한 것은 논문이 못 된다. 그것은 리포트이다. 〈단행본〉

해 설

- 문장1만으로도 논문이 무엇인지에 대한 설명이 되기는 한다. 그러나 좀 미진한 면이 있다. '다시 말해'를 앞세워 설명을 부연하면 논리전개가 더 명확해진다.
- 물론 허용된 공간이 작기 때문에 그랬을 수는 있다. '연구'와 '가설'이 같다는 것을 '연구(=가설)'로 표기한 것은 그 때문일 수 있다. 그러나 공간이 충분히 확보되어 있다면 독자가 쉽게 이해할 수 있도록 충분히 부연해주어야 한다.

도 해

연구, 즉 가설이

논문이란 자신의 연구(=가설)가 과거의 연구에 비해 얼마나 새로움이 있고 효과가 있는지를 보이는 것이다. 종래의 연구를 요약하거나 설명한 것은 논문이 못 된다. 그것은 리포트이다.

다시 말해 종래의 연구로는 왜 안 되는지, 무엇이 부족한지, 그것을 대신해 무엇을 명백히 하는지를 말해야 한다. 단순히

이라고 할 수 없다.

일 뿐이다.

개선례

논문이란 자신의 연구, 즉 가설이 과거의 연구에 비해 얼마나 새로움이 있고 효과가 있는지를 보이는 것이다. 다시 말해 종래의 연구로는 왜 안 되는지, 무엇이 부족한지, 그것을 대신해 무엇을 명백히 하는지를 말해야 한다. 단순히 종래의 연구를 요약하거나 설명한 것은 논문이라고 할 수 없다. 그것은 리포트일 뿐이다.

094

뒤집어 말하고 바꾸어 말하면 번거롭다고?

원 문

[1]'개같이 벌어 정승같이 쓰라'는 옛말이 있다. [2]돈 버는 가치를 폄훼하는 것은 아니지만, 악착같이 벌어 품위 있게 쓰라는 뜻이다. [3]뒤집어 말해 '벌더라도 정승처럼 쓰지 못하면 개가 된다' '무능하면 정승 될 생각은 말라'라는 의미도 된다. 이처럼 돈을 버는 가치와 돈을 쓰는 가치는 '한 몸'이다. 버는 것에만, 쓰는 것에만 집착하면 반쪽에 불과하다. 성장과 경쟁 등 우파의 가치와, 분배와 평등을 비롯한 좌파의 가치는 같은 몸의 두 얼굴인 셈이다. 〈동아일보 071214·허엽〉

해 설

- 무척 친근한 느낌이 든다. 무엇보다 누구나 아는 속담으로 시작했기 때문이다. 이렇게 속담이나 격언 또는 고사로 글을 시작하면 독자와의 거리가 가까워진다.
- 문장1의 속담은 그다지 어렵지 않은데도 다음 문장(문장2)에서 쉽게 설명했다. 이렇게 독자가 약간이라도 어려워할 것 같다는 생각이 들면 다소 집요하다는 생각이 들더라도 바로 설명을 붙여야 한다.
- 그 다음 문장(문장3)에서는 이것을 뒤집어 설명했다. 한 가지 개념을 던진 뒤, 이것을 '쉽게' 설명하고, 다시 '뒤집어' 말했다. 이렇게 충분히 공을 들였기 때문에 이제 자신이 주장하고 싶은 것, 즉 '성장을 주장하는 우파의 가치와, 분배를 주장하는 좌파의 가치는 같은 몸의 두 얼굴이다'(문장6)는 논리가 자연스럽게 독자의 마음속에 들어간다. **아무리 사소한 개념이라도 독자의 올바른 이해를 위해서 '뒤집어' 말하고, '바꾸어' 말하고, '다시' 말하는 것은 독자를 위해 좋은 습관이다.**

전개될 내용을 예고하면 이해가 빠르다

원 문

[1]유라시아 대륙과 아프리카 북부 지역에서 가장 중요한 원거리 수송 수단의 하나는 낙타 대상이었다. [2]낙타에는 두 종류가 있다. [3]단봉낙타(dromedary, Arabian camel)는 북아프리카와 중동의 더운 사막 지역에서 쓰이고, 쌍봉낙타(camel, 정확하게는 Bactrian Camel이라 한다)는 아시아의 스텝 지역과 추운 지역에서 쓰였다. 〈일간신문〉

해 설

- 문장1의 '가장 중요한 원거리 수단 중 하나' 라는 표현은 성립이 안 된다. 가장 중요한 것은 단 하나뿐이기 때문이다. 영어에는 이런 표현이 있지만 우리말에 이를 가져올 수는 없다.
- 문장1 끝부분의 '대상' 은 한자를 병기하는 것이 좋다. 자칫하면 '연구 대상' 의 '對象' 으로 오해될 수 있다.
- 문장2에서 '낙타에는 두 종류가 있다' 라고 말한 뒤, 그 두 종류가 무엇인지 예고하지 않고 바로 설명한 이것은 잘못이다. 설명할 것에 대해 미리 말해두면 독자는 '앞으로 이런 것이 나올 것이다' 라고 마음속으로 준비해두기 때문에 쉽게 이해한다.

심화해설

정보인식구조를 이해하자

인간이 정보를 이해하는 구조에는 멘탈모델mental moel이라는 것이 있다. 멘탈모델이란 사람이 어떤 정보에 관해 독자적으로 만들어내는 마음의 세계를 말한다. **사람은 정보가 들어오면 그 정보를 고속으로 처리하기 위해, 일단 '이건 이런 것이다' 라는 모델을 만드는데, 이것이 바로 멘탈모델이다.**

글을 쓰면서 앞으로 독자에게 이런 내용이 전개될 것이라고 미리 예고하는 것은 이런 멘탈모델을 형성하는 데 도움을 준다. 어떤 정보가 들어와 멘탈모델이 형성되면 뇌는 ↗

095

도해 은 (隊商)

유라시아 대륙과 아프리카 북부 지역에서 가장 중요한 원거리 수송 수단 의 하나는 낙타 대상이었다. 낙타에는 두 종류가 있다. 단봉낙타(dromedary, Arabian camel)는 북아프리카와 중동의 더운 사막 지역에서 쓰이고, 쌍봉낙타(camel, 정확하게는 Bactrian Camel이라 한다)는 아시아의 스텝 지역과 추운 지역에서 쓰였다.

단봉낙타와 쌍봉낙타가 그것이다.

개선례

유라시아 대륙과 아프리카 북부 지역에서 가장 중요한 원거리 수송 수단은 낙타 대상(隊商)이었다. 낙타에는 두 종류가 있다. 단봉낙타와 쌍봉낙타가 그것이다. 단봉낙타(dromedary, Arabian camel)는 북아프리카와 중동의 더운 사막 지역에서 쓰이고, 쌍봉낙타(camel, 정확하게는 Bactrian Camel이라 한다)는 아시아의 스텝 지역과 추운 지역에서 쓰였다.

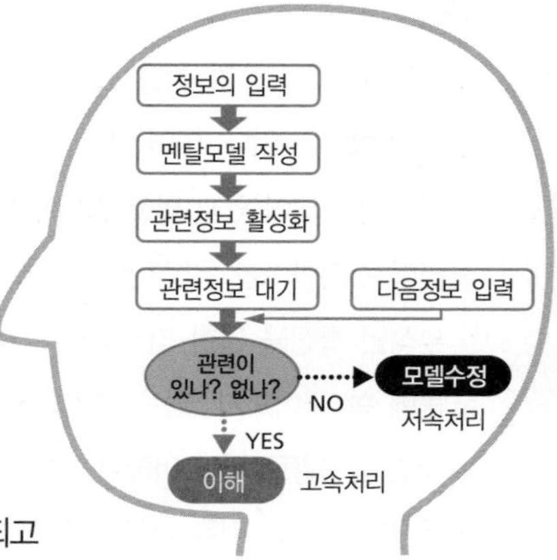

↘ '뇌의 도서관'에 있는 정보를 사전에 활성화할 수 있기 때문에 나중에 본정보가 들어왔을 때 정보의 동화·조정을 고속으로 수행할 수 있다. 동화同化란 뇌의 도서관에 있는 정보를 그대로 조합해 소화하는 것이고, 조정調整이란 뇌의 도서관에 있는 정보를 변형시켜 소화하는 것이다.
이 점을 의식하고 글을 쓰면 글은 저절로 논리적이 되고 알기도 쉬워진다. 그러나 앞으로 무엇을 말하고자 하는지 알 수 없는 상태로 쓴 글을 읽어나가면 독자는 이해가 어렵다. 정보가 활성화되어 있지 않아 끊임없이 '무슨 말을 하고 싶은 걸까'라고 생각하면서 읽어야 하기 때문이다.

 복잡하면 번호를 붙여 한눈에 보이게 하라

원 문

[1]〈○○ ○○ 글쓰기〉 시리즈는 이메일·기획서·제안서 등의 다양성과 전문성을 겸비한 비즈니스 글쓰기를 비롯해 소설·방송구성·대중가요 작사 등의 문학 글쓰기, 인터넷 문자 시대에 점점 더 시급히 요청되는 우리말 바로쓰기 등 여러 글쓰기 분야의 내용들로 구성되어 있다. [2]150~200쪽 내외의 비교적 짧은 분량으로 편집함으로써 언제 어디서나 소지가 가능할 수 있게 실용적 접근성을 꾀하였고, 분야를 세분화함으로써 자신에게 필요한 내용을 쉽게 골라 혼자서도 배울 수 있도록 했다. [3]각 분야 현장 전문가들의 생생하고도 실제적인 목소리를 체계적으로 담아냄으로써 적은 분량 안에서 양질의 콘텐츠를 효과적으로 제공하고 있다. [4]또한 게임과 애니메이션 등 시대의 변화와 함께 등장하고 있는 글쓰기 분야들을 추가함으로써 기존의 글쓰기 책들에서는 다루지 않은 새로운 글쓰기 분야를 개척하고자 했다. 〈단행본〉

해 설

- '글쓰기 시리즈'가 어떻게 구성되어 있는지를 설명한 글이다. 문장이 모두 길지만 이해가 어렵지는 않다. 이어진문장(중문·重文)이 많기 때문이다. 그러나 문장1~문장4가 긴밀히 연관되어 있지 않고 떨어져 있는 느낌이다.
- 굳이 구분한다면 문장1은 이 책의 전체를 개략적으로 설명한 총론격이고 나머지는 세부적인 특징을 말한 각론격인데, 총론과 각론을 한 단락에서 같은 형식으로 나열해 한눈에 쏙 들어오지 않는 것이다. 이런 글은 문장1에서 간결하게 전체를 언급하고 나머지를 항목별로 써야 이해가 쉽다.
- 문장이 길어진 것은 너무 많은 정보를 한 문장에서 처리하려 했기 때문이다. 문장1 앞부분의 '다양성과 전문성을 겸비한', 중간의 '인터넷 문자 시대에 점점 더 시급히 요청되는', 문장2의 '실용적 접근성을 꾀하였고', 문장3의 '생생하고도 실제적인' 등은 굳이 적지 않아도 알 수 있다.

개선례

『○○ ○○ 글쓰기』 시리즈는 이메일·기획서·제안서 등 비즈니스 글쓰기와 소설·방송구성·대중가요 작사 등 문학 글쓰기, 최근 들어 중요성이 커지고 있는 우리말 바로쓰기 등에 관한 내용들로 구성되어 있다. 이를 편집하면서 유의한 사항은 다음과 같다.

① 150~200쪽 내외의 비교적 짧은 분량으로 묶어 언제 어디서나 활용할 수 있도록 했다.

② 분야를 세분화하여 필요한 내용을 쉽게 골라 혼자서도 학습할 수 있도록 했다.

③ 각 분야 전문가들의 목소리를 담아내 양질의 콘텐츠를 제공했다.

④ 게임과 애니메이션 등 시대 변화와 함께 등장하고 있는 분야들을 추가함으로써 기존의 글쓰기 책들과 차별화를 꾀했다.

심화해설

항목별 쓰기는 소화제와 같다

몇 개의 사실을 비슷한 형식으로 배열할 때는 항목별로 쓰는 것이 이해가 쉽다. 다른 사람에게 감동을 주고자 하는 문예적 문장에는 적합하지 않지만, 정보를 효과적으로 전달해야 하는 실용문이나 논술문 등에는 잘만 사용하면 좋은 효과가 있다. 예를 들어 문제점을 정리할 때, 논지나 주장을 정리할 때, 현상이나 사실을 시간에 따라 서술할 때 등에는 번호(①, ②, ③, ④, ⑤…)나 서수(첫째, 둘째, 셋째, 넷째, 다섯째…)를 붙여 설명하면 쉽고 분명하게 정리된다.

물론 글 전체를 항목별쓰기로 하면 딱딱하고 재미가 없다. 그러나 **서술을 해나가는 도중에 꼭 필요한 곳에 정확히 항목별쓰기를 하면 이해가 쉽고 읽고 싶은 마음이 생기는 문장이 된다.** 말하자면 항목별쓰기는 식욕을 증진하고 뱃속을 편하게 하는 소화제와 같은 것이다. 항목별쓰기는 쓰는 사람의 생각을 정리할 때도 도움이 된다.

'첫째' '둘째' '셋째'를 앞세우면 촌스럽다고?

원문

1 프로젝트 매니저에게는 몇 가지 중요한 능력이 요구된다.

2 프로젝트 매니저는 방침을 결정해야 하며, 그러기 위해 구성원들에게 방향을 제시해야 한다. 그리고 구성원들의 성취동기를 고무하는 일도 필요하다. 이런 때 프로젝트 매니저는 리더십을 발휘해 구성원들을 통솔해야 한다.

3 또한 프로젝트 매니저는 구성원들과 정보를 적시에 공유하고 적절하게 지시를 내려야 한다. 정보를 바르게 발신하는 것은 물론, 정보를 바르게 수신했음을 확인해줘야 한다.

4 그리고 프로젝트 매니저는 많은 협의에 참가해야 한다. 협상기술이 있으면 대립하는 양자 사이에서 타협점을 이끌어내고 해결책을 찾아낼 수 있다. 그렇게 되면 윈윈 관계를 구축할 수 있다. 〈단행본〉

해설

- 단락1에서 '프로젝트 매니저에게는 몇 가지 중요한 능력이 요구된다' 고 전제하고(총론), 단락2, 단락3, 단락4에서 이것에 대해 말하고 있다(각론). '몇 가지 능력' 을 '세 가지' 로 압축한 것이다. 그렇다면 앞에서도 '몇 가지 중요한 능력이…' 라고 말하기보다 '세 가지 능력이…' 라고 구체적으로 못박는 편이 더 좋았을 것이다.
- 문제는 또 있다. '세 가지' 에 대해 언급하려면 이것을 이끌어내는 말, 즉 '주제문主題文' 이 필요한데, 단락2는 이런 말 없이 바로 이야기를 시작했다. 단락3은 '또한', 단락4는 '그리고' 를 앞세웠다. 이렇게 하면 명확성이 떨어져 독자의 이해가 늦다. **논지나 주장을 정리할 때는 독자의 신속한 이해를 위해서 '첫째' '둘째' '셋째' 를 앞세워 항목화하고, 하고 싶은 말을 요약하여 단락 앞에 두는 것이 좋다.**

도 해

('-이 요구된다'는 대표적 일본어투 표현이다)

첫째는 리더십이다. 세 있어야 한다.

프로젝트 매니저에게는 몇 가지 중요한 능력이 요구된다.

프로젝트 매니저는 방침을 결정해야 하며, 그러기 위해 구성원들에게 방향을 제시해야 한다. 그리고 구성원들의 성취동기를 고무하는 일도 필요하다. 이런 때 프로젝트 매니저는 리더십을 발휘해 구성원들을 통솔해야 한다.

또한 프로젝트 매니저는 구성원들과 정보를 적시에 공유하고 적절하게 지시를 내려야 한다. 정보를 바르게 발신하는 것은 물론, 정보를 바르게 수신했음을 확인해줘야 한다.

둘째는 커뮤니케이션 능력이다.

이것을 축약해 주제문을 만들었다.

그리고 프로젝트 매니저는 많은 협의에 참가해야 한다. 협상기술이 있으면 대립하는 양자 사이에서 타협점을 이끌어내고 해결책을 찾아낼 수 있다. 그렇게 되면 윈윈 관계를 구축할 수 있다.

셋째는 협상능력이다.

개선례

프로젝트 매니저에게는 세 가지 중요한 능력이 있어야 한다.

첫째는 리더십이다. 프로젝트 매니저는 방침을 결정해야 하며, 그러기 위해 구성원들에게 방향을 제시해야 한다. 그리고 구성원들의 성취동기를 고무하는 일도 필요하다. 이런 때 프로젝트 매니저는 리더십을 발휘해 구성원들을 통솔해야 한다.

둘째는 커뮤니케이션 능력이다. 프로젝트 매니저는 구성원들과 정보를 적시에 공유하고 적절하게 지시를 내려야 한다. 정보를 바르게 발신하는 것은 물론, 정보를 바르게 수신했음을 확인해 주어야 한다.

셋째는 협상능력이다. 프로젝트 매니저는 많은 협의에 참가해야 한다. 대립하는 양자 사이에서 타협점을 이끌어내고 해결책을 찾아냄으로써 윈윈 관계를 구축해야 한다.

처음부터 '세 가지'라고 못박아라

원 문

[1]조직에는 세 가지 유형이 있다. [2]반드시 있어야 하는 조직이 있고, 있어도 그만 없어도 그만인 조직이 있는가 하면, 있어서는 안 될 백해무익한 조직도 있다. [3]분규 사학의 정상화 방안을 심의 의결하는 교육과학기술부 산하 사학분쟁조정위원회(사분위)가 바로 세 번째 유형에 해당한다고 본다. [4]재단 비리로 심각한 분규를 겪었던 영남대 조선대 서일대 상지대 세종대 광운대에 대해 임시이사 체제에서 정이사 체제로 정상화한다는 구실을 내걸고 사분위가 한 일이라곤 대학운영을 쫓겨난 옛 비리재단에 돌려준 게 고작이다. [5]사분위는 사학들을 정상화하기는 커녕 분규의 소용돌이로 몰아넣고 있는 것이다. 〈일간신문〉

해 설

- 보자마자 시원한 느낌이 든다. 첫머리에서 "조직의 유형에는 '세 가지' 가 있다"고 명기했기 때문이다. 이렇게 **처음부터 '세 가지' 라고 못박으면 독자가 골치 아프게 생각하는 것을 줄여주기 때문에 시원한 느낌이 든다.**
- 문장2에서는 '있고, 있는가 하면, 있다' 의 형식으로 언급했다. 문말에 이런 패턴을 활용하면 문장에 리듬이 생기고 힘찬 기운도 느껴진다.
- 문장4는 '영남대~조선대' 까지 같은 자격의 단어가 6개나 이어졌다. 이런 경우에는 단어 사이에 가운뎃점을 찍어 구분해 주어야 한다.
- 문장4 끝부분 '사분위가 한 일이라곤 대학운영을 쫓겨난 옛 비리재단에 돌려준 게 고작이다' 는 순간적으로 이상하게 느껴진다. '대학운영을 쫓겨난 비리재단이라니….' 잘 생각해보면 '대학운영권' 을 그렇게 쓴 것임을 알 수 있다. 이것을 '돌려주다' 앞에 놓아 '사분위가 한 일이라곤 쫓겨난 옛 비리재단에 대학운영권을 돌려준 게 고작이다' 처럼 하면 금방 이해할 수 있는 문장이 된다. 서술어(돌려주다)와 목적어(대학운영권)도 가급적 가까이 놓아야 쉬운 문장이 된다.

문말을 이렇게 만들면 리듬이
생기고 힘찬 기운도 느껴진다.

도 해

조직에는 세 가지 유형이 있다. 반드시 있어야 하는 조직이 있고, 있어도 그만 없어도 그만인 조직이 있는가 하면, 있어서는 안 될 백해무익한 조직도 있다. 분규 사학의 정상화 방안을 심의 의결하는 교육과학기술부 산하 사학분쟁조정위원회(사분위)가 바로 세 번째 유형에 해당한다고 본다. 재단 비리로 심각한 분규를 겪었던 영남대 조선대 서일대 상지대 세종대 광운대에 대해 임시이사 체제에서 정이사 체제로 정상화한다는 구실을 내걸고 사분위가 한 일이라곤 대학운영을 쫓겨난 옛 비리재단에 돌려준 게 고작이다. 사분위는 사학들을 정상화하기는 커녕 분규의 소용돌이로 몰아넣고 있는 것이다.

권 '-는커녕' 이 조사이므로 앞말에 붙여쓴다.

개선례

조직에는 세 가지 유형이 있다. 반드시 있어야 하는 조직이 있고, 있어도 그만 없어도 그만인 조직이 있는가 하면, 있어서는 안 될 백해무익한 조직도 있다. 분규 사학의 정상화 방안을 심의 의결하는 교육과학기술부 산하 사학분쟁조정위원회(사분위)가 바로 세 번째 유형에 해당한다. 재단 비리로 심각한 분규를 겪었던 영남대·조선대·서일대·상지대·세종대·광운대에 대해 임시이사 체제에서 정이사 체제로 정상화한다는 구실을 내걸고 사분위가 한 일이라곤 쫓겨난 옛 비리재단에 대학운영권을 돌려준 게 고작이다. 사분위는 사학들을 정상화하기는커녕 분규의 소용돌이로 몰아넣고 있는 것이다.

주제문을 앞세워 구성 파악을 도와라

원 문

1 외국 속담에 "좋은 법률가는 나쁜 이웃"이라는 것이 있다. 또 멀리할수록 좋은 직업인으로 단연 법률가가 먼저 꼽힌다. 이러한 오명(汚名)은 법률가들이 매사를 너무 논리로 따지려고만 들고, 생산적이고 발전적인 대안을 제시하는 데에는 소홀하기 때문이다. 그렇다면 어떻게 해야 법률가들이 존경받고 사랑받을 수 있을까. 시대 흐름을 염두에 두면서 우리나라의 특수성을 고려한다면 다음 세 가지로 요약할 수 있을 것이다.

2 첫째는 인간성 회복 또는 인문학적 가치 도입이다. 흔히 "법률은 개념에 의한 계산"이라고 하여 법률 규정은 최대한 추상화·객관화되어야 하는 것으로 인식되고 있다. 그러나 그런 법률을 실제 사건에 적용·해석하는 것까지 비인간적으로 해서는 안 된다. 이는 법률에서 피와 생명을 빼앗고 법률을 박제화하는 것이다. 법률이 결국은 사람이 사는 일을 다루는 것일진대, 어떻게 속을 들여다보지 않고 겉만 보고 판단할 수 있겠는가. 〈중략〉

3 둘째는 창의성 개발이다. 보통 창의성은 과학자나 예술가에게 요구되는 것으로 인식되고 있다. 그러나 깨어있고 열린 마음을 가진 법률가도 창의력은 번득일 수 있다. 우리 사회에 적용되고 있는 여러 법적 제도가 그 산물이다. 최근에 발명된 것으로는 '반론보도청구권' 이라든가 일정 거리 이내의 '접근금지가처분' 등이 그런 예이다. 〈중략〉

4 셋째는 사고방식의 세계화이다. 세계화의 의미는 세계적으로 공통되게 적용할 수 있는 합리적이고 이성적인 생각이 지배하게 된다는 것이다. 우리나라에서만 통하는 생각으로는 충분치 않다. 미국 등 선진국과 달리 왜 우리나라는 법원 옆에 검찰청이 나란히 자리잡고 있는가. 이는 자칫 한국에서는 정의보다 권력이 지배한다는 인상을 줄 우려가 있다. 〈후략〉

〈조선일보 120614·양삼승〉

해 설

- 무거운 주제인데도 부담 없이 읽힌다. 그 이유는 세 가지다. 첫째는 외국 속담으로 말문을 열었다. 이렇게 문장을 속담이나 명언名言 또는 고사故事로 시작하면 독자는 친근감을 느낀다.
- 둘째는 가끔 질문을 던져 호기심을 자극하고, 문장 중간중간에서 '평가'를 내린 뒤 '그러나'를 앞세워 '반론'을 폈다. 단락1 뒤쪽 '…때문이다. 그렇다면 어떻게 해야 법률가들이 존경받고 사랑받을 수 있을까', 단락2 중간쯤과 단락3 앞쪽 '…것으로 인식되고 있다. 그러나…'가 그런 곳이다.
- 셋째는 자신이 주장하고 싶은 바를 셋으로 나누어 설명했다. 아무리 복잡한 내용이라도 '세 가지'라고 처음부터 못박아버리면 독자는 편한 마음으로 읽어나간다. 또 이 세 가지를 설명하면서 앞부분에 주제문主題文을 앞세운 것도 이 글이 잘 읽히는 이유다. **하고 싶은 말을 요약하여 20자 이내의 주제문을 앞세우면 구성파악이 아주 쉽다. 독자는 이 주제문만 읽어도 중요한 정보를 모두 입수할 수 있다.**

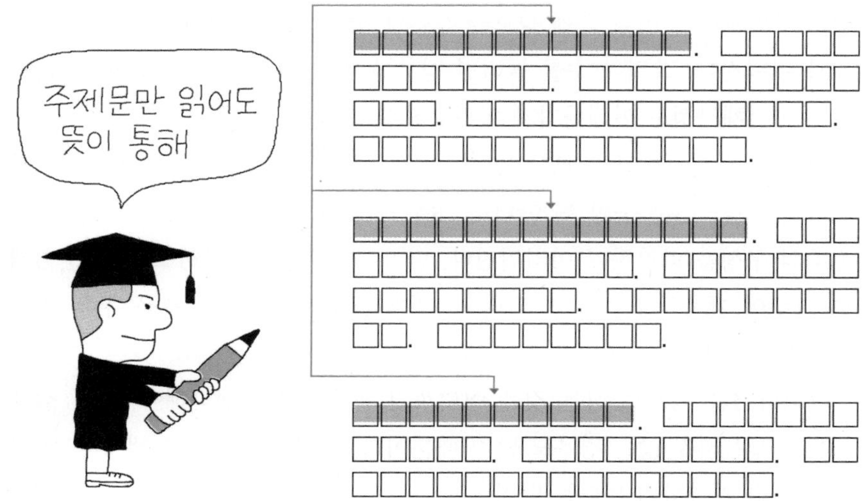

사람이 기억할 수 있는 특징의 수는 3개

3을 기조로 글을 구성하면 정보를 압축하기가 쉽다. 많이 쓰면 쓸수록 크게 중요하지 않은 정보로 인해 중요한 정보가 흐려진다. 그만큼 기억에 남지 않게 되고 구성도 알기 어려워지는 것이다.

예를 들어 보자. 상품의 특징을 설명할 때 그 특징이 10개나 열거되어 있다면 어떨까? 사람이 기억할 수 있는 특징의 수는 기껏해야 3개 정도이다. 하지만 10개 중 3개를 기억했다고 했을 때, 그 3개가 가장 전달하고 싶은 특징이라는 보장은 없다. 크게 중요하지 않은 것들만 기억해버릴 수도 있다. 만일 특징을 3개로 압축하면 어떨까? 비록 읽는 사람이 2개밖에 기억하지 못했다 해도, 그 2개는 글쓰는 사람이 전달하고 싶었던 특징이다. 중요한 정보가 확실하게 상대에게 전달되는 것이다.

3을 기조로 하면 구성 파악이 쉽다

또 3을 기조로 하는 것은, 구성 파악을 쉽게 하기 위해서이기도 하다. 3개 정도라면 누구나 머리 속에 정보를 간직할 수 있으므로 전체 구성을 파악하기가 쉬워진다. 그러나 수를 늘리면 정보를 머리 속에 전부 간직할 수 없기 때문에 전체구성도 이해하기가 어려워진다.

예를 들어 사고보고서라면, '현상-원인-대책' 같은 3부 구성이 이해하기 쉽다. 이것을 '3부 구성' 이 아니라 '8부 구성' 으로 한다면, 읽는 사람은 글 전체의 구성을 파악하기 어려워진다. 만약 많은 것을 취급하고 싶다면, 3개로 나누어 계층구조로 하면 된다. 상위계층 아래에 하위계층을 두는 것이다. 여기서도 가급적 3을 기조로 해야 한다.

그러나 3을 기조로 하는 것은 어디까지나 목표라고 생각해야 한다. 실제로는 3으로 되지 않는 경우도 많기 때문이다. 일단 3을 기조로 생각하고, 필요에 따라 가감하면 된다는 말이다.

"핵심이 세 가지 있다"라고 쓰면 논술이 술술 풀린다

논술시험에서 어떤 의견에 대한 생각을 요구받는다면, 일단 "여기에는 핵심이 세 가지 있다"라고 쓰고 보는 것도 요령이다. 설령 세 가지가 생각나지 않더라도 일단 "세 가지 있다"라고 적어놓고 보는 것이다. 답안지를 보는 사람은 이를 읽고 "머리 회전이 참 빠른 사람이구나" 하고 감탄할 것이다. 이런 이미지는 매우 중요하다. 일단 강한 인상을 주면 별 대단한 의견이 아니더라도 타당한 의견으로 들리는 법이다.

"세 가지 있다"라고 말하고 나서 "첫째로" 하고 설명을 시작하자. 처음부터 세 가지를 모두 구체화할 필요는 없다. 글을 적어나가는 동안 세 가지 정도는 자연스럽게 머리에 떠오를 테니까.

평소부터 사물에 대해 세 가지로 정리하는 훈련을 해두면 특히 논술문을 쓸 때 유리하다. 예를 들어 '소년범죄에도 성인과 똑같은 벌을 주어야 하는가' 같은 뉴스특집을 보면, 나름대로의 의견을 세 가지 이유로 설명해보는 것이다. 조금만 훈련하면 허세가 아니라 정말로 "거기에는 핵심이 세 가지 있다"라고 쓸 수 있게 된다.

설명은 같은 순서, 같은 형태로 해야 한다

원 문

[1]요즘 학생들에게 부족한 것이 있다. [2]그것은 '세심하게 설명하는 능력' '읽는 사람에게 이해시키고자 하는 의지' '읽는 사람이 쉽게 이해할 수 있도록 하기 위한 연구'이다. [3]읽는 사람이 쉽게 이해할 수 있도록 하기 위한 연구가 부족해 대의(大意)의 요약이 필요한 글을 써놓고 태연하고, 작문이 소설조가 되는 것은 세심하게 설명하는 능력이 부족하기 때문이다. [4]또한 읽는 사람에게 이해시키고자 하는 의지가 부족하기 때문에 별다른 설명도 없이 상대가 결론을 받아들여주기만을 강하게 압박하게 된다. 〈단행본〉

해 설

- 문장1과 문장2가 총론이고, 그 뒤가 각론이다. 총론(문장2)에서는 학생들에게 부족한 것 세 가지를 언급하고 각론에서는 이에 대해 구체적으로 언급했다. 이처럼 **짧은 글이라도 총론을 먼저 말하고 그 총론에 입각해 상세한 설명을 해가면 이해가 쉽다.**
- 그러나 각론은 총론에서 언급한 순서를 따르지 않고, 앞에서는 세 가지 중 세 번째(읽는 사람이 쉽게 이해할 수 있도록 하기 위한 연구)를 먼저 설명하고(문장3) 뒤에서 첫 번째(세심하게 설명하는 능력)를 설명했다. 그리고 문장4에서 두 번째(읽는 사람에게 이해시키고자 하는 의지)를 설명했다. 글은 앞에서 언급한 순서대로 뒤에서도 언급해야 한다.
- 3개의 각론을 말하는 형태도 같지 않다. 첫 번째와 세 번째는 '~ 때문에 ~이다'의 형태로 언급했는데, 두 번째(문장3 마지막줄)는 '~은 때문이다'의 형태로 말했다. 나열되는 서술은 같은 형태를 갖춰야 읽기가 편하다.

심화해설

같은 순서, 같은 형태로 나열하면 정보의 소화·흡수가 쉽다

설명은 순서에 맞도록 해야 한다. 총론에서 A, B, C가 있다고 말했다면, 다음 단락에서 A에 대해 ①~④의 내용을 설명해야 한다. 그 다음에 B, C를 설명하는데, 이때는 ↗

가 그것

도 해

요즘 학생들에게 부족한 것이 있다. 그것은 '세심하게 설명하는 능력'❶ '읽는 사람에게 이해시키고자 하는 의지'❷ '읽는 사람이 쉽게 이해할 수 있도록 하기 위한 연구'❸이다. 읽는 사람이 쉽게 이해할 수 있도록 하기 위한 연구❸가 부족해 대의(大意)의 요약이 필요한 글을 써놓고 태연하고, 작문이 소설조가 되는 것은 세심하게 설명하는 능력이 부족❶하기 때문이다. 또한 읽는 사람에게 이해시키고자 하는 의지가 부족❷하기 때문에 별다른 설명도 없이 상대가 결론을 받아들여주기만을 강하게 압박하게 된다.

개선례

요즘 학생들에게 부족한 것이 있다. '세심하게 설명하는 능력', '읽는 사람에게 이해시키고자 하는 의지', '읽는 사람이 쉽게 이해할 수 있도록 하기 위한 연구'가 그것이다.

세심하게 설명하는 능력이 부족하기 때문에 작문은 소설조가 된다. 또한 읽는 사람에게 이해시키고자 하는 의지가 부족하기 때문에 별다른 설명도 없이 상대가 결론을 받아들여주기만을 강하게 압박하게 된다. 그리고 읽는 사람이 쉽게 이해할 수 있도록 하기 위한 연구가 부족해 대의(大意)의 요약이 필요한 글을 써놓고 태연하게 있는 것이다.

↘ 반드시 A와 비슷한 내용을, 같은 형태, 같은 순서로 해야 한다. A, B, C가 비슷한 내용으로 같은 순서, 같은 형태로 나열되어 있으면 읽기가 편하다.

사람은 사물이 병렬되어 있는 것을 보면 일정한 마음의 세계가 만들어진다. 즉, 거기에는 같은 종류의 것이 같은 형태로 나열되어 있을 것으로 예측하는 것이다. 이것에 의해 입력된 정보의 소화·흡수를 고속으로 진행할 수 있다.

앞에서 말한 순서대로 뒤에서도 말하라

원 문

[1]"동쪽 청향원(淸香園), 서쪽 식도원(食道園)." [2]한때 일본의 대표적 한식당을 꼽는 말이었다. [3]재일한국인 1세대인 장정자씨가 도쿄에 청향원을 연 것은 1952년, 임광식씨가 오사카에 식도원을 연 것이 1948년이니 일본의 한식당 역사도 60년에 근접한다. [4]그동안 식도원엔 미소라 히바리, 역도산 등 '조센진' 꼬리표를 단 불세출의 스타들이 단골로 다녀갔고, 청향원엔 이승만, 장면, 전두환 등 거물들이 방명록에 이름을 올렸다. 〈일간신문〉

해 설

- 문장1처럼 명사형으로 끝맺은 문장(명사형 문장·중지형 문장)은 앞으로 이것에 대해 말할 것이라는 예고의 성격을 갖는다. 따라서 설명은 청향원➞식도원순으로 해야 한다. 문장3은 그렇게 되어 있다. 그러나 문장4에서는 식도원을 먼저 말했다. 이렇게 하면 독자는 혼란을 느낀다. 자칫하면 역도산이 단골로 드나든 곳은 청향원이라고 기억하게 된다. 설명은 앞에서 언급한 순서대로 하는 것이 정석이다.
- 문장4 중간의 '단골로 다녀갔다'는 말이 안 된다. '단골'이란 '늘 정해놓고 오가는 곳이나 그런 손님'을 말하는데, '다녀갔다'는 단 한 번 왔다 간 것이기 때문이다. '드나들었다'가 더 적절한 표현이다.
- 문장3에서 청향원을 연 것은 1952년, 식도원을 연 것은 1948년이라고 썼다. 일반적으로는 역사가 먼저인 곳을 적게 되어 있으나, 문장1에서 청향원을 먼저 소개했으므로 청향원을 먼저 쓰는 것은 어쩔 수 없다. 그러나 이런 경우는 독자의 상식을 깨는 것이기 때문에 '1948년' 앞에 '그보다 먼저인' 같은 말을 적어주어야 한다. 글은 독자에게 친절할수록 좋다.
- 문장1 '장정자씨, 임광식씨'는 '장정자 씨, 임광식 씨'처럼 '씨'를 띄어 써야 한다. 한글 맞춤법 48항에 '성과 이름에 덧붙는 호칭어는 띄어 쓴다'는 규정이 있다.

101

(일반적 상식과 다를 땐 설명이 필요하다)

그보다 먼저인

도 해

"동쪽 청향원(淸香園), 서쪽 식도원(食道園)." 한때 일본의 대표적 한식당을 꼽는 말이었다. 재일한국인 1세대인 장정자씨가 도쿄에 청향원을 연 것은 1952년, 임광식씨가 오사카에 식도원을 연 것이 1948년이니 일본의 한식당 역사도 60년에 근접한다. 그동안 식도원엔 미소라 히바리, 역도산 등 '조센진' 꼬리표를 단 불세출의 스타들이 단골로 다녀갔고, 청향원엔 이승만, 장면, 전두환 등 거물들이 방명록에 이름을 올렸다.

은

드나들었고

개선례

"동쪽 청향원(淸香園), 서쪽 식도원(食道園)."

한때 일본의 대표적 한식당을 꼽는 말이었다. 재일한국인 1세대인 장정자 씨가 도쿄에 청향원을 연 것은 1952년, 임광식 씨가 오사카에 식도원을 연 것은 그보다 먼저인 1948년이니 일본의 한식당 역사도 60년에 근접한다. 그동안 청향원엔 이승만·장면·전두환 등 거물들이 방명록에 이름을 올렸고, 식도원엔 미소라 히바리·역도산 등 '조센진' 꼬리표를 단 불세출의 스타들이 단골로 드나들었다.

한 문장에 한 가지 토픽만 말하라

원 문

복용하면 살이 빠진다고 광고하던 다이어트식품 광고에서, 컴퓨터로 처리한 위조사진을 복용 전후의 사진으로 속인 사건이 있었는데, 위조사진 광고는 기술의 책임이 아니라 인간의 규칙위반 행위이므로, 기술과 행위는 명확히 구별되어야 한다. 〈단행본〉

해 설

– 무엇을 말하려 하는지 이해하기가 쉽지 않다. 한 문장에 여러 가지 정보를 넣어 문장이 지나치게 길어진 탓이다. '컴퓨터로 위조한 사진으로 광고를 한 사건이 있었다', '위조사진 광고는 인간의 규칙 위반이다', '기술과 행위는 구별되어야 한다' 등 여러 가지 정보가 들어 있다. **이처럼 한 문장에서 여러 가지 토픽을 말하면 문장이 어려워진다. 좋은 문장이란, 한 문장에 한 가지 뜻만 갖게 한 문장, 즉 '일문일의一文一義'로 쓴 문장이다.**

– 이 글을 개조하기는 어렵지 않다. 둘째줄 중간쯤의 '속인 사건이 있었는데'까지를 한 문장, 그 이후를 다시 한 문장으로 만들면 된다.

– '복용하면 살이 빠진다(앞부분)' '기술의 책임(셋째줄 앞부분)' '인간의 규칙 위반 행위(셋째줄 중간)'처럼 한 덩어리를 이루는 어구를 따옴표로 싸주면 더욱 간결한 문장이 된다.

도 해

"복용하면 살이 빠진다"고 광고하던 다이어트식품 광고에서, 컴퓨터로 처리한 위조사진을 복용 전후의 사진으로 속인 사건이 있었는데, 위조사진 광고는 '기술의 책임'이 아니라 '인간의 규칙위반 행위'이므로, 기술과 행위는 명확히 구별되어야 한다.

있었다.

이다. 그러므로

개선례

"복용하면 살이 빠진다"고 광고하던 다이어트식품 광고에서 컴퓨터로 처리한 위조사진을 복용 전후의 사진으로 속인 사건이 있었다. 위조사진 광고는 '기술의 책임'이 아니라 '인간의 규칙위반 행위'이다. 그러므로 기술과 행위는 명확히 구별되어야 한다.

심화해설

문장이 길면 정보의 상충작용이 일어난다

문장을 알기 쉽게 쓰는 방법에는 여러 가지가 있다. 그중 대표적인 것이 '일문일의', 즉 한 문장에서 하나의 토픽만을 말하는 것이다. 한 문장에서 여러 가지 토픽을 이야기하면 문장이 길어지고, 주어와 서술어로 된 절이 또 다른 절을 수식하는 복잡한 문장형태(복문·안은문장)가 된다. 문장이 길면 뇌에 임시로 입력된 정보가 완전히 소화되기 전에 다른 정보가 올라와 서로 상충되기 때문에 이해가 어려워진다.

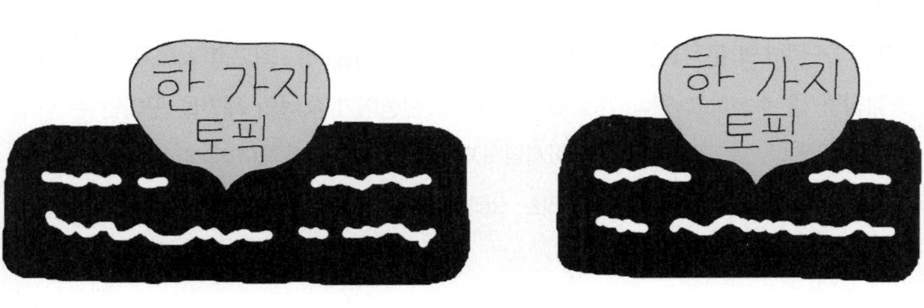

그가 긴 인터뷰 기사를 다 읽고 싶어진 이유

원 문

1 현역으로 활동하는 최고령 서예가인 소지(昭志) 강창원(95) 선생에게는 꿈이 있다. "5년은 더 살자." 단순한 장수(長壽)의 꿈이 아니다. 100세 기념 작품 전시회를 열기 위해서다. 고향인 서울에서 많은 제자가 함께하는 가운데 100세 서예가가 꼿꼿하게 서서 일필휘지하는 모습을 보이고 싶다고 했다.

2 "하나님이 기회를 주실지 모르지. 지금 건강으로 봐서는 할 수도 있을 거 같은데. 성사된다면 센세이셔널하지 않겠어."

3 그는 꿈의 전시회를 위해 고령에도 매일 운동과 글쓰기를 게을리하지 않는다. 자유로운 영혼을 위해 점심·저녁 식사 때마다 술잔도 기울인다. 운동과 글쓰기, 반주가 그의 일상인 셈이다.

4 인생의 마지막 순간 딱 한 글자만 쓸 수 있는 기회가 온다면 소지 선생은 어떤 글을 쓸까. "아름다울 '美' 자를 써야겠지. 내 삶의 목적이었고, 또한 내가 살아가는 방식이었으니까. 글씨의 아름다움에 미쳐 살아온 게 내 인생이야." 〈중앙일보 120721, 김석하〉

해 설

- 신문 인터뷰 기사의 리드 부분인데, 간단하면서도 감성적이어서 두 페이지짜리 긴 글을 다 읽고 싶어진다. 이 문장의 특징은 거의 모든 문장이 일문일의一文一義로 되어 있어 이해가 쉽고, 접속사 등 군더더기가 거의 없다는 점이다. 특히 단락3의 세 문장은 무척 정갈하다.
- 그러나 단락1의 문장1은 미흡하다. '현역으로 활동하는'과 '최고령 서예가'가 동시에 '강창원'을 수식하고 있다. 이렇게 둘 이상의 관형어가 하나의 체언을 꾸미면 문장이 번거로워진다. 또 단락2의 '센세이셔널하지 않겠어'는 '정말 멋지지 않겠어' 정도로 고쳐야 한다. 필자가 그렇게 말했더라도 외래어 아닌 외국어를 무분별하게 글 속에 넣는 것은 옳지 않다.

103

현역 서예가 중 최고령인 소지(昭志) 강창원 선생.
올해 아흔다섯인 그에게는

도 해

현역으로 활동하는 최고령 서예가인 소지(昭志) 강창원(95) 선생에게는 꿈이 있다. "5년은 더 살자." 단순한 장수(長壽)의 꿈이 아니다. 100세 기념 작품 전시회를 열기 위해서다. 고향인 서울에서 많은 제자가 함께하는 가운데 100세 서예가가 꼿꼿하게 서서 일필휘지하는 모습을 보이고 싶다고 했다.

"하나님이 기회를 주실지 모르지. 지금 건강으로 봐서는 할 수도 있을 거 같은데. 성사된다면 센세이셔널하지 않겠어."

정말 멋지지

개선례

현역 서예가 중 최고령인 소지(昭志) 강창원 선생. 올해 아흔다섯인 그에게는 꿈이 있다.

"5년은 더 살자."

단순한 장수(長壽)의 꿈이 아니다. 100세 기념 작품 전시회를 열기 위해서다. 고향인 서울에서 많은 제자가 함께하는 가운데 100세 서예가가 꼿꼿하게 서서 일필휘지하는 모습을 보이고 싶다고 했다.

"하나님이 기회를 주실지 모르지. 지금 건강으로 봐서는 할 수도 있을 거 같은데. 성사된다면 정말 멋지지 않겠어."

그는 꿈의 전시회를 위해 고령에도 매일 운동과 글쓰기를 게을리하지 않는다. 자유로운 영혼을 위해 점심·저녁 식사 때마다 술잔도 기울인다. 운동과 글쓰기, 반주가 그의 일상인 셈이다.

현역으로 활동하는 최고령 서예가인 소지(昭志) 강창원(95) 선생에게는 꿈이 있다. "5년은 더 살자." 단순한 장수(長壽)의 꿈이 아니다. 100세 기념 작품 전시회를 열기 위해서다. 고향인 서울에서 많은 제자가 함께하는 가운데 100세 서예가가 꼿꼿하게 서서 일필휘지하는 모습을 보이고 싶다고 했다.

"하나님이 기회를 주실지 모르지. 지금 건강으로 봐서는 할 수도 있을 거 같은데. 성사된다면 센세이셔널하지 않겠어."

그는 꿈의 전시회를 위해 고령에도 매일 운동과 글쓰기를 게을리하지 않는다. 자유로운 영혼을 위해 점심·저녁 식사 때마다 술잔도 기울인다. 운동과 글쓰기, 반주가 그의 일상인 셈이다.

인생의 마지막 순간 딱 한 글자만 쓸 수 있는 기회가 온다면 소지 선생은 어떤 글을 쓸까.

"아름다울 '美'자를 써야겠지. 내 삶의 목적이었고, 또한 내가 살아가는 방식이었으니까. 글씨의 아름다움에 미쳐 살아온 게 내 인생이야." '미(美)친 사람' 소지 선생을 미국 로스앤젤레스(LA) 자택에서 만났다. 인터뷰하는 그의 손에는 검은 먹물이 곳곳에 묻어 있었다(사진).

LA중앙일보 **김석하** 기자 ksha@joongang.co.kr

'뇌의 책장'과 '뇌의 도서관'

인지認知심리학에서는, 인간의 두뇌작용을 '단기 기억 저장고'와 '장기 기억 저장고'로 모델화하고 있다. 즉, 인간은 입력정보를 단기 기억 저장고에서 일시적으로 보관하고, 필요에 따라 장기 기억 저장고에서 관련 정보를 끄집어내기도 하고 되돌려보내기도 한다고 생각하는 것이다. 쉽게 표현하면 단기 기억 저장고는 '뇌의 책장', 장기 기억 저장고는 '뇌의 도서관'이라고 할 수 있다.

사람은 글을 쓸 때, 아이디어를 구체화하고, 그것을 표현하고, 체계화하는 작업을 뇌의 책장에서 동시에 진행한다. 그러나 뇌의 책장은 용량이 매우 작기 때문에 정보를 빨리 출력하여 책장의 부하를 낮추고자 하는 충동에 사로잡힌다. 이 충동대로 글을 쓰고 그대로 발신하면 체계가 부족해서 쉽게 이해할 수 없는 글이 되어 버린다.

부하가 높아지면 아이디어의 체계화가 불가능하다

책장의 부하가 높아지면 아이디어의 '구체화'와 '표현'으로 뇌의 책장이 꽉 차기 때문에 아이디어의 체계화體系化가 불가능해진다. 이렇게 되면 문장과 문장의 접속이나 논리관계에까지 신경이 미치지 못하게 되는 것이다. 이 같은 상황을 피하기 위해서는 문장과 문장의 접속과 논리관계에도 주의가 미칠 수 있을 정도로 책장의 부하를 낮추어야 한다. 예를 들어 메모를 하는 등의 방법으로 아이디어를 구체화하여 뇌의 책장이 꽉 찬 단계에서 일시적으로 외부세계로 출력해야 하는 것이다.

'안다'는 것은 입력정보를 뇌의 도서관에 있는 정보에 동화시키거나 혹은 조정하는 것이다. 동화同化란 뇌의 도서관에 있는 정보를 그 형태 그대로 조합하여 입력정보를 소화하는 것을 말하고, 조정調整이란 뇌의 도서관에 있는 정보를 변형시켜 입력정보를 소화하는 것이다. 정보를 잘 동화, 혹은 조

정할 수 있으면 '안 것'(인지한 것)이 된다.

문장이 길면 어렵게 느껴지는 이유

입력정보가 뇌의 책장에서 넘치면 정보를 처리할 수 없으므로 사람은 알기 어렵다고 느낀다. 입력정보를 유지할 수 없기 때문에 뇌의 도서관에 있는 정보에 동화나 조정을 할 수 없는 것이다.

예를 들면, 문장이 길 때가 그렇다. **문장이 길어 입력정보가 7±2개를 넘기 시작하면 보관해야 할 정보가 보관되지 못하고 누락된다. 그러면 사람은 다시 읽어 누락된 정보를 보완하려 한다. 이해하기 위해 다시 읽는 것은 바로 이 동작이다.**

그러나 문장이 길어도 처음부터 이해할 수 있으면 알기 어렵다고 느끼지 않는다. 이해한 정보는 뇌의 책장에 보관해둘 필요가 없기 때문에 차례로 제외되어 간다. 읽으면서 처음부터 이해할 수 있으면 뇌의 책장에 보관해야 할 정보가 적어지기 때문에 알기 쉽다고 느끼는 것이다.

중요한 정보를 앞으로 가져와라

원 문

1 이 책은 명문(名文)을 쓰기 위한 지침서가 아닙니다. 너무 많은 것을 이 책에서 기대하지는 마십시오.

2 [1]이 책은 단지 우리 직업기자와 관련됐을 뿐입니다. [2]취미로 글을 쓰는 것과 글로써 먹고 산다는 것은, 글을 대하는 마음자세부터 다릅니다. [3]글로써 먹고 사는 이는 먹고 살만한 수준의 글을 쓸 것을 요구받습니다. [4]그러한 책무를 지키지 못할 경우 글을 팔고 사는 시장(市場)에서 밀려날 수밖에 없습니다.

3 [1]엄격하게 말하면, 이 책은 생계의 글을 쓰기 위해 갖춰야 할 기본과 상식을 정리해 놓은 데 불과합니다. [2]그럼에도 영 의미가 없는 것은 아닙니다. [3]명문을 쓰는 법에 대한 책은 서점에 널려 있지만, 이렇게 먹고 사는 글을 쓰기 위한 책은 처음일 것이기 때문입니다. [4]또 이 책은 글 쓰는 현장에 몸담고 있는 기자들이 자신의 경험과 반성, 비교연구를 통해 만들었다는 점에서도 드문 사례가 될 것입니다. 〈『글, 그래도 쓴다』, 최보식 외, 조선일보사〉

해 설

- 실용서 서문의 전반부이다. 이 책이 어떤 책인지 시원시원하게 설명되어 있다. 문장이 군더더기 없이 짧고 간결할 뿐만 아니라 표현이 솔직해 신뢰감과 친근감이 듬뿍듬뿍 묻어난다. 양파껍질을 벗기듯이 읽어내려갈수록 정보가 많아지는 것도 흥미롭다.
- 이 글이 시원스러운 것은 글의 핵심을 앞쪽에 두었기 때문이기도 하다. 이 같은 글을 '중점선행重點先行' 형 글이라고 한다. 이런 글은 독자 입장에서 매우 편리하다. 무엇보다 끝까지 읽지 않아도 글을 더 읽어야 할지 말아야 할지 알 수 있기 때문이다.
- 단락 구분은 잘못됐다. 단락2는 단락1의 주장을 이어가는 것이므로 한 단락으로 묶어야 한다. 특히 단락2의 문장1은 단락1과 밀접한 관계가 있으므로 떨어뜨려서는 안 된다. 단락3의 문장1도 단락2의 끝문장을 보충하는 것이므로 앞 단락에 붙여야 한다. 그러나 단락3의 문장2는 앞 문장과 성격이 다르므로 별도의 단락으로 만들어야 한다.

104

도해

이 책은 명문(名文)을 쓰기 위한 지침서가 아닙니다. 너무 많은 것을 이 책에서 기대하지는 마십시오.

이 책은 단지 우리 직업기자와 관련됐을 뿐입니다. 취미로 글을 쓰는 것과 글로써 먹고 산다는 것은, 글을 대하는 마음자세부터 다릅니다. 글로써 먹고 사는 이는 먹고 살만한 수준의 글을 쓸 것을 요구받습니다. 그러한 책무를 지키지 못할 경우 글을 팔고 사는 시장(市場)에서 밀려날 수밖에 없습니다.

엄격하게 말하면, 이 책은 생계의 글을 쓰기 위해 갖춰야 할 기본과 상식을 정리해 놓은 데 불과합니다. 그럼에도 영 의미가 없는 것은 아닙니다. 명문을 쓰는 법에 대한 책은 서점에 널려 있지만, 이렇게 먹고 사는 글을 쓰기 위한 책은 처음일 것이기 때문입니다. 또 이 책은 글 쓰는 현장에 몸담고 있는 기자들이 자신의 경험과 반성, 비교연구를 통해 만들었다는 점에서도 드문 사례가 될 것입니다.

서문

이 책은 명문(名文)을 쓰기 위한 지침서가 아닙니다. 너무 많은 것을 이 책에서 기대하지는 마십시오.

이 책은 단지 우리 직업 기자와 관련됐을 뿐입니다. 취미로 글을 쓰는 것과 글로써 먹고 산다는 것은, 글을 대하는 마음 자세부터 다릅니다. 글로써 먹고 사는 이는 먹고 살만한 수준의 글을 쓸 것을 요구받습니다. 그러한 책무를 지키지 못할 경우 글을 팔고 사는 시장(市場)에서 밀려날 수밖에 없습니다.

엄격하게 말하면, 이 책은 생계의 글을 쓰기 위해 갖춰야 할 기본과 상식을 정리해놓은 데 불과합니다. 그럼에도 영 의미가 없는 것은 아닙니다. 명문을 쓰는 법에 대한 책은 서점에 널려있지만, 이렇게 먹고 사는 글을 쓰기 위한 책은 처음일 것이기 때문입니다. 또 이 책은 글쓰는 현장에 몸담고 있는 기자들이 자신의 경험과 반성, 비교연구를 통해 만들었다는 점에서도 드문 사례가 될 것입니다.

이 책은 조선일보 컨텐츠업그레이드(CU)실에서 함께 일해온 이충일 · 김민철 · 이길성 기자 등의 노력에 의해 만들어졌습니다. 주로 CU실 업무의 축적으로 이뤄진 면이 많으나, 세월의 힘에도 살아남을 내용을 추려내고 재구성하는 작업도 결코 만만치 않았던 것 같습니다.

책의 모습으로 나오는 과정에서도 주변의 많은 도움이 있었습니다. 박상철 기자는 시각적으로 돋보이게 삽화를 그려줬고, 조의환 부장은 책 표지를 디자인해주었습니다. '아침나라' 출판사 황근식 사장은 기꺼이 편집과 배열 작업을 대신 맡았습니다. 또 방상훈 사장, 김대중 고문, 변용식 편집인, 강천석 논설주간, 송희영 편집국장 등 간부와 선후배의 격려와 성원도 보이지 않는 힘이 됐습니다.

이 책에 담긴 내용은 아주 평범하고 상식적인 것이지만, 그렇다고 해서 외부로 유출하는 우(愚)를 범하지는 마십시오. 마지막으로 이 책에서 분석 사례로 인용된 기사들과 관련, 해당기자들의 관용과 양해를 구합니다.

2005년 12월

저자를 대표해, 최보식

서문은 기승전결보다 중점선행이 낫다

원문

『토지』의 작가 박경리 님은 '언어란 강을 건너 피안에 도달할 수 있는 배' 라고 갈파한 바 있다. 그는 '피안' 을 '진실이 있는 곳' 으로 파악하고 비록 그 배가 피안에 들어갈 수는 없지만, 강을 건너 피안에 도달할 수는 있다고 생각했다. 언어 자신은 진리가 될 수 없어도 진리에까지 우리를 실어 나를 수 있는 연장임을 뜻하는 말일 것이다. 이는 불가(佛家), 특히 선가(禪家)에서 말이 끊어진 자리에 진리가 있다고 하는 것과는 배치되지만, 나는 그의 생각이 소설가로서는 조금도 잘못이 없는 매우 당연한 생각이라고 보고 싶다.

만일 언어가 '배' 라면, 나는 피안까지 우리를 실어 나를 수 있는 두 종류의 배가 있을 수 있다는 생각을 해 본다. 상당한 비바람 속에서도 인간을 안전하게 빨리 실어 나를 수 있는 배가 있을 수 있고, 대단치 않은 비바람 속에서도 난파의 어려움을 겨우겨우 넘기면서 어렵게 실어 나르는 배가 있을 수 있다는 생각이 그것이다. 〈『나의 한국어 바로쓰기 노트』, 남영신, 까치〉

머리말

『토지』의 작가 박경리 님은 '언어란 강을 건너 피안에 도달할 수 있는 배' 라고 갈파한 바 있다. 그는 '피안' 을 '진실이 있는 곳' 으로 파악하고 비록 그 배가 피안에 들어갈 수는 없지만, 강을 건너 피안에 도달할 수는 있다고 생각했다. 언어 자신은 진리가 될 수 없어도 진리에까지 우리를 실어 나를 수 있는 연장임을 뜻하는 말일 것이다. 이는 불가(佛家), 특히 선가(禪家)에서 말이 끊어진 자리에 진리가 있다고 하는 것과는 배치되지만, 나는 그의 생각이 소설가로서는 조금도 잘못이 없는 매우 당연한 생각이라고 보고 싶다.

만일 언어가 '배'라면, 나는 피안까지 우리를 실어 나를 수 있는 두 종류의 배가 있을 수 있다는 생각을 해 본다. 상당한 비바람 속에서도 인간을 안전하게 빨리 실어 나를 수 있는 배가 있을 수 있고, 대단치 않은 비바람 속에서도 난파의 어려움을 겨우겨우 넘기면서 어렵게 실어 나르는 배가 있을 수 있다는 생각이 그것이다. 통나무배 언어, 돛단배 언어, 증기선 언어, 원자력선 언어 등을 생각할 수 있을 것이다. 그리고 같은 종류의 배라도 잘 사용한 배와 잘못 사용한 배가 있을 것이다.

그렇다면 우리를 싣고 가는 한국어라는 배는 성능이 어느 정도일까? 영국인을 싣고 가는 영어, 일본인을 싣고 가는 일본어, 중국인을 싣고 가는 중국어 등과 한국어는 어느 정도 성능의 차이가 있을까? 혹시 이들 언어에 차이가 있어서 피안에 가는 데에 어떤 언어의 배를 타는 것이 더 유리하거나 불리하게 된다면 우리는 어떻게 해야 할까? 배를 갈아타야 할까, 아니면 한국어라는 배의 성능을 높이는 노력을 해야 할까? 영어라는 배나 일본어라는 배로 갈아탄다면 문제가 해결될까, 아니면 생각지 못한 새로운 문제가 생겨서 갈아타지 않음만 못하게 되는 일이 벌어질까? 한국인이 한국어라는 배를 버리고 영어나 일본어라는 배를 타고 가기에는 위험 부담이 클 것이다. 그 배를 운행하는 기술이 미국인이나 일본인에 비해서 몹시 서투를 것이기 때문이다. 그래서 결국 한국인은 한국어라는 배를 타지 않을 수 없을 것이다.

한국어라는 배를 타고 간다고 해도 모든 한국인이 하나의 배를 타는 것이 아니고 사실은 각자 자기가 만든 한국식 배를 타고 피안을 향해서 항해해야 한다. 영국인은 각자가 만든 영국식 배로 항해하고, 일본인은 각자가 만든 일본식 배를 타고 항해해야 한다. 모든 개인은 자신이 만든 배를 타고 항해하는 것이다. 개인이 할 수 있는 최선의 노력은 자기의 배를 최고 성능을 낼 수 있도록 만드는 것이다. 한국인이 한국식 배 가운데 최고 성능을 가진 배를 만들어 항해한다면, 일본인이 낡은 일본식 배로 항해하는 것보다 훨씬 더 빨리 피안에 도착할 수 있을 것이다. 그러나 많은 한국인이 낡은 한국식 배를 타고 항해한다면 성능이 우수한 일본식 배로 항해하는 일본인을 따라잡을 수 없을 것이다. 그렇다면 지금 우리 한국인

해 설

- 실용서 서문의 앞부분이다. 한국인이면 누구나 아는 『토지』와 '박경리'를 첫 문장에 놓고, 박경리가 한 말로부터 실마리를 풀어나간 명문名文이다. 이렇게 저명인의 말을 앞에 놓으면 독자의 관심을 높일 수 있다.
- 그러나 심오한 불교적 내용 때문에 시작은 무게가 느껴진다. 그러다 문장4에서 멈칫하게 된다. 한자가 병기된 '불가'와 '선가'가 어떻게 다른지 궁금할뿐더러, 그 뒤에 이어지는 '말이 끊어진 자리에 진리가 있다'가 무슨 뜻인지 알 수 없기 때문이다. 독자가 어려워할 말이나 개념은 뒤에서 바로 풀이해 주어야 한다.
- 이 글은 중요한 것을 전문全文의 4분의 3의 위치에 놓은 기승전결起承轉結 형태다. **기승전결은 전통적인 글쓰기 방법이지만, 독자가 알고 싶은 것이 한참 뒤에 있다는 점에서 독자에게는 불편한 방법이다.** 읽는 사람이 알고 싶은 것, 쓰는 사람이 중요하게 생각하는 것을 앞에 놓으면 독자는 편하게 글을 읽어나간다. 특히 실용서의 서문은 중점선행으로 쓰는 게 좋다.

은 최고 성능을 낼 수 있는 한국식 배를 타고 항해하고 있을까, 아니면 낡고 삐걱거리는 한국식 배를 타고 항해하고 있을까?

> 이 책은 한국인이 타고 항해하는 한국어라는 배 —— 이 배는 모두 한국식으로 기본 설계가 되어 있지만 개인의 건조(建造) 솜씨와 관리 상태에 따라서 그 성능이 천차만별이다 —— 에 어떤 문제가 있는지 점검하여 문제점을 해결함으로써 한국인의 모든 배가 최고의 성능을 갖추도록 안내하기 위하여 지어진 책이다. 만약 그 배가 돛단배라면, 배의 겉을 싸고 있는 삼은 제대로 붙어 있는지, 널과 널 사이로 물이 스며들지 않도록 박(대갈)이 완벽하게 메워 있는지, 멍에목은 배를 잘 지탱하겠는지, 돛대는 바람에 부러지지 않겠는지, 돛은 쉽게 찢어지지 않겠는지, 개밥통은 돛대를 잘 받칠 만하고 마룻줄은 손쉽게 돛을 오르내릴 수 있게 잘 묶여 있는지, 키 따리의 한쪽이 쪼개져서 배의 방향을 바꾸는 데에 어려움이 생기지 않겠는지, 노(櫓)는 놋좆에 알맞게 걸려 있어서 저어 나가기에 어려움이 없는지 등을 점검하는 기회를 제공하는 것이 이 책의 목적이다. 잘 관리된 배를 타고 항해하는 것이 허술하게 관리된 배를 타고 항해하는 것보다 더 효과적일 것이니까 말이다.

나는 이 책에서 한국어라는 배를 만드는 데에 사용되는 재료의 문제점과 개인의 항해 능력까지는 다루지 않았다. 그것은 배를 해체하여 다시 지어야 하는 문제까지 제기할 수 있어서이기도 하지만, 항해 능력의 문제는 관점을 달리해야 하는 문제이기 때문이다. 언젠가는 최소한 배의 기본 골격은 유지하되 내부 재료만 바꿈으로써 배의 성능을 배가시킬 수 있는 길과, 주어진 상태의 배를 가라고 생각한다. 그때에 이 책을 읽은 독자들과 함께 한국어의 완전함과 한국인의 완전함, 그리고 한국 문화의 완전함을 위하여 우리가 해야 할 일을 검토해 보기로 하고 지금은 배의 상태를 점검하는 것으로 나는 만족해야 하겠다.

이 책에서 인용한 많은 문장들은 좀더 완전한 한국어를 구사하기 위해서 우리가 무엇을 어떻게 해야 하는지 배우고 익히는 데에 매우 유용한 것들이다. 이 문장들을 만들어 사용함으로써 나에게 이 책을 쓸 수 있는 기회를 준 많은 분들에게 감사한다. 그리고 원고를 꼼꼼히 교정, 교열해 준 한국 문장사 협회의 조경숙, 구혜영 님에게 감사한다. 이 책은 원래 까치글방의 박종만 사장의 권유로 쓰게 되었다. 부족한 사람에게 많은 의견을 제시하여 좋은 글을 쓸 수 있도록 배려한 박종만 사장에게 감사드린다. 그리고 이 모든 분들의 노고가 한국어 발전에 한 밑걸음이 되기를 충심으로 비손한다.

2002년 3월 1일
국어 문화 운동 본부 사무실에서
남영신 씀

글이 안 써진다고? 그럼 중점을 앞에 둬 봐 106

원 문

대선후보 경선을 관리하는 민주당 선관위가 중앙·조선·동아가 운영하는 3개 종편 방송의 경선토론회에 응하지 않기로 했다. 이는 언론 발전을 위협하는 정치세력의 독단이다. 제1야당의 편협한 언론관을 드러낸 것이요 이들이 집권할 경우 생길 수 있는 언론 파행을 예고하는 것일 수도 있다. 〈중앙일보 120802, 사설〉

해 설

– 야당(민주당)의 TV 종합편성채널(종편) 차별을 질타하는 신문 사설의 첫 단락이다. 하고 싶은 말, 즉 중점重點이 세 문장에 모두 드러나 있다. 독자는 이 부분만 읽으면 이 글이 무엇을 말하려 하는지 금방 알 수 있다.

– 사설은 신문사의 주장을 표현한 글인데도 4단논법(기승전결)이나 3단논법(서론·본론·결론)으로 작성되는 예가 많다. 그것이 차분한 설득에 도움이 될 것이라는 생각 때문일 것이다. 그러나 이제는 그런 고정관념을 탈피할 때가 왔다. 중점을 앞에 놓으면 여러 가지 이점이 있다. 무엇보다 필자 입장에서는 글이 죽죽 잘 써지고, 독자 입장에서는 읽을 것인지 말 것인지 빨리 결정할 수 있기 때문에 효율적으로 독서관리를 할 수 있다.

중·조·동 종편TV 경선토론회 참석 거부

콘텐트 아닌 출생 문제 삼아 … 3개 언론 배척

편협한 언론관은 정당의 수권능력 위협

대선후보 경선을 관리하는 민주당 선관위가 중앙·조선·동아가 운영하는 3개 종편 방송의 경선토론회에 응하지 않기로 했다. 이는 언론 발전을 위협하는 정치세력의 독단이다. 제1 야당의 편협한 언론관을 드러낸 것이요 이들이 집권할 경우 생길 수 있는 언론 파행을 예고하는 것일 수도 있다.

종편 출범 이후 민주당에는 이상한 분위기가 있어왔다. 민주당 인사들은 방송 출연을 희망해도 지도부나 일부 강경세력의 규제와 반대를 의식해야만 했다. 지도부는 3개 종편이 2009년 강행 통과된 미디어법으로 탄생한 것이어서 이들 방송에 응하지 말아야 한다는 입장인 것으로 알려져 왔다. 당연히 출연은 극도로 제한되었다. 개인적으로 출연을 약속했다가 당의 압력을 받아 취소하는 일까지 발생했다. 경선토론

고보조금은 왜 거부하지 않았나. 민주당은 거액의 국고보조금을 받는 제1 야당이다. 언론의 정당한 취재와 활동에 응하는 것은 민주사회 발전을 위한 일종의 의무다.

미국의 독립선언문을 기초한 토머스 제퍼슨은 "신문 없는 정부보다 정부 없는 신문을 택하겠다"고 말했다. 이는 특정 언론이 어떤 정권에 비판적이어도 언론의 존재 자체가 정권 차원을 넘어 공동체에 필수적인 가치라는 걸 인정한 것이다. 민주당은 그동안 비판적인 언론에 대해 포용보다는 대척(對蹠)의 각을 세워왔다. 노무현 정권 시절엔 정부기관 기자실을 폐쇄하는 언론 규제 정책을 펴다가 헌법소원을 당하기도 했다. 노무현 정권의 이해찬 총리는 외국 방문 중에 "조선·동아는 까불지 말라"는 등의 발언으로 논란을 부른 적이 있다.

'중점선행重點先行' 이란 쓰는 사람이 말하고자 하는 것, 읽는 사람이 알고자 하는 것을 우선해서 기술하는 방법을 말한다. 다시 말해 장황하게 전문을 늘어놓는 것이 아니라 단도직입單刀直入으로 분문으로 들어가는 것이다. 이렇게 하면 다음 세 가지 점에서 유리하다.

첫째, 필자의 의도나 내용의 일부를 미리 알림으로써 독자의 부담을 줄여준다. 독자는 첫머리를 읽으면 그 글이 무엇을 주장하려 하는지, 무엇을 문제화하려는 것인지를 즉석에서 알 수 있다.

둘째, 필자의 의도나 내용의 골자를 알면 독자는 그 글이 자신에게 어떤 가치가 있는지를 판단할 수 있기 때문에 뒤를 읽을 것인가 말 것인가를 결정하는 데 도움이 된다. 즉, 독자는 독서에 들이는 노력을 효과적으로 관리할 수 있는 것이다.

셋째, 필자의 입장에서도 유리하다. **중점을 앞에 놓으면 필자는 그 중점을 지탱하는 이야기를 의식하면서 글을 써야 하기 때문에 훨씬 논리적이고 앞뒤가 맞는 글을 쓸 수 있다.**

리포트나 설명서 같은 보고형 문장은 물론이고, 지금까지 기승전결起承轉結에 익숙해져 있던 논문·사설·투고 같은 설득형 문장도 중점선행형 문장으로 작성하는 것이 좋다. 능률과 속도감은 현대의 문장을 말할 때 매우 중요한 요소이다.

쓰기도 쉽다. 결론을 먼저 적고, 그 근거를 차근차근 서술해가면 된다. 오랫동안 뜸을 들인 뒤에 자신의 생각을 격식에 맞추어 말하는 것이 아니라 말하고 싶은 바를 시원스럽게 말하는 것이다. 개략적 설명을 하고 상세한 내용·설명·데이터 등을 풀어놓거나, 말하고자 하는 내용이나 목적이 무엇인지를 예고하고 다음 단계로 진행할 수도 있다.

굳이 기승전결을 고집할 필요가 있을까?

원문

그에 따라서

1 [1]삶은 계속되는 리스크(위험 요소)와의 싸움이라 할 수 있다. [2]리스크는 부담스러운 존재지만 그것이 없으면 발전도, 이익도, 확장도 없다. [3]리스크 감당에 대한 열정을 가지고 리스크에 대비하는 자세가 필요하다. [4]그런데 어떻게 리스크에 대비하느냐가 중요하다.

여쭈었다

2 [1]제나라 맹상군은 백성에게 약간의 이자를 받고 돈을 빌려줬다. [2]하지만 언제부터인가 이자 회수율이 급격하게 떨어졌다. [3]그러자 맹상군 집에 머물던 식객 중 한 명인 풍환이 "이자를 받아 오겠다"고 했다. [4]맹상군이 "그러라"고 하자 풍환이 질문했다. [5]"이자를 받으면 뭘 사올까요?" [6]맹상군은 "어떤 것이든 좋으니 이곳에 부족한 것을 사오라"고 말했다. [7]하지만 풍환은 10만 전이라는 이자를 받은 후 원금에 대한 차용증을 모두 불살라 백성의 빚을 탕감해줬다. [8]아무것도 사오지 않은 풍환을 보고 의아했던 맹상군이 "무얼 사왔냐"고 물었다. [9]그때 풍환은 "은혜와 의리"라고 대답했다.

몇 년

3 [1]이후 맹상군은 왕의 미움을 사 관직을 박탈당했다. [2]그러자 그의 집에 머물던 수많은 식객이 슬금슬금 눈치를 보며 모조리 도망가고 말았다. [3]맹상군은 거처할 곳마저 마땅치 않게 됐다. [4]그때 풍환이 그의 손을 잡고 원금을 탕감해줬던 백성이 있는 마을로 향했다. [5]맹상군이 온다는 소식에 많은 이들이 마을 입구까지 나와 그를 반갑게 맞았다. [6]맹상군은 그때서야 "은혜와 의리를 사왔다"는 풍환의 말이 어떤 뜻인지 깨달았다.

가

4 최강의 리스크 대비법은 사람이다. 하지만 세상에 타인의 리스크를 공짜로 감당해줄 사람은 별로 없다. 그래서 내가 먼저 상대의 리스크를 감당해줘야 한다. 풍환이 빚을 탕감한 후 "의리와 은혜를 샀다"고 말한 이유가 바로 여기에 있다. 그는 미래에 있을지도 모를 리스크에 대비해 '원금'이라는 백성의 리스크를 먼저 탕감해줬다. 그것이 '의리와 은혜'로 돌아와 맹상군의 리스크를 탕감해준 것이다. 타인이 겪는 리스크를 외면하

지 말고 먼저 감당해보라. 반드시 '은혜와 의리'로 당신에게 되돌아올 것이다. 〈일간신문〉

해 설

-재미있는 고사를 활용했지만 구성은 기승전결起承轉結로 되어 있다. 단락1이 기, 단락2가 승, 단락3이 전, 단락4가 결이다. 그러나 이런 소재는 기승전결로 구성하기보다 이야기 중심으로 펼쳐가야 글맛을 살릴 수 있다. 즉, '기'에 해당하는 단락1을 없애고 바로 단락2의 에피소드를 앞세워 이야기를 풀어갔으면 더 많은 독자가 보았을 것이다. 기승전결식 필법은 고전적이긴 하지만 현대적 글쓰기 흐름과는 맞지 않다.

-기승전결식 문장은 '전'에 최대 중점을 두고 '기'와 '결'은 짧게 하는 게 원칙이다. 내용에 따라서 다르기는 하지만 대체로 기 1, 승 2~3, 전 4~6, 결 1의 비율이 좋다. 그런 기준으로 볼 때 이 글은 전(단락3)이 너무 짧고 결(단락4)이 너무 길다. 이렇게 '전'이 짧으면 독자를 충분히 설득하지 못하고 '결'이 너무 길면 여운이 없어진다.

-'기'에서는 하나의 사실이나 목적을 제시하고, '승'에서는 이것을 받아 이야기를 펼쳐나가며, '전'에서는 이것을 더욱 발전시키는 것이 기승전결식 필법의 공식이다. 내용을 보면 이 글은 단락3에 최대의 반전이 있는데도 그것을 제대로 살리지 못했다.

-단락1의 문장2와 문장3은 인과관계가 있으므로 '따라서'로 연결해야 한다. 문장4는 없어도 글을 이끌어가는 데 문제가 없다.

-단락2 문장3 '식객 중 한 명인 풍환이'는 '식객 풍환이'로 고치는 것이 단출하다. 단락2 문장7 '원금에 대한'은 군더더기이므로 삭제해야 한다. 또 단락3 첫머리의 '이후'는 '몇 년 후'가 좋다. 그대로 두면 독자는 관직을 삭탈당한 이유가 단락2에서 일어난 사건 때문이라고 생각하게 된다.

-고전을 인용할 때는 출전이 무엇인지 밝혀야 하는데, 그것을 적지 않은 것도 불찰이다.

형용사 정치

1 허접스러운 글이라도 쓰다 보면 길어질 때가 있다. 지면은 제한돼 있기 때문에 그럴 때면 썼던 걸 다시 지워나가는 수밖에 없다. '삭제' 키를 누르다 보면 늘 단골 0순위로 떠오르는 것들은 형용사와 부사다.

2 어느 작가는 "문장은 형용사로부터 부패한다"고 했다. 수식하는 말은 멋있어 보이고 사람을 솔깃하게 만든다. 그러나 곰곰이 뜯어보면 역시 본질과 상관없는 장식품인 경우가 많다. 때론 알맹이가 안고 있는 부실함이나 밝히고 싶지 않은 진실을 흐리기 위해 수식어가 동원되기도 한다.

3 지난 몇 달 대선 정국을 달구었던 야권의 '아름다운 단일화' 논의는 결국 안철수 씨의 일방적 중도 사퇴로 막을 내렸다. 안철수 씨와 문재인 씨가 유·불리를 따지지 않고 감동을 주는 경선을 거쳐, 단일후보 선출 후에도 서로 힘을 합해 대선 승리까지 함께 가기를 바랐던 사람들은 당혹스러운 눈으로 이 상황을 지켜보고 있다. 그런데도 일각에선 여전히 안씨의 중도 사퇴를 '아름다운 양보' '통 큰 결단' '신선한 충격'이라고 표현하고 있다. 문재인 후보는 대선 후보 등록 후 기자회견에서 안철수 씨에 대해 '커다란 미안함'을 갖고 있다고 했다.

4 〈중략〉

5 물고 뜯기는 정치판에서 '아름답다'는 말이 적확(的確)한 용도로 쓰인 경우가 있었다. 작년 9월 서울 세종문화회관에서 안철수 서울대 융합과학기술대학원장이 박원순 아름다운재단 상임이사에게 서울시장 후보를 양보했을 때다. 지지율 50%인 안 원장이 지지율 5%대인 박 상임이사에게 후보 양보 선언을 하는 순간 안 원장의 동지인 '시골 의사' 박경철 씨는 "너무 아름답지 않아요?"라며 눈물을 글썽였다.

그즈음 야권에선 정치적·사회적 이슈와 관련해 이런저런 수식어들이 유난히 많이 동원됐다. 오세훈 서울시장이 시장직을 걸고 실시했던 무상급식 찬반 투표에서 야당 측이 내건 구호는 '나쁜 투표, 착한 거부'였다.

6 안 원장과 '청춘콘서트'를 함께 진행했던 한 개그맨은 제주도 강정마을 해군기지 건설과 관련해 "이 예쁜 바다, 이대로 놔두는 건 불가능할까?"라고 했다. 한진중공업 사태, 반값 등록금 시위 같은 데 자주 얼굴을 내밀었던 어느 여배우에겐 '아름다운 사람'이란 별명이 붙었다.

7 안철수 씨의 일방적 중도 사퇴를 '아름다운 양보'로 표현하려는 사람들에겐 그래야 할 만한 이유가 있을 것이다. 그러나 많은 사람은 야권의 후보 단일화 과정을 지켜보면서 그들이 얘기하는 '아름다운'의 정체를 알아버렸다. 야권의 '아름다운 단일화'는 서로 발톱을 감추고 권력 획득을 위해 보여줄 것은 다 보여준 과정이었다.

8 정치의 세계에서 그 자체를 탓할 수는 없다. 미사여구나 덧칠이 눈에 걸릴 뿐이다. 국민을 위한 정책을 만들고 실천으로 옮기는 걸 표현하는 데는 동사면 족하다. 정치인들은 자기 말에서 형용사가 늘어나면 말의 내용이 가난한 건 아닌지, 자기가 덧칠의 유혹에 빠져 있는 건 아닌지 돌아볼 필요가 있다.

조선일보 2012년 11월 27일, 김태익

해 설

- 전형적인 기승전결起承轉結형 글이다. 그런데도 재미있게 읽힌다. 독특한 소재를 찾아 팩트 위주로 침착하게 풀어갔기 때문이다. 기승전결식 글은 자칫하면 지루해질 수 있지만 이처럼 차분한 설득이 필요할 때 사용하면 효과가 있다. 그러나 누구나 쉽게 구성할 수 있는 형식은 아니다. 단락1과 2가 기起, 단락 3이 승承, 단락4(생략)·단락5·단락6이 전轉, 단락7·단락8이 결結이다.
- 부정어를 별로 쓰지 않고 상대(야권)를 충분히 비판한 것도 이 글의 특징이다. 부정어를 많이 쓰면, 읽는 사람은 부정어가 강하게 인식되어 사안을 비난하는 것처럼 인식되고 글이 침체된 이미지를 갖게 된다. 그러나 긍정문을 중심으로 엮으면 글이 밝고 은근하면서도 강한 호소력을 갖는다.

기승전결은 전통적인 글쓰기 방법이지만 독자의 관심을 끄는 측면에서는 그다지 유리하지 않다. 이야기의 핵심을 중반 이후에 두기 때문이다. 글을 구성하기도 쉽지 않다. 형식을 중시해야 하므로 자칫하면 따분해질 수 있는 것이다. 그래서 기승전결을 보완하는 차원에서 생각해 볼 수 있는 방법이 '아이드마(AIDMA)의 법칙'이다.

아이드마란 'Attention(주의)' 'Interest(흥미)' 'Desire(욕구)' 'Memory(기억)' 'Action(행동)'의 머리글자를 딴 것으로, 소비자의 심리적 과정을 나타낸 것이다. 기승전결이 필자 쪽에 선 것이라면 아이드마의 법칙은 독자 편에 선 것이다. 다음 글로 이를 생각해 보자.

1 홀아비의 과부약탈만이 있었던 것이 아니라 아기를 꼭 가져야만 되는 여인의 총각약탈도 있었다. 유몽인(柳夢寅)의 '어우야담(於于野談)'에 그 사례가 실려 있다.

2 정덕년이라는 사람 집에 시골에서 서생 하나가 과거 치러 한양에 올라와 머물고 있었는데, 야밤에 그 서생이 종가(鐘街)를 지나고 있을 때의 일이다. 장사 네댓 명이 이문(里門)께에서 불쑥 몰려나오더니 서생을 때려엎어 커다란 자루에 담아 묶는 것이었다. 둘러메고 이 골목 저 골목 누빈 끝에 담 안으로 던져놓더니 자루를 풀고 정중히 방안으로 모시는데, 비단 이부자리가 깔린 신방이었다. 조금 있으니 성장한 여인이 들어와 동침을 청하고 파루(罷漏)의 북소리가 나자 여인은 사라지고 장정 네댓이 다시 나타나 자루에 담아 묶고 골목길을 누비더니 납치해간 종가에 풀어놓는 것이었다.

3 이 같은 약탈동침이나 뜨내기동침의 관행을 '씨내리'라고 하는데, '씨받이'의 반대말이다. 전통사회에서 혈연상속·제사상속·재산상속을 시킬 아들을 못 낳는다는 것은 존재가치를 상실하는 것이 된다. 그래서 아내의 결함으로 아기를 못 낳을 경우에 직업적으로 아기를 낳아주고 다니는 씨받이를

들여 아기를 얻는 것이 씨받이요, 남편의 결함으로 아기를 못 낳을 경우 이처럼 약탈동침·뜨내기동침 등으로 아기를 갖는 것이 씨내리다.

4 씨받이나 씨내리는 혈통을 위장하는 속임수이기에 아기가 자라서 죽도록 '내가 너의 어머니요 아버지임'을 밝혀서는 안 되는 금기(禁忌)의 조건부다. 그리하여 입을 막는 재물이 주어지고, 제 자식 보고 싶다 해서 동구 밖 30리 안에 들어와서는 안 된다는 등의 언약을 맺기도 한다. 인공수정에서 정자 공여자를 밝히지 않는 것도 같은 이치요, 그로써 야기될 혈연적·인륜적·법률적·상속적 갈등을 막는 수단도 되기 때문이다.

5 한데 인공수정 사상 최초로 미국에서 열여덟 살 난 소녀가 어머니에게 정자를 제공한 생물학적 아버지를 만났다는 보도가 있었다. 아빠·엄마를 보고 싶고 찾고 싶은 원초적 본능으로는 그러해야 할 일 같지만, 그로써 야기될 후유증으로 미루어 그 비밀은 지켜졌어야 한다고 본다. 〈조선일보 020206, 이규태〉

1. A(Attention) - 주의 끌기

   단락1이 A(Attention) 부분이다. "어 무슨 일이지?" 하고 일단 주의를 끈다.

2. I(Interest) - 흥미 불러일으키기

   단락2가 I(Interest)의 부분이다. "응 그래" 하고 더욱 흥미를 불러일으킨다.

3. D(Desire) - 욕구 야기하기

   단락3이 D(Desire)의 부분이다. 뒤를 더 보고 싶은 욕구를 일으킨다.

4. M(Memory) - 기억시키기

   단락4가 M(Memory)의 부분이다. 기억시킴으로써 이야기의 내용에 끌려가도록 한다.

5. A(Action) - 행동하기

   단락5가 A(Action)의 부분이다. 독자는 필자의 주장에 동의하여 무슨 일인가를 납득하든가, 아니면 행동에 대한 결의를 굳히는 과정이다.

108

주제는 앞으로 가져와라

원 문

대학교수는 학문의 선배로서만이 아니라, 인생의 선배로서도 많은 학생들의 모범이 되어야 하기 때문에 평상시 몸가짐 마음가짐을 바로하지 않으면 안 된다. 〈단행본〉

해 설

- 문장이 긴 것은 아니지만, 둘로 나누어 더 간편하게 할 수 있다면 그렇게 하는 것이 좋다. 이 문장은 주제(대학교수는 몸가짐을 바로해야 한다)가 후반부에 있는데, 이것을 앞으로 가져와 하나의 문장을 만들고, 그에 대한 설명을 별도의 문장으로 만들면 자연스럽게 문장이 분할된다. 이렇게 하면 끝까지 읽지 않아도 주제를 바로 알 수 있고, 결론의 문장과 설명의 문장을 혼동하지 않고 읽을 수 있다.
- 첫 문장 끝부분 '많은 학생들은'은 '많은'과 '들'이 의미가 중복되므로 '많은 학생은'으로 고쳐야 한다.

도 해

평상시 몸가짐 마음가짐을 바로해야 한다. 대학교수는

대학교수는 학문의 선배로서만이 아니라, 인생의 선배로서도 많은 학생들의 모범이 되어야 하기 때문에 평상시 몸가짐 마음가짐을 바로하지 않으면 안 된다.

때문이다.

개선례

대학교수는 평상시 몸가짐 마음가짐을 바로해야 한다. 대학교수는 학문의 선배로서만이 아니라, 인생의 선배로서도 많은 학생의 모범이 되어야 하기 때문이다.

109

뭐? 끝까지 읽어보면 안다고?

원 문

인재를 양성하기 위해서 회사의 관심이 전 사원에게 구석구석 미친다는 것, 선배가 후배를 따뜻하게 이끌어준다는 것, 의욕 있는 사원에게는 교육훈련의 기회가 충분히 주어진다는 것이 이 회사의 매력이다. 〈블로그〉

해 설

- 문장은 길지만 어렵지는 않다. '~하는 것' 형태의 긴 주어절 3개가 서술어 '매력이다'(맨 끝)에 걸려 있는 형태이기 때문이다. 그러나 독자는 맨 끝에 가서야 이 글의 주제가 '회사의 매력'이라는 사실을 알게 된다.
- 이처럼 **끝까지 읽어야 주제를 알 수 있는 문장은 독자에게 친절한 문장이 아니다. 좋은 문장이란 머리를 쓰지 않아도 '읽는 순간 뭘 말하려는지 알 수 있는 문장'이다.** 주제인 '회사의 매력'을 앞으로 가져오면 그런 문장이 된다.

도 해

이 회사의 매력은

인재를 양성하기 위해서 회사의 관심이 전 사원에게 구석구석 미친다는 것, 선배가 후배를 따뜻하게 이끌어준다는 것, 의욕 있는 사원에게는 교육훈련의 기회가 충분히 주어진다는 것이 이 회사의 매력이다.

것이다.

개선례

이 회사의 매력은 인재를 양성하기 위해서 회사의 관심이 전 사원에게 구석구석 미친다는 것, 선배가 후배를 따뜻하게 이끌어준다는 것, 의욕 있는 사원에게는 교육훈련의 기회가 충분히 주어진다는 것이다.

도대체 주제가 뭐야?

원 문

국민참여재판은 법원의 형사재판에 건전한 국민의 상식을 반영하고, 국민이 직접 형사재판에 참여해 투명하게 드러나는 재판과정을 직접 눈으로 보고 공정성을 확인함으로써 법원에 대한 막연한 여러 오해와 불신을 해소하여 사법에 대한 신뢰 향상을 목적으로 한다. 〈인터넷〉

해 설

- '~은 ~을 목적으로 한다' 식의 문장이다. 모임의 약관이나 법조문 등에서 흔히 볼 수 있는데, 이런 글은 주제가 빨리 드러나지 않아 독자를 불안하게 한다. 즉, '~은'과 '~ 목적으로 한다' 사이에 긴 설명이 들어가 있어 독자는 끝까지 읽어야 주제가 무엇인지 알 수 있는 것이다. 끝부분의 '목적'을 앞으로 가져와 '~의 목적은 ~이다'로 고치면 훨씬 쉽고 확실한 문장이 된다. 이처럼 **주제는 가급적 앞으로 가져와 독자가 보자마자 이해할 수 있도록 해야 한다.**
- 문장이 매우 길다. 쉼표를 포함해 무려 108자나 된다. 군더더기를 없애고 구성을 단순화하면 훨씬 간편한 문장이 된다. 둘째줄의 '투명하게 드러나는'은 바로 뒤에 '눈으로 직접 보고'가 있기 때문에 불필요하다. 또 '눈으로 직접 보고'는 그냥 '직접 보고'로 고쳐야 한다. 손이나 발로 볼 수는 없기 때문이다. '법원에 대한 막연한 여러 오해와 불신'은 '법원에 대한 오해와 불신'으로 고쳐도 의미 전달에 문제가 없다.

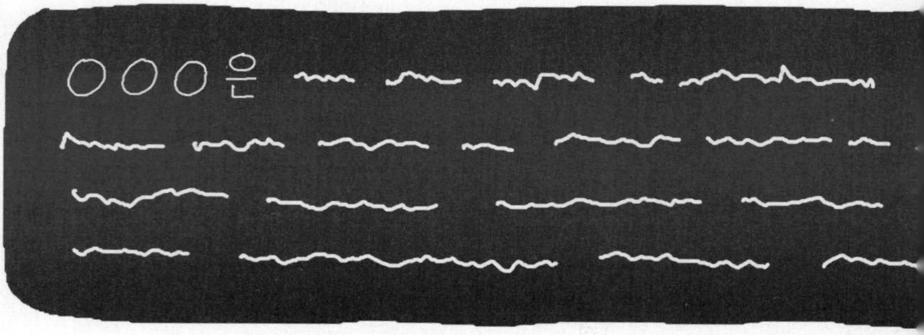

110

주어와 서술어 사이에 지나치게 긴 설명이 들어가
끝까지 읽지 않고는 주제가 무엇인지 알 수 없다.

도 해

국민참여재판은 법원의 형사재판에 건전한 국민의 상식을 반영하고, 국민이 직접 형사재판에 참여해 투명하게 드러나는 재판과정을 직접 눈으로 보고 공정성을 확인함으로써 법원에 대한 막연한 여러 오해와 불신을 해소하여 사법에 대한 신뢰 향상을 목적으로 한다.

같은 표현이 연이어 나왔다.

국민참여재판은 법원의 형사재판에 건전한 국민의 상식을 반영하고, 국민이 직접 형사재판에 참여해 투명하게 드러나는 재판과정을 직접 눈으로 보고 공정성을 확인함으로써 법원에 대한 막연한 여러 오해와 불신을 해소하여 사법에 대한 신뢰 향상을 목적으로 한다.

의 목적

국민의

도모하는 것이다.

개선례

국민참여재판의 목적은 법원의 형사재판에 건전한 국민의 상식을 반영하고, 국민이 직접 형사재판에 참여해 재판과정을 직접 보고 공정성을 확인함으로써 법원에 대한 오해와 불신을 해소하여 국민의 신뢰 향상을 도모하는 것이다.

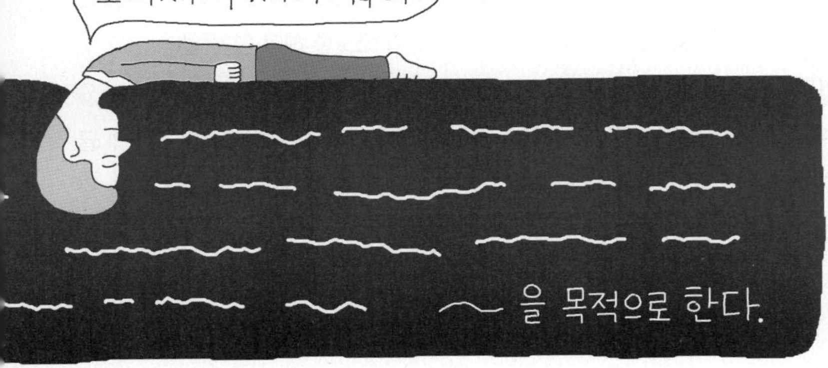

단락의 끝에서 다시 한번 강조하라

원 문

[1]이 데이터는 왼손잡이가 실수를 저지르기 쉽다고 판단하기엔 불충분하다. [2]왜냐하면, 피험자가 미국 해군이라는 극히 한정된 세계에서 모집되었기 때문이다. [3]즉, 이 데이터는 피험자의 숫자상으로나 비율상으로나 성별상으로나 모두 불충분하다. [4]첫째로, 231명의 왼손잡이와 2148명의 오른손잡이라고 하는 소수의 사람만이 검증받은 데 지나지 않는다. [5]둘째로, 왼손잡이가 오른손잡이의 약 1/10밖에 안 되는 것은 불공평하다. [6]마지막으로, 피험자는 전부 남성이다. 〈단행본〉

해 설

- '왼손잡이는 오른손잡이보다 실수를 저지르기 쉽다'는 조사 결과에 대한 반론으로, 문장1이 핵심이다. 이렇게 핵심을 앞으로 가져오는 것은 좋은 일이다. 그런데 문장2와 문장3은 구조적으로 문제가 있다.
- 문장2는 '왜냐하면 ~기 때문이다' 형식으로 반박하는 이유를 댔다. 이렇게 하면 독자의 궁금증은 바로 해소된다. 그런데 '~기 때문이다' 이후가 문제다. '즉'은 바로 앞에서 말한 것(한정된 세계에서 모집된 것)을 부연설명할 때 쓰는 말인데, 문장3에서는 한 문장 건너 문장1의 궁금증, 즉 '실수를 저지르기 쉽다고 판단하기엔 불충분한 이유'를 설명하고 있다. 다시 말해 문장2가 불필요하게 삽입되어 있는 형태인 것이다. 문장2는 문장3에 흡수시켜 문장1 뒤에 바로 '~기 때문이다'가 오도록 해야 알기 쉽다.
- 문장3 이후에서 '실수를 저지르기 쉽다고 판단하기에 불충분한 이유'를 세 가지로 요약했다. 이렇게 하면 독자는 주장을 차근차근 이해할 수 있어서 좋다. 그러나 단락의 끝에서 주장하고 싶은 내용(문장1의 내용)을 다시 강조(반복)하지 않은 것은 잘못이다. **강조 위치는 처음과 끝 두 곳이다.**

111

도 해

만으로　　(被驗者)　　모집되어

이 데이터는 왼손잡이가 실수를 저지르기 쉽다고 판단하기엔 불충분하다. 왜냐하면, 피험자가 미국 해군이라는 극히 한정된 세계에서 모집되었기 때문이다. 즉, 이 데이터는 피험자의 숫자상으로나 비율상으로나 성별상으로나 모두 불충분하다. 첫째로, 231명의 왼손잡이와 2148명의 오른손잡이라고 하는 소수의 사람만이 검증받은 데 지나지 않는다. 둘째로, 왼손잡이가 오른손잡이의 약 1/10밖에 안 되는 것은 불공평하다. 마지막으로, 피험자는 전부 남성이다.

돼

불충분하기 때문이다.　　셋째로　　여건이

이 같은 데이터를 가지고 왼손잡이는 오른손잡이보다 실수를 저지르기 쉽다고 결론지을 수는 없다.

개선례

이 데이터만으로 왼손잡이가 실수를 저지르기 쉽다고 판단하기엔 불충분하다. 왜냐하면 피험자(被驗者)가 미국 해군이라는 극히 한정된 세계에서 모집되어 피험자의 숫자상, 비율상, 성별상 여건이 불충분하기 때문이다. 첫째로, 231명의 왼손잡이와 2148명의 오른손잡이라는 소수의 사람만이 검증받은 데 지나지 않는다. 둘째로, 왼손잡이가 오른손잡이의 약 1/10밖에 안 돼 불공평하다. 셋째로, 피험자는 전부 남성이다. 이 같은 데이터를 가지고 왼손잡이는 오른손잡이보다 실수를 저지르기 쉽다고 결론지을 수는 없다.

심화해설

글 끝에서 주제를 한 번 더 반복하면···

주장하는 글은 글의 끝에서 주제를 한 번 더 요약해 반복하는 것이 좋다. 처음과 끝이 강조포지션이므로 처음과 끝에 중요한 정보를 놓으면 읽는 사람에게 내용을 강하게 전달할 수 있다. 단락이 길면 이런 요약문이 더 좋은 효과를 가져온다. 주제문에서 중요한 정보를 말해도 이어지는 글이 길면 포인트를 잊어버리기 때문이다.

강조 위치는 처음과 끝 두 곳이다

원문

한국 언론들은 아직도 리베이트(rebate)를 '뇌물성 환불' 이란 뜻으로 잘못
쓰고 있다. 필자가 각종 기고문을 통해 리베이트는 정당하고 합법적인 환불
1 이란 뜻이지, 뇌물성 환불이 아님을 누차 지적했지만, 언론 종사자들에게는
제대로 전달되지 않은 것 같다.

언론이 자꾸 '리베이트' 를 쓰니까 심지어 국립국어원이 펴낸 표준국어대
사전도 리베이트를 뇌물성 환불이라고 정의하고 있을 뿐 아니라, 정부 당국
까지 '리베이트 전담수사반' 같은 우스운 명칭을 쓰고 있다. 합법적인 환불
을 수사한다니 말이 되는가? 그냥 우리말로 '뒷돈' 이나 '뇌물' 이라고 하면
될 것을 왜 굳이 영어를 쓰는지 모르겠다. 굳이 영어를 쓰자면 한국에서 잘
못 쓰고 있는 리베이트에 해당하는 용어는 '킥백(kickback)' 이다. 예컨대 어
2 떤 제약사가 약품값을 부풀려 병원이나 약국에 납품하고, 계속적인 납품을
위해 그 대금의 일부를 병원이나 약국에 비밀리에 되돌려주었다면 그것은
'뇌물성 환불' 즉 킥백이 된다. 처음부터 아예 돈을 얼마 줬다면 그것은 '뇌
물(bribe)' 이다. 그러나 백화점이 TV 판촉을 위해 일정기간 내에 구입한 소
비자에게 TV 판매가격의 일부를 되돌려준다거나, 정부가 납세자에게 세금
의 일부를 돌려주는 것은 '리베이트' 라고 한다.

이제 '뇌물성 환불'이란 뜻으로 잘못 쓰고 있는
'리베이트'는 '합법적인 환불'이란 뜻으로 고쳐 써야 한다.

3 FTA 체결로 앞으로 미국과 영국의 법률회사들도 한국에 들어올 것이라고 한다. 뇌물성 환불을 주고받은 당사자들이 기소되었을 때 미국이나 영국 변호사가 변호를 맡을 수도 있을 것이다. 그런 경우 외국 변호사는 "한국 언론이 피고의 행위는 '리베이트(합법적 환불)'라고 보도했다. 그러므로 피고는 무죄다"라고 주장할지도 모른다. 〈조선일보 120810, 조화유〉

해 설

-신문의 독자란에 실린 글이다. '리베이트'를 원뜻과 다르게 쓰고 있다는 것을 3단구성(서론, 본론, 결론)으로 쉽고 논리적으로 주장했다.

-단락1의 문장1 '뇌물성 환불'을 작은따옴표로 묶었다. 이렇게 한 꾸러미를 이루는 것을 따옴표로 묶으면 글이 간명해 보인다. 그러나 그 뒷문장의 '정당하고 합법적인 환불'은 똑같이 꾸러미를 이루고 있는데도 묶어주지 않았다.

-단락3에서 '리베이트'를 잘못된 뜻으로 쓰면 혼란이 일어날 수 있음을 외국 변호사의 예를 들어 설명한 것은 좋은 착상이다. 그러나 글머리에서 주장했던 내용을 단락 끝에서 다시 강조하지 않은 것은 잘못이다. **강조 위치는 처음과 끝 두 부분이므로, 이 부분에서 주제를 한 번 더 요약해 반복해야 한다. 특히 논문처럼 단락이 길어지기 쉬운 글에서 이점은 아주 중요하다.**

주제를 반복하면 효과는 두 배가 된다

원문

1 새누리당에서 벌어졌던 경선 거부 소동은 집권 여당으로서 매우 부끄러운 것이다. 여당 경선이 초등학교 선거보다 못한 수준이다. 비박(非朴) 김문수 임태희 김태호 후보 3인은 현영희 비례대표 의원 공천헌금 의혹 파동과 관련해 갑자기 경선을 거부했었다. 〈중략〉

2 현재까지 드러난 주장으로 보면 비례대표 공천헌금 의혹은 4·11 총선 공천심사위원 중 한 명이었던 현기환 전 의원의 개인적인 문제다. 지역구 공천과는 상관이 없다. 당은 이미 철저한 검찰수사를 요구했다. 총선 당시 황 대표는 원내대표이자 비상대책위원으로 공천과 직접적인 관련은 없는 위치였다. 그는 총선 후 당원 투표로 대표가 됐는데 그가 왜 총선 공천비리와 관련해서 사퇴해야 하는가.

3 대선후보 경선, 특히 집권당 경선은 한국 사회가 보여주어야 할 최고 수준의 민주적 경쟁 중 하나일 것이다. 이를 어떻게 치르느냐에 따라 집권당의 국정운영 능력이 평가된다. 누구보다 집권당은 국민에게 모범을 보여야 한다. 정해진 원칙과 제도에 따라 후보들이 참여해서 성실하게 완주해야 하는 것이다.

4 새누리당 경선은 시작부터 저급한 수준을 보였다. 일부 비주류 세력은 국민참여 경선으로 룰을 바꿀 것을 주장했다. 요구가 받아들여지지 않자 정몽준 이재오 의원은 끝내 경선을 포기하고 말았다. 그 사건도 명분이 없는 것이었는데 이번에는 잘 진행되던 경선을 3인이 더욱 더 이상한 이유로 거부했다.

5 경선 하나 제대로 치러내지 못하는 인물들이 대통령이 되어 국정을 맡으면 국가는 커다란 혼란에 빠질 것이다. 당에 커다란 문제가 생겼을 때 힘을 합쳐 해결할 생각은 하지 않고 이를 정치적으로 이용하려는 행위는 '조직의 순리(順理)'에 맞지 않는 것이기도 하다. 집권당의 이런 추태를 보면서 자라나는 세대가 무엇을 배울 것인가. 〈중앙일보 120806, 사설〉

빠져버린다.

해 설

- 2012년 대선 때 일어난 정치적 사건에 대해서 신문사의 입장을 밝힌 사설이다. 기승전결식 방법을 통하지 않고 필자가 하고 싶은 말, 독자가 듣고 싶은 말을 글머리에 둔 중점선행重點先行형 필법이다. 이런 글은 첫머리를 읽자마자 글이 의도하는 바를 즉석에서 알 수 있기 때문에 독자의 부담이 적다. 뜻이 통하는 독자라면 단락1의 앞쪽에서 '집권여당은 초등학생만도 못하다' 라고 일갈한 대목에서 시원한 뭔가를 느끼고 죽죽 읽어내려갈 것이다. 신문사설은 이제 기승전결식 필법보다는 중점선행 필법을 더 많이 도입해야 한다.
- 단락5는 단락1에서 말한 내용을 다시 강조한 것이다. 이렇게 논술문은 글의 끝에서 한 번 더 강조하면 내용이 읽는 사람에게 강하게 전달된다. 단 너무 집요하면 오히려 역효과를 가져오므로 적당한 강도를 유지해야 한다.
- 논술문의 문말은 단순한 형태로 단언해야 신뢰를 주는 법이다. 이 글은 대체로 그렇게 쓰여 있다. 그러나 단락3의 문장1에서 '경쟁 중 하나일 것이다', 단락5의 문장1에서 '혼란에 빠질 것이다' 로 모호한 표현을 했다. '경쟁 중 하나일 것이다' 는 '경쟁 중 하나이다' 로, '혼란에 빠질 것이다' 는 '혼란에 빠져버린다' 로 고쳐써야 한다.

새누리당에서 벌어졌던 경선 거부 소동은 집권 여당으로서 매우 부끄러운 것이다. 여당 경선이 초등학교 선거보다 못한 수준이다. 비박(非朴) 김문수·임태희·김태호 후보 3인은 현영희 비례대표 의원 공천헌금 의혹 파동과 관련해 갑자기 경선을 거부했었다. 이들은 황우여 대표의 사퇴, 당의 진상조사, 지역구 공천자료 공개 등을 요구했었다. 뒤늦게 이들은 문제된 공천 비리가 사실로 확인되면 황 대표가 책임진다는 정치적 합의를 내세우며 경선으로 돌아왔다. 당이 문제를 봉합하는 방법에도 원칙이 없다.

현재까지 드러난 주장으로 보면 비례대표 공천헌금 의혹은 4·11 총선 공천심사위원 중 한 명이었던 현기환 전 의원의 개인적인 문제다. 지역구 공천과는 상관이 없다. 당은 이미 철저한 검찰수사를 요구했다. 총선 당시 황 대표는 원내대표이자 비상대책위원으로 공천과 직접적인 관련은 없는 위치였다. 그는 총선 후 당원 투표로 대표가 됐는데 그가 왜 총선 공천비리와 관련해서 사퇴해야 하는가.

대선후보 경선, 특히 집권당 경선은 한국 사회가 보여주어야 할 최고 수준의 민주적 경쟁 중 하나일 것이다. 이를 어떻게 치르느냐에 따라 집권당의 국정운영 능력이 평가된다. 누구보다도 집권당은 국민에게 모범을 보여야 한다. 정해진 원칙과 제도에 따라 후보들이 참여해서 성실하게 완주해야 하는 것이다.

새누리당 경선은 시작부터 저급한 수준을 보였다. 일부 비주류 세력은 국민참여 경선으로 룰(rule)을 바꿀 것을 주장했다. 요구가 받아들여지지 않자 정몽준·이재오 의원은 끝내 경선을 포기하고 말았다. 그 사건도 명분이 없는 것이었는데 이번에는 잘 진행되던 경선을 3인이 더욱 더 이상한 이유로 거부했다.

경선 하나 제대로 치러내지 못하는 인물들이 대통령이 되어 국정을 맡으면 국가는 커다란 혼란에 빠질 것이다. 당에 커다란 문제가 생겼을 때 힘을 합쳐 해결할 생각은 하지 않고 이를 정치적으로 이용하려는 행위는 '조직의 순리(順理)'에 맞지 않는 것이기도 하다. 집권당의 이런 추태를 보면서 자라나는 세대가 무엇을 배울 것인가.

114

숫자는 모호하게 적지 마라

원 문

환부가 건조될 때까지 정기적으로 사용해주십시오. 만일 피부염 소견이 있거나 건선 같은 상태일 경우에는 두피가 완전히 회복될 때까지 사용을 보류해야 합니다. 〈약품사용설명서〉

해 설

- 약품의 사용설명서에 적혀 있는 글이다. 이런 글은 쉽고 정확하게 쓰는 게 관건이다.
- 문장2는 문제가 없으나 문장1은 모호하다. '환부가 건조될 때까지'는 정확성이 있지만 '정기적으로'는 정확히 어떤 간격인지 알 수가 없다.

도 해

8시간마다 ↑

환부가 건조될 때까지 [정기적으로] 사용해주십시오. 만일 피부염 소견이 있거나 건선 같은 상태일 경우에는 두피가 완전히 회복될 때까지 사용을 보류해야 합니다.

심화해설

숫자는 압축해서 제시하고 단순명쾌하게 나타내야 한다

구체적인 숫자를 넣어 표현하면 논리성이 강해지고 더불어 독자의 신뢰도도 높아진다. 예를 들어 '대만 기업의 대부분은 중소기업이다'라고 하기보다는 '대만 기업의 99%는 중소기업이다'라고 하는 편이 더 믿음을 준다. 또 '올해는 아이스크림 판매에 좀더 힘을 쏟을 필요가 있다. 날이 더워지면 아이스크림 매출도 늘어나기 때문이다'라고 쓰기보다 '올해는 아이스크림 판매에 좀더 힘을 쏟을 필요가 있다. 기온이 30도를 넘으면 아이스크림 매출은 30도 이하인 날보다 15% 늘어나기 때문이다'라고 하면 독자는 정보를 구체적으로 얻게 된다. 그러나 너무 세세하게 나열하면 독자가 오히려 어려워하고 인상에 남지 않을 수도 있으므로 숫자는 될수록 압축해서 제시하고 단순명쾌하게 나타내야 한다.

지구 닮은 행성

명문 산책

금성은 태양에서 1억700만km 떨어져 있다. 태양~지구 거리 1억4900만km보다 28% 짧다. 금성은 태양과 가까워서 표면 온도가 470도다. 납이 녹는 온도다. 물이 남아 있을 리 없다. 생물도 살 수 없다. 태양에서 2억7700만km(태양~지구의 1.86배) 떨어진 화성은 영하 47도다. 물이 있더라도 드라이아이스 형태로나 존재한다. 고등생물은 진화할 수 없는 환경이다.

지구가 태양에서 5% 더 가까이 있거나 15% 더 먼 곳에 있었다면 생물이 살 수 없었을 것이라고 한다. 지구가 너무 작았으면 중력이 약해 물이 우주 공간으로 달아났을 것이다. 너무 컸더라면 수증기가 상공으로 올라가지 못했을 것이다. 수증기로 열을 방출하지 못하면 지구가 뜨거워져 역시 생물이 살 수 없다. 지구는 생물 진화에 기적적으로 들어맞는 특별한 행성이다.

유럽 과학자들이 지구와 비슷한 환경을 갖춘 태양계 밖 행성 '581c'를 발견했다. 지구에서 빛으로 달려 20.5년 걸리는 거리에 있다. 크기는 지구의 1.5배, 질량은 5배다. 지표 온도가 0~40도여서 액체 형태의 물이 존재할 가능성이 크다고 한다. 과학자들이 지금까지 발견한 다른 220개 행성은 온도가 너무 높거나 낮아 물이 있기 힘든 조건이었다. 〈후략〉

조선일보 2007년 4월 27일, 한삼희

해 설

글 속에 숫자를 나열하면 자칫 딱딱하고 어려워질 수 있는데, 이 글은 전혀 그렇지 않다. 그 이유는 세 가지다. 첫째는 꼭 필요한 숫자만 압축해서 제시했고, 둘째는, 숫자를 이용해 개념을 제시한 뒤에는 곧바로 쉬운 설명을 덧붙였다. 예를 들어 단락1의 문장1만 있으면, 독자는 1억700만km가 어느 정도인지 알 수 없는데, 문장2로 즉시 궁금증을 풀었다. 셋째는 일문일의一文一義, 즉 한 문장에 한 가지 뜻만 갖게 한 단문으로 작성해 어려워질 수 있는 요소를 없앴다. 숫자를 제시한 글의 모범사례로 꼽을 만하다.

숫자를 곁들인 설명은 더욱 쉬운 말로 부연하라

원 문

[1]독서는 사람을 변심시키고 그리하여 나라를 변혁시킨다. [2]글 읽는 힘이 없는 집단에 진보나 발전은 없다. [3]지구상 유일한 초강대국 미국을 보라. [4]탄생한 지 200여 년밖에 안 된 미국의 힘은 바로 활자에서 나온다. [5]미국의회도서관에는 인간이 이룬 모든 업적이 활자화되어 1억3000만 점의 인쇄물이 보관되어 있다. [6]책장 길이만 해도 850km에 달한다. [7]한국 관련 자료만 22만 권에 이르고 있다. [8]이 때문에 전 세계 연구자들이 자기 나라를 연구하기 위해 미국 의회도서관을 찾는 진풍경이 일어나고 있다. 〈일간신문〉

해 설

- 문장1 '변심'의 쓰임이 적절하지 않다. 이 말은 부정적인 의미가 있는 말이므로 '독서'와는 어울리지 않는다. 또 문장2 '진보'와 '발전'은 같은 말이다. 한 문장에서 같은 말을 중언부언할 필요가 없다.
- 문장5는 왠지 이상하다. '인간이 이룬 모든 업적이 활자화되어 인쇄물이 보관되어 있다'니…. '활자화되어'가 잘못된 것이다. 즉, 필자가 말하려는 것은 '도서관에는 인간이 이룬 업적이 활자화되어 있다'가 아니라 '도서관에는 활자화된 인쇄물이 보관되어 있다'이므로 '업적이 활자화되어'는 '업적을 활자화한'으로 고쳐 '인쇄물'을 수식하게 해야 한다. 또 '모든' 업적이 활자화되었다는 표현은 과장이다.
- 문장6 '책장 길이가 850km'란 표현은 구체성이 있다. 이렇게 구체적인 숫자를 제시하면 두루뭉술하게 표현하는 것보다 더 논리적이다. 그러나 독자가 그 길이가 어느 정도인지 알 수 있도록 부연설명하지 않은 것은 잘못이다.
- 문장7도 구체성은 있지만, 부연설명이 없어 22만 권이 과연 어느 정도인지 독자는 알 수가 없다. '이것은 우리나라 국립중앙도서관 장서의 절반 가까이다'라는 정보를 넣어주면 독자는 훨씬 쉽게 이해한다.

도해

사람의 마음을 바꾸고

미국이 지구상 유일한 초강대국이 될 수 있었던 것은 바로 활자를 소중히 했기 때문이다.

독서는 사람을 변심시키고 그리하여 나라를 변혁시킨다. 글 읽는 힘이 없는 집단에 진보나 발전은 없다. 지구상 유일한 초강대국 미국을 보라. 탄생한 지 200여 년밖에 안 된 미국의 힘은 바로 활자에서 나온다. 미국의회도서관에는 인간이 이룬 모든 업적이 활자화되어 1억3000만 점의 인쇄물이 보관되어 있다. 책장 길이만 해도 850km에 달한다. 한국 관련 자료만 22만 권에 이르고 있다. 이 때문에 전 세계 연구자들이 자기 나라를 연구하기 위해 미국 의회도서관을 찾는 진풍경이 일어나고 있다.

점

이르러 우리나라 국립중앙도서관 자료의 절반 가까이나 된다.

대부분의 업적을 활자화한

서울~부산을 왕복하는 길이다.

개선례

독서는 사람의 마음을 바꾸고 그리하여 나라를 변혁시킨다. '글 읽는 힘'이 없는 집단에 발전은 없다. 미국을 보라. 탄생한 지 200여 년밖에 안 된 미국이 지구상 유일한 초강대국이 될 수 있었던 것은 바로 활자를 소중히 했기 때문이다.

미국 의회도서관에는 인간이 이룬 대부분의 업적을 활자화한 1억3000만 점의 인쇄물이 보관되어 있다. 책장 길이만 850km에 달한다. 서울~부산을 왕복하는 길이다. 한국 관련 자료만 22만 점에 이르러 우리나라 국립중앙도서관 자료의 절반 가까이나 된다. 이 때문에 전 세계 연구자들이 자기 나라를 연구하기 위해 미국 의회도서관을 찾는 진풍경이 일어난다.

기사문의 수치는 사실과 가깝게 적어라

원 문

[1]유디치과그룹의 서울 여의도 지점. [2]다른 치과보다 싸게 임플란트 시술을 할 수 있다고 소문이 나면서 전국에 115개의 지점을 확보하고 있습니다. [3]일반 치과의 임플란트 가격은 150만원 이상. [4]하지만 이 네트워크 치과는 80만원 정도로 반값에 불과합니다. 〈방송뉴스〉

해 설

- 문장3 '일반 치과의 임플란트 가격은 150만원 이상' 이란 표현은 문제가 있다. '몇 개' 에 150만원인지 알 수 없다. 임플란트에 대해 지식이 있는 경우는 '한 개' 당 가격이 그렇다고 생각하겠지만, 대부분의 사람은 그런 사실을 모르기 때문에 '한 개에 150만원 이상' 이라고 적어주어야 한다.
- 문장4의 '80만원 정도로 반값에 불과' 도 잘못된 표현이다. 150만원의 반값은 75만원이다. 이것은 간단한 계산이다. 그런데 이보다 많은 액수에 '불과不過' 란 말을 붙였다. **수필문과 달리 기사문의 수치는 최대한 사실과 가깝게 적어야 한다.**
- 문장1과 문장3은 어미 없이 끝낸 명사형문장(중지형문장)으로 되어 있다. **명사형문장은 효과적으로 사용하면 문장에 긴장감을 주기도 하지만, 잘못 사용하면 불손해지고 경박한 느낌을 준다.** 문장1은 지금 TV 화면에 비치는 것을 설명하는 것이므로 문제가 없다. 그러나 문장3은 가격을 설명하는 것이므로 굳이 명사형문장으로 만들 필요가 없다. 명사형 문장은 꼭 필요할 때만 한정적으로 써야 한다.

116

도 해

한 개에

유디치과그룹의 서울 여의도 지점. 다른 치과보다 싸게 임플란트 시술을 할 수 있다고 소문이 나면서 전국에 115개의 지점을 확보하고 있습니다. 일반 치과의 임플란트 가격은 150만원 이상. 하지만 이 네트워크 치과는 80만원 정도로 반값에 불과합니다.

입니다

개선례

유디치과그룹의 서울 여의도 지점. 다른 치과보다 싸게 임플란트 시술을 할 수 있다고 소문이 나면서 전국에 115개의 지점을 확보하고 있습니다. 일반 치과의 임플란트 가격은 한 개에 150만원 이상입니다. 하지만 이 네트워크 치과는 80만원 정도에 불과합니다.

심화해설

숫자 표기는 더욱 명확해야 한다

글은 명확할수록 좋다. 문예문에서는 모호한 표현이 개성이 되기도 하지만 일반적인 글은 명확할수록 좋다. 예를 들어 "외국에는 이런 관습이 없다"는 식의 글은 모호하다. 외국에는 미국도 있고 일본도 있고 프랑스도 있기 때문이다.

개념적으로 알기 어려운 말이라면 바로 실례를 들어야 한다. 즉, '양서류는 파충류와 어류의 중간에 있는 척추동물의 일종이다' 라고 설명하기보다 '개구리·두꺼비·도롱뇽 등이 이에 속한다' 라고 실례를 들면 알기 쉽다.

숫자표기는 더욱 명확해야 한다. 예를 들어 '그 사건은 작년 봄쯤 일어났다' 보다 '그 사건은 2013년 5월 20일 일어났다' 라고 쓰는 것이 명확하고, '작금의 사건들은 매우 드물게 일어난다' 보다 '작금의 사건들은 30년에 한 번꼴로 일어난다' 라고 쓰는 것이 더 명확하다. 또 '대학생 취업률이 극히 낮다' 보다는 '대학생 취업률은 60%에 지나지 않는다' 가 더 구체적이다.

혼동할 수 있는 이름은 정확히 써라

원 문

[1]"태평양을 정복하는 자가 세계를 지배한다." [2]미국 해군대학 교장 메이헌(Alfred T. Mahan)이 1890년에 출판된 그의 저서 '역사에서 해군력의 영향'에서 역설한 말이다. [3]그의 책은 출간 즉시 베스트셀러가 되었고 루스벨트 대통령도 그의 열렬한 애독자 중의 한 사람이었다. 〈일간신문〉

해 설

- 문장2와 문장3에 3개나 들어있는 '그의'란 표현이 걸린다. 마치 번역문 같은 느낌이다. 문장2 '그의 저서'를 들어내면 이 문제가 해결된다. 이 어구가 없어도 이 책은 메이헌이 쓴 것임을 알 수 있다. 다음 문장에 '그의 책은' 이란 표현이 있기 때문이다.
- 문장2 'Alfred T. Mahan'의 정확한 한글 표기는 '앨프리드 머핸' 인데, '메이헌' 으로 적었다. 국립국어원 누리집(홈페이지)에 들어가면 중요인물의 표기정보를 쉽게 얻을 수 있다. 독자의 혼란을 줄이기 위해 원어를 병기한 것은 잘한 일이다.
- '머핸' 이 쓴 책의 원제는 『The Influence of Sea Power Upon History』이다. 필자는 이를 직역해 '역사에서 해군력의 영향' 이라고 했으나 일반적으로는 『해양력이 역사에 미치는 영향』으로 알려져 있다. 이 같은 혼동을 줄이기 위해 널리 알려져 있지 않은 책은 원서명을 병기해야 한다.
- 문장3 '루스벨트 대통령' 이란 표현은 정확하지 않다. 미국 대통령 중 '루스벨트'란 이름을 쓰는 사람은 2명이다. 한 사람은 26대 '시어도어 루스벨트' 이고, 다른 한 사람은 32대 '프랭클린 루스벨트' 이다. 물론 미국사를 아는 사람이라면 앞뒤 문맥을 보아 '시어도어 루스벨트' 임을 알아차리겠지만, 그렇지 않은 사람이면 대공황을 극복한 '프랭클린 루스벨트' 라고 생각할 수 있다.

도 해

한 / 『해양력이 역사에 미치는 / 머핸

"태평양을 정복하는 자가 세계를 지배한다." 미국 해군대학 교장 메이헌(Alfred T. Mahan)이 1890년에 출판된 그의 저서 '역사에서 해군력의 영향'에서 역설한 말이다. 그의 책은 출간 즉시 베스트셀러가 되었고 루스벨트 대통령도 그의 열렬한 애독자 중의 한 사람이었다.

시어도어 / 이 책의 / (The Influence of Sea Power Upon History)』

개선례

"태평양을 정복하는 자가 세계를 지배한다."

미국 해군대학 교장 머핸(Alfred T. Mahan)이 1890년에 출판한 『해양력이 역사에 미치는 영향(The Influence of Sea Power Upon History)』에서 역설한 말이다. 그의 책은 출간 즉시 베스트셀러가 되었고 시어도어 루스벨트 대통령도 이 책의 열렬한 애독자 중 한 사람이었다.

심화해설

사상가 루소와 화가 루소

루스벨트처럼 인명의 일부만 적음으로써 혼동할 수 있는 경우는 루소도 마찬가지다. 그냥 '루소는…' 하고 쓰면, 독자는 사상가 루소(장자크 루소, Jean Jacques Rouseau, 1712~1778)인지, 화가 루소(앙리 루소, Henri Rousseau, 1844~1910)인지 멈칫하게 된다. 이것을 '프랑스 계몽사상가인 장자크 루소는…'이나 '화가 루소는' 하고 쓰기 시작한다면 독자에게 불필요한 부담을 주지 않는다.

현대인물 중에서 이런 문제가 발생할 수 있는 사람은 미국의 '부시 대통령'이 대표적이다. 걸프전쟁을 일으킨 대통령(41대)은 '조지 허버트 워커 부시(George Herbert Walker Bush, 1924)'이고, 이라크전쟁을 일으킨 대통령(43대)은 '조지 워커 부시(George Walker Bush, 1946~)'이다. 독자의 이해를 돕는다면 '아버지 부시'와 '아들 부시'로 구분할 수도 있다. 그러나 이것은 편의상 그렇다는 것이고 정석은 아니다.

독자를 편안하게 하는 문장, 피곤하게 하는 문장

원문

[1]일본의 국제경쟁력은 95년 미국에 추월당한 이래, 그 차이가 더욱 벌어지고 있다. [2]버블붕괴 후의 장기불황 속에서 정부와 기업 모두 중장기적인 대응책을 마련하지 못하고 있다. 〈단행본〉

해설

- 문장1과 문장2 사이에 인과관계가 나와 있지 않아 무엇을 주장하려 하는지 금방 알 수가 없다. 이런 글은 독자를 피곤하게 만든다. 독자가 두 문장이 어떻게 연관되어 있는지를 생각하면서 읽어야 하기 때문이다. 어떤 사람은 문장1의 원인을 문장2에서 말한 것으로 생각하고, 어떤 사람은 문장1과 같은 상황에도 불구하고 문장2처럼 '정부와 기업이 무대책'이라는 뜻으로 받아들인다. 전자의 경우라면 문장2 앞에 '그 이유는(또는 왜냐하면)'을 넣고 끝에서 '-기 때문이다'로 받아야 한다. 후자의 경우라면, 문장2 앞에 '그럼에도 불구하고'를 넣어야 한다. 이처럼 **인과관계의 판단을 읽는 사람에게 맡기면 사람에 따라 다른 판단을 하게 되어 필자의 의도가 잘못 전달될 수도 있다.** 인과관계가 있는 정보는 그것을 확실히 알 수 있도록 표현해야 한다.
- 문장1의 '95년'은 '1995년'으로 써야 한다. 연도는 네 자리를 다 적는 게 원칙이다. 단 1900년대는 처음 나올 때는 네 자리를 다 적고 다음부터는 두 자리만 쓸 수 있다.

심화해설

인과관계를 나타내는 말은 가급적 문두에 두어라

인과관계가 있는 정보는 그것을 확실히 알 수 있도록 표현해야 한다. 그렇게 하면 인과因果를 추측하지 않아도 되기 때문에 읽는 사람의 부담이 줄어들고 명확한 글이 된다.

이때 인과관계를 나타내는 말은 가급적 문두에 두어야 한다. 예를 들면, 'A입니다. B이기 때문입니다'가 아니라 'A입니다. 왜냐하면(또는 '그 이유는') B이기 때문입니다'라고 하는 것이다. 문두에 '왜냐하면'이라고 되어 있으면, 읽는 사람은 앞으로 이유가 ↗

118

도 해 그 이유는 1995

일본의 국제경쟁력은 95년 미국에 추월당한 이래, 그 차이가 더욱 벌어지고 있다. 버블붕괴 후의 장기불황 속에서 정부와 기업 모두 중장기적인 대응책을 마련하지 못하고 있다.

→ 있기 때문이다.

그럼에도 불구하고 1995

일본의 국제경쟁력은 95년 미국에 추월당한 이래, 그 차이가 더욱 벌어지고 있다. 버블붕괴 후의 장기불황 속에서 정부와 기업 모두 중장기적인 대응책을 마련하지 못하고 있다.

개선례①

일본의 국제경쟁력은 1995년 미국에 추월당한 이래, 그 차이가 더욱 벌어지고 있다. 그 이유는 버블붕괴 후의 장기불황 속에서 정부와 기업 모두 중장기적인 대응책을 마련하지 못하고 있기 때문이다.

개선례②

일본의 국제경쟁력은 1995년 미국에 추월당한 이래, 그 차이가 더욱 벌어지고 있다. 그럼에도 불구하고 버블붕괴 후의 장기불황 속에서 정부와 기업 모두 중장기적인 대응책을 마련하지 못하고 있다.

↘ 나올 것이라고 미리 생각하게 된다. 이렇게 미리 짐작하면 필요정보를 뇌가 사전에 활성화할 수 있다.

반대로 인과관계를 명시하는 말이 문말에 오면 이해가 어려워진다. 왜냐하면 뒷문장을 전부 읽은 후에, 두 문장의 인과관계가 명시되기 때문이다. 문두의 '왜냐하면'을 생략하고, 문말에 '-이기 때문이다'라고 하면, 최악의 경우, 뒷문장을 전부 읽어야만 비로소 이유를 말했음을 알 수 있다.

인과관계가 있으면 그 관계를 알 수 있는 말을 넣어라

원 문

1 [1]논리적이고 이해하기 쉬운 글을 쓰기 위해서는 접속어구를 적절히 사용해야 한다. [2]접속어구는 문장과 문장의 논리관계를 명확히 해준다. [3]논리관계를 명확히 하는 것은, 논리적인 글을 쓰는 데 있어서 매우 중요하다. [4]앞으로의 전개를 알 수 있으므로 이해하기 쉬워진다는 점도 접속어구의 효용이다.

2 즐기기 위한 글에서는 접속어구를 일부러 생략한다. 즐기기 위한 글에서는 문장과 문장의 논리관계보다 재미와 흐름이 중요하기 때문이다. 접속어구를 많이 사용하면, 글의 재미와 흐름이 저해되어버린다. 〈단행본〉

해 설

- 단락1의 문장1과 문장2는 인과관계가 있는데 그 관계를 나타내는 말이 없어 모호한 문장이 되어버렸다. **인과관계가 있는 문장은 반드시 그 관계를 짐작할 수 있는 어구를 삽입해야 한다.**
- 단락1의 문장4는 문장1에서 문장3까지에 대한 부연설명이다. 없어도 독자를 설득하는 데 아무 지장이 없다. 굳이 쓰고자 한다면 이 문장의 키워드(핵심어)인 '접속어구의 효용'을 앞으로 가져오는 것이 좋다. 즉, '접속어구의 다른 효용 중에는…도 있다' 처럼 쓰면 독자는 앞으로 나올 내용을 미리 짐작할 수 있어 부담이 적어진다.
- 단락2는 앞의 이야기와 약간 다른 성격이다. 따라서 별도의 단락으로 만들었다. 이런 때는 '한편' 같은 접속어구를 넣는 것이 정석이다. 이런 말이 있으면 독자는 이제부터는 약간 다른 내용이 나온다는 것을 알 수 있다.
- 단락2 첫머리의 '즐기기 위한 글'이 무엇인지 금방 느낌이 오지 않는다. 이렇게 약간 추상적인 어구에는 그것을 쉽게 짐작할 수 있는 말을 덧붙여 주어야 한다. '수필이나 소설처럼'을 앞세워 '수필이나 소설처럼 즐기기 위한 글에서는…'의 형식으로 쓰는 것도 한 방법이다.

도 해

왜냐하면 가 접속어구의 다른 효용 중에는, 해주기 때문이다.

논리적이고 이해하기 쉬운 글을 쓰기 위해서는 접속어구를 적절히 사용해야 한다. 접속어구는 문장과 문장의 논리관계를 명확히 해준다. 논리관계를 명확히 하는 것은, 논리적인 글을 쓰는 데 있어서 매우 중요하다. 앞으로의 전개를 알 수 있으므로 이해하기 쉬워진다는 점도 접속어구의 효용이다.

있어 있다.

즐기기 위한 글에서는 접속어구를 일부러 생략한다. 즐기기 위한 글에서는 문장과 문장의 논리관계보다 재미와 흐름이 중요하기 때문이다. 접속어구를 많이 사용하면, 글의 재미와 흐름이 저해되어버린다.

왜냐하면

한편, 수필이나 소설처럼 내용을 논리적인 글과 달리 즐기기 위한 글에서는

개선례

논리적이고 이해하기 쉬운 글을 쓰기 위해서는 접속어구를 적절히 사용해야 한다. 왜냐하면 접속어구가 문장과 문장의 논리관계를 명확히 해주기 때문이다. 논리관계를 명확히 하는 것은 논리적인 글을 쓰는 데 매우 중요하다. 접속어구의 다른 효용 중에는, 앞으로의 전개를 미리 알 수 있어 내용을 이해하기 쉬워진다는 점도 있다.

한편, 수필이나 소설처럼 즐기기 위한 글에서는 접속어구를 일부러 생략한다. 왜냐하면 즐기기 위한 글에서는 문장과 문장의 논리관계보다 재미와 흐름이 중요하기 때문이다. 논리적인 글과 달리 즐기기 위한 글에서는 접속어구를 많이 사용하면 글의 재미와 흐름이 저해되어버린다.

인과관계가 있으면 그 관계를 알 수 있는 설명을 넣어라

원 문

1 [1]투표율이 낮아지면 투표 전체에서 차지하는 부동표의 비율이 줄어든다. [2]특정단체에 이익을 유도하는 것이 당선의 지름길이 된다. [3]그 결과 적지 않은 정치인이 이익 유도에 혈안이 되어 있다. [4]활력 있는 나라를 만들기 위해서도 모든 유권자가 기권은 절대 하지 않는다는 의식을 가져야 한다.

2 [1]한편, 정치인과 정당은 국민의 관심과 신뢰를 얻기 위한 노력을 게을리해서는 안 된다. [2]비서의 월급을 정치자금으로 유용하고, 기업인과의 검은 거래가 밝혀지는 등, 정치인의 불상사는 끊이지 않고 있다. 〈단행본〉

해 설

- 단락1의 문장1과 문장2의 관계가 알기 어렵게 되어 있다. '투표율이 낮아지면 투표 전체에서 차지하는 부동표의 비율이 줄어든다' 와 '특정단체에 이익을 유도하는 것이 당선의 지름길이 된다' 사이에 어떤 관계가 있는지 설명이 필요한데 그러지 않았기 때문이다. 문장2 앞에 이를 알 수 있는 설명을 집어넣어야 한다.
- 단락1의 문장4도 문장3과 잘 연결되지 않는다. 특히 '활력 있는 나라를 만들기 위해서' 가 갑작스럽게 나온 느낌을 준다. 이 부분도 앞부분과 잘 연결될 수 있는 설명을 집어넣어야 한다. 논리적인 문장을 쓰기 위해서는 문장과 문장의 관계를 명확히 하는 것이 무엇보다 중요하다.
- 단락2의 문장1과 문장2의 관계를 알 수 없다. 흐름상 역접逆接일 가능성이 많은데, 명시되어 있지 않아 비논리적인 글이 되었다.
- 단락2 문장2는 서술구조가 동일하지 않다. 즉, 앞에서는 '월급을 정치적으로 유용하고' 처럼 능동으로 표현했는데, 이어지는 절에서는 '검은 거래가 밝혀지는 등' 처럼 피동으로 표현했다. 문장의 서술구조(문법구조)는 대등하게 해야 혼란스럽지 않다.

120

도 해 그럼에도 불구하고

따라서 '부동표 획득' 이라는 리스크를 감수하기보다는 고정표를 획득하기 위해

투표율이 낮아지면 투표 전체에서 차지하는 부동표의 비율이 줄어든다. 특정단체에 이익을 유도하는 것이 당선의 지름길이 된다. 그 결과 적지 않은 정치인이 이익 유도에 혈안이 되어 있다. 활력 있는 나라를 만들기 위해서도 모든 유권자가 기권은 절대 하지 않는다는 의식을 가져야 한다.

이런 질 낮은 정치인을 당선시키지 않기

한편, 정치인과 정당은 국민의 관심과 신뢰를 얻기 위한 노력을 게을리해서는 안 된다. 비서의 월급을 정치자금으로 유용하고, 기업인과의 검은 거래가 밝혀지는 등, 정치인의 불상사는 끊이지 않고 있다.

거래를 자행하는

개선례

투표율이 낮아지면 투표 전체에서 차지하는 부동표의 비율이 줄어든다. 따라서 '부동표 획득' 이라는 리스크를 감수하기보다는 고정표를 획득하기 위해 특정단체에 이익을 유도하는 것이 당선의 지름길이 된다. 그 결과 적지 않은 정치인이 이익 유도에 혈안이 되어 있다. 이런 질 낮은 정치인을 당선시키지 않기 위해서도 모든 유권자가 기권은 절대 하지 않는다는 의식을 가져야 한다.

한편, 정치인과 정당은 국민의 관심과 신뢰를 얻기 위한 노력을 게을리해서는 안 된다. 그럼에도 불구하고 비서의 월급을 정치자금으로 유용하고, 기업인과 검은 거래를 자행하는 등, 정치인의 불상사는 끊이지 않고 있다.

소설이나 수필 등 문예문에서는 모호한 표현이나 모순된 어법이 오히려 개성이 되는 경우가 있다. 또 권유하는 문장에서는 직접적인 표현보다 완곡한 표현을 사용하는 편이 효과가 있는 수도 있다. 그러나 일반적으로 문장은 명확하면 명확할수록 좋다. 명확한 문장을 쓰는 첫걸음은 어구의 선택과 문장 간의 상호관계에 주의하는 것이다.

1. 지시대명사의 사용은 가급적 피한다.

문장 곳곳에 '이것은' '그것은' 하고 적혀 있으면 독자는 '이것' '그것'이 무엇을 가리키는지 생각하면서 읽어야 하기 때문에 번거롭다. 이로 인해 오독誤讀이 되는 수도 많다.

2. 단문을 많이 사용한다.

단문單文, 즉 하나의 주어와 하나의 서술어로 짜여진 문장이 많은 글은 쉽고 명확하다. 그러나 안은문장(복문·複文), 즉 '주어+서술어'의 짜임 속에 다시 '주어+서술어'의 짜임이 있는 문장은 복잡해지기 쉬워 어구가 서로 어떻게 관계하는지 알 수 없는 경우가 많다.

3. 주체가 불명확한 피동표현은 피한다.

'~이 주목된다' '~으로 생각된다' '~이라고 말해진다' 등의 표현이 그것이다. '누가 주목하고', '누가 생각하고', '누가 말하는지'가 없으면 명확한 글이라고 할 수 없다. 이런 표현이 자주 나오는 것은 그 글에 대해 자신이 없거나 책임을 회피하려 하기 때문이다.

4. 이중부정을 남용하지 않는다.

'~라고 하지 않을 수 없다' '~하지 않으면 안 된다' 같은 이중부정은 문장을 강조하는 데는 효과가 있지만, 필자의 진심이 아리송해질 수도 있다. '~라고 할 수 있다' '~해야 한다' 등의 긍정표현으로도 충분한 것은 그렇게 해야 한다.

5. 추측표현을 많이 쓰지 않는다.

이것도 독자의 판단을 모호하게 하는 요소다. 여기에다 이중부정까지 가세하여 '~라고 말하지 않을 수 없는 것도 아닌 듯하지만…' 처럼 표현하는 것은 명확한 문장을 쓰는 데 최대의 적이다.

6. 다의적인 말은 의미가 명확한 말로 바꾼다.

예를 들어 '자동차를 움직인다'는 자동차를 운전하는 것인지, 견인차로 다른 장소로 끌어가는 것인지 알 수 없다.

7. 관련되는 사항은 정돈한다.

상호관계가 있는 (1) (2) (3)에 대해 설명할 때는 우선 (1) (2) (3)에 대해서 말한 뒤 (1)에만 관계하는 ① ②가 있다면 보충의 형태로 언급한다.

8. 중요한 이야기는 첫머리에서 말한다.

중요한 사항을 첫머리에서 말하고, 그 뒤에 증명을 하거나 보충하는 형태로 써나가면 쉽게 납득한다.

9. 중요문서일 때 '등'에 의한 생략은 최소한에 그친다.

예를 들어 보고서에서 '비 등으로 인해 제품의 완성이 늦어졌지만…' 식으로 끝내기보다, 완성이 늦어진 이유를 모두 열거한다. 늦어진 원인의 해명은 훗날 전략상 필요하기 때문이다.

정보에 주종이 있으면 그 관계를 명시하라

원 문

우리 회사는 커리어 육성 시스템 HERAT21을 도입하고 있으며, 사원은 업계에서도 최고 수준의 기술을 가지고 있다. 〈단행본〉

해 설

두 문장이 '있으며' 로 연결된 이어진문장(중문·重文)이다. 그런데 '−으며' 는 'and' 에 해당하는 등위等位의 연결어미이므로 어느 쪽을 강조하고 싶은지 알 수가 없다. 즉, ① '우리 회사는 커리어 육성 시스템 HERAT21이라는 효과적인 시스템을 도입하고 있다' 라는 말이 하고 싶은 것인지, ② '우리 회사의 사원은 업계 최고 수준의 기술을 가지고 있다' 라는 말이 하고 싶은 것인지 알 수 없다. **2개의 정보에 주종主從이 있다면, 그 관계를 명시해야 읽는 사람에게 의미가 쉽게 전달된다.**

심화해설

주종이 있는데도 등위접속사로 연결하면…

2개의 정보에 주종이 있다면, 그 관계를 명시해야 의미가 쉽게 전달된다. 주종관계가 있음에도 'and' 에 해당하는 등위의 접속어로 연결하면 주정보를 강조할 수 없다.

예를 들어 '본 시스템은 적외선센서를 갖추고 있다.' 와 '본 시스템은 장애물을 자동인식한다.' 라는 문장이 있다고 하자. '적외선센서를 갖추고 있다' 는 것이 주主가 되는 문장이라면, 이 두 문장은 '본 시스템은 장애물을 자동인식하기 위해 적외선 센서를 갖추고 있다.' 라고 연결하면, '장애물을 자동 인식하는 것' 이 종從의 위치가 되므로, 주정보인 '적외선센서를 갖추고 있다' 가 강조된다. 또 '장애물을 자동인식하는 것' 이 주가 되는 문장이라면, '본 시스템은 적외선센서에 의해 장애물을 자동인식한다.' 라고 연결하면 '적외선센서를 갖춘 것' 이 종의 위치가 되므로, 주정보인 '장애물의 자동인식' 이 강조된다. 그러나 '본 시스템은 적외선 센서를 갖추고 있고, 장애물을 자동인식한다.' 처럼 'and' 에 해당하는 등위의 열결어미나 접속어로 연결해버리면 주종관계를 알 수 없게 된다.

개선례① ①의 말이 하고 싶은 경우

우리 회사가 업계 최고 수준의 기술을 가진 사원을 보유하고 있는 것은, 커리어 육성 시스템 HERAT21을 도입하고 있기 때문이다.

개선례② ②의 말이 하고 싶은 경우

우리 회사의 사원은 커리어 육성 시스템 HERAT21을 활용함으로써 업계 최고 수준의 기술을 가지고 있다.

주정보를 중심으로 핵심문장을 만들어라

원 문

[1]본 제품에는 USB케이블이 내장되어 있다. [2]이 USB케이블에는 모뎀기능이 탑재되어 있다. [3]그러므로 휴대전화의 메모리 백업이 가능하다. [4]또한 그뿐 아니라 고속 모바일 통신도 지원한다. [5]이 USB케이블은 높은 통신기능을 갖고 있다. [6]그러므로 각 휴대전화의 통신속도를 최대한으로 활용할 수 있다. [7]따라서 비즈니스 현장에서는 물론 다양한 장소에서 위력을 발휘한다. 〈단행본〉

해 설

- 여러 개의 문장이 주종관계 없이 나열되어 있어 무엇을 강조하는지 명확하지 않다. '그러므로'(문장3, 문장6) '또한'(문장4) '따라서'(문장7) 같은 접속사가 많이 사용된 점도 주종관계의 판단을 어렵게 하고 있다.
- 잘 읽어보면, 'USB케이블은 휴대전화의 메모리 백업뿐 아니라 고속 모바일 통신도 지원한다'는 것과, '다양한 장소에서 위력을 발휘한다'는 것을 주主정보로 삼고 있음을 알 수 있다. 따라서 이것을 중심으로 핵심문장을 만들고, 그 외의 정보는 종從의 위치가 되므로 종속절로 만들어 '종의 정보'임을 읽는 사람에게 알려주어야 한다.

도 해

본 제품에는 USB케이블이 내장되어 있다. 이 USB케이블에는 모뎀기능이 탑재되어 있다. 그러므로 휴대전화의 메모리 백업이 가능하다. 또한 그뿐 아니라 고속 모바일 통신도 지원한다. 이 USB케이블은 높은 통신기능을 갖고 있다. 그러므로 각 휴대전화의 통신속도를 최대한으로 활용할 수 있다. 따라서 비즈니스 현장에서는 물론 다양한 장소에서 위력을 발휘한다.

이 두 문장이 주정보다. 이것을 중심으로 핵심문장을 만들고 나머지를 종속절로 만들어 '종의 정보'임을 알려준다.

개선례

내장된 USB케이블은 모뎀기능이 탑재되어 있기 때문에 휴대전화의 메모리 백업뿐 아니라 고속 모바일 통신도 지원한다. 또한 각 휴대전화의 통신속도를 최대한으로 활용하는 높은 통신 성능은 비즈니스 현장에서는 물론 다양한 장소에서 위력을 발휘한다.

오래된 정보를 문두에 놓아라

원 문

[1]ABC사는 특수한 안테나 기술로 유명하다. [2]이 기술 덕분에 10년이 채 못 되어 업계 2위에까지 올랐다. [3]ABC사는 연 성장률 30%의 기세로 매출을 늘려가고 있다. [4]홍길동 씨가 1960년에 ABC사를 설립했다. 〈단행본〉

해 설

네 문장 모두 'ABC사'에 대한 이야기를 하고 있다. 따라서 문장1은 'ABC사'를 주어로 하고 있다. 문장2도 주어가 생략되어 있지만 'ABC사'가 주어임을 누구나 알 수 있다. 문장3도 'ABC사'가 주어다. 그런데 문장4에서는 '홍길동 씨'라는 새로운 정보를 주어로 삼아 'ABC사'보다 앞에 두었다. 이렇게 되면 정보의 흐름이 끊기는 느낌이 든다. 오래된 정보인 'ABC사'를 주어로 하여 'ABC사는 1960년에 홍길동 씨에 의해 설립되었다'라고 써야 빨리 이해되는 문장이 된다. **새로운 정보보다는 오래된 정보를 문두에 놓아야 독자가 쉽게 이해한다.**

도 해

ABC사는 ↑ 홍길동 씨에 의해 설립되었다. ↑

ABC사는 특수한 안테나 기술로 유명하다. 이 기술 덕분에 10년이 채 못 되어 업계 2위에까지 올랐다. ABC사는 연 성장률 30%의 기세로 매출을 늘려가고 있다. [홍길동 씨가] 1960년에 [ABC사를 설립했다.]

심화해설

오래된 정보와 새로운 정보

읽으면서 바로바로 이해할 수 있는 글은 전체적으로 쉽게 느껴진다. 입력된 정보가 속속 처리되어 뇌의 부하가 가벼워지기 때문이다. 그러나 후반까지 읽어야 알 수 있는 글은 전체적으로 어렵게 느껴진다. 그 사이 처리할 수 없는 정보를 뇌에 임시로 보관해둔 채 계속 글을 읽어나가야 하기 때문이다. 끝까지 보관하지 못하고 누락되어 버리면 최악의 경우 처음부터 다시 읽어 부족한 정보를 보완해야 한다. ↗

123

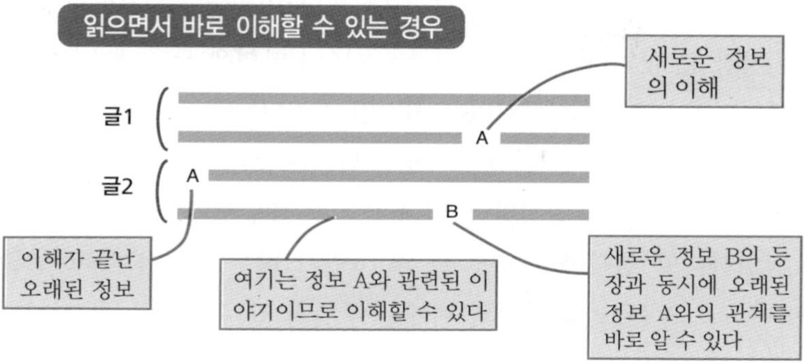

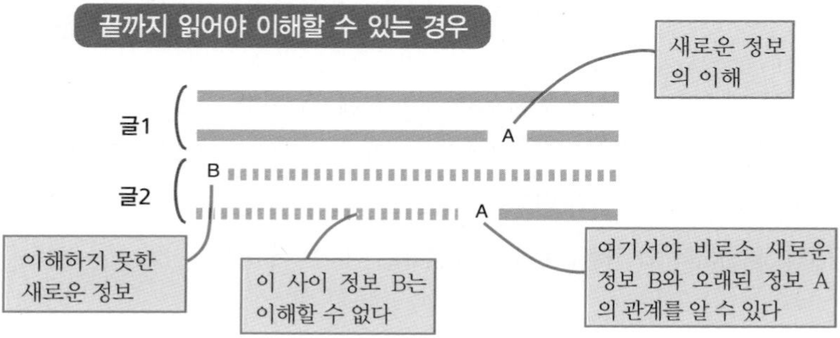

↘ 이 차이는 문두에 오래된 정보가 오느냐, 새로운 정보가 오느냐에 달려 있다. 오래된 정보는 그 문장 앞에서 언급된 어구이고, 새로운 정보는 아직 언급되지 않은 어구이다. 오래된 정보가 문두에 있으면, 그 뒤에 이어지는 새로운 정보를 읽음과 동시에 오래된 정보와 새로운 정보의 관계를 이해할 수 있다. 새로운 정보가 등장과 동시에 처리되므로 읽으면서 바로 이해할 수 있는 글이라고 느끼게 된다. 문장과 문장의 연결이 잘 되지 않는 것은 새로운 정보가 문두에 있기 때문이다.

단락은 자주 나누어야 무겁지 않다

원 문

[1]"무엇이든 보아두자. 무엇이든 들어두자." [2]이런 호기심이야말로 문장력을 기르는 가장 큰 무기다. [3]천재 물리학자 아인쉬타인은 누군가가 "당신의 재능은 선천적인 것입니까, 아니면 후천적인 것입니까?"라고 묻자 "제가 타고난 재능은 별로 없습니다. [4]다만 호기심이 남들보다 강할 뿐입니다. [5]그러므로 저의 능력은 오히려 후천적인 셈입니다"라고 대답했다. [6]호기심이란 모든 것을 당연하다고 생각하기보다, 늘 왜 그런가 하는 의문을 갖고 생활하는 마음이다. [7]보고 듣고 읽은 것의 뒤에는 무엇이 있는지 항상 생각하는 습관을 갖자. 〈단행본〉

해 설

- 내용은 좋은데 단락이 나뉘어 있지 않아 글이 눈에 쏙 들어오지 않는다. 문장1은 대사만으로 되어 있으므로 별도의 문장으로 만들어야 한다. 문장2부터와 문장6부터는 앞문장과 다른 이야기이므로 각각 별도의 단락으로 잡아야 한다.
- 문장6의 '당연하다'와 '왜 그런가'는 따옴표로 싸주는 게 좋다.

심화해설

가장 이상적인 단락의 기준

이론상으로 단락은 ①시간·장소·장면·인물이 달라질 때, ②생각·주장이 달라지거나 새로운 설명을 할 때, ③대화문으로 바뀔 때나 말하는 사람이 바뀔 때, ④어떤 부분을 강조하고 싶을 때, ⑤긴 인용문을 넣을 때 새로운 단락을 잡도록 되어 있다. 그러나 **전체적으로는 줄을 자주 바꾸는 것이 좋다. 그렇게 하는 것이 읽기에 편하고 무거운 느낌을 주지 않는다.** 그렇다고 지나치게 단락을 많이 만들면 무게가 없어지므로 주의해야 한다. 단락의 길이에 특별한 기준은 없지만 일반적으로 글자 수로는 100~200자, 줄 수로는 4~8줄(한 줄의 글자수 25자 전후 기준), 문장으로는 3~4문장이 적당하다.

124

도 해

"무엇이든 보아두자. 무엇이든 들어두자." 이런 호기심이야말로 문장력을 기르는 가장 큰 무기다. 천재 물리학자 아인쉬타인은 누군가가 "당신의 재능은 선천적인 것입니까, 아니면 후천적인 것입니까?"라고 묻자 "제가 타고난 재능은 별로 없습니다. 다만 호기심이 남들보다 강할 뿐입니다. 그러므로 저의 능력은 오히려 후천적인 셈입니다"라고 대답했다. 호기심이란 모든 것을 당연하다고 생각하기보다, 늘 왜 그런가 하는 의문을 갖고 생활하는 마음이다. 보고 듣고 읽은 것의 뒤에는 무엇이 있는지 항상 생각하는 습관을 갖자.

개선례

"무엇이든 보아두자. 무엇이든 들어두자."

이런 호기심이야말로 문장력을 기르는 가장 큰 무기다. 천재 물리학자 아인슈타인은, 누군가가 "당신의 재능은 선천적인 것입니까, 아니면 후천적인 것입니까?"라고 묻자, "제가 타고난 재능은 별로 없습니다. 다만 호기심이 남들보다 강할 뿐입니다. 그러므로 저의 능력은 오히려 후천적인 셈입니다"라고 대답했다.

호기심이란 모든 것을 '당연하다' 고 생각하기보다, 늘 '왜 그런가' 하는 의문을 갖고 생활하는 마음이다. 보고 듣고 읽은 것의 뒤에는 무엇이 있는지 항상 생각하는 습관을 갖자.

단조로움을 깨라. 그래야 독자가 관심을 갖는다

원 문

[1]어제는 모처럼 쉬는 날이었다. [2]나는 쉬는 날이면 대개 텔레비전을 보며 지내는데, 어제도 텔레비전을 보며 지냈다. [3]그런데 오후에 내가 관심 있는 프로그램이 나오고 있었다. [4]그것은 변비에 당근이나 요구르트가 도움이 되는지를 검증하는 프로그램이었는데, 나도 오랫동안 변비로 고생하고 있었기 때문에 잠시 동안 꼼짝 않고 지켜보았다. 〈인터넷〉

해 설

- 인터넷에 올라 있는 글이다. 못 쓴 글은 아니지만 글맛이 없다. 무엇보다 같은 형식이 단조롭게 이어진다. 문장2는 '지내는데 ~지냈다' 로 되어 있고, 문장3은 '그런데 ~있었다' 로 되어 있다. 문장4도 '이었는데 ~았다' 의 형식이다.
- 글을 쓸 때는 늘 '리듬' 을 염두에 두어야 한다. **리듬이 없으면 독자는 금방 지루함을 느끼지만, 리듬이 있으면 독자는 무의식중에 글에 끌리게 된다. 단조로운 주제일 때는 이 점을 더욱 명심해야 한다.**
- 문장2를 대구對句로 만들기만 해도 글맛이 달라진다. 즉, '나는 쉬는 날이면 텔레비전을 보면서 지낸다' 보다, '나는 쉬는 날이면 책을 읽거나, 텔레비전을 보면서 지낸다' 라고 하기만 해도 글은 달라진다.

심화해설

짝지어 배열하고 비슷한 어구를 되풀이하라

문장에 리듬감을 살리는 기초적인 방법은 '대구법' 과 '반복법' 이다. 대구법이란 구조가 비슷한 문장을 짝을 지어 배열하는 것이다. 이렇게 하면 문장이 금방 숨을 쉰다. 반복법은 글 속에서 같거나 비슷한 어구를 되풀이하는 방법이다. 예를 들어 '산에는 꽃이 핀다' 라고 하기보다 '산에는 꽃피네 꽃이 피네' 라고 하는 것이다. 이렇게 하면 독자는 자기도 모르게 흥얼거리고 싶어진다.

125

도 해

그렇게 / 책을 보거나 텔레비전을 보면서 지낸다.

어제는 모처럼 쉬는 날이었다. 나는 쉬는 날이면 대개 텔레비전을 보며 지내는데, 어제도 텔레비전을 보며 지냈다. 그런데 오후에 내가 관심 있는 프로그램이 나오고 있었다. 그것은 변비에 당근이나 요구르트가 도움이 되는지를 검증하는 프로그램이었는데, 나도 오랫동안 변비로 고생하고 있었기 때문에 잠시 동안 꼼짝 않고 지켜보았다.

이었다.

개선례

어제는 모처럼 쉬는 날이었다. 나는 쉬는 날이면 대개 책을 보거나 텔레비전을 보면서 지낸다. 어제도 그렇게 지냈다. 그런데 오후에 내가 관심 있는 프로그램이 나오고 있었다. 변비에 당근이나 요구르트가 도움이 되는지를 검증하는 프로그램이었다. 나도 오랫동안 변비로 고생하고 있었기 때문에 잠시 동안 꼼짝하지 않고 지켜보았다.

적당한 리듬은 글을 숨쉬게 한다

원 문

[1]우리나라 고유의 음식인 김치는 이제 일본인에게도 친숙한 먹거리 가운데 하나이다. [2]김치가 빨간색인 것은 배추를 절일 때 고춧가루를 쓰기 때문이다. [3]김치는 원래부터 빨갛지 않았다. [4]김치가 빨개진 것은 18세기에 접어들어서의 일이고, 그 전까지지는 그냥 흰색이었다. [5]아메리카 대륙이 원산지인 고추는 대항해시대에 유럽에서 일본으로 건너왔다. [6]조선에 고추가 들어온 것은 임진왜란 이후 일본으로부터였다. [7]그 뒤로 김치에 고추를 넣어먹기 시작하면서 김치가 빨갛게 되었다. 김치 하나에서 세계의 역사적 공간상(像)이 떠오르는 것이다. 이것이 바로 우리의 생활이 세계사와 깊이 연관되어 있다는 증거다. 〈『세계사의 달인이 되는 책』, 행담출판〉

해 설

- 세계사책의 서문의 원고인데 몇 가지 개선할 곳이 있다. 우선 이 글은 '김치가 왜 빨간색인지'를 설명했는데, 그런 주제가 앞부분에 선명하게 드러나 있지 않다. 무엇을 말하려는지 알면 독자는 편안하게 글을 읽어 내려간다.
- 문미文尾가 '-이다' '-았다' '-었다' 등으로 단조롭다. 이런 글이 세 줄만 반복되어도 독자는 지루함을 느낀다. 대구법·반복법을 활용하거나 문장의 길이를 조정해서 리듬감을 주면 더 좋은 문장이 된다.
- 문장1 끝의 '하나이다'는 앞에 '이제'가 있기 때문에 '하나가 되었다'로 고쳐야 한다. '하나이다'를 살리려면 '이제'를 빼야 한다. 문장7 끝부분의 '김치가'는 군더더기이므로 삭제해야 한다.

126

개선례

1 [1]우리나라 고유의 음식인 김치. [2]그 김치는 이제 일본인에게도 친숙한 먹거리 가운데 하나가 되었다. [3]그렇다면 김치는 왜 빨간색일까? [4]그것은 배추를 절일 때 고춧가루를 쓰기 때문이다. [5]하지만 김치는 원래부터 빨갛지 않았다.

2 [1]김치가 빨개진 것은 18세기에 접어들어서의 일이다. [2]그 전까지는 그냥 '흰 배추절임' 이었다. [3]아메리카 대륙이 원산지인 고추는 대항해시대에 유럽에서 일본으로 건너왔고, 다시 임진왜란 이후 일본을 통해서 조선에 들어왔다. 그 뒤로 김치에 고추를 넣어먹기 시작하면서 빨갛게 된 것이다. 김치 하나에서 세계의 역사적 공간상(像)이 떠오르는 것이다. 이것이 바로 우리의 생활이 세계사와 깊이 연관되어 있다는 증거다.

대구

해 설

- 단락1 문장1을 어미 없이 끝낸 명사형문장(중지형문장)으로 처리했다. 이것은 앞으로 '김치' 에 대해 설명할 것이라는 예고의 성격을 갖지만, 문장에 탄력성을 주는 효과도 있다.
- 단락1 문장2는 문장1에서 나온 '김치' 를 받아 첫머리에서 반복했고(연쇄법) 문장3에서도 '김치' 를 반복했다. 이처럼 같은 단어를 되풀이하면 리듬감이 생긴다.
- 단락1 문장3은 글의 주제를 의문형으로 만들어 논점을 선명하게 부각시켰다. 이렇게 하면 독자는 핵심을 빨리 파악할 수 있고, 호기심도 높아져 글을 끝까지 읽게 된다.
- 단락2 문장3에서 '–건너왔고, –들어왔다' 의 형식으로 대구를 만들었다. 이렇게 비슷한 구절을 짝지어 늘어놓으면(대구법) 문장이 금방 리듬을 타게 된다.
- 같은 문미가 계속되면 리듬감이 살아나지 않기 때문에 '–되었다' '–일까?' '–때문이다' 처럼 문미를 좀더 다양하게 했다.

리듬이 좋은 말이 나오면 읽는 사람은 그것에 이끌려 무의식중에 흥얼거리게 된다. 이런 리듬감은 같은 어구나 음의 반복에서 오는 경우가 많다. 수사학修辭學에서는 반복에 의해 이미지를 강화하는 방법을 '반복법'이라고 한다. 반복법을 알고 있으면 글의 제목이나 광고카피 등을 쓸 때 도움이 된다. 반복법을 세분하면 다음 다섯 가지가 있다.

1. 단순반복법

같은 음의 어구를 단순반복하거나 어구의 일부를 바꾸어 반복하는 방법.

〈예〉 뽀뽀뽀 삐삐삐 뽀삐뽀삐…

2. 두운법頭韻法

같은 어구나 음을 구의 첫머리에서 반복하는 것.

〈예〉 좋은 아침, 좋은 신문, 조선일보!
아름다운 여행을 만드는 아름다운 사람들, 아시아나 항공.

3. 각운법脚韻法

같은 어구나 음을 구의 끝에서 반복하는 것.

〈예〉 좋은 방송, 알찬 방송, MBC 문화방송~ / 술맛나? 살맛나!

4. 첩운법疊韻法

같은 어구를 글의 여기저기에서 반복하는 것.

〈예〉 샤프전자수첩이 군살을 뺐다. 사이즈는 15cm에서 8cm로 줄었다. 국내 최소 사이즈, 국내 최대 기억용량의 샤프전자수첩. 이제 크기에서 기능까지 샤프전자수첩을 따라올 수첩은 없다.

5. 연쇄법連鎖法

어느 글의 끝부분을 다음 글의 첫머리에서 반복하는 것.

〈예〉 원숭이 엉덩이는 빨갛다, 빨간 것은 앵두다, 앵두는 둥글다, 둥근 것은 사과다, 사과는 맛있다, 맛있는 것은 바나나다, 바나나는 길다…

칼과 달과 몸

명문 산책

[1]크고 확실한 것들은 보이지 않았다. [2]보이지 않았으므로 헛것인지 실체인지 알 수가 없었다. [3]모든 헛것들은 실체의 옷을 입고, 모든 실체들은 헛것의 옷을 입고 있는 모양이었다. [4]내 젊은 날, 여진족과 맞서 있던 두만강가 산속에서, 출렁거리며 대륙을 달려가는 산맥들은 보이지 않았고 남쪽 물가에서는 바다가 보이지 않았다. [5]눈보라 속에서는 눈과 바람의 저쪽이 보이지 않았지만, 크고 또 확실한 적들은 늘 보이지 않는 저편으로부터 몰려왔다.

『칼의 노래』, 김훈, 문학동네

해 설

- 읽으면 저절로 흥얼거리고 싶어진다. 의도하고 쓴 것인지 우연히 그렇게 된 것인지는 알 수 없지만, 이 글에는 리듬감이 일어나는 여러 가지 기법들이 내포되어 있다.
- 우선 문장1과 문장2는 연쇄법으로 이루어져 있다. 즉, 문장1의 꼬리 '보이지 않았다'를 문장2에서 물고 있다.
- 문장3은 반복법과 대구법을 활용했다. 즉, 문장2에서 말한 '헛것과 실체'를 문장3에서 반복하고, 더구나 이것을 대구로 만들었다.
- 문장4 '보이지 않았고', '보이지 않았다'는 대구법과 각운법을 활용했다.

> 크고 확실한 것들은 보이지 않았다. 보이지 않았으므로, 헛것인지 실체인지 알 수가 없었다. 모든 헛것들은 실체의 옷을 입고, 모든 실체들은 헛것의 옷을 입고 있는 모양이었다. 내 젊은날, 여진족과 맞서 있던 두만강가 산속에서, 출렁거리며 대륙을 달려가는 산맥들은 보이지 않았고 남쪽 물가에서는 바다가 보이지 않았다. 눈보라 속에서는 눈과 바람의 저쪽이 보이지 않았지만, 크고 또 확실한 적들은 늘 보이지 않는 저편으로부터 몰려왔다.

대구를 활용해 봐! 적당히 강조도 된다니까

원 문

1 [1]길은 누구에게나 열려 있다. [2]황제가 걸어간 길을 수퍼마켓 주인도 걸을 수 있고, 마라톤 선수를 꿈꾸는 코흘리개 꼬마도 달릴 수 있다. [3]길만 그러한가? [4]아니다. [5]파도 소리도, 꽃도, 자잘한 몽돌도 황제의 소유는 아니다. [6]장삼이사(張三李四), 우리 모두의 것이다.

2 [1]거제도 '황제의 길'로 불리는 망치고개 정상에 선다. [2]발아래 내도와 외도를 비롯해 오종종한 섬들이 만추(晩秋)의 햇살 아래 누워 있다. [3]여자의 섬 내도는 뭍 쪽에 가깝고, 남자의 섬 외도는 바다 쪽으로 밀려나 있다. [4]이유는 간단하다. [5]모름지기 남자가 여자를 보호해야 하는 법, 외도가 풍랑으로부터 내도를 보호하고 있는 것이다. 〈중앙일보 071116, 임동헌〉

해 설

- 강조와 리듬이 적당히 느껴지는 글이다. 단어든, 어구든 여러 곳에서 반복하면 강조가 되는 법인데, 단락1의 문장1과 문장2는 '길'을 여러 번 반복함으로써 이 글의 주제인 '길'의 의미를 강조했다. 더구나 문장2는 '−있고, −있다' 형의 대구로 만들었다. **중요한 의미를 가진 어구나 음을 이렇게 대구로 만들면 강조의 효과가 있을 뿐만 아니라 리듬감도 생긴다.**
- 다시 문장3에서 '길만 그러한가?' 하고 '호소가 동반된 질문'을 넣고, 문장4에서 '아니다'로 받았다. 이것은 마치 탈춤에서 "얼쑤~ 절쑤~!" "그렇지!" 하는 추임새도 같아 강조와 리듬이 동시에 생긴다.
- 단락2도 좋다. 특히 문장2의 '오종종한 섬들이 만추晩秋의 햇살 아래 누워 있다'는 표현은 시적詩的이다. 문장3 '내도는 뭍 쪽에 가깝고, 외도는 바다 쪽으로 밀려나 있다'는 대구를 이루고 있고, 문장4와 문장5의 마무리는 강조법을 활용했다. '−다'로 맺은 문장을 '−인 것이다'로 맺으면 그냥 '−다'를 반복하는 것보다 강조된다.

추임새 → 강조와 리듬

슈

도 해

대구

길은 누구에게나 열려 있다. 황제가 걸어간 길을 수퍼마켓 주인도 걸을 수 있고, 마라톤 선수를 꿈꾸는 코흘리개 꼬마도 달릴 수 있다. 길만 그러한가? 아니다. 파도 소리도, 꽃도, 자잘한 몽돌도 황제의 소유는 아니다. 장삼이사(張三李四), 우리 모두의 것이다.

거제도 '황제의 길'로 불리는 망치고개 정상에 선다. 발아래 내도와 외도를 비롯해 오종종한 섬들이 만추(晩秋)의 햇살 아래 누워 있다. 여자의 섬 내도는 뭍 쪽에 가깝고, 남자의 섬 외도는 바다 쪽으로 밀려나 있다. 이유는 간단하다. 모름지기 남자가 여자를 보호해야 하는 법, 외도가 풍랑으로부터 내도를 보호하고 있는 것이다.

대구

시적인 표현

강조

심화해설

대구법을 잘 활용하면 일거양득의 효과가 있다

아무런 기복도 없는 이야기를 들으면 졸음이 오듯이 글도 마찬가지다. 표현의 기복이 없는 문장이 계속되면 더이상 읽고자 하는 마음이 사라져버린다. 이때 글쓰는 사람이 생각할 수 있는 것이 '표현의 강조'이다. 이것을 통해서 자신이 중요하다고 생각하는 사항을 독자에게 특별하게 전달해야 하는 것이다.

강조기법에는 여러 가지가 있다. 예를 들면, '이중부정을 한다', '어구를 도치시킨다', '반복한다', '질문형 문구나 부르짖는 문구를 사용한다', '강한 문말표현을 사용한다' 등등이 그것이다.

여기에 덧붙일 만한 것이 '대구의 활용'이다. **중요한 의미를 가진 두 개의 생각을 문법적 형식에서 유사한 한 쌍의 단어나 어구, 또는 단락으로 나타내면 대비적인 표현형식, 즉 '대구對句'가 된다. 이 형식을 사용하면, 생각은 강조되면서 적당한 리듬도 갖추게 된다. 일거양득의 효과를 보는 것이다.**

뭐? 강조기법은 많이 써도 괜찮다고?

원 문

1 지루하고 답답한 시간이었지만 이제 D-2일이다. 앞으로 72시간 내에 대한민국의 미래를 이끌어 갈 선장이 모습을 드러낸다.

2 [1]안타까운 날들이었을 것이다. [2]후보자들에게는. [3]또 그 소속 정당과 참모들에게는. [4]상대방의 새로운 네거티브 공세가 튀어나올 때마다 소스라치게 놀라고, 검찰의 입만 바라보면서 마음 졸였으리라. [5]그래도 흔들리지 않는 지지율에 가슴 쓸어내리면서도 그 하루가 열흘 같았으리라. [6]단일화 얘기가 나올 때마다 '그래, 이젠 한번 해 볼 수 있을 거야' 다짐해 보지만 번번이 절망하고, 상대방을 무너뜨릴 '한 방'에 한 가닥 기대를 걸었다가 또 실망하고, 아무리 국민의 가슴을 두드려봐도 끄떡도 하지 않는 민심의 철벽 앞에 깊은 좌절을 느꼈으리라. [7]비판적인 여론에 화나고 도덕성이 별로 없어 보이는 후보가 독주하는 상황을 도저히 받아들일 수 없기도 했으리라. [8]10% 벽을 넘어설 듯 넘어서지 못한 안타까움에 발을 굴렀으리라. 〈일간신문〉

해 설

- 강조기법 중 대표적인 것은 문장을 도치하는 것이다. 단락2의 문장1과 문장2·문장3도 이것을 활용했다. 이 문장이 굳이 도치를 할 필요가 있는 어구인가에 대해서는 의문이지만, 어쨌든 기법상으로는 문제가 없다. 그러나 그 이후가 문제다.
- 단락2의 문장1~문장3이 강조기법을 사용해 경직되어 있는데, 그 이후도 모든 문장을 '-으리라'로 매듭지어 경직 일변도의 글이 되어버렸다. '-으리라'는 '-인(한) 것이다'보다 훨씬 강조된 표현이다. 이것을 한두 군데에 쓴다면 적절한 효과가 있지만, 이렇게 5개나 연거푸 쓰면 집요하다는 인상을 준다.
- 독자의 주의를 끌고 싶은 곳에서는 강조기법을 동원해야 한다. 그러나 너무 많이 쓰면 효과가 약해지고 품위도 떨어져 버린다. 문장7의 '없기도 했으리라', 문장8의 '발을 굴렀으리라'만 남기고 나머지는 일반적인 문장으로 하는 것이 좋다.

도 해

을지도 모른다. 과 을 것이다.

안타까운 날들이었을 것이다. 후보자들에게는. 또 그 소속 정당과 참모들에게는. 상대방의 새로운 네거티브 공세가 튀어나올 때마다 소스라치게 놀라고, 검찰의 입만 바라보면서 마음 졸였으리라. 그래도 흔들리지 않는 지지율에 가슴 쓸어내리면서도 그 하루가 열흘 같았으리라. 단일화 얘기가 나올 때마다 '그래, 이젠 한번 해 볼 수 있을 거야' 다짐해 보지만 번번이 절망하고, 상대방을 무너뜨릴 '한 방'에 한 가닥 기대를 걸었다가 또 실망하고, 아무리 국민의 가슴을 두드려봐도 끄떡도 하지 않는 민심의 철벽 앞에 깊은 좌절을 느꼈으리라. 비판적인 여론에 화나고 도덕성이 별로 없어 보이는 후보가 독주하는 상황을 도저히 받아들일 수 없기도 했으리라. 10% 벽을 넘어설 듯 넘어서지 못한 안타까움에 발을 굴렀으리라.

을

느끼기도 했을 것이다. 또

이곳만 살리고 나머지는 일반문장으로 고쳐야 한다.

만약에…

명문 산책

〈전략〉 누군가 말했다. 사람은 잘났든 못났든 다 거기서 거기, 50 정도인데, 조금 부족한 사람은 49, 조금 더 잘난 사람은 51인 것뿐이라고. 그래서 조금 잘난 사람, 조금 못난 사람 둘이 서로 합해서 100이 되는 거라고. 대선에 나온 사람들도 그다지 잘날 것도, 또 그다지 못날 것도 없는 50짜리 사람들인데 "만약에 여러분이, 여러분의 힘으로 나를 51로 만들어 준다면…"이라고 안타깝게 탄원하고 있는 것이다.

저들 중에 누가 51이 될지 모르지만 조금은 부족하고 힘없는 49의 자리에서 시작했으면 좋겠다. 어쩌면 '만약에'라는 조건이 붙더라도 선의 자체가 소중한 것인지 모른다. 그래서 어쩌랴. 속고 또 속아도 다시 한 번, '만약에 정말 이번에는 낮은 곳에 머무는 좋은 대통령을 갖는다면…'이라는 희망을 품어 본다.

동아일보 2007년 12월 14일, 장영희

강조어를 많이 쓰면 역효과가 난다

원 문

1 [1]총 27만평에 설치된 전시관 및 부대시설, 기반공사와 연결고속도로 확장에 대략 2조원이 투입됐다. [2]눈에 보이는 경비가 이렇다. [3]무형의 수고와 시간까지를 경비로 따질 수 있다면 엑스포 준비에 든 비용은 실로 헤아리기 어렵다. [4]경국지 경비라고 해야 할 것이다. [5]뿌린 만큼 거두어야 하는 것은 당연하다. [6]반드시 그래야 한다.

2 [1]화살은 시위를 떠났다. [2]성공만을 위해 진력하는 일만 남았다. [3]부족한 것, 모자라는 것은 보충하고 채우면서 성공의 길로 달려야 한다. [4]반드시 성공해야 한다. [5]꼭 본전을 생각해서가 아니다. [6]뒷걸음질치는 경제를 다시 약진의 길로 되세우기 위해 실패는 절대로 안된다. 〈일간신문〉

해 설

– 엑스포가 꼭 성공해야 한다고 주장한 글이다. 그런데 성공의 당위성을 주장하는 차분한 논리보다는 메아리 없는 강조표현만 두드러져 보인다. 특히 '실로'(단락1), '반드시'(단락1), '반드시'(단락2), '절대로'(단락2) 등 많은 강조어는 눈에 거슬린다. **이런 말에는 개인감정이나 개인의 가치판단이 들어 있기 때문에 너무 많이 쓰면 독자가 순수성을 의심하게 된다. 내용에 진정성이 있으면 독자는 그 자체의 힘만으로 감동을 받는다.** '가장' '최고' '최대' '최초' 같은 최상급 표현도 객관성을 떨어뜨린다.

– 단락1 문장4 '경국지경비'는 어려운 말이다. 어휘력이 있는 사람이라면 '나라를 위태롭게 할 정도의 미모'란 뜻의 '경국지색傾國之色'을 원용해 '나라를 위태롭게 할 정도의 경비經費'라는 뜻으로 썼다고 짐작할 수 있겠지만, 필자가 멋대로 만든 말을 일일이 새겨가며 읽어줄 사람은 많지 않다. 굳이 써야 한다면 괄호 안에 한자를 병기해 이해를 도와야 한다. **단어는 굳이 어려운 것을 동원하기보다 독자 대다수가 이해할 수 있는 보편적이고 익숙해진 것을 써야 한다.**

– 단락2 문장3 '부족한 것' '모자라는 것'은 같은 말이므로 하나만 써야 한다.

129

도 해

따진다면

총 27만평에 설치된 전시관 및 부대시설, 기반공사와 연결고속도로 확장에 대략 2조원이 투입됐다. 눈에 보이는 경비가 이렇다. 무형의 수고와 시간까지를 경비로 따질 수 있다면 엑스포 준비에 든 비용은 실로 헤아리기 어렵다. 경국지 경비라고 해야 할 것이다. 뿌린 만큼 거두어야 하는 것은 당연하다. 반드시 그래야 한다.

가히 (傾國之經費)

이제

화살은 시위를 떠났다. 성공만을 위해 진력하는 일만 남았다. 부족한 것, 모자라는 것은 보충하고 채우면서 성공의 길로 달려야 한다. 반드시 성공해야 한다. 꼭 본전을 생각해서가 아니다. 뒷걸음질치는 경제를 다시 약진의 길로 되세우기 위해 실패는 절대로 안된다.

만은 그래야

위해서도 성공은 필요하다.

개선례

총 27만평에 설치된 전시관 및 부대시설, 기반공사와 연결고속도로 확장에 대략 2조원이 투입됐다. 눈에 보이는 경비가 이렇다. 무형의 수고와 시간까지 경비로 따진다면 엑스포 준비에 든 비용은 헤아리기 어렵다. 가히 '경국지경비(傾國之經費)' 라고 할 만하다. 뿌린 만큼 거두어야 하는 것은 당연한 이치다.

화살은 시위를 떠났다. 이제 성공을 위해 최선을 다하는 일만 남았다. 모자라는 것은 채우면서 성공의 길로 달려야 한다. 반드시 그래야 한다. 꼭 본전을 생각해서만은 아니다. 뒷걸음질치는 경제를 다시 약진의 길로 되세우기 위해서도 성공은 꼭 필요하다.

1. 어순의 교환에 의한 강조

8월 15일에 나는 철수와 가랑비가 오는 가운데 북한산에 올랐다.

이 글을 다음과 같이 어순을 바꾸면 밑줄친 부분이 강조된다.

- 내가 철수와 가랑비가 오는 가운데 북한산에 오른 것은 8월 15일이었다.
- 8월 15일에 가랑비가 오는 가운데 나와 북한산에 오른 것은 철수였다.
- 8월 15일에 가랑비가 오는 가운데 철수와 북한산에 오른 것은 나였다.
- 8월 15일에 내가 철수와 북한산에 오른 것은 가랑비가 내리는 가운데였다.

2. 문말의 단정에 의한 강조

문말에 '-다' 대신 '-인 것이다' '-으리라' 같은 단정의 말을 사용한다.

- 글씨를 잘못 써도 걱정할 것은 조금도 없는 것이다.
- 글씨를 잘못 써도 걱정할 것은 조금도 없으리라.

3. 이중부정에 의한 강조

'이 벅찬 감동을 문자로 기록해야만 했다' 라고 하기보다 '이 벅찬 감동을 문자로 기록하지 않을 수 없었다' 라고 표현하는 방법이다.

4. 어구의 도치에 의한 강조

'즉시 이 프로젝트에 착수해 주게' 를 '즉시 착수해 주게, 이 프로젝트를' 하면, '이 프로젝트' 가 강조되고, '이 프로젝트에 착수해 주게, 즉시' 하면 '즉시' 가 강조된다.

5. 질문이나 부르짖음에 의한 강조

'사태를 이대로 방치해 두어도 될 것인가?' 라고 쓰면, '사태를 이대로 방치해 두어서는 안 된다' 고 하는 것보다 강조된 느낌을 준다.

6. 특별한 단어나 어구에 의한 강조

의미를 강조하는 단어나 어구를 삽입한다. 예를 들어 '반드시' '전혀' '절대로' 같은 말이 들어가면 표현이 강조된다. 그러나 이런 말을 너무 많이 넣으면 진정성을 의심받는다.

7. 유사어구에 의한 강조

같은 생각을 표현하기 위하여 의미가 비슷한 단어나 어구를 늘어놓으면 그것이 강한 표현력을 갖는다.

- '바르게' '깨끗하게' 그리고 '아름답게' 국어를 가꾸어나가자.

8. 보조수단에 의한 강조

케치프레이즈식 문구를 소제목으로 사용할 수도 있고, 밑줄을 그어 강조할 수도 있다. 또 강조하고자 하는 단어나 어구를 따옴표로 싸기도 하고, 강조하고자 하는 어구나 단어 뒤에 느낌표나 물음표를 넣기도 한다.

9. 반복에 의한 강조

'수없이, 수없이, 그것을 반복했습니다' 와 같이 같은 말이나 형태를 되풀이해 표현하는 방법이다.

10. 대구에 의한 강조

중요한 의미를 가진 두 개의 생각을 문법적 형식에서 유사한 한 쌍의 단어나 어구, 또는 단락으로 나타내면 그 생각이 강조되면서 적당한 리듬도 갖추게 된다.

상투적 표현, 그것이 문장의 매력을 없앤다

원 문

[1]복날에는 삼계탕집이나 보신탕집은 입추의 여지가 없을 정도로 사람들이 몰려온다. [2]이럴 때 제대로 사람대접을 받기를 바란다면 그 것은 큰 오산이다. [3]오는 사람들이 많을 경우 주인은 신날지 몰라도 종업원들은 짜증이 난다. [4]쉬지도 못하고 제 때 밥도 먹지 못하게 되기 때문이다. 〈일간신문〉

해 설

- 약간 과장이 있다. 아무리 복날이라 해도 맛없는 삼계탕집·보신탕집은 손님이 없는 법인데, 이 글은 복날이 되면 모든 삼계탕집·보신탕집이 '입추立錐의 여지가 없다' 라고 성급히 일반화했다. 더구나 '입추의 여지가 없다' 란 말은 '송곳을 꽂을 자리도 없다' 는 뜻으로 과장이 큰 말이다. 또 이 말은 상투적 표현의 대표격인 말로 알려져 있다.
- 문장3의 후반부 '주인은 신날지 몰라도 종업원들은 짜증이 난다' 에서 '신날지' 는 '신이 날지' 로 해야 한다. 뒤에서 '짜증이 나다' 라고 했기 때문이다. 같은 것은 같은 형태로 나열해야 보기가 좋다.

심화해설

어디서 본듯한 표현에서는 신선함을 느끼지 못한다

표현은 신선할수록 좋다. 상투적常套的 표현, 즉 누군가가 써먹은 표현, 어디서 본듯한 표현에서는 신선함을 느끼지 못한다. 예를 들어 경기에서 억울하게 진 것을 말할 때는 으레 '분루憤淚를 삼켰다' 라고 하고, 장사가 잘되는 상점을 묘사할 때는 '종업원들은 즐거운 비명을 질렀다' 라고 한다. **이런 표현이 처음 나왔을 때는 신선하다고 느꼈을 것이다. 그러나 많은 사람들의 입에 오르내려 '정해진 문구' 가 되어 버리면 독자는 거기에서 감동을 느끼지 못하고 빌려온 것이라는 느낌만 갖는다.** 사실을 있는 그대로 전달하고자 할 때는 흔해빠진 수식어를 사용하는 것도 좋지만, 매력적인 문장으로 하고 싶을 때는 정해진 문구는 사용하지 않는 것이 좋다.

130

도 해

이 되면

이름 있는

·

에는 발 디딜 틈 없이 많은

복날에는 삼계탕집이나 보신탕집은 입추의 여지가 없을 정도로 사람들이 몰려온다. 이럴 때 제대로 사람대접을 받기를 바란다면 그 것은 큰 오산이다. 오는 사람들이 많을 경우 주인은 신날지 몰라도 종업원들은 짜증이 난다. 쉬지도 못하고 제 때 밥도 먹지 못하게 되기 때문이다.

이

개선례

복날이 되면 이름 있는 삼계탕집·보신탕집에는 발 디딜 틈 없이 많은 사람이 몰려온다. 이럴 때 제대로 사람 대접 받기를 바란다면 그것은 큰 오산이다. 오는 사람들이 많을 경우 주인은 신이 날지 몰라도 종업원들은 짜증이 난다. 쉬지도 못하고 제때 밥도 먹지 못하기 때문이다.

상투적 표현, 이렇게 고쳐쓰자

문제의 심각성이 있다 → 심각한 문제이다

분루를 삼켰다 → 몹시 억울해했다

사막의 오아시스 같은 → 반갑고 소중한

사정은 마찬가지다 → 마찬가지다

의지의 표명이다 → 의지를 표명한 것이다, 의지를 나타낸 것이다

입추의 여지가 없다 → 조그마한 공간도 없다

장족의 발전을 이뤘다 → 큰 폭의 진전을 보았다

주지의 사실이다 → 잘 알려져 있는 사실이다

주지하는 바와 같이 → 잘 알려진 바와 같이

주지하다시피 → 잘 알려져 있다시피

초미의 관심사다 → 매우 다급한 일이다

즐거운 비명을 올렸다 → 매우 즐거워했다

부정문을 피하고 긍정문을 사용하라

원 문

[1]각 구성원이 활동하려 할 때, 그 범위를 자신이 소속된 부서에만 한정하면, 큰 개선효과를 얻을 수 없다. [2]어느 한 부서에서 개선이 이루어진다 해도, 그것은 문제점을 다른 부서로 떠넘길 뿐, 진정한 개선이 못 되는 경우도 많다. [3]진정한 개선을 목표로 활동하고자 하면, 조직의 벽에 부딪혀 생각처럼 진행되지 않는 경우가 많다. [4]그 결과 부서장을 설득하기 위한 자료제작 등에 시간을 빼앗겨 정작 중요한 개선활동에는 시간을 할애할 수 없게 된다. [5]개선의욕도 급속히 감퇴하게 된다. [6]개선활동의 추진을 위해서는 기업의 최고 경영자가 개혁의식을 갖고 활동을 지원하는 것이 중요하다. 〈단행본〉

해 설

- 이 글의 핵심은 맨 마지막 문장(문장6)이다. 그런데 이것을 끌어내기 위해 그 위 모든 문장에 부정어가 섞인 장황한 문장을 배치했다. '없다'(문장1), '못 되는'(문장2), '않는'(문장3), '없게'(문장4), '감퇴하게'(문장5)가 모두 부정어다. 이렇게 **문장 속에 부정어가 많으면 의미가 선명하지 않고 침체된 이미지를 준다.**
- **또 부정어를 많이 쓰면 읽는 사람은 부정어가 강하게 인식되어 특정 사안을 비난하는 것처럼 인식된다.** 이 글에서는 특정 인물이나 부서를 비난하는 것처럼 받아들여진다. 어떻게 해야 한다는 것인지 알기도 어렵다. 마지막 문장에서 '개선활동의 추진을 위해서는 기업의 최고 경영자가 개혁의식을 갖고 활동을 지원하는 것이 중요하다'라고 말하고 있어, 이때 비로소 어떻게 해야 하는지 알 수 있다. 그러나 왜 추진되는 것인지가 불명확하다. 추진되는 이유는 그 앞에서 말한 내용의 반대가 일어나기 때문인데, 이 반대 상황을 읽는 사람이 상상해야 하므로 그만큼 읽는 사람에게 부담이 된다. 어느 경우에나 NO의 부정문보다 YES의 긍정문이 더 명확하게 전달된다. 이 글은 핵심문장인 문장6을 앞에 두고 전면 재작성해야 한다.
- 문장1, 문장2, 문장3에 있는 쉼표는 모두 필요하지 않다.

개선례

개선활동의 추진을 위해서는 기업의 최고 경영자가 개혁의식을 갖고 활동을 지원하는 것이 중요하다. 최고 경영자의 지원이 있으면 개선활동에 많은 시간을 할애할 수 있으며, 작은 노력으로 조직의 벽을 허물 수 있다. 그 결과 소속된 부서를 넘어 활동할 수 있으므로 부서와 부서를 가로지르는 커다란 성과를 얻을 수 있다. 개선의욕도 더욱 높아진다.

심화해설

긍정문은 강한 호소력을 갖고 내용이 명확하게 전달된다

NO의 부정문을 피하고 YES의 긍정문을 써야 하는 것은 다음 세 가지 이유 때문이다.

첫째, 긍정문은 부정문보다 내용이 명확하게 전달된다. 예를 들어 'A팀은 6시에는 출발하지 않는다' 라고 하면 독자는 언제 출발하는지 알 수 없고, '○○○ 대통령은 문제가 있다' 라고 하면 독자는 어쩌라는 것인지 알 수 없다. 하지만 'A팀은 7시에 출발한다', '○○○ 대통령은 리더십을 발휘해야 한다' 라고 쓰면 뜻이 독자에게 금방 전달된다.

둘째, 긍정문은 강한 호소력을 갖는다. 따라서 긍정문의 지시가 부정문의 지시보다 잘 지켜진다. 예를 들어 야구에서 '낮은 공은 건드리지 마라' 라고 지시하기보다, '높은 공을 노려라' 라고 지시하면 더 큰 효과가 있고, '여기서 담배를 피우지 마세요' 보다는 '담배는 흡연구역에서 피우세요' 라고 하는 것이 더 효과가 있다.

셋째, 긍정문은 적극적으로 들린다. 예를 들어 '~하지 않는다. 따라서 ~할 수 없다' 라고 쓰면, 매우 소극적으로 느껴지지만 말을 뒤집어 '~하면 ~할 수 있다' 처럼 긍정으로 말하면 적극적이고 선명하게 들린다.

문장이 혼란스러워지는 것은 부정어 때문이다

원 문

[1]능력과 성과를 바르게 평가하기란 매우 어렵다. [2]현실의 비즈니스에서는 목표가 바뀌지 않는 일은 없다. [3]매달 혹은 매주 바뀔 때도 있다. [4]이 때문에 목표가 목표가 아니게 되어버려, 평가 기준을 명확하게 지킬 수 없게 된다. [5]평가 기준이 명확하지 않으면 평가도 불명확해지고, 그만큼 평가에 대한 부하직원의 불만이 늘어난다. 〈단행본〉

해 설

- 문장3을 제외한 모든 문장에서 부정어를 사용했다. 이렇게 부정문이 많으면 독자가 반대의 상황을 일일이 상상해야 하기 때문에 내용이 명확하게 전달되지 않고 호소력도 떨어진다.
- 특히 문장2와 문장4에서는 부정어 2개를 사용해 긍정을 표현했다. 강조의 효과를 노리고 그렇게 했을 것이다. 하지만 **부정어가 많은 문장에서는 '부정+부정'이 강조의 효과를 가져오는 것이 아니라 오히려 문장을 혼란스럽게 만들고 논점을 흐리게 한다.** 문장5를 부정어를 없애고 보면 이를 쉽게 이해할 수 있다.

〈문장5의 개선〉

해지면

평가 기준이 명확[하지 않으면] 평가도 [불]명확해지고, 그만큼 평가에 대한 부하직원의 [불만이] 늘어난다.

↓ 이해가

평가 기준이 명확해지면 평가도 명확해지고, 그만큼 평가에 대한 부하직원의 이해가 늘어난다.

132

도 해

하기 위해서는 끊임없이 목표를 경신해야 한다.

상황에 따라 목표가 바뀐다.

능력과 성과를 바르게 평가하기란 매우 어렵다. 현실의 비즈니스에서는 목표가 바뀌지 않는 일은 없다. 매달 혹은 매주 바뀔 때도 있다. 이 때문에 목표가 목표가 아니게 되어버려, 평가 기준을 명확하게 지킬 수 없게 된다. 평가 기준이 명확하지 않으면 평가도 불명확해지고, 그만큼 평가에 대한 부하직원의 불만이 늘어난다.

유지할 수 있다.

이 변화에 따라 목표를 수시로 설정해나가면

이해가

명확해지면

개선례

능력과 성과를 바르게 평가하기 위해서는 끊임없이 목표를 경신해야 한다. 현실의 비즈니스에서는 상황에 따라 목표가 바뀐다. 매달 혹은 매주 바뀔 때도 있다. 이 변화에 따라 목표를 수시로 설정해나가면 평가 기준을 명확하게 유지할 수 있다. 평가 기준이 명확해지면 평가도 명확해지고, 그만큼 평가에 대한 부하직원의 이해가 늘어난다.

뭐? 이중부정을 쓰면 문장이 강조된다고?

원 문

본 제품은 스프링의 힘에 의해 탄력적으로 작동되는 록킹장치를 부착함으로써 설치 및 작동이 용이할 뿐만 아니라 예기치 못한 외부 충격이 가해지더라도 록을 해제하지 않는 한 안전장치가 분리되지 않도록 설계되어 있어 기존의 불안정성을 반감시켰다. 〈제품설명서〉

해 설

– 제품설명서에 적혀 있는 글이다. 이런 글은 쉽게 쓰는 것이 중요한데 이 글은 꽤 무겁고 어렵게 느껴진다. 그 이유는 여러 가지다. 우선 문장이 너무 길다. 마침표를 포함해 무려 134자나 된다.

– 부정어가 많은 것도 글이 무거운 이유다. '못한'(둘째줄) '않는 한'(셋째줄) '않도록'(셋째줄) '불안정성'(넷째줄)이 모두 부정어다. 이렇게 부정어가 많으면 독자는 거부감을 느끼고 내용도 명확하게 전달되지 않는다.

– 셋째줄 '록을 해제하지 않는 한 안전장치가 분리되지 않도록'은 이중부정을 사용한 문장이다. 안전장치의 완벽성을 강조하기 위해서 그렇게 했을 것이다. 그러나 읽는 사람은 '부정+부정'을 '긍정'으로 돌려 이해해야 하므로 이해의 속도가 늦고 논점이 흐려진다.

– 이 글을 고치는 것은 어렵지 않다. 둘째줄 '뿐만 아니라' 앞에서 문장을 끊어 별도의 문장을 만들고, 그 뒤의 문장은 부정어를 해소하여 다시 쓰면 훌륭한 문장이 된다.

– '록킹장치'(첫째줄)의 '록킹locking'은 외래어표기법상 '로킹'이 맞다. 그러나 '잠금장치'란 훌륭한 우리말이 있으므로 굳이 외래어를 쓸 필요가 없다.

도 해

와 작동을 쉽게 했다. / 잠금 / 해

본 제품은 스프링의 힘에 의해 탄력적으로 작동되는 록킹장치를 부착함으로써 설치 및 작동이 용이할 뿐만 아니라 예기치 못한 외부 충격이 가해지더라도 록을 해제하지 않는 한 안전장치가 분리되지 않도록 설계되어 있어 기존의 불안정성을 반감시켰다.

자물쇠를 해제해야만

갑작스럽게 외부 충격이 가해져도 안전하게 운행할 수 있다.

개선례

이 제품은 스프링의 힘에 의해 탄력적으로 작동되는 잠금장치를 부착해 설치와 작동을 쉽게 했다. 뿐만 아니라 자물쇠를 해제해야만 안전장치가 분리되도록 설계되어 있어 갑작스럽게 외부 충격이 가해져도 안전하게 운행할 수 있다.

심화해설

이중부정은 꼭 필요한 경우에만…

이중부정은 문장을 강조하는 데 어느 정도 효과가 있다. 예를 들어 '이 벅찬 감동을 문자로 기록해두었다' 보다는 '이 벅찬 감동을 문자로 기록하지 않을 수 없었다' 라고 하는 것이 더 강조된 표현이다.

그러나 이중부정은 강조의 뜻만 있는 것이 아니다. 예를 들어 '민영이는 논술시험을 못 보지는 않았다' 라는 말은 '민영이는 보통으로 논술시험을 보았으나 못 볼 것이라는 예상을 뛰어넘었다는 의미가 숨어 있다. 즉, **이중부정은 글쓰는 사람의 의도를 살짝 감추어 표현하거나 전달을 약간 완곡하게 하는 데도 효과가 있는 것이다.**

하지만 이를 서투르게 사용하면 필자의 진심이 아리송해지거나, 논점이 흐려져 오히려 어려운 문장이 될 수 있다. 따라서 긍정표현으로도 충분한 것은 그렇게 쓰고, 이중부정은 꼭 필요한 경우에만 제한적으로 사용하는 것이 좋다.

부정어가 많으면 거부감을 준다는데…

원 문

[1]양씨가 이런 사실을 몰랐다면 불성실한 것이고, 알고도 이를 무시했다면 리영희씨의 이성을 묻기 전에 자신이 정치적 목적에 휘둘려 인간에 대한 예의를 잊진 않았는지 물어야 한다. [2]언론, 그 중에서도 신문이 독자들의 신뢰를 잃어 온 데는 정치적 목적으로 사실 왜곡도 마다하지 않은 자의적 글들이 적지 않은 영향을 끼쳤음을 그도 모르지는 않을 것이다. 〈일간신문〉

해 설

- NO의 부정어가 곳곳에 널려 있다. 문장1 '몰랐다면' '불성실한' '무시했다면' '정치적 목적' '예의를 잊진 않았는지' 가 모두 부정어다.
- 문장2 중간의 '사실 왜곡도 마다하지 않은' '적지 않은' '모르지는 않을' 은 모두 이중부정이다. '왜곡했다' '많다' '안다' 라고 하지 않고 이중부정으로 쓴 것은 강조의 효과를 노렸기 때문이다. 그러나 한 문장에서 3곳을 연거푸 이중부정으로 처리함으로써 강조 효과는 반감되고 의미전달이 제대로 안 되는 문장이 되어 버렸다.
- 문장2에는 이밖에도 4개의 부정어가 더 있다. '신뢰를 잃어' '정치적 목적' '자의적' '사실왜곡' 이 그것으로, 사실상 이 글 전체가 부정어로 도배되어 있다. 이 글은 상대방을 비판하는 성격이므로 부정어가 섞이는 것은 어쩔 수 없겠지만, 그 수를 너무 많게 하여 설득효과가 반감되어 버렸다. 부정어는 한두 곳으로 집중해야 효과가 있다.

도 해

양씨가 이런 사실을 몰랐다면 불성실한 것이고, 알고도 이를 무시했다면 리영희씨의 이성을 묻기 전에 자신이 정치적 목적에 휘둘려 인간에 대한 예의를 잊진 않았는지 물어야 한다. 언론, 그 중에서도 신문이 독자들의 신뢰를 잃어 온 데는 정치적 목적으로 사실 왜곡도 마다하지 않은 자의적 글들이 적지 않은 영향을 끼쳤음을 그도 모르지는 않을 것이다. — 이곳은 한 문장에 세 군데나 이중부정을 삽입했다.

도 해

양씨가 이런 사실을 몰랐다면 불성실한 것이고, 알고도 이를 무시했다면 리영희씨의 이성을 묻기 전에 자신이 정치적 목적에 휘둘려 인간에 대한 예의를 잊진 않았는지 물어야 한다. 언론, 그 중에서도 신문이 독자들의 신뢰를 잃어 온 데는 정치적 목적으로 사실 왜곡도 마다하지 않은 자의적 글들이 적지 않은 영향을 끼쳤음을 그도 모르지는 않을 것이다.

많은

사실을 왜곡해온

개선례

양씨가 이런 사실을 몰랐다면 불성실한 것이고, 알고도 이를 무시했다면 리영희 씨의 이성을 묻기 전에 자신이 인간에 대한 예의를 잊지는 않았는지 물어야 한다. 언론, 그 중에서도 신문이 독자들의 신뢰를 잃어 온 데는 정치적 목적으로 사실을 왜곡해온 글들이 많은 영향을 끼쳤음을 그도 모르지는 않을 것이다.

글을 쓰는 것 자체는 사적인 행위지만, 그것을 인터넷에 공개하거나 신문·잡지 등에 발표하게 되면 사회적인 행위가 된다. 다른 사회적 행위와 마찬가지로 글쓰기도 윤리에 의해서 뒷받침되어야 한다. 도덕성이 결여된 글은 사회로부터 지탄을 받게 되어 있다.

1. 다른 사람을 중상하거나 사적인 일을 들추어내지 않는다.

오로지 남을 중상中傷하거나 프라이버시를 파헤치는 일만 하는 저널리스트는 아무리 글솜씨가 뛰어나다 하더라도 환영받지 못한다. 항상 건전한 생각으로 글쓰기에 임하고, 문제를 제기하는 데 만족하기보다 대안을 제시하고 해결을 모색하는 자세로 임해야 한다.

2. 다른 사람의 글이나 정보를 도용하지 않는다.

다른 사람의 글이나 정보를 도용하는 것은 그 사람의 생각을 훔치는 것이며, 그것은 물건을 훔치는 것과 마찬가지다. 인용이 불가피할 때는 ① 인용이라는 사실을 제시할 것, ② 타당한 범위 내에서 인용할 것, ③ 원저의 의도가 왜곡되지 않게 인용할 것 등을 염두에 두어야 한다. 이것을 등한히 하면 저작권 분쟁에 휘말릴 수 있다.

3. 조화롭고 절도있는 표현을 한다.

실태와 동떨어진 허무맹랑한 표현, 저속하거나 과장된 표현을 쓰지 않는다. 거짓을 쓰지 않는 것은 말할 것도 없다.

4. 자기와 다른 사고방식이나 입장에 있는 사람에 대해 배려한다.

자기와 사고방식이나 입장이 다른 사람에게 경의를 표하지 않고, 무시하거나 부당한 표현을 하면 인격과 품성을 의심받는다.

옳은 주장을 하고 있는데도 어쩐지 반발심이 느껴지는 글이 있다. 그와는 반대로, 대단한 것이 아닌데도 "과연!" "그래, 그 말이 맞아!" 하고 자기도 모르게 고개가 끄덕여지는 글도 있다. 당연한 말이지만 어차피 쓰는 글이라면 후자와 같은 방식으로 쓰는 것이 좋다.

1. 남의 일이 아니라는 생각을 갖게 한다.
   일상적으로 일어나는 상황이라든가 누구에게나 일어날 수 있는 사건을 사실로 보여주면 공감을 얻기 쉽다.

2. 능숙한 수사법을 구사한다.
   '차갑다' 는 직접적인 표현보다 '얼음 같다' 는 식의 비유표현을 쓰는 것이 쉽게 공감을 얻는다.

3. 유머러스하게 써 나간다.
   재미있는 에피소드나 유머 등을 넣어 써가면 공감을 얻는 경우가 많다.

4. 반복한다.
   자기가 주장하고 싶은 것을 문장 속에서 여러 차례 반복함으로써 독자로 하여금 자연스럽게 익숙해지도록 만든다. 즉, 익숙하도록 함으로써 공감을 느끼게 하는 것이다.

5. 여운을 남긴다.
   쓰고 싶은 것을 모조리 쓰지 말고 독자가 생각할 수 있는 부분을 남긴다. 이렇게 하면 읽는 사람은 상상력을 동원해 글을 이해하게 되고, 그럼으로써 필자와 공감할 수 있는 부분을 스스로 찾게 된다.

격식체로 쓰면 정중하고 엄숙하다

원 문

[1]이 책은 독창적이거나 학문적인 저술이 아닙니다. [2]기존의 저술들을 수집·정리·소개한 것입니다. [3]그런 점에서 국내외의 많은 학자와 작가, 기자들이야말로 이 책의 진정한 저자입니다. [4]나는 대표 저자로 이름을 올렸을 뿐입니다. [5]그들의 책, 논문, 기사를 일일이 소개하는 것이 예의겠으나 그렇게 되면 책의 분량이 너무 늘어난다는 점 때문에 부득이 제외했음을 양해해주시기 바랍니다. 〈단행본〉

해 설

- 교양서의 서문인데 정감이 뚝뚝 묻어난다. 정중한 인상을 주고 싶을 때는 이렇게 격식체(경체·敬體)인 '하십시오체'로 쓰는 것이 좋다. 그러나 격식체는 대개는 잘 쓰지 않으므로, 자칫 높여야 할 부분을 높이지 않거나 높이지 않아도 될 부분을 높일 수 있으므로 유의해야 한다. 문장4의 '나는'도 잘못됐다.
- 문장2 '수집·정리·소개한'은 '수집해 저의 생각을 곁들여 정리한'으로 고쳐야 한다. 자료집이 아닌 이상 어떤 책이든 저자의 의도가 들어가게 마련인데, 이대로라면 자신의 생각은 들어 있지 않다는 말이 된다. 책으로 만들어 펴내는 것이므로 '소개'는 필요없다.
- 문장4와 문장5는 인과관계가 있으므로 문장5 앞에 '따라서'를 넣어야 한다.

심화해설

'가르치려 한다'는 생각을 줄 우려가 있으면…

글은 대개 불특정한 인물을 상대로 쓰기 때문에 일상체日常體, 즉 '이다체'로 쓰는 게 일반적이다. 그러나 서간문처럼 특정한 사람을 상정하고 글을 쓸 때, 또는 불특정 다수라 하더라도 정중한 인상을 주고 싶을 때는 '격식체(경체·敬體)'로 쓰는 것이 좋다. 일상체로 쓰면 자칫 '가르치려 한다'는 생각을 줄 우려가 있을 때도 격식체를 활용하면 도움이 된다. 또 격식체는 엄숙하고 비장한 감정을 나타낼 수 있어 선언적인 글에서도 활용할 만하다.

도해

이 책은 독창적이거나 학문적인 저술이 아닙니다. 기존의 저술들을 수집·정리·소개한 것입니다. 그런 점에서 국내외의 많은 학자와 작가, 기자들이야말로 이 책의 진정한 저자입니다. 나는 대표 저자로 이름을 올렸을 뿐입니다. 그들의 책, 논문, 기사를 일일이 소개하는 것이 예의겠으나 그렇게 되면 책의 분량이 너무 늘어난다는 점 때문에 부득이 제외했음을 양해해주시기 바랍니다.

저의
저는
수집해 저의 생각을 곁들여 정리한
따라서
·
늘어나
이

꿈과 희망 간직한 그대, 영원히 젊으리

명문 산책

늘 젊은이들과 함께 생활하면서 그들의 아름다움, 활력, 명민함에 부러움을 느낄 때가 많습니다. 이제 젊은 그들에게 삶의 무대를 내어주고 관람석으로 내려와야 할 때라고 느낄 때도 있습니다. 그러나 아직 너무나 푸른 그들은 젊기 때문에 미래를 탐색하며 방황하고 길 잃고 넘어집니다. 삶의 연륜과 이해, 사랑으로 내밀어 주는 손이 필요합니다. 우리 모두의 마음속에 있는 무선국이 서로에게 희망을 송신하는 것이 필요합니다.

나이는 숫자일 뿐이다 — 어느 광고 카피가 생각납니다. 마음속에 이상을 가지면 영혼이 늙지 않는다고 시인은 말합니다. 그 어느 삶의 자리에서도 꿈을 갖는 것이 중요합니다. 열정으로 늘 푸른 젊음을 위하여….

조선일보 2004년 7월 19일, 장영희

늘 젊은이들과 함께 생활하면서 그들의 아름다움, 활력, 명민함에 부러움을 느낄 때가 많습니다. 이제 젊은 그들에게 삶의 무대를 내어주고 관람석으로 내려와야 할 때라고 느낄 때도 있습니다. 그러나 아직 너무나 푸른 그들은 젊기 때문에 미래를 탐색하며 방황하고 길 잃고 넘어집니다. 삶의 연륜과 이해, 사랑으로 내밀어 주는 손이 필요합니다. 우리 모두의 마음속에 있는 무선국이 서로에게 희망을 송신하는 것이 필요합니다.

나이는 숫자일 뿐이다-어느 광고 카피가 생각납니다. 마음속에 이상을 가지면 영혼이 늙지 않는다고 시인은 말합니다. 그 어느 삶의 자리에서도 꿈을 갖는 것이 중요합니다. 열정으로 늘 푸른 젊음을 위하여….

서강대 교수·영문학

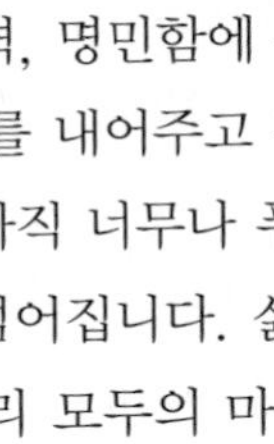

새뮤얼 얼먼(1840~1920).

피동형 문장은 정보 전달 능력이 떨어진다

원 문

공무원 처우개선을 위해 올해 보수예비비 4800억원이 봉급조정수당 명목으로 8월과 10월에 걸쳐 전체 공무원에게 기본급의 85%가 지급된다.

〈일간신문〉

해 설

- 한 문장 안에 너무 많은 정보를 담아 어려운 문장이 되었다. '공무원에게 보수예비비 4800억원을 지급한다', '처우개선 명목이다', '올해 8월과 10월에 지급한다', '지급되는 액수는 기본급의 85%이다'를 한 문장에 담았다. 이렇게 하면 문장구조가 복잡해진다. 이 문장도 주어가 '보수예비비 4800억원'(첫째줄)과 '기본급의 85%'(둘째줄)로 중복돼 있다.
- 피동형 문장으로 쓴 것도 문장을 어렵게 만든 요소가 되었다. 피동형 문장은 주어가 숨어버리기 때문에 능동형 문장보다 정보 전달 능력이 떨어진다. 머리에 '정부는' 같은 주어를 넣고 '지급된다'를 '지급한다'로 고쳐 능동형 문장으로 만들면 훨씬 밝고 현장감있는 글이 된다.

도 해

를 8월과 10월 두 차례에 걸쳐 지급한다.

정부는

공무원 처우개선을 위해 올해 보수예비비 4800억원이 봉급조정수당 명목으로 8월과 10월에 걸쳐 전체 공무원에게 기본급의 85%가 지급된다.

정부는 이를 위해 보수예비비 4800억원을 봉급조정수당 명목으로 사용하기로 했다.

개선례

정부는 공무원의 처우개선을 위해 전체 공무원에게 기본급의 85%를 8월과 10월 두 차례에 걸쳐 지급한다. 정부는 이를 위해 보수예비비 4800억원을 봉급조정수당 명목으로 사용하기로 했다.

심화해설

피동표현은 무조건 능동표현으로 고쳐라고?

그렇다고 피동표현을 무조건 능동형으로 고칠 필요는 없다. 예를 들어 '그 일은 일반적으로 얘기되는 사항이다.' 처럼, 말하는 주체를 밝히고 싶지 않거나 능동형 문장이 존재하지 않을 경우에는 얼마든지 피동형으로 쓸 수 있다. 어감도 고려해야 할 문제다. 예를 들어 '회사는 그의 사표를 수리했다' 라는 문장은 회사의 행위에 중점을 두고 있는 반면, '회사에 의해 그의 사표가 수리되었다' 는 사표에 더 중점을 두고 있다.

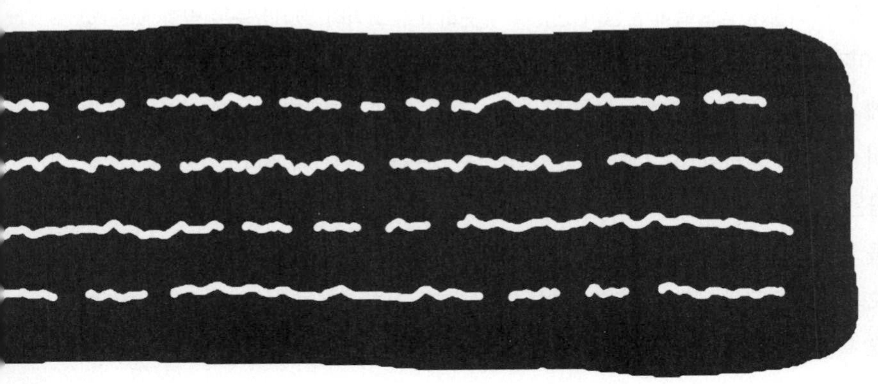

능동형 문장은 쉽고 분명하다

원 문

1 북한 김일성-김정일-김정은 독재정권을 견디지 못하고, 자유를 찾아 배고픔을 해결하기 위해 국경을 넘은 탈북자들을 강제 북송시키려는 중국정부의 반인도주의적 처사는 즉각 중단돼야 한다.

2 북한이 김정일 사망 애도 기간에 탈북하면 3대를 멸족시키겠다고 공공연히 밝힌 상황에서 탈북자 31명이 최근 중국 공안에 체포돼 만약 북한으로 강제 송환된다면 이것은 곧 죽음을 의미하기 때문이다.

3 탈북자들이 북송되면 결국 정치범 수용소 중에서도 가장 열악한 곳에 종신 수용될 가능성이 크고, 일부는 고향에서 본보기로 공개처형될 수도 있는 상황이다. 〈신문광고〉

해 설

- 신문광고인데 피동표현이 유난히 많다. 단락1 끝부분의 '중단돼야 한다', 단락2 끝부분의 '송환된다면'이 피동이고, 단락3은 앞부분의 '북송되면', 중간부분의 '수용될', 끝부분의 '공개처형될'이 피동표현이다.
- 이 광고의 주제는 '중국 정부는 탈북자들을 북한으로 강제송환하지 말아야 한다'이다. 그런데 모든 문장에서 피동표현을 사용함으로써 강제송환의 주체인 '중국정부'가 사라져버렸다. 이렇게 함으로써 문장이 선명하지 못하고 호소력이 떨어졌음은 말할 것도 없다. 이것이 피동표현의 가장 큰 문제점이다. 취재원을 밝히기가 거북한 경우, 또는 완곡하게 주장하고 싶은 경우에는 이 같은 피동표현의 특성을 이용하기도 하지만, 그런 목적이 아닌데도 습관적으로 피동표현을 사용하는 것은 바람직하지 않다.
- 지금은 '탈북자'보다는 '북한이탈주민'이라는 말을 더 많이 쓴다. 탈북자脫北者는 '북한을 탈출한 자'란 뜻으로 부정적 이미지가 있기 때문이다. 한때 '새터민'으로 쓰기도 했으나, 이는 3국에 체류하고 있는 북한 주민을 지칭하지 못하고 단순히 경제적 이유만으로 북한을 떠난 사람들이란 의미가 있다 해서 지금은 잘 쓰지 않는다.

도해

를 해 하
중국 정부는

북한 김일성-김정일-김정은 독재정권을 견디지 못하고, 자유를 찾아 배고픔을 해결하기 위해 국경을 넘은 탈북자들을 강제 북송시키려는 중국정부의 반인도주의적 처사는 즉각 중단돼야 한다. 됐다.

하

북한이 김정일 사망 애도 기간에 탈북하면 3대를 멸족시키겠다고 공공연히 밝힌 상황에서 탈북자 31명이 최근 중국 공안에 체포돼 만약 북한으로 강제 송환된다면 이것은 곧 죽음을 의미하기 때문이다. 이들이 의미한다

탈북자들이 북송되면 결국 정치범 수용소 중에서도 가장 열악한 곳에 종신 수용될 가능성이 크고, 일부는 고향에서 본보기로 공개처형될 수도 있는 상황이다.

할 북한은 이들을 할

> 북한 김일성-김정일-김정은 독재정권을 견디지 못하고, 자유를 찾아 배고픔을 해결하기 위해 국경을 넘은 탈북자들을 강제 북송시키려는 중국정부의 반인도주의적인 처사는 즉각 중단돼야 한다.
>
> 북한이 김정일 사망 애도 기간에 탈북하면 3대를 멸족시키겠다고 공공연히 밝힌 상황에서 탈북자 31명이 최근 중국 공안에 체포돼 만약 북한으로 강제 송환된다면 이것은 곧 죽음을 의미하기 때문이다.
>
> 탈북자들이 북송되면 결국 정치범 수용소 중에서도 가장 열악한 곳에 종신 수용될 가능성이 크고, 일부는 고향에서 본보기로 공개처형될 수도 있는 상황이다.

신문광고

우리말에 피동표현이 넘쳐나고 있다. 능동형으로 얼마든지 표현할 수 있는데도 '~되다' '~지다' 등을 사용한 피동표현이 적지 않다. 예를 들어 '그의 행동은 합리적으로 설명할 길이 없다.' 라고 하면 될 것을, '그의 행동은 합리적으로 설명될 길이 없다.' 라고 쓴다. 피동형어미 '~되다' 에 다시 피동형조동사 '지다' 를 붙여 '그의 행동은 합리적으로 설명되어질 길이 없다.' 처럼 이중피동을 쓰는 경우도 많다.

영어·일본어 등 외국어 학습자가 많아지는 가운데 자연적으로 외국어의 습관이 우리말에 전염된 결과이다. 그러나 이 같은 피동표현의 남용은 여러 가지 문제점을 낳는다.

우선 **피동형 문장은 능동형 문장보다 이해하기가 어렵고, 현장감이 없으며, 적극적인 정보전달 능력이 떨어진다. 그것은 우리말이 능동형 중심의 언어이기 때문이다.** 물론 우리말에 피동문이 전혀 없는 것은 아니지만, 마치 외국어 번역문처럼 피동표현을 남용하거나, 피동표현을 한 뒤에 다시 피동표현을 하는 예는 우리의 전통적 글쓰기와 다르다. 빨리 고쳐야 할 피동형 문장 패턴은 다음 네 가지다.

1. 스스로 하는 행동에 '~되다' '~지다' 를 붙여 피동으로 만드는 예.
   - 돈으로 거래될 수 없는 일이다 → 돈으로 거래할 수 없는 일이다
   - 토론을 거쳐 결정되어야 한다 → 토론을 거쳐 결정해야 한다
   - 그것은 학교에서 가르쳐지고 있는 내용이다
     → 그것은 학교에서 가르치고 있는 내용이다
   - 간장병은 고쳐질 수 있는 병이다 → 간장병은 고칠 수 있는 병이다
   - 경제성장률이 둔화될 것으로 예상되고 있다
     → (정부는) 경제성장률이 둔화될 것으로 예상하고 있다

2. 피동사를 피동형으로 만드는 예.

'보다 → 보이다', '먹다 → 먹히다', '싣다 → 실리다', '안다 → 안기다' 처럼 타동사에 피동보조사 '이' '히' '리' '기' 를 붙여 만든 자동사가 피동사다. 이 피동사를 다시 피동화하면 '이중피동' 이 되므로, 오바를 입고 다시 오바를 입는 어색한 상황이 된다.

- 보여졌다 → 보였다
- 실려졌다 → 실렸다
- 쓰여졌다 → 쓰였다
- 읽혀졌다 → 읽혔다
- 잊혀졌다 → 잊혔다

3. 피동형어미 '~되다' 에 다시 피동형조동사 '지다' 를 붙여 이중피동을 만드는 예.

- 그가 살인자라고 보도되어졌다 → 그가 살인자라고 보도되었다
- 그의 행동은 합리적으로 설명되어질 길이 없다
  → 그의 행동은 합리적으로 설명될 길이 없다
- 막대한 출혈이 예상되어진다 → 막대한 출혈이 예상된다
- 당장 중단되어져야 할 행동이다 → 당장 중단되어야 할 행동이다

4. '명사+화되다' 의 형태로 이중피동을 만드는 예.

- 일반화되다 → 일반화하다
- 구체화되다 → 구체화하다
- 민주화되다 → 민주화하다
- 다양화되다 → 다양화하다
- 도시화되다 → 도시화하다

일본어투 어구, 이제 버려야 할 때 됐다

원 문

조사 결과 이들 악덕 사채업자들은 급전을 필요로 했던 사람들로부터 연 360%의 살인적인 고금리를 받고 이렇게 불법 편취한 재산은 신고하지 않았습니다. 〈방송뉴스〉

해 설

- '급전을 필요로 했던'은 '급전이 필요한'으로 고쳐야 한다. '필요로 하다'는 전형적인 일본어투 어구다.
- '살인적인 고금리'는 '엄청난 금리' 등으로 고쳐 쓰는 것이 좋다. 그 이유는 세 가지다. 첫째는, '살인적인'과 '고금리'의 '고高'의 의미가 중복됐다는 점, 둘째는 '정도가 심함'을 표현하면서 '살인적인'을 앞세우는 것은 일본에서 먼저 하기 시작했다는 점, 셋째는 참혹한 장면이 상상된다는 점이다. 실태와 동떨어진 과장 표현은 듣는 사람으로 하여금 오히려 진정성을 의심케 한다.

도 해

조사 결과 이들 악덕 사채업자들은 [급전을 필요로 했던] (→ 급전이 필요한) 사람들로부터 연 360%의 [살인적인 고금리] (→ 엄청난 금리)를 받고 (→ 았) 이렇게 불법 편취한 재산은 신고하지 않았습니다.

개선례

조사 결과 이들 악덕 사채업자들은 급전이 필요한 사람들로부터 연 360%의 엄청난 금리를 받았고 이렇게 불법 편취한 재산은 신고하지 않았습니다.

대표적인 일본어투 어구

• **…을 요하다** : '…드는' '…필요한' 등으로 고쳐 써야 한다.

그것은 천문학적 비용을 요하는 공사다

→ 그것은 천문학적 비용이 드는 공사다

• **…에 있어서** : '…에서는' '…할 때' 등으로 고쳐 써야 한다.

비굴한 점에 있어서는 군인들도 마찬가지였다

→ 비굴한 점에서는 군인들도 마찬가지였다

• **…에의** : '…에 대한' '…을 향한' 등으로 고쳐 써야 한다.

정부개혁에의 목마른 성명이 잇따랐다

→ 정부개혁에 대한 목마른 성명이 잇따랐다

• **…에 의하면** : '…에 따르면' 등으로 고쳐 써야 한다.

그에 의하면 반미시위의 이면에는 불순세력이 있다는 것이다

→ 그에 따르면 반미시위의 이면에는 불순세력이 있다는 것이다

• **…을 행하다** : '하다'로 고쳐 써야 한다.

발신과 수신실험을 행하게 된다고 말했다

→ 발신과 수신실험을 하게 된다고 말했다

• **요는** : '요점은', '요지는', '중요한 것은' 등으로 고쳐 써야 한다.

요는 대한민국의 승리이자 민주주의의 승리라는 점이다

→ 요점은 대한민국의 승리이자 민주주의의 승리라는 점이다

• **다름아니다** : '…일 뿐이다' '…에 지나지 않는다' 등으로 고쳐 써야 한다.

오랫동안 잠재돼 있던 문제점이 터져나온 결과에 다름아니다

→ 오랫동안 잠재돼 있던 문제점이 터져나온 결과일 뿐이다

오자? 그거 별거 아니라고?

원 문

1 [1]유비와 제갈공명의 지지자들에게 묻자. [2]유비 자신은 덕망이 높았다. [3]관우 장비 조자룡 등 만부부당(萬夫不當)의 '오호장군(五虎將軍)' 이며 한 사람만 얻어도 천하를 얻을 수 있다는 재사 제갈공명과 방통이 그를 도왔다. [4]그런데 그는 왜, 한 나라의 부흥을 이루지 못했을까. [5]조조가 무력이나 지모에서 그 모두를 상대할 만 했으리란 생각은 들지 않는지? [6]백성이 군주를 택하는 제도가 아닌 때에 '정통' 이 무슨 의미가 있는지? [7]능력있는 이가 왕좌에 오르는 걸 두고 '찬역' 이라 손가락질 할 이유가 있는지?

2 [1]조조는 잘못 평가됐다. [2]일찍이 "청평의 간적, 난세의 영웅"이란 허소의 인물평이 "치제의 능신, 난세의 간웅"으로 뒤집혔듯이. [3]책은 공정한 조조 평가를 위한 필독서이자 지도자를 위한 통치술 교과서다. 〈일간신문〉

해 설

- 단락1 문장3 '만부부당(萬夫不當)의 오호장군(五虎將軍)' 이란 표현이 어렵다. **말은 습관인데, 그 습관에 베이지 않는 말을 써 독자가 이해하지 못하면 그것은 필자 자신의 손해다.** '일당백의 무사들' 이라고 하면 금방 통한다.
- 단락1 문장4 '한 나라의 부흥' 은 '한 국가의 부흥' 으로 읽힌다. '한 나라' 가 붙어 있지 않고 떨어져 있기 때문이다. 이런 오해를 없애려면 '한(漢)나라' 처럼 한자를 병기해야 한다. 교열자의 점검 없이 신문을 찍으면 이렇게 된다.
- 단락1 문장5 앞부분 '무력' 이 뒤따라오는 '지모' 와 어울리지 않는다. '무력武力' 은 주로 '집단의 군사적 능력' 을 가리킬 때 쓰는데, 이 경우는 조조 개인의 인물됨을 일컬으므로 '무용武勇' 이나 '용맹성' 이 더 좋다.
- 단락2 문장2 '청평의 간적' 에서 '청평' 은 잘 쓰지 않는 말이므로 한자를 병기해야 한다. 그 뒤 '치제의 능신' 은 '치세의 능신' 을 잘못 쓴 것이다. 뒤에 오는 '난세의 간웅' 을 보면 이를 알 수 있다. 좋은 글이 오자 한 자 때문에 빛이 바랬다.

못했다. 차분하게 생각해 보자.

도 해

일당백의 무사들과, 그런데도

유비와 제갈공명의 지지자들에게 묻자. 유비 자신은 덕망이 높았다. 관우 장비 조자룡 등 만부부당(萬夫不當)의 '오호장군(五虎將軍)' 이며 한 사람만 얻어도 천하를 얻을 수 있다는 재사 제갈공명과 방통이 그를 도왔다. 그런데 그는 왜, 한 나라의 부흥을 이루지 못했을까. 조조가 무력이나 지모에서 그 모두를 상대할 만 했으리란 생각은 들지 않는지? 백성이 군주를 택하는 제도가 아닌 때에 '정통' 이 무슨 의미가 있는지? 능력있는 이가 왕좌에 오르는 걸 두고 '찬역' 이라 손가락질 할 이유가 있는지?

(漢) 무용 (亂世) 이

조조는 잘못 평가됐다. 일찍이 "청평의 간적, 난세의 영웅" 이란 허소의 인물평이 "치제의 능신, 난세의 간웅" 으로 뒤집혔듯이. 책은 공정한 조조 평가를 위한 필독서이자 지도자를 위한 통치술 교과서다.

치세 (淸平)

심화해설

오자 한 자에 볼기 30대!

정확함은 글의 생명이다. 글 속의 사실fact이나 데이터에 실수가 없어야 하는 것은 물론이고, 단 한 자의 오자도 없어야 한다. 선조 6년(1573)에 발행된 『내훈황화집內訓皇華集』에 잘못된 글자가 있다 해서 관련 교열자들에게 오자 한 자당 볼기 30대를 쳤다는 기록이 있는 것만 봐도 글자 한 자가 얼마나 소중한지 알 수 있다.

착각은 누구나 하게 마련이다. 글을 쓸 때도 그런 착각이 일어난다. 때로는 어린 시절부터 잘못 생각해왔던 한자나 성어·속담도 있다. 또 자기도 모르게 하는 표현상의 실수도 있다. 글을 쓸 때는 이런 실수가 일어나지 않도록 신중해야 한다. **특히 인명·지명·회사명 등 고유명사의 오기는 치명적이다. 내용이 아무리 좋아도 오자가 있으면 그 글은 바로 신뢰를 잃는다. 말을 올바로 사용하고, 오자가 없는 문장은 그것만으로도 쓴 사람의 지성이나 성실성을 느끼게 해준다.**

다 쓴 뒤에는 퇴고를 하라

원 문

아무리 베테랑이라도 모르는 것이 있다. 조금이라도 불안하면 경험이 풍부한 사람에게 물어서 처리해야 한다. 〈단행본〉

해 설

- 언뜻 아무런 문제가 없는 글처럼 보인다. 그러나 이 글은 앞뒤 문장이 모순관계에 있다. 즉, '베테랑' 이란 '경험이 풍부한 사람' 을 말한다. 그렇다면 앞 문장은 '경험이 풍부한 사람이라도 모르는 것이 있다' 라는 뜻이다. 그런데 뒤 문장에서도 '경험이 풍부한 사람에게 물어보아야 한다' 라고 되어 있다. 이는 다시 말하면, '베테랑이라도 모르는 것이 있는데, 불안하면 베테랑에게 물어보라' 는 말이므로 모순인 것이다.
- 이런 실수는 글을 써나갈 때는 잘 발견되지 않는다. 글을 쓸 때는 대개 나무를 보기보다 숲을 보기 때문이다. 그래서 글을 다 쓴 뒤에는 다시 한번 읽어보면서 고치거나 추가하거나 삭제하는 등, 문장을 갈고 닦는 작업을 해야 한다. 이것을 '퇴고推敲' 라고 한다.

도 해

경험이 있는 사람 ↑

아무리 [베테랑]이라도 모르는 것이 있다. 조금이라도 불안하면 경험이 풍부한 사람에게 물어서 처리해야 한다.

개선례

아무리 경험이 있는 사람이라도 모르는 것이 있다. 조금이라도 불안하면 경험이 풍부한 사람에게 물어서 처리해야 한다.

퇴고 시 체크해야 할 사항

1. 단어수준

- 오자나 탈자는 없는가.
- 읽는 사람이 이해하기 어려운 단어를 쓰지는 않았는가.
- 지시대명사나 접속사를 너무 많이 쓰지는 않았는가.
- 속어·유행어, 또는 차별어 등 부적절한 용어를 쓰지는 않았는가.
- 한자나 외래어를 너무 많이 쓰지는 않았는가.
- 같은 말을 여러 번 사용하지는 않았는가.
- 쉼표와 마침표 등 문장부호는 잘 썼는가.

2. 문장수준

- 문장이 너무 길지는 않은가.
- 수식어와 피수식어가 너무 떨어져 있지는 않은가.
- 주어와 서술어는 호응하고 있는가.
- 문미文尾의 표현이 단조롭지는 않은가.

3. 단락수준

- 단락을 바꾸는 위치는 적당한가.
- 단락 내의 문장은 원칙에 따라 배열되어 있는가.
- 앞뒤의 단락과 부드럽게 연결되고 있는가.

4. 작품수준

- 주제는 명확한가.
- 다 쓰지 못한 부분은 없는가.
- 불필요한 것이 쓰여 있지는 않은가.
- 전체의 구성은 파악하기 쉬운가.

1. 하룻밤 지난 뒤에 하라.

퇴고는 글을 쓴 뒤 바로 하기보다 최소한 하룻밤 지난 뒤에 하는 것이 좋다. 집필에 몰두한 상태에서 다시 읽으면 여간해서 흠이 눈에 띄지 않는다. 하지만 하룻밤 지나면 심신心身이 맑아지므로 객관적인 입장에서 자기 글을 바라볼 수 있다.

2. 소리내어 읽어라.

소리내어 읽으면 리듬을 확인하는 데 도움이 된다. 막혀 있는 좁은 공간에서 읽는다면 더욱 좋은 효과가 있다. 만일 자연스럽게 읽히지 않는다면 악문惡文이라는 증거다.

3. 남이 읽어주면 더욱 좋다.

자신의 얼굴 모습을 자신은 잘 알 수가 없듯이 자신의 글을 스스로 평가하는 것도 어렵다. 만일 글을 쓰는 친구가 있다면 그에게 읽어보도록 하면 더욱 좋을 것이다. 그러나 꼭 글 쓰는 친구가 아니더라도 자신이 아닌 다른 사람에게 읽도록 하고 기탄없이 의견을 말해달라고 하면 자신이 간과했던 흠을 알아차리는 데 도움이 된다.

4. 추가하기보다 삭제하는 쪽에 주안점을 둔다.

글을 다시 읽다 보면 과장된 것이나 불필요한 수식어 등이 많이 눈에 띈다. 퇴고는 이런 것들을 정리하는 작업이다. 따라서 최초 원고는 규정된 매수의 20~30%를 더 쓰고, 나중에 조금씩 삭제하는 방향으로 하는 것이 좋다. 이렇게 하는 것이 나중에 늘려 쓰는 것보다 편리하다. 퇴고는 불필요한 가지를 잘라 훌륭한 정원수를 만드는 전정작업과 같다.

가도 (779~843)

당나라에 가도賈島라는 문필가가 있었다. 어느 날 그는 노새를 타고 장안長安 거리를 가다 '鳥宿池邊樹 僧推月下門(조숙지변수 승퇴월하문)', 즉 '새는 못가의 나무에 깃들이고, 중은 달빛 아래서 문을 민다'라는 시를 지었다. 그러나 마음이 영 편치 않았다. '推(밀 퇴)'를 '敲(두드릴 고)'로 하는 것이 좋다는 생각이 들기도 하고, 그대로 두어도 될 것 같다는 생각이 들기도 했기 때문이다. 그러다 대형사고를 치고 말았다. "퇴推? 고敲?" 하고 중얼거리다 앞에 가던 귀인의 마차에 부딪친 것이다. 건장한 마부가 마차를 세우며 고함을 질렀다.

"네 이놈! 감히 누구의 행차라고 무례한 짓을 하느냐?"

"나으리, 용서해 주십시오. 갑자기 머리가 복잡해져 그만…."

가도가 머리를 조아리자, 마차 안의 귀인이 머리가 복잡해진 까닭을 물었다. 가도의 설명을 듣고 난 귀인은 "달이 휘황하게 비치고 있는 밤이므로, 공기는 매우 맑을 것이다. 그렇다면 문을 밀기보다는 주먹으로 쿵쿵 두드리는 편이 맞다"라고 말하며 자리를 떴다. '글을 고치고 다듬는다'는 뜻의 '퇴고'는 바로 이 에피소드에서 왔다.

그런데 그 귀인은 당대의 문장가이자 경조윤(京兆尹·수도 장안의 시장) 벼슬을 하고 있던 한유(韓愈·768~824)였다. 당시 가도는 진사시험에 낙방해 승려가 되어 있었는데, 이때 한유와 만남으로써 인생에 큰 변화를 맞게 된다. 한유로부터 시재詩才를 인정받아 지방관리가 될 수 있었기 때문이다. 글쓰기를 좋아하면 언제든 이런 행운을 만날 수 있다.

소리 없는 살인 병기, 의자

명문 산책

나는 적어도 일년에 강의를 100회 이상 하며 산다. 강의를 마치고 나면 사람들은 내게 수고했다며 고마움을 표시한다. 하지만 누가 더 수고한 것일까? 강의를 하는 나는 그나마 사람답게 살았다. 이리저리 걸어다니고 떠들며 살았다. 하지만 강의를 듣는 사람들은 1시간 이상 의자에 묶여 꼼짝도 하지 못한다. 활과 창을 들고 산으로 들로 뛰어다니도록 진화한 동물로서는 참으로 못할 짓이다. 그래서 강의를 하는 사람은 재미있게 할 의무가 있다.

최근 미국 루이지애나 생명의학연구소와 하버드 의대 연구진은 하루 중 앉아 있는 시간이 길면 길수록 질병에 걸릴 위험도 커지고 수명도 단축될 수 있다는 연구 결과를 내놓았다. 그들의 연구 결과를 정리하면 다음과 같다.

하루의 대부분을 의자에 앉아 일하는 사람은 비만·당뇨·지방간 등의 질병을 얻을 위험이 훨씬 높은 것으로 드러났다. 매년 발병하는 암 중 적어도 17만 케이스가 오랜 의자생활과 연관되어 있는 것으로 추정된다. 유방암과 대장암이 특별히 관련이 깊다. 하루의 대부분을 앉아서 생활하면 심장마비로 죽을 확률이 54%나 높아진다. 〈중략〉

이 연구 결과는 어디까지나 개체군 수준에서 분석된 것들이다. 따라서 개인 차원의 인과관계가 성립하는 것은 아니지만, 그들은 조심스레 다음과 같은 결론을 내렸다. 하루에 앉아 있는 시간을 3시간 줄이면 2년을 더 살 수 있고, 텔레비전을 2시간 덜 보면 1.38년을 더 살 수 있다고. 그렇다면 더 편안한 의자를 만들려고 애쓰는 디자이너들은 실상 소리 없이 우리를 죽이는 살인 병기를 만들고 있는 셈이다.

어느덧 우리 대부분은 늘 서서 일하다 잠시 앉아서 쉬는 게 아니라, 늘 앉아서 일하다 가끔 일어나서 일부러 걸어야 하는 삶을 살고 있다. 한 연구에 따르면 한 시간 앉아 있는 데 따라 기대수명이 무려 22분이나 줄어든다는데, 이 글을 쓰느라 애쓰는 동안 내 수명은 또 얼마나 줄어든 것인가? 매주 나는 이 칼럼에 원고를 보내기까지 거짓말 조금 보태 거의 50번을 고쳐 쓴다. 글과 수명을 맞바꾸는 거래를 언제까지 해야 하는 것일까?

조선일보 2012년 7월 17일, 최재천

해 설

- 생태학자 최재천 교수의 글이다. 그의 글이 모두 그렇듯이 이 글도 쉽고, 재미있고, 논리적이고, 정보가 있다. 언뜻 그대로 지나쳐버릴 수도 있는 한 연구소의 연구 정보를 보고 이렇게 멋진 글을 만들었다. 관찰력을 기르고 호기심을 갖는다면 글을 쓸 소재는 어디에서나 찾을 수 있다.
- 그러나 소재의 발견만으로 좋은 글이 되는 것이 아니다. 여기에 기술(테크닉)이 결합되어야 한다. 북송北宋의 구양수歐陽脩는 '많이 읽고(다독·多讀), 많이 쓰고(다작·多作), 많이 생각하면(다상량·多商量)' 글쓰는 기술이 저절로 붙는다고 했다. 많이 읽으면 문장의 리듬이나 어구 사용법이 터득되고, 많이 쓰면 문장감각이 자연스럽게 몸에 익혀진다. 또 많이 생각하면 사물에 대한 관찰력과 예민한 감수성이 길러진다. 이것이 그 유명한 삼다법三多法이다.
- 여기에 더 필요한 것이 '정성'이다. 이 글 말미에, 최 교수 자신은 '이 칼럼을 완성하기 위해 거짓말 조금 보태 50번을 고쳐 쓴다'고 적었다. 수십 권의 저술이 있는 전문 문필가지만 생각난 것을 휙 갈겨 보내는 것이 아닌 것이다. 그래서인지 그가 보낸 원고를 보면 고칠 것이 거의 없다.

최재천의 자연과 문화 [170]

소리 없는 살인 병기, 의자

나는 적어도 일년에 강의를 100회 이상 하며 산다. 강의를 마치고 나면 사람들은 내게 수고했다며 고마움을 표시한다. 하지만 누가 더 수고한 것일까? 강의를 하는 나는 그나마 사람답게 살았다. 이리저리 걸어 다니고 떠들며 살았다. 하지만 강의를 듣는 사람들은 1시간 이상 의자에 묶여 꼼짝도 하지 못한다. 활과 창을 들고 산으로 들로 뛰어다니도록 진화한 동물로서는 참으로 못할 짓이다. 그래서 강의를 하는 사람은 재미있게 할 의무가 있다.

최근 미국 루이지애나 생명의학연구소와 하버드 의대 연구진은 하루 중 앉아 있는 시간이 길면 길수록 질병에 걸릴 위험도 높아지고 수명도 단축될 수 있다는 연구 결과를 내놓았다. 그들의 연구 결과를 정리하여 열거하면 다음과 같다. 하루의 대부분을 의자에 앉아 일하는 사람은 비만, 당뇨, 지방간 등의 질병을 얻을 위험이 훨씬 높은 것으로 드러났다. 매년 발병하는 암 중 적어도 17만 케이스가 오랜 의자 생활과 연관되어 있는 것으로 추정된다. 유방암과 대장암이 특별히 관련이 깊다고 한다. 하루의 대부분을 앉아서 생활하면 심장마비로 죽을 확률이 54%나 높아진다. 하루에 6시간 이상 앉아 있은 여성들은 3시간 미만 앉아 있은 여성들에 비해 13년 동안 조사한 사망률에서 40%나 높게 나타났다.

이 연구 결과는 어디까지나 개체군 수준에서 분석된 것들이다. 따라서 개인 차원의 인과관계가 성립하는 것은 아니지만, 그들은 조심스레 다음과 같은 결론을 내렸다. 하루에 앉아 있는 시간을 3시간 줄이면 2년을 더 살 수 있고, 텔레비전을 2시간 덜 보면 1.38년을 더 살 수 있다고. 그렇다면 보다 편안한 의자를 만들려고 애쓰는 디자이너들은 실상 소리 없이 우리를 죽이는 살인 병기를 만들고 있는 셈이다.

어느덧 우리들 대부분은 늘 서서 일하다 잠시 앉아서 쉬는 게 아니라 늘 앉아서 일하다 가끔 일어나서 일부러 걸어야 하는 삶을 살고 있다. 한 연구에 의하면 1시간 앉아 있는 데 따라 기대수명이 무려 22분이나 줄어든다는데 이 글을 쓰느라 애쓰는 동안 내 수명은 또 얼마나 줄어든 것인가? 매주 나는 이 칼럼에 원고를 보내기까지 거짓말 조금 보태 거의 50번을 고쳐 쓴다. 글과 수명을 맞바꾸는 거래를 언제까지 해야 하는 것일까?

이화여대 석좌교수·행동생태학

참고문헌

•『논리적인 문장이 자동적으로 써지는 책』(구라시마 야스미 저, 장진한 역, 행담출판 간, 이하 '논리적인 문장…') 인용 및 참고 목록

본서 40쪽 – 논리적인 문장 … 171쪽
본서 66쪽 – 논리적인 문장 … 218쪽
본서 108쪽 – 논리적인 문장 … 211쪽
본서 152쪽 – 논리적인 문장 … 197쪽
본서 154쪽 – 논리적인 문장 … 157쪽
본서 210쪽 – 논리적인 문장 … 15쪽
본서 214쪽 – 논리적인 문장 … 131쪽
본서 220쪽 – 논리적인 문장 … 89쪽
본서 222쪽 – 논리적인 문장 … 87쪽
본서 226쪽 – 논리적인 문장 … 172쪽
본서 230쪽 – 논리적인 문장 … 11쪽
본서 248쪽 – 논리적인 문장 … 146쪽
본서 264쪽 – 논리적인 문장 … 185쪽
본서 266쪽 – 논리적인 문장 … 182쪽
본서 270쪽 – 논리적인 문장 … 175쪽, 173쪽
본서 272쪽 – 논리적인 문장 … 177쪽
본서 274쪽 – 논리적인 문장 … 153쪽, 151쪽
본서 294쪽 – 논리적인 문장 … 208쪽
본서 295쪽 – 논리적인 문장 … 206쪽

•『글쓰기 잘라서 읽으면 단숨에 통달한다』(장진한·후타쓰기 고조 공저, 행담출판 간, 이하 '글쓰기 잘라서…') 인용 및 참고목록

본서 16쪽 – 글쓰기 잘라서 … 18쪽
본서 22쪽 – 글쓰기 잘라서 … 20쪽
본서 62쪽 – 글쓰기 잘라서 … 27쪽
본서 63쪽 – 글쓰기 잘라서 … 29쪽
본서 70쪽 – 글쓰기 잘라서 … 25쪽
본서 78쪽 – 글쓰기 잘라서 … 21쪽
본서 90쪽 – 글쓰기 잘라서 … 23쪽
본서 136쪽 – 글쓰기 잘라서 … 236쪽
본서 142쪽 – 글쓰기 잘라서 … 137쪽
본서 143쪽 – 글쓰기 잘라서 … 142쪽
본서 160쪽 – 글쓰기 잘라서 … 134쪽
본서 161쪽 – 글쓰기 잘라서 … 136쪽
본서 242쪽 – 글쓰기 잘라서 … 174쪽
본서 268쪽 – 글쓰기 잘라서 … 138쪽
본서 282쪽 – 글쓰기 잘라서 … 145쪽
본서 302쪽 – 글쓰기 잘라서 … 35쪽

•기타 참고도서 및 자료

도대체 무엇을 어떻게 쓸 것인가, 유종국, 형설출판사
글쓰기의 이론과 실제, 신장섭, 보고사
우리말 문장 바로쓰기 노트, 이병갑, 민음사
한글맞춤법의 이해, 나찬연, 월인
문장력 향상의 길라잡이, 서정수, 동광출판사
글짓기, 어떻게 할 것인가, 이병모, 박이정
나의 한국어 바로쓰기 노트, 남영신, 까치
한국의 명문, 이어령 외, 월간조선사
가정에서 할 수 있는 10분 논술작문, 미야가와 도시히코저, 장진한 역, 행담출판
대학생을 위한 대학한자, 전광진, 다락원
한국인이면 누구나 알아야 할 신문 속 언어지식, 장진한, 행담출판
기사문장론, 최인호, 한겨레신문사
글 그래도 쓴다, 최보식 외, 조선일보사
조선일보 기자매뉴얼 2000, 조선일보사 편집국
한+국어사전, 남영신, 성안당
조선일보 문장연구분석 보고서(2010.08.16~11.16) 민현식 강보선 오현아 신현단 조진수 강효경 여윤희 김기훈 박혜경 이슬비
書く技術, 安田賀計, PHP研究所
知的文章術入門, 莉木美行, 燃燒社
論理的思考のすすめ, 石原武政, 有斐閣
論理的な書き方が身につく本, 西村克己, PHP研究所
作文指導事典, 藤原宏 外, 教育出版
文章の達人, 久保博正, すばる舍
論理的な文章の書き方が面白いほど身につく本, 西村克己, 中經出版
文章の書き方百科, 平井昌夫, 三省堂
文章の枝, 中村明 筑摩書房
書く力をつける, 竝木智彬, 明日香出版社
文章の書き方, 成川豊彦, PHP研究所
シンプルに文章を書く技術, 潮田滋彦, PHP
文章力をアップさせる80の技術, 江藤茂博, すばる舍

색 인

ㄱ

ㅂ

ㅇ

ㅈ

ㅊ

ㅋ

ㅌ

ㅍ

확대경

장진한 張鎭漢

한국외국어대학교 일본어과 졸업. 일본 나고야대학 수학. 1986년 조선일보에 어문기자로 입사. 2003년 조선일보 협력회사인 (주)어문조선의 설립에 참여하고 2004년부터 2012년까지 대표를 지냄. 현 TV조선 보도본부 전문위원. 지은 책에 『글쓰기, 잘라서 읽으면 단숨에 통달한다』『한국인이면 반드시 알아야 할 신문 속 언어지식』 등이 있고, 옮긴 책에 『가정에서 할 수 있는 10분 논술작문』『논리적인 문장이 자동적으로 써지는 책』 등이 있다.

글, 절대로 그렇게 쓰지 마라

초판 인쇄 2019년 3월 15일
초판 발행 2019년 3월 20일

지은이 장진한
펴낸이 이찬규
펴낸곳 북코리아
등록번호 제03-01240호
주소 13209 경기도 성남시 중원구 사기막골로 45번길 14
우림2차 A동 1007호
전화 02-704-7840
팩스 02-704-7848
이메일 sunhaksa@korea.com
홈페이지 www.북코리아.kr
ISBN 978-89-6324-653-6 13800

값 15,000원